Arena-Taschenbuch
Band 50618

Weitere Titel dieser Reihe:
Die Medici-Chroniken – Der Pate von Florenz
Die Medici-Chroniken – Das Erbe des Clans

Die Trilogie ist auch als Hörbuch erhältlich.

Weitere Bücher von Rainer M. Schröder im Arena-Taschenbuch:
Die Judaspapiere (Band 50477)
Das Geheimnis des Kartenmachers (Band 50271)
Die Lagune der Galeeren (Band 50272)
Das unsichtbare Siegel (Band 2240)
Das geheime Wissen des Alchimisten (Band 50186)
Felix Faber – Übers Meer und durch die Wildnis (Band 2121)

Die Bruderschaft vom Heiligen Gral
– Der Fall von Akkon (Band 50081)
– Das Amulett der Wüstenkrieger (Band 50082)
– Das Labyrinth der Schwarzen Abtei (Band 50083)

Das Geheimnis der weißen Mönche (Band 2150)
Das Vermächtnis des alten Pilgers (Band 50214)
Insel der Gefahren (Band 2499)
Land des Feuers, Land der Sehnsucht (Band 2244)
Jäger des weißen Goldes (Band 2895)
Im Rausch der Diamanten (Band 2960)
Tiefe Sehnsucht, weites Land (Band 2890)
Die wundersame Weltreise des Jonathan Blum (Band 50270)

Rainer M. Schröder,
Jahrgang 1951, lebt nach vielseitigen Studien und Tätigkeiten in mehreren Berufen seit 1977 als freischaffender Schriftsteller in Deutschland und Amerika. Seine großen Reisen haben ihn in viele Teile der Welt geführt. Rainer M. Schröder ist einer der erfolgreichsten deutschen Autoren historischer Romane. Sein Werk wurde vielfach ausgezeichnet – unter anderem im Oktober 2005 mit dem „Buxtehuder Bullen“.

RAINER M. SCHRÖDER

DIE MEDICI-CHRONIKEN

HÜTER DER MACHT

ROMAN

Arena

Für Helga in Liebe

1. Auflage als Arena-Taschenbuch 2013

Umschlagillustration: Klaus Steffens
Umschlagtypografie: knaus. büro für konzeptionelle und visuelle identitäten, Würzburg
Gesamtherstellung: Westermann Druck Zwickau GmbH
ISSN 0518-4002
ISBN 978-3-401-50618-0

www.arena-verlag.de
Mitreden unter forum.arena-verlag.de

»Die Menschen beurteilen die Dinge
nach dem Erfolg.
Jeder sieht, wie du zu sein scheinst,
wenige finden heraus, wie du wirklich bist.«

Aus: »Das Buch vom Fürsten«

von Niccolò Machiavelli (1469 – 527),

italienischer Staatsmann und Schriftsteller

PROLOG

Der Gesang der Mönche im Chorgestühl des Altarraums erfüllte die Kirche des alten baufälligen Klosters San Marco. Ihr körperloses *Te lucis ante terminum* klang durch die Nacht, während fünf Männer kurz hintereinander und unbemerkt von den Gläubigen aus den Reihen der örtlichen Tagelöhner und einfachen Handwerker durch eine Seitentür in den dunklen kühlen Kreuzgang huschten und von dort zur Sakristei schlichen.

Eine einzige dicke Wachskerze auf einem runden Tisch am hinteren Ende des Raumes warf ihr gespenstisches Licht auf einen gedeckten Tisch und fünf Stühle.

Mit hochgeschlagener Kapuze und gesenktem Kopf hielt Pater Coluccio den Männern schweigend die Tür auf. Der Prior und Ordensobere der Silvestriner-Mönche von San Marco wusste nur zu gut, dass es klüger war, keinem von ihnen auch nur verstohlen ins Gesicht zu blicken. Ohnehin war ihm bekannt, welch hohe Stellung jeder Einzelne von ihnen in der Gesellschaft sowie in dem ewigen Ränkespiel der Politik von Florenz bekleidete und zu welch reichem Geschlecht von

Großgrundbesitzern, Bankiers und Tuchhändlern er gehörte. Aber selbst verschwörerische Verschwiegenheit hatte in dieser Stadt ihre eigenen ungeschriebenen Gesetze, die man besser befolgte, wenn einem etwas an seinem Leben lag.

Erst als sich ihm der letzte der fünf Magnati näherte, eine hochgewachsene Gestalt mit scharf geschnittenen Gesichtszügen, gab der Prior seine Haltung auf und hob den Kopf. »Ich habe Euch einen Krug von unserem besten Trebbiano aus dem Keller geholt und einige andere kleine Gaumenfreuden dazugestellt«, raunte er dem Hochgewachsenen zu, während er die Tür zur Sakristei zufallen ließ, damit die vier in der Sakristei ihn nicht hören konnten. »Ich hoffe, Ihr werdet alles zu Eurer Zufriedenheit vorfinden, Signore.«

Es war nicht das erste Mal, dass ein konspiratives Treffen dieser Art in der Sakristei stattfand. Der Orden stand in Florenz in dem Ruf, alles andere als nach dem monastischen Gebot der Armut und Keuschheit zu leben. Doch den Prior kümmerte es nicht, was die Leute über ihn und seine Mitbrüder sagten.

Es kümmerte ihn auch nicht, was diese ungekrönten Fürsten der Stadt und Mitglieder der seit Jahrzehnten herrschenden Oberschicht an diesem Ort mitten in der Nacht heimlich zu bereden hatten. Dass sie nicht von frommem Eifer beseelt waren, sondern hier vielmehr eine politische Intrige auszuhecken gedachten, lag für ihn auf der Hand. Dafür gab es in ganz Italien wohl keinen fruchtbareren Boden als in dieser toskanischen Stadtrepublik an den Ufern des Arno.

Was den Prior jedoch sehr wohl kümmerte, war die reiche Belohnung, die er, wie schon manches Mal zuvor, einstreichen würde.

»Sieh zu, dass wir ungestört bleiben und sich niemand hier im Kreuzgang herumtreibt, bis wir wieder verschwunden sind!«, wies ihn der Hochgewachsene an. Unter den begehrlichen Blicken des Priors fuhr seine Hand unter den schwarzen Umhang und zog einen kleinen Lederbeutel hervor.

»Ich werde persönlich Wache im Kreuzgang halten und niemanden hereinlassen!«, versicherte Pater Coluccio und griff nach dem Beutel. Dann riss er eiligst die Tür für seinen Geldgeber auf und verbeugte sich abermals, während der Mann mit dem dunklen Umhang an ihm vorbei in die Sakristei huschte.

Die vier Verschwörer hatten ihren Becher schon mit Weißwein gefüllt, als der Hochgewachsene zu ihnen an den Tisch trat. Nur einer von ihnen, ein kleiner, fettbäuchiger Mann, der seiner Figur nach gut und gern Cellerar dieses Klosters hätte sein können, hatte sich bereits gesetzt. Schnaufend bediente er sich aus den Schalen, die mit Oliven, Datteln, Ziegenkäse, Melonenstreifen und frischem Weizenbrot gut gefüllt waren.

Die drei anderen waren stehen geblieben. Angespannt blickten sie dem Hochgewachsenen entgegen.

»Diese heimlichen Versammlungen hier im Kloster schmecken mir ganz und gar nicht«, brummte einer von ihnen übellaunig. Sein Gesicht trug die hässlichen Spuren einer in der Jugend glücklich überstandenen Pockenerkrankung, einer Jugend, die schon etliche Jahrzehnte zurücklag.

»Am Wein und am Essen kann es aber nicht liegen, mein Bester«, scherzte der Fettbäuchige am Tisch mit vollem Mund. »Auf gute Kost verstehen sich die Brüder, das muss man der heuchlerischen Bande lassen.«

Der Mann neben dem Pockengesichtigen, eine hagere Gestalt mit asketischen Gesichtszügen, machte eine unwirsche Handbewegung. »Halten wir uns nicht mit albernem Geschwätz auf, lasst uns lieber zur Sache kommen«, drängte er. »Eine Komplet dauert nicht ewig. Trotzdem wird unser Freund gute Gründe haben, warum er uns hier und nirgendwo sonst zu treffen wünscht.« Dabei deutete er mit seinem Becher in Richtung des Hochgewachsenen, der gerade zum Krug griff und sich Wein eingoss.

Der Angesprochene nickte knapp. »Die habe ich in der Tat. Für das, was wir zu bereden haben, gibt es keinen sichereren Ort als diesen hier. Ihr wisst so gut wie ich, dass überall anderswo die Wände Ohren haben. Selbst in unseren Palazzi müssen wir fürchten, dass unsere Zusammenkunft von Bediensteten weitergetragen wird, deren Zunge sich nur zu leicht mit einigen *piccioli* lösen lässt.«

»Da habt Ihr leider recht. Aber nun sagt, was es so Dringendes zu bereden gibt«, forderte ihn der Fünfte im Bunde auf, dessen linkes Auge irritierend schielte, was ihm im Kindesalter den Spitznamen Silberauge eingetragen hatte.

Der Hochgewachsene hieb mit der Faust auf den Tisch. »Dass es so nicht weitergehen kann, das gilt es zu bereden!« Seine Stimme bebte vor unterdrücktem Zorn. »Die Lage wird allmählich kritisch.«

Der Dicke am Tisch hob die Augenbrauen und meinte spöttisch: »Wenn Ihr damit den elend langen Krieg mit Mailand meint, der nun schon bald ins vierte Jahr geht, ohne dass irgendetwas entschieden wäre, muss ich Euch zustimmen. Dieses Abenteuer hätten wir uns wirklich sparen können – und damit einige Millionen Goldflorin!«

Der Hochgewachsene wischte die Bemerkung beiseite. »Nein, um Mailand soll es heute nicht gehen. Sondern um diese verdammten Emporkömmlinge, die allmählich zu mächtig werden!«, stieß er mit unverhülltem Hass hervor. Er sah in die Runde. »Ihr alle wisst, wen ich meine.«

Ein grollerfülltes Seufzen drang durch das Halbdunkel der Sakristei.

»Da wächst eine Gefahr heran, der wir endlich Herr werden müssen, wenn die Ämter der *priori* und des *gonfaloniere* auch zukünftig in unseren Reihen bleiben sollen«, fuhr der Hochgewachsene fort.

»Amen«, murmelte der Hagere und leerte seinen Becher in einem Zug. Er verzog dabei das Gesicht, als wäre in seinem Silberkelch nicht bester Trebbiano gewesen, sondern bittere Galle. »Aber das ist leichter gesagt als getan!«

»Das sehe ich auch so«, pflichtete der Dicke ihm bei. »Der Alte hat nicht nur als Gründer der Bank eine goldene

Hand bewiesen wie König Midas, er weiß auch politisch klug zu taktieren. Es war ein geschickter Schachzug, als er unseren Vorschlag abgelehnt hat, gemeinsam die Macht über Florenz in unsere Hände zu bringen – und zwar für immer. Damit haben sie sich bei vielen beliebt gemacht, auch bei denen, die wir eigentlich zu unseren Parteigängern zählen.«

»Zudem steht das Volk auf ihrer Seite«, fügte der Pockennarbige grimmig hinzu. »Besonders seit jeder von uns nach seinem gesamten Vermögen Steuern zahlen muss und nicht mehr nur nach seinem Grundbesitz!«

»Da sagt Ihr was!«, pflichtete ihm der Dicke bei. »Der Alte und sein Sohn ernten die Lorbeeren beim einfachen Volk und wir Magnati müssen böse bluten! Sich offen mit denen anzulegen, könnte für uns sehr gefährlich werden.«

»Wozu auch?«, fragte der Schielende. »Der Alte ist krank. Wie ich gehört habe, macht ihm die Gicht mittlerweile so schwer zu schaffen, dass er vor Schmerzen kaum noch aus dem Bett kommt. Der wird es nicht mehr lange machen. Dann sind wir ihn endgültig los.«

»Aber nicht seine Söhne! Insbesondere der ältere ist aus viel härterem Holz geschnitzt als sein Vater, das lasst Euch gesagt sein! Der spielt den biederen Bürger und Bankier, der angeblich nicht an der Macht im Staat interessiert ist, sondern nur an guten Geschäften«, gab der Hochgewachsene zu bedenken. »Er ist im Grunde schon jetzt das Haupt der Familie und führt die Geschäfte. Früher oder später wird er nach der Macht greifen und dann geht es uns an den Kragen.

Aber ich habe nicht die Absicht, auf diesen Tag zu warten. Deshalb müssen wir jetzt handeln! Deswegen sind wir heute hier.«

»Und wie soll dieses Handeln aussehen?«, fragte der Hagere. Sein Ton und seine Miene zeigten unverhohlenes Misstrauen.

Die Blicke der vier Männer ruhten erwartungsvoll auf dem Hochgewachsenen.

»Wir müssen dieser Sippe einen Schlag verpassen, von dem sie sich nicht mehr erholen wird«, entschied dieser mit leiser, aber entschlossener Stimme. »Das Haupt muss fallen! Das würde auch dem Alten den Rest geben! Der jüngere Bruder ist ein Leichtgewicht, von dem geht keine Gefahr aus.«

Der Hagere sog scharf die Luft ein. »Ihr wollt seinen Tod? Unmöglich! Das würde eine blutige *vendetta* und womöglich sogar einen Aufstand des Pöbels zur Folge haben.«

»Alles muss so geschickt eingefädelt sein, dass gar kein Verdacht auf unsere Kreise fallen kann. Es muss aussehen wie die Bluttat irgendeines Straßenräubers und außerdem muss die Tat fern von Florenz verübt werden.« Der Wortführer der Verschwörer lächelte heimtückisch. »Ist es nicht ein glücklicher Zufall, dass die Familie sich im Augenblick auf einem ihrer Landsitze im Mugello aufhält und dass mit ihrer Rückkehr in die Stadt nicht vor Mitte oder gar Ende September zu rechnen ist? Jeder weiß, dass sich in diesen wirren Kriegszeiten Gesindel und ausgemusterte Landsknechte aus den Söldnertruppen da draußen auf dem Land herumtreiben.

Da muss man sich nicht wundern, wenn es zu einem bedauerlichen Zwischenfall kommt, der tödlich endet.«

Lange herrschte angespanntes, nachdenkliches Schweigen in der Sakristei. Aus der Kirche drang leise der Gesang der Mönche zu ihnen.

Schließlich meldete sich der Hagere zu Wort: »Und wer soll der Bravo sein, der die Bluttat ausführt?«

»Das lasst meine Sorge sein! Ich werde dafür sorgen, dass nicht einmal der Hauch einer Spur zu uns führen wird«, versicherte der Hochgewachsene. »Und jetzt frage ich Euch, ob mein Vorschlag Eure Zustimmung findet.« Schweigend heftete er seinen Blick der Reihe nach auf jeden seiner vier Mitverschwörer. Dann stellte er seinen Becher auf den Tisch, streckte seine Rechte aus und richtete den Daumen nach unten auf den Steinboden.

Augenblicke später zeigten auch vier andere Daumen auf die kalten dunklen Steinplatten der Sakristei von San Marco.

»Tod dem Cosimo de' Medici!«, stieß der Hochgewachsene leise hervor.

»Tod dem Cosimo de' Medici!«, wiederholten die anderen im Chor.

Es war der 1. September 1427.

Erster Teil

September 1427

»Aus keiner Gefahr
rettet man sich ohne Gefahr.«

Niccolò Machiavelli

Sandro Fontana erwachte aus einem wirren Traum. Das halb erstickte Schreien einer weiblichen Stimme klang in ihm nach, als er die Augen aufschlug und eine dicke Spinne über seinen linken Oberarm krabbeln sah. Rasch fegte er sie mit der rechten Hand herunter und richtete sich auf. Erstes samtweiches Morgenlicht fiel durch große klaffende Lücken im Dachgebälk der halb eingestürzten Bretterhütte, in der er tags zuvor bei Einbruch der Dunkelheit sein primitives Nachtlager aufgeschlagen hatte.

Mit steifen Gliedern kam er auf die Beine, tastete im Halbdunkel nach seiner alten Armbrust, hängte sie sich an ihrem breiten Ledergurt über den Rücken und griff zu seinem Beutel aus grobem Sackleinen, der all sein Hab und Gut enthielt, und das war kläglich wenig.

Das letzte Stück Brot und Käse hatte er am Abend verzehrt. Er musste unbedingt versuchen, sich als Tagelöhner irgendwo auf einem Landgut Arbeit zu verschaffen, bevor er seine Reise nach Florenz fortsetzte. Zwar war er nur noch etwa anderthalb Tage Fußmarsch von seinem Ziel entfernt, aber mit leerem

Magen war das ein elend langer Weg, zumal bei der drückenden Hitze, die auch Mitte September noch über der Toskana lag. Außerdem wollte er ein paar Piccioli in der Tasche haben, wenn er endlich in Florenz eintraf. Dann hatte er mehr Zeit, sich in der Stadt nach einer anständig bezahlten Arbeit umzusehen. Denn nur so würde sein größter Wunsch in Erfüllung gehen: endlich das unstete Leben aufzugeben. Er hatte das rastlose Herumwandern so satt! Nachdem er Hals über Kopf aus Ferrara geflohen war, hatte das Schicksal ihn kreuz und quer durch die Lande getrieben. Nirgends hatte er es länger ausgehalten. Er war zwar noch jung, aber manchmal fühlte er sich ausgelaugt und auch ein bisschen einsam, und er sehnte sich nach einem Leben in Ruhe und Gleichmaß. Aber vielleicht würde sich das Blatt in Florenz ja wenden.

Sandro kroch unter den halb verrotteten Brettern und Balken der Hütte hervor. Schirmpinien warfen lange nachtschwarze Schatten über den schmalen sandigen Pfad, auf dem er bis zu diesem einsamen Ort im Wald gelangt war. Ein Einheimischer hatte ihm gestern Mittag am Brunnen eines Dorfes zu dieser Abkürzung geraten, mit der er seinen müden Füßen angeblich einen halben Tag ersparte.

Gerade wollte er hinüber zu dem klaren Bach gehen, der hinter der verfallenen Hütte vorbeifloss, um seinen knurrenden Magen zumindest mit Wasser zu füllen und sich auch gleich den Schlaf aus dem Gesicht zu waschen, als wieder dieser leise Schrei ertönte. Erschrocken blieb er stehen. Er hatte also doch nicht geträumt.

Er spähte zu dem dunklen Waldstück, das sich links von ihm auf dem sanft abfallenden Hang ausbreitete. Von dort war der Schrei gekommen. Angestrengt lauschte er in den jungen Morgen und wartete.

Da war er wieder, diesmal deutlich lauter und verzweifelter! Aber warum brach er so unvermittelt ab? Es klang, als würde die Frau daran gehindert weiterzuschreien!

Sandro zögerte nicht länger und lief los, immer am Bach entlang. Bald hatte er das Waldstück erreicht.

So schnell er konnte, rannte er über den engen Waldweg, der sich erst durch ein gut hundert Schritte langes Stück *macchia* schlängelte, zähes und immergrünes Buschwerk, das aus allerlei dornigen Gewächsen wie Stechpalmen, Ginster und anderen stachligen Sträuchern bestand, um dann wieder dicht wachsenden Pinien Platz zu machen, die den Hang bedeckten. Und immer noch drangen diese furchtbaren Schreie zu ihm herüber.

Als Sandro schon fast am Fuß des bewaldeten Hanges angekommen war, fiel sein Blick auf eine große Lichtung mit einem kleinen Teich, der von dem Bach gespeist wurde. Schwer atmend blieb er stehen und jetzt endlich sah er, was es mit den Hilferufen auf sich hatte.

Versteckt hinter einem dichten Busch, beobachtete er, wie zwei kräftige Burschen mit nacktem Oberkörper im hüfthohen Wasser des Teiches standen und sich anscheinend einen Spaß daraus machten, eine junge Frau immer wieder unter Wasser zu drücken und sie erst nach langen Augenblicken wieder hochzuziehen und zu Atem kommen zu lassen. Die Frau, die nur mit einem dünnen Untergewand bekleidet war, wehrte sich mit Händen und Füßen, was die beiden aber nur noch mehr anzustacheln schien. Immer wenn sie anfing, um Hilfe zu schreien, tauchten die beiden Männer sie unter.

Sandro handelte, ohne lange zu überlegen. Rasch holte er einen Bolzen aus Eschenholz mit dornenspitzer Eisenkappe aus seinem Beutel, nahm ihn zwischen die Zähne, griff zu seiner Armbrust und spannte den Bogen. Dann drang er hinter den Bäumen hervor, sprang über den Bach und lief auf den Teich zu. Die gespannte Armbrust hing von seiner rechten Schulter herab, mit dem Arm hatte er sie fest an seine Seite gepresst. Den Bolzen hielt er in der linken Hand, bereit, ihn jeden Augenblick aufzulegen.

Die beiden Männer, die ein paar Jahre älter zu sein schienen als er, sahen nicht nach einfachem Landvolk aus, sondern eher nach Städtern, wenn auch niederen Standes. Sie waren so sehr damit beschäftigt, ihr Opfer zu quälen, dass sie ihn erst bemerkten, als er, keine zehn Schritte mehr von ihnen entfernt, ausrief: »Aufhören! Schluss damit! Lasst sie endlich los! Wenn ihr so viel Spaß daran habt, andere zu quälen, solltet ihr euch lieber als Folterknechte verdingen!«

Die beiden Männer fuhren herum. Aber sie wirkten nicht erschrocken, sondern nur überrascht. Immerhin gaben sie ihr Opfer frei.

Hustend und nach Luft ringend, kroch die junge Frau ans Ufer und sackte neben einem sorgfältig zusammengelegten

Kleid aus moosgrünem Stoff zusammen. Mit letzter Kraft griff sie danach und hielt es sich schützend vor ihren schlanken Körper. Wasser rann aus ihren langen schwarzen Haaren, die ihr in wirren Strähnen ins Gesicht hingen. Und dazwischen blickten zwei riesige Augen zu Sandro auf, deren Iris wie Bernstein schimmerte. Er las Todesangst in ihnen, aber auch Erleichterung.

Erst jetzt erkannte Sandro, dass es sich nicht um eine junge Frau handelte, sondern um ein Mädchen. Es war ein wenig jünger als er, vielleicht vierzehn, höchstens fünfzehn Jahre alt.

»Halt dich da raus, Fremder!«, rief einer der beiden Männer schroff. »Was wir hier tun, geht dich einen feuchten Kehricht an! Wir tauchen sie so lange unter, wie es uns passt, kapiert? Also geh besser deiner Wege, bevor es auch für dich ungemütlich wird!«

»Du sagst es, Gino! Das Miststück hat die Behandlung mehr als verdient!«, mischte sich der andere ein. Plötzlich bemerkte er Sandros Armbrust und beinahe entschuldigend fügte er hinzu: »Die hat sich nämlich kurz vor Morgengrauen aus unserem Lager geschlichen, weil sie sich aus dem Staub machen wollte. Und das hätten wir dann bei unserem Patron in Florenz bitter ausbaden müssen!«

»Das . . . Das stimmt nicht!«, stieß das Mädchen atemlos hervor. »Ich . . . Ich wollte nicht weglaufen! Bestimmt nicht! . . . Ich wollte mich doch nur . . . heimlich hier . . . hier waschen . . . weil doch meine . . . meine Zeit im Monat gekommen ist . . . Ich kann nicht vor aller Augen ...« Sie brach ab und biss sich auf die Lippe.

»Du lügst!«, fuhr der Kerl namens Gino sie an. »Ihr Tscherkessinnen lügt doch alle! Ihr taugt sowieso nur für das eine! Dass ihr die Beine breit macht!« Damit stieg er aus dem Wasser, ging zu dem Mädchen und packte es grob am Arm, als wollte er es wieder zurück in den Teich ziehen.

Angstvoll blickte das Mädchen zu Sandro herüber.

»Lass sie sofort los!«, befahl er scharf. Er hob die Armbrust, setzte den Schaft an die Schulter, legte den Bolzen ein und richtete die Waffe auf den Mann. »Loslassen habe ich gesagt – oder du hast heute deinen letzten Sonnenaufgang gesehen!«

Der Mann erstarrte, ließ den Arm der jungen Frau jedoch nicht los. »Und wer sagt mir, dass du überhaupt triffst?« Seine Stimme klang schon nicht mehr so forsch.

»Ich treffe, verlass dich drauf!«, erwiderte Sandro kalt. »Auf die kurze Entfernung gibst du ein Ziel ab, das man gar nicht verfehlen kann!«

Der Mann blickte unschlüssig zu seinem Kumpan, der noch immer im Wasser stand, und dann wieder zu Sandro. »Wenn du glaubst, wir wären nur zu zweit, dann irrst du dich gewaltig. Unsere Leute lagern da oben an der Straße.« Er deutete mit seinem freien Arm schräg hinter sich auf eine Reihe von Bäumen und mannshohen Sträuchern. »Die werden kurzen Prozess mit dir machen, wenn du einem von uns auch nur einen Kratzer zufügst!«

»Darauf lasse ich es ankommen«, erwiderte Sandro betont lässig. Er fühlte sich längst nicht so mutig, wie er tat, aber er dachte nicht daran, sich das anmerken zu lassen. »Und ob sie schnell genug hier unten sind, um mich zu fassen, bevor ich im Wald untertauche, wage ich zu bezweifeln. Deshalb tust du besser, was ich gesagt habe.«

Der Mann im Teich wurde unruhig. »Wozu der Streit? Das ist die kleine Sklavin doch gar nicht wert. Die Tscherkessin hat ordentlich Wasser geschluckt. Das wird ihr eine Lehre sein. Komm, Gino, lass uns zurückgehen zu den anderen. Ich habe Hunger und ich will nicht nur die Reste von Francescos gutem Essen abbekommen.«

»Das ist ein Argument, das ich gelten lasse, Maso!«, brummte der andere und stieß das Mädchen grob von sich. In Sandros Richtung sagte er großmäulig: »Aber bilde dir bloß nicht ein, dass du mir mit deiner Armbrust Angst eingejagt hättest!«

»Nein, wie könnte ich auch!«, gab Sandro grimmig zurück.

Das Mädchen warf ihm einen dankbaren Blick zu. Mühsam richtete sie sich auf, wandte den Männern den Rücken zu und streifte sich rasch das Kleid über.

Der Mann versetzte ihr einen derben Stoß in den Rücken. »Na los, ein bisschen Bewegung!«, befahl er und setzte höhnisch hinzu: »Du hast dich ja wohl lange genug beim Baden erholt.«

Hämisch lachend trieben die beiden das junge Mädchen

vor sich her. Bald hatten sie den Rand der Lichtung erreicht und verschwanden zwischen den Bäumen.

Sandro atmete tief durch. Das hätte leicht ins Auge gehen können. Aber angesichts der Hilflosigkeit des Mädchens hatte er einfach nicht wegschauen können. Er hoffte, dass die beiden Grobiane sie in Zukunft wenigstens ein bisschen in Ruhe lassen würden.

Während er seine Armbrust richtete, überschlug er rasch seine Möglichkeiten, wohin er sich nun wenden sollte. Die Reisegruppe, zu der die junge Tscherkessin gehörte, war anscheinend wie er auf dem Weg nach Florenz. Von ihr auf der Landstraße eingeholt zu werden wollte er lieber vermeiden. Deshalb schlug er einen weiten Bogen um das Lager und setzte sich auf einen schattigen Hügel, von dem aus er die Landstraße aus sicherer Entfernung überblicken konnte.

Während er wartete, wanderten seine Gedanken wieder zu dem Sklavenmädchen zurück. Welches Schicksal wohl auf sie wartete? Er hatte davon gehört, dass es in vielen Städten Sklavenmärkte gab und dass dort Menschen aus Tscherkessien, Griechenland, Nordafrika und aus dem Osmanischen Reich der Türken verkauft wurden. Wie das Mädchen wohl nach Italien gekommen war? Bestimmt war es auf einem Sklavenmarkt an eine Florentiner Herrschaft verkauft worden.

Schließlich hatte das Warten ein Ende, denn er erblickte drei schwer beladene Ochsenfuhrwerke, vier bepackte Maulesel und einen Reiter zu Pferd. Gemächlich zogen sie unter ihm vorbei. Er sah genauer hin. Wo war die junge Tscherkessin? Ja, da saß sie, vorn auf einem der Fuhrwerke, neben einem alten Mann. Er wünschte ihr, dass sie es gut antraf in Florenz bei ihrer neuen Herrschaft.

Als die kleine Karawane hinter einer Biegung verschwunden war und nur noch eine sich langsam herabsenkende Staubwolke von ihr kündete, wagte Sandro sich hinunter auf die Landstraße.

Unablässig brannte die Sonne mit unbarmherziger Kraft vom Himmel. Hitzetrunkene Stille umgab Sandro, während er müde und hungrig über die staubige Landstraße in Richtung Florenz wanderte. Den ganzen Morgen lang hatte er niemanden um ein Almosen anbetteln können. Die wenigen Bauern auf den kargen Feldern und die Reisenden, die ihm entgegenkamen, bedachten ihn nur mit einem mürrischen Blick. Sie hatten nicht einmal ein Wort für ihn, geschweige denn eine noch so kleine milde Gabe.

Ein schwerer Duft nach Kräutern entströmte der warmen Erde, dem ausgedörrten Gras und den Olivenbäumen, die sich über weite Teile der rauen, sanft gewellten Hügellandschaft erstreckten und deren Blätter silbrig in der Sonne schimmerten. Hier und da erhoben sich zwischen den verbrannten Grasschollen schlanke, hochwachsende Zypressen, die stolz wie Gardesoldaten auf den Kuppen von Anhöhen aufragten und sich als schwarze Scherenschnitte vor dem gleißenden Himmel abhoben.

Immer wieder kam er an kleinen Gehöften vorbei, deren

Ziegeldächer und gedrungene Gebäude aus erdfarbenem Gestein wie ungewöhnlich geometrische, aber doch natürliche Auswüchse der Landschaft wirkten. Und da sie aus *terra cotta* bestanden, aus gebackener Erde, war das nicht einmal weit hergeholt.

Sandro machte sich bei ihrem ärmlichen Anblick erst gar nicht die Mühe, von der Landstraße abzubiegen und dort um eine Mahlzeit zu betteln oder gar um Arbeit nachzufragen. Damit hätte er nur auf einem der großen Landgüter Erfolg. Die meisten von ihnen lagen ein gutes Stück abseits der Landstraße und er ermahnte sich, besser auf Hinweise und ausgefahrene Abzweigungen mit langen schattigen Baumalleen Ausschau zu halten.

Noch bevor die Sonne ihren höchsten Punkt am Himmel erklommen hatte, führte ihn die Straße in ein kleines Dorf. Nur wenige schäbige Häuser und ein schmalbrüstiges Gotteshaus drängten sich um einen kleinen staubigen Platz mit einem runden, von Feldsteinen eingefassten Brunnen in der Mitte. In der lähmenden Mittagshitze war niemand auf den Beinen.

Verschwitzt und durstig steuerte Sandro geradewegs auf den Brunnen zu, nahm den Holzeimer vom Rand, ließ ihn am Seil in den Schacht hinunter und zog ihn gut gefüllt wieder zu sich herauf. Er trank gierig und in großen Schlucken, dann schüttete er sich den Rest des Wassers über den Kopf und über die staubbedeckten Arme.

»Heiliger Christophorus, täuschen mich meine Augen

oder bist du es wirklich, Sandro Fontana?«, rief plötzlich eine aufgeregte Stimme.

Sandro schüttelte sich und rieb sich das Wasser aus den Augen. Als er erkannte, wer da auf ihn zukam, trat ein ungläubiger Ausdruck auf sein Gesicht.

»Luca?«, stieß er überrascht hervor und stellte den Eimer auf den Brunnenrand zurück. »Luca Lopardi? Bist du's wirklich? Was, in Gottes Namen, hat dich in diese trostlose Gegend verschlagen?« Er konnte es kaum glauben, dass ihm ausgerechnet hier, in diesem verlassenen Dorf mitten in der Toskana, ein alter Freund aus dem fernen Ferrara über den Weg lief.

Luca Lopardi, ein schlaksiger, sehniger Bursche mit krausen rabenschwarzen Haaren und dem kräftigen Gebiss eines Ackergauls, verzog das Gesicht zu einem breiten Grinsen. »Der launische Wind des Schicksals, und der hat offenbar auch dich hierhergeweht. Lass dich umarmen, alter Freund!« Er schlang seine langen Arme um Sandro und hieb ihm kräftig auf den Rücken.

»Wo kommst du her? Und wo willst du hin? Was hast du alles erlebt, seit wir uns nicht mehr gesehen haben? Zwei Jahre muss das jetzt her sein ...«, sprudelte es aus Luca hervor, als er Sandro wieder losgelassen hatte. Er lachte auf. »Ja, ich bin immer noch der Alte, ich rede und rede und lasse dich nicht zu Wort kommen. Wie früher, nicht wahr?«

Sandro grinste. In der Tat, Luca hatte sich nicht verändert. »Ich bin auf dem Weg nach Florenz. Dort will ich Geld verdienen und sesshaft werden.«

»Das kann warten! Jetzt müssen wir erst einmal unser Wiedersehen feiern. Komm, lass uns in die Dorfschenke gehen und uns einen Becher kalten Weißen genehmigen«, schlug Luca aufgeregt vor. »Viel macht dieses dunkle Loch zwar nicht her, aber der Trebbiano ist ganz passabel. Außerdem kannst du meinen Kumpel Ricco kennenlernen. Der Kerl ist schwer in Ordnung.«

»Hör mal, ich habe nicht einen lausigen Picciolo in der Tasche und kann mir nicht mal einen Fingerhut voll Gepanschtem leisten«, sagte Sandro kleinlaut.

Luca schlug ihm auf die Schulter und lachte. »Der Wein geht auf mich, Sandro! Ich bin dank Ricco ganz gut bei Kasse. Und jetzt lass uns zusehen, dass wir aus dieser verdammten Bruthitze herauskommen und du dir was Besseres durch die Kehle laufen lassen kannst als schnödes Brunnenwasser.«

Die Dorfschenke war in der Tat ein dunkles Loch. Als Sandros Augen sich endlich an die Dunkelheit gewöhnt hatten, machte er einen kleinen Raum mit rauchgeschwärzter niedriger Balkendecke aus, in dem nur drei schlichte Holztische mit Bänken standen. An der Wand gegenüber der Tür hatte der Wirt unter einem langen Holzbrett mit Krügen und Bechern aus Steingut drei Fässer aufgebockt. Es gab zwei Fenster, schmal wie Schießscharten, deren hölzerne Schlagläden fast ganz zugezogen waren, um die Hitze abzuhalten, sodass kaum Tageslicht in die Schenke fiel.

Außer dem Wirt hielt sich nur noch ein Mann in dem Raum auf. Er saß an dem Tisch, der genau zwischen den beiden schmalbrüstigen Fensteröffnungen stand. Er schien etwas älter zu sein, vielleicht Mitte zwanzig, war von kräftiger Gestalt und hatte ungewöhnlich kurz geschnittene Haare und einen goldenen Ring im linken Ohr. Sein Gesicht war kantig, seine Züge wirkten grob und unfertig. Über der muskulösen nackten Brust trug er trotz der Hitze eine gefütterte wamsartige Lederweste, die selbst im trüben Dämmerlicht der Schenke speckig glänzte.

»Ricco, das ist mein alter Freund Sandro Fontana. Einen besseren findest du auf der ganzen Welt nicht«, sagte Luca überschwänglich. »Wenn Sandro damals nicht seine Haut für mich riskiert hätte, als ich dem fetten Händler in Ferrara die Fracht auf seinem Fuhrwerk um einen Ballen Tuch erleichtern wollte, wären mir Jahre in einem stinkenden Kerker gewiss gewesen. Womöglich wäre sogar meine rechte Hand unter dem Beil des Henkers gelandet!« Dann wandte er sich Sandro zu und deutete mit einem Nicken auf den Mann am Tisch. »Darf ich vorstellen? Ricco Talese.«

Ricco verzog keine Miene, doch er streckte Sandro seine schwielige Rechte entgegen. Seine hellen Augen musterten ihn aufmerksam. »Setz dich. Du siehst aus, als könntest du einen kühlen Trunk gebrauchen.«

Sandro wählte die Bank ihm gegenüber. »Habe nichts dagegen einzuwenden.«

Er nahm die Armbrust von der Schulter und legte sie ans

Ende des grob behauenen Tisches. Riccos wacher Blick folgte jeder seiner Bewegungen.

»Wirt! Einen Becher für unseren Freund hier! Und bringt gleich noch einen Krug von Eurem Weißen!«, rief Luca und setzte sich neben Sandro.

Mit einem wortlosen Nicken nahm der Wirt einen Krug vom Wandbord und hielt ihn unter den Zapfhahn von einem der Fässer.

»Hast du Luca wirklich vor dem Kerker und dem Beil des Henkers bewahrt?«, fragte Ricco, nachdem der Wirt Becher und Weinkrug gebracht und sich wieder nach hinten in seine Ecke zurückgezogen hatte.

»Schon möglich«, sagte Sandro zurückhaltend und genoss den ersten köstlichen Schluck Trebbiano. »Vielleicht war's ein bisschen brenzlig. Aber aus Lucas Mund klingt die Geschichte dramatischer, als sie in Wirklichkeit war.«

»Von wegen!«, protestierte Luca. »Es war dramatisch! Sandro ist bloß keiner, der viele Worte um solche Sachen macht! Der packt zu, ohne lange zu überlegen, und tut, was getan werden muss. Ich sage dir, Ricco, selten hab ich jemanden getroffen, auf den so sehr Verlass ist!«

Sandro bemerkte, dass Luca seinem Freund einen vielsagenden Blick zuwarf.

»Schön«, sagte Ricco nur.

Während Luca das nächste Erlebnis aus der gemeinsamen Zeit in Ferrara zum Besten gab und dabei genauso übertrieb wie bei der Sache mit dem Tuchballen, schweiften

Sandros Gedanken ab. Langsam trank er seinen Becher leer und überlegte, sich bald wieder auf den Weg zu machen. Es war zwar schön, einen Freund aus alten Tagen wiederzusehen, aber er wollte sich nicht zu lange aufhalten. Sein Ziel war schließlich nicht mehr weit.

Auch Ricco sagte nicht viel, allerdings schien er genau hinzuhören, was Luca von sich gab. Dabei ließ er Sandro nicht einen Augenblick lang aus den Augen. Es war, als studierte er ihn, um sich ein möglichst genaues Bild von ihm zu machen.

Irgendwann fiel er Luca ins Wort. »Die ist nicht gerade neu«, sagte er unvermittelt und deutete auf Sandros Armbrust. »Sie dürfte doppelt so alt sein wie du.«

Sandro zuckte mit den Achseln. »Und wennschon. Hauptsache, sie tut ihren Dienst.«

»Und, kannst du auch damit umgehen?«

»Kommt darauf an, was du darunter verstehst«, antwortete Sandro vorsichtig.

»Ob du damit treffen kannst.«

»Wenn ich es nicht könnte, würde ich sie wohl kaum mit mir herumschleppen. Dann hätte ich sie schon längst beim erstbesten Pfandleiher versetzt«, gab Sandro trocken zurück.

»Dann lass uns doch mal nach draußen gehen und sehen, ob du nicht bloß ein Aufschneider bist«, sagte Ricco und stand auf.

Luca tat es ihm sogleich nach. »Gute Idee.«

Sandro blieb sitzen. »Ich wüsste nicht, warum ich dir etwas beweisen sollte«, sagte er gelassen. »Ich kenne dich nicht einmal. Und wenn ich es recht verstanden habe, zahlt Luca meinen Wein und nicht du.«

Zum ersten Mal zeigte sich ein breites Grinsen auf dem grobschlächtigen Gesicht von Ricco Talese. »Du gefällst mir, Sandro Fontana. Das ist eine Antwort ganz nach meinem Geschmack. Aber vielleicht ist das hier Grund genug, dass du mir eine kleine Kostprobe von deiner Schießkunst gibst.« Er griff in seine Tasche und warf sechs Piccioli auf die blank gescheuerte Tischplatte. »Na, wie sieht es jetzt aus?«, fragte er. In seiner Stimme lag leiser Spott.

Sechs Piccioli! Sandro hatte Mühe, sich seine Überraschung nicht anmerken zu lassen. »Ich denke, das kann man einen recht annehmbaren Grund nennen«, sagte er betont gleichmütig, strich die Münzen von der Tischplatte, steckte sie ein und griff zu Armbrust und Beutel.

Sie mussten nicht lange nach einem geeigneten Ziel suchen. Ein leeres Fass neben der Schenke schien bestens geeignet.

Während Sandro die Armbrust spannte und den pfeilartigen Bolzen einlegte, maß Ricco eine Entfernung von fünfzehn Schritten ab und zog mit seinem Stiefelabsatz einen Strich in den Sand.

»Einverstanden?«, fragte er knapp.

Sandro begnügte sich mit einem Nicken, stellte sich hinter die Linie und visierte das Fass an. Dann krümmte er den

Finger um den Hahn des Abzugs und der Bolzen schnellte von der Armbrust weg und traf das Fass genau in der Mitte.

»Volltreffer!«, rief Luca und klatschte in die Hände. »Ich habe es gewusst. Was meinst du, Ricco, so einen wie ihn können wir bestimmt gut gebrauchen, nicht wahr?«

Ricco beachtete ihn nicht. Stattdessen fragte er Sandro: »Was meinst du, ist bei sechs Piccioli noch ein zweiter Schuss drin?« Wieder lag leiser Spott in seiner Stimme.

Sandro holte wortlos zwei neue Bolzen aus dem Beutel und setzte sie genau links und rechts neben den ersten.

Während Luca Sandro begeistert auf die Schulter klopfte, starrte Ricco schweigend auf die drei im Holz steckenden Armbrustbolzen. Schließlich legte sich ein Lächeln auf sein Gesicht.

»Nicht schlecht«, sagte er anerkennend. »Kommt, lasst uns wieder in die Schenke gehen. Ich denke, wir drei haben eine Menge zu bereden.«

Als sie wieder in der dunklen Gaststube saßen und frischer Wein vor ihnen stand, war Riccos erste Frage: »Wie steht es mit deinem Gewissen, Sandro Fontana? Bedeutet es dir mehr als ein gut gefüllter Geldbeutel?«

»Kommt drauf an, worum es geht«, antwortete Sandro und musterte sein Gegenüber genau. Worauf wollte der Kerl eigentlich hinaus? Was sollte das alles? Irgendetwas stimmte nicht mit Ricco, aber er konnte es nicht fassen.

»Für dich könnte es um fünf Goldflorin gehen.«

Jetzt war es mit Sandros Gleichmut vorbei. Fünf Goldstücke! Noch nie in seinem Leben hatte er auch nur ein Goldstück besessen, geschweige denn fünf! Der goldene Florin war die Währung der reichen Händler und Kaufleute. Das einfache Volk bekam ihn so gut wie nie in die Hände, sondern wurde ausschließlich mit Silbergeld bezahlt. Und Piccioli konnte man ausschließlich bei einer Wechselbank in Goldstücke umtauschen. Wobei deren Wert in Silber jedoch ständig schwankte, je nachdem, zu welchem Kurs es gerade gehandelt wurde.

Luca grinste von einem Ohr zum anderen. »Gegen fünf Goldflorin steht das Gewissen auf verlorenem Posten, meinst du nicht auch?«

Sandro nickte. Er hatte plötzlich einen ganz trockenen Mund, obwohl er gerade erst von seinem Wein getrunken hatte. »Das nenne ich eine höllische Versuchung«, gab er leise zu. »Aber ich fürchte, die fünf Goldflorin werden nicht leicht verdient sein.«

Ricco zuckte mit den Achseln. »Leichter, als du glaubst. Aber dazu kommen wir später. Jetzt sag mir erst einmal, ob du einen guten Magen hast.«

Sandro sah ihn verständnislos an. »Wie meinst du das?«

»Kannst du Blut sehen?«

Sandro zögerte. Was sollte die Frage? Vorsichtig nickte er. »Ich habe schon eine Menge Blut gesehen und es ist mir nicht mehr und nicht weniger auf den Magen geschlagen als den anderen, mit denen ich zusammen gewesen bin.«

»Wo war das?«

»Auf dem Schlachtfeld von Valdilamone.«

Riccos Brauen fuhren in die Höhe. »Wo die Mailänder Söldnertruppen das Heer der Florentiner geschlagen haben?«

Sandro nickte.

»Und auf welcher Seite hast du gekämpft?«

»Auf beiden«, sagte Sandro knapp.

Ricco lachte schallend auf und schlug mit der flachen Hand auf den Tisch, als hätte Sandro gerade einen Scherz gemacht. »Auf beiden Seiten? Jaja, so sind sie, die *condottieri*. Sie wechseln die Fronten, je nachdem, wer ihnen mehr Geld bietet.« Dann wurde er wieder ernst. »Also gut. Ich sehe, du bist genau der Richtige.«

»Dann ist Sandro also mit von der Partie?«, vergewisserte sich Luca freudig erregt.

Ricco nickte. »Von mir aus ist er das. Dann sind wir zu dritt. Das macht die Sache noch leichter und sicherer. Außerdem hat mich die Armbrust auf eine Idee gebracht. Also gut, Sandro. Jetzt hör dir erst einmal an, was für einen Auftrag ich erhalten habe und was du dabei für eine Rolle spielen könntest.« Er beugte sich vor über den Tisch und senkte seine Stimme so weit, dass sie nur noch ein Flüstern war.

Je länger Ricco sprach, desto blasser wurde Sandro. Und während draußen über dem Dorf die heiße Mittagssonne ein Stück weiterwanderte, nahm Sandros Leben, das bis dahin viele Jahre ziellos verlaufen war, eine folgenschwere Wendung.

Die steilen Bergzüge des Apennin mit ihren beschwerlichen Wegstrecken hatte die Reisegruppe, die mit ihren drei Fuhrwerken und vier beladenen Maultieren unterwegs nach Florenz war, schon vor Tagen hinter sich gelassen. Doch immer wieder hatten kleinere Bergkämme, die wie lange erdfarbene Finger in die Ebene ragten, den Männern die Sicht auf ihre Heimatstadt am Arno versperrt. Nun aber lag das Herz der stolzen Republik Florenz, mit deren Reichtum, Macht und Ruhm sich wohl nur Venedig und Mailand auf italienischem Boden messen durften, vor ihren Augen.

»Die Muttergottes und alle Heiligen seien gepriesen! Da unten liegt sie, die leuchtende Lilie und der Stolz der ganzen Toskana – und beneidet von der ganzen Welt!«, rief der Fuhrmann Pippo Truffano mit überschwänglicher Freude. Wieder einmal hatte er die lange Reise nach Venedig und zurück heil überstanden. »Die Heimat hat uns wieder, gottlob wohlbehalten an Leib und Seele.«

Auch die anderen Männer jubelten und schickten manch

inniges Dankgebet zum Himmel. Einige sanken auf die Knie und küssten den heimatlichen Boden.

Tessa Brunetti, die neben dem Fuhrmann saß, hatte zwar keinen Grund zum Jubeln, aber auch sie war erleichtert, dass sie nun bald das Ziel der anstrengenden Reise erreicht hatte. Noch heute würde sie erfahren, welcher Herrschaft sie in dieser fremden Stadt zu Diensten sein musste. Bislang hatte sie nur in Erfahrung bringen können, dass ihr neuer Herr den Namen Benvenuto Panella trug und dass er durch den Handel mit Teppichen, Wandbehängen und Glaswaren reich geworden war.

Mit gemischten Gefühlen blickte sie von der Anhöhe hinunter auf die von einem hohen Mauerring umschlossene Stadt mit ihrem dicht gedrängten Häusermeer und dem Fluss Arno. Der Strom floss in einem sanften Bogen als trübschlammiges Band durch die Stadt. Dabei trennte er etwa ein Drittel des Stadtgebietes, das sich am linksseitigen Ufer auf leicht ansteigendem Gelände erstreckte, von dem gut doppelt so großen Teil von Florenz jenseits des rechten Uferstreifens. Die zinnengekrönten Mauern rund um die Stadt ragten hoch auf und waren in regelmäßigen Abständen mit trutzigen Wehrtürmen bestückt.

Tessa hatte noch nie solch mächtige steinerne Bollwerke zu Gesicht bekommen, kannte sie aus Venedig doch nur das labyrinthische Netz von Kanälen. Dort gab es nirgends Stadtmauern und Wehrtürme, sondern nur die weite Lagune und eine Flotte von Kriegsschiffen.

»Ist das nicht ein erhabener Anblick?«, fragte Pippo Truffano voller Stolz. »Das ist die Stadt, deren Namen man überall auf der Welt kennt und rühmt, wo Kaufleute Handel treiben und wo viel Geld im Spiel ist.«

»Dann seid Ihr wohl mit Recht stolz darauf, dass Ihr ein Florentiner seid«, erwiderte Tessa freundlich. Sie hatte Vertrauen gefasst zu dem alten Mann mit den grauen Haaren und war froh darüber, dass er sie zu sich nach vorn auf den Kutschbock geholt hatte, was alles andere als üblich war. Er hatte behauptet, dass sie ihn an seine Enkeltochter erinnerte, aber Tessa mutmaßte, dass er Mitleid mit ihr verspürt hatte.

Auf jeden Fall war er der Einzige gewesen, der sie auf der Reise nicht wie ein Stück Fracht behandelt hatte, das genauso unbeschadet bei seinem Eigentümer eintreffen musste wie die edlen Teppiche oder die Truhen mit erlesenen Glaswaren, die auf den Fuhrwerken und auf dem Rücken der Maultiere festgeschnallt waren. Und vor dem Gesetz war sie ja als Sklavin auch nichts anderes als ein Besitzstück, so wie ein Ballen Tuch oder eine Tonne Mehl, höchstens einige Florin wertvoller.

Nein, Pippo Truffano war nicht der Einzige gewesen, berichtigte sie sich rasch in Gedanken. Da war ja noch der fremde junge Mann mit dem dunkelbraunen Lockenschopf, der ihren Peinigern mit seiner Armbrust so mutig Einhalt geboten hatte und ihrer Tortur im Teich ein Ende gesetzt hatte.

Der Fuhrmann neben ihr strahlte noch immer beim Anblick seiner Heimat. Er drehte sich zu Tessa. »Ein Papst hat einmal über Florenz gesagt: *Es gibt vier Elemente, die die ganze Welt beherrschen, Erde, Wasser, Luft und Feuer. Ich aber füge ein fünftes Element hinzu, die Florentiner, die auch die ganze Welt zu regieren scheinen!*«

»Das gereicht Eurer Stadt gewiss zur Ehre«, sagte Tessa.

»Dass wir Florentiner zum fünften Element in der Welt geworden sind, das verdanken wir nicht nur unseren mächtigen Bankhäusern, sondern zu einem Gutteil dem Arno.« Der Fuhrmann deutete kurz in Richtung des Flusses.

»Wie das?« Tessas Interesse war echt, als sie Pippo neugierig anblickte. Sie wollte so viel wie möglich über ihre neue Heimat erfahren.

»Der Fluss hat zwar seine bösen Launen, die immer mal wieder Zerstörung und Tod in die Stadt bringen, wenn es zu großen Überschwemmungen kommt, aber er sorgt auch dafür, dass Florenz sich niemals um Wasser sorgen muss. Unsere Stadt ist zum Zentrum der Tuchherstellung aufgestiegen. Die feinsten und edelsten Stoffe, die in vielen Ländern begehrt sind und für die viel Geld bezahlt wird, kommen seit Generationen aus Florenz. Es gibt mehr als zweihundert Tuchmanufakturen. Und das alles verdanken wir dem Arno. Denn das Waschen, Walken und Färben des Tuches erfordert viel Wasser.«

»Von diesen Dingen verstehe ich nichts«, sagte Tessa bescheiden. »Aber ich sehe, was Ihr meint.«

»Florenz war schon immer eine reiche Stadt, musst du

wissen«, fuhr Pippo Truffano fort. »Früher waren es die adeligen Familien, die die Geschicke der Stadt bestimmt haben.« Wieder zeigte er hinunter auf das Gewirr von Häusern. »Siehst du die einzelnen Türme? Man nennt sie Geschlechtertürme. Früher ragten sie noch viel höher auf. Je prachtvoller ein Turm war, desto mächtiger war die Adelsfamilie, der der Turm gehörte. Aber die Macht des Adels ist längst gebrochen. Von Adel zu sein zählt in Florenz nicht mehr.«

»Was zählt dann?«, fragte Tessa verwundert.

»Der Goldflorin«, antwortete der Fuhrmann. »Jetzt regieren die reichen Kaufleute und Bankiers. Sie bestimmen die Geschicke der Stadt.« Er zuckte mit den Schultern. »Mir ist es einerlei, welche Kaufmannsfamilie oder welches Bankhaus die Politik der Stadt bestimmt. Sollen sie sich ruhig um die Macht streiten, die Reichen. Mir ist allein wichtig, dass mein Fuhrgeschäft floriert.«

In diesem Augenblick setzte sich die kleine Karawane wieder in Bewegung und nun musste Pippo wieder auf seine Tiere achten.

Je näher sie der Stadt kamen, desto schwerer wurde Tessas Herz. Irgendwo in diesem riesigen Häusermeer würde sie ab jetzt leben. Wie sollte sie sich nur zurechtfinden? Sie sehnte sich zurück nach Venedig, nach den Straßen und Gassen, die ihr vertraut waren, und nach den Menschen, in denen sie nach dem Tod ihrer Mutter, einer Sklavin wie sie, beinahe so etwas wie eine Familie gefunden hatte. Die Arbeit in der Küche war zwar schwer gewesen, aber sie hatte sich sicher gefühlt und aufgehoben.

»Siehst du die große Baustelle mitten in der Stadt?«, unterbrach der Fuhrmann ihre trüben Gedanken. »Das ist unser Dom Santa Maria del Fiore. Schon vor mehr als hundert Jahren hat man mit dem Bau begonnen, trotzdem konnte er noch immer nicht vollendet werden.«

»Weil das Geld dafür fehlte?«

Pippo Truffano schmunzelte. »Nein, daran hat es wahrlich nicht gemangelt. Das Problem lag ganz woanders. Es ging um die Kuppel. Die soll nämlich größer und prachtvoller werden als alles, was die Menschheit je gesehen hat. Die Dombaumeister wussten sich jedoch keinen Rat, wie sie so etwas bauen sollten, ohne dass die ganze Kirche einstürzt.«

»Aber nun wird doch weitergebaut«, sagte Tessa mit Blick auf die Baugerüste und die Menschen, die klein wie Ameisen aussahen, wie sie dort auf Laufstegen und Leitern in schwindelerregender Höhe herumkrabbelten.

»Ja, denn vor vier Jahren hat unser Baumeister Filippo Brunelleschi endlich die Lösung gefunden. Frag mich nicht, welche, aber wie du siehst, werden wohl noch einige Jahre vergehen, bis die Kuppel endlich geschlossen ist.«

Die Sonne berührte schon fast die Hügel im Westen der Stadt, als die kleine Karawane schließlich den Mauerring und das Stadttor Porta al Prato erreichte.

Es dauerte eine Weile, bis alle notwendigen Steuern für

die einzuführenden Waren entrichtet waren und die Zollinspektoren die Fuhrwerke und die Maulesel durch das tiefe Tor in die Stadt ließen. Mittlerweile war die Abenddämmerung angebrochen und die hohen Häuser beiderseits der breiten Straße warfen dunkle Schatten.

Tessa war nach dem langen Reisetag in brütender Hitze zu müde, um dem trotz der späten Stunde noch immer geschäftigen Treiben auf den Straßen und Plätzen sonderlich viel Beachtung zu schenken. Ihr fiel jedoch auf, dass prächtige Palazzi mit stolzen Fassaden direkt neben gewöhnlichen Werkstätten, Läden und recht armselig aussehenden Wohnhäusern standen. Das kannte sie aus Venedig nicht, wo die Paläste der Adeligen und Reichen an den Kanälen standen, wohingegen die Armen in engen Gassen und Hinterhöfen wohnten.

Von Pippo Truffano erfuhr sie, dass das Haus ihrer neuen Herrschaft in einem Stadtviertel namens Santa Maria Novella stand, benannt nach der gleichnamigen Kirche. »Das Viertel ist fest in der Hand von ein paar Familien, die zu den reichsten und mächtigsten der Stadt zählen: die Strozzi, die Pazzi und die Corsini. Nur die Albizzi und vor allem die Medici, die drüben in der Pfarre von San Giovanni den Ton angeben, können ihnen das Wasser reichen.«

Kurze Zeit später hatten sie das Anwesen des Glaswaren- und Teppichhändlers Benvenuto Panella erreicht. Von einem Bediensteten wurde ein breites, doppelflügeliges Tor zu einem großen Innenhof geöffnet, sodass die Fuhrwerke hineinfahren konnten. Rechter Hand wurde der Hof von der Rückseite eines zweistöckigen Wohnhauses begrenzt.

Tessa hatte nicht viel Zeit, sich von Pippo Truffano zu verabschieden. »Ich danke Euch. Ihr seid immer sehr freundlich zu mir gewesen. Das werde ich Euch nie vergessen«, sagte sie schnell. Der väterliche Fuhrmann nickte ihr gütig zu und Tessa wandte sich mit Tränen in den Augen um und folgte dem Bediensteten, der sie in Empfang genommen hatte, ins Haus.

Eine mürrisch dreinschauende Frau in einem violett schimmernden Seidenkleid bedachte sie mit einem kurzen prüfenden Blick und rief dann, ohne auch nur nach ihrem Namen gefragt zu haben, eine ältere, verhärmt aussehende Frau zu sich.

»Gemma, sieh zu, dass sie sich ordentlich wäscht und ein sauberes Kleid anzieht«, sagte sie mit befehlsgewohnter Stimme. »Und dann bring sie hinauf zu meiner Tochter!«

»Sehr wohl, Donna Simona!«

Tessa wurde in einen Nebenraum geschoben, wo sie sich unter den aufmerksamen Blicken der alten Frau waschen und umziehen musste.

»Ich heiße Gemma«, sagte sie mit müder Stimme. »Ich bin schon seit vielen Jahren in diesem Haus, seit der Hochzeit meiner Herrin. Später werde ich dir sagen, was du wissen musst. Aber nun beeil dich. Fiametta, die junge Herrin, wartet nicht gern.«

Wenig später folgte Tessa der alten Zofe hinauf in das

Obergeschoss. Sie trug ein schlichtes Kleid aus hellgrauem Stoff, ihr Haar war frisch frisiert.

Der Weg führte über einen mit Steinplatten ausgelegten Säulengang. Durch die Arkaden zu ihrer Linken blickte sie in einen kleinen begrünten Innenhof hinunter. Kurz bevor der Gang nach links weiterführte, blieb Gemma vor einer Tür stehen und drehte sich zu Tessa um.

»Du tust gut daran, von Beginn an einen möglichst guten Eindruck auf Fiametta zu machen«, sagte sie leise und es klang wie eine Warnung.

Tessa nickte beklommen.

Gemma klopfte an die Tür, öffnete sie und trat ins Zimmer. »Fiametta, Eure Sklavin aus Venedig ist eingetroffen.«

»Endlich! Ich habe ja auch lange genug warten müssen!«

Tessa erschrak. Die Stimme der jungen Frau im Zimmer klang scharf und keifend.

»Nun denn, hier ist sie.« Gemma zog Tessa am Arm ins Zimmer. Dann ging sie hinaus und schloss die Tür hinter sich.

Tessa blieb an der Tür stehen. Ihr Herz klopfte wild.

In einem gepolsterten Armstuhl saß ein Mädchen von vielleicht sechzehn Jahren mit rundlichem, pausbäckigem Gesicht und lockigen dunkelblonden Haaren. Sie trug ein faltenreiches und mit seidenen Bändern verziertes Kleid aus einem glänzenden blassrosafarbenen Stoff.

»So, du bist also mein Geburtstagsgeschenk!« Sie zog die dünnen Augenbrauen hoch, als wüsste sie nicht recht, ob es ihr auch gefiel.

»Wenn Ihr es sagt, wird es wohl so sein«, brachte Tessa mühsam hervor.

»Und ob es so ist! Oder zweifelst du vielleicht an meinen Worten?«, fuhr Fiametta sie ungehalten an.

»Nein! Natürlich nicht!«, beteuerte Tessa hastig. »Wie käme ich dazu, an Euren Worten zu zweifeln? Ich ...«

»Schon gut!«, fiel Fiametta ihr ins Wort. »Du hast nur dann zu reden, wenn ich dich etwas frage. Und jetzt komm näher und sag mir, wie du heißt.«

Tessa machte ein paar vorsichtige Schritte ins Zimmer hinein. »Tessa ... Tessa Brunetti.« Sie nannte den Namen, den man ihr in Venedig gegeben hatte. Ihren richtigen Namen kannte sie nicht, war sie doch schon im Alter von drei Jahren mit ihrer Mutter nach Venedig auf den Sklavenmarkt gebracht worden. Wäre ihre Mutter nicht zwei Jahre später an einem Fieber gestorben, hätte sie womöglich mehr über ihre Herkunft gewusst. Aber das gehörte zu den Träumen, denen sie besser nicht allzu lange nachhing.

»Und wie alt bist du?«

»Vierzehn.«

Fiametta stand auf und ging langsam um sie herum.

Tessa fühlte sich wie ein Pferd, das auf dem Viehmarkt zum Verkauf angeboten wird. Sie wagte nicht, sich zu bewegen, nur ihre Blicke wanderten durchs Zimmer. Es war in mattes Kerzenlicht getaucht. Die schweren Vorhänge vor den Fenstern waren zugezogen. Zu ihrer Linken stand ein hohes Bett mit Baldachin, davor lag ein großer weicher Teppich mit einem bunten Muster aus Ranken, Blumen und Vögeln. Rechts von ihr entdeckte sie eine kunstfertig bemalte Truhe und daneben einen schmalen Tisch. Auf dessen blank polierter Platte standen zwei dreiarmige Kerzenleuchter und dazwischen ein runder Silberspiegel und zahllose kleine Fläschchen, Tiegel und Döschen. Darüber hing ein dreiteiliges Tafelbild, das die Muttergottes und mehrere Heilige zeigte.

»Mein Vater hat mir zu meinem sechzehnten Geburtstag eine eigene Zofe versprochen, weil ich es leid bin, immer die alte Gemma anbetteln zu müssen, dass sie mir beim Ankleiden, Lockenbrennen und Schminken zur Hand geht. Das wird ab jetzt deine Aufgabe sein.«

»Ich werde mich bemühen, Euch eine gute Zofe zu sein, junge Herrin.«

»Das will ich dir auch geraten haben!«, erwiderte Fiametta barsch. »Ich hoffe, du verstehst dich auf das Lockenbrennen und das Anrühren von Schminke.«

»Nein, das hat nicht zu meinen Aufgaben gehört«, sagte Tessa vorsichtig.

Fiametta stöhnte auf und verdrehte theatralisch die Augen. »Du bist mir ja ein schönes Geschenk!«, schimpfte sie. »Die alte Gemma soll dir alles so schnell wie möglich beibringen. Und wenn du dich zu dumm anstellst, lass ich dich von meinem Vater wieder verkaufen! Und jetzt geh mir aus den Augen! Ich werde nach dir rufen, wenn ich dich brauche!« Sie setzte sich wieder auf ihren Stuhl und beachtete Tessa nicht weiter.

Als Tessa wieder draußen auf dem Säulenumgang stand, musste sie sich an der Wand festhalten, so sehr zitterten ihre Knie. Sie schloss die Augen und atmete ein paarmal tief durch. Nur mit Mühe konnte sie die Tränen zurückhalten.

Eine tiefe Stille umgab Sandro Fontana. Er war allein in der kleinen Kirche von San Piero a Sieve, einem größeren Dorf im hügeligen Mugello, das zu Fuß eine gute Tagesreise nördlich von Florenz lag. Die Abendmesse war zu Ende und die wenigen Gläubigen hatten die Kirche längst verlassen. Der Gestank von Viehdung, der an der Kleidung der Bauern haftete, hatte sich mit dem Weihrauch vermischt und lag schwer in der kalten Luft.

Sandro kniete vor dem Seitenaltar auf einem harten Betbrett und wagte kaum, den Blick zur allerheiligsten Jungfrau zu heben.

»Heilige und allzeit barmherzige Muttergottes, du weißt, wie es in mir aussieht.« Obwohl sich außer ihm niemand sonst in der Kirche aufhielt, war seine Stimme kaum mehr als ein Flüstern. »Wie konnte ich nur in so etwas hineingeraten? Ich habe stets ein gottesfürchtiges Leben geführt . . . Auch wenn ich damals das Kloster verlassen habe und kein Mönch geworden bin. Sag mir, heilige Muttergottes, tue ich das Richtige? Gibt es vielleicht einen anderen Ausweg? Ausgerechnet er ist es! Immer muss ich daran denken, was meine Eltern mir erzählt haben ... Fünf Goldflorin! Wenn ich mir vorstelle, was ich damit machen könnte ... Nein, so darf ich nicht denken! Vergib mir, heilige Muttergottes ...«

So kniete er noch lange vor dem Altar und versuchte, im Gebet eine Entscheidung zu treffen, was er tun sollte.

Plötzlich legte sich eine Hand auf seine Schulter. Erschrocken fuhr Sandro herum. Ricco stand hinter ihm und sah ihn argwöhnisch an. Stand er schon lange dort? Hatte er vielleicht mitgehört?

»Lass mich in Ruhe!«, sagte Sandro mürrisch.

»Kannst du mir mal verraten, was du hier treibst?«, fragte Ricco.

Rasch griff Sandro nach seiner Armbrust, die er neben sich auf den Steinboden gelegt hatte, und kam vom harten Betbrett hoch. »Ich habe gebetet. Weißt du überhaupt, was das ist?«, fragte er bissig zurück.

Ricco schlug sich mit der flachen Hand vor die Stirn. »Natürlich! Jetzt, wo du es sagst, erinnere ich mich wieder! Das ist doch das langatmige Gebrabbel, mit dem die Pfaffen und die Kuttenträger den lieben langen Tag verbringen.« Er grinste breit. »Soll ich dir mal was verraten? In der Hölle geht es sowieso viel interessanter zu als im Himmel. Da trifft man nämlich alle wieder, die in ihrem Leben Geld und Macht besessen haben, verlass dich drauf, und die haben was Interessanteres zu erzählen als die Engel im Himmel!

So, und jetzt lass uns gehen. Luca wartet drüben am Fluss bei der Mühle mit frischem Proviant. Es wird bald dunkel und wir müssen uns auf den Weg machen.«

Sandro nickte nur.

»Wenn alles nach Plan läuft, ist morgen unser großer Tag. Und dann wird Kasse gemacht!«

Ricco wandte sich um und ging durch das Kirchenschiff nach draußen.

Morgen schon. Doch Sandro zögerte nicht länger. All sein Zaudern und Zögern – das würde bald der Vergangenheit angehören. Seine Entscheidung stand fest.

Sandro Fontana wusste, er würde das Richtige tun.

Die vergangenen Tage hatten die drei Gefährten damit verbracht, sich mit dem Gelände rund um eines der größten Landgüter der Umgebung und mit den Gewohnheiten seiner Bewohner vertraut zu machen. Stundenlang hatten sie am Flusslauf, nahe den Weinbergen und bei den Olivenhainen sowie in sicherer Entfernung zu den Wirtschaftsgebäuden in den Büschen gelegen und sich alles genau eingeprägt. Sie hatten größte Vorsicht walten lassen, um dabei von niemandem bemerkt zu werden. Aus diesem Grund hatten sie ihr Nachtlager auch nicht in der Nähe des Landgutes aufgeschlagen, sondern in einem Wald südlich von San Piero a Sieve und damit zweieinhalb Stunden Fußmarsch entfernt.

Ricco hatte eine zweite Armbrust aufgetrieben und er, Sandro, hatte ihm beigebracht, wie man damit umging. Normalerweise gab es da nicht viel zu lernen, sofern man eine ruhige Hand und ein gutes Auge besaß. Etwas völlig anderes war es dagegen, die Waffe aus dem Hinterhalt auf einen ahnungslosen Menschen zu richten.

Als die beiden aus der Kirche traten, kam eine zerlumpte Bettlergestalt auf sie zu. Der Mann, der eine löchrige Kappe aus grobem grauen Tuch auf dem Kopf trug und nur ein paar Jahre älter sein konnte als Ricco, war von zwergenhaftem Wuchs. Er hatte ungewöhnlich kurze Beine, sodass es im ersten Augenblick aussah, als bewegte er sich auf Knien vorwärts. Und als hätte die Natur ihn nicht schon genug gestraft, spaltete auch noch eine breite Hasenscharte seine Oberlippe schräg unter der Nase.

»Habt Erbarmen mit einem armen Mann!« Unterwürfig streckte er ihnen mit schmutzigen Händen eine hölzerne Bettelschale entgegen, an deren Rand noch getrockneter Haferschleim klebte. Da sie beide eine Armbrust über der Schulter trugen, hielt er sie offenbar für Söldner oder Angehörige örtlicher Miliztruppen. Denn einige sehr reiche und mächtige Florentiner Großgrundbesitzer hielten sich solche privaten Milizen in politisch unsicheren Zeiten auf ihren Landgütern, um sie sofort zu ihrer Unterstützung in die Stadt rufen zu können, wenn es dort zu gewalttätigen Konflikten zwischen den verfeindeten Parteien kam.

»Aus dem Weg! Du stinkst wie eine wandelnde Latrine!«, fuhr Ricco ihn angewidert an und trat mit dem Stiefel nach ihm.

Der Bettler verlor das Gleichgewicht, stürzte die drei Stufen auf den Dorfplatz hinunter und blieb dort im Staub liegen.

»Warum hast du das getan?«, stieß Sandro wütend hervor.

»Blöde Frage! Weil dieser wandelnde Gossendreck stinkt, als wäre er aus einer Kloake gekrochen – und weil es mir so passt!«, antwortete Ricco nur.

Sandro erinnerte sich nur zu gut daran, wie oft er um Almosen gebettelt hatte und wie demütigend es jedes Mal gewesen war, wenn die Leute achtlos an ihm vorübergegangen waren. Ohne zu zögern, ging er zu dem Bettler und half ihm auf. Dann griff er in seine Tasche, holte zwei Piccioli hervor und drückte sie ihm in die Hand.

Der Bettler hielt ihn am Ärmel fest. »Gott beschütze Euch!«, stieß er dankbar hervor.

Sandro sah ihn gedankenverloren an, dann riss er sich los und beeilte sich, Ricco einzuholen, der kopfschüttelnd weitergegangen war.

»Bist du in der Kirche plötzlich zum Samariter geworden?«

»Nein.«

»Warum hast du dann zwei Piccioli an diese stinkende Lumpengestalt verschwendet?«

»Weil es mir so passt!«

Ein schwacher Hauch der milden Morgenluft und erstes, munteres Vogelgezwitscher drangen durch das offene Fenster in das Arbeitszimmer von Cosimo de' Medici. Noch war die nächtliche Dunkelheit über dem weitläufigen Landgut von Cafaggiolo nicht dem Licht des neuen Septembertages gewichen. Aber im Osten stemmte sich schon ein heller Schein über den Horizont gegen die Schwärze und kündete davon, dass die Sonne nun bald hinter den Hügeln des Mugello hervorbrechen und ihren unaufhaltsamen Aufstieg am Himmel beginnen würde.

Cosimo de' Medici schenkte alldem keine Beachtung. Er saß auf einem harten Stuhl mit ebenso hartem und geradem Rückenteil an seinem Schreibtisch. Seine Aufmerksamkeit galt allein den vielen Papieren, die vor ihm im Licht einer Öllampe auf der lang gestreckten Platte des einfachen Faktoreitisches ausgebreitet waren. Bevor die Sonne das Tal im Mugello mit goldenem Licht erfüllte, wollte er schon einige wichtige Korrespondenzen erledigt haben, damit sie später beim Eintreffen des berittenen Firmenboten aus Florenz für diesen zur Mitnahme bereitlagen.

Und Arbeit gab es stets in Hülle und Fülle, denn die Bank- und Handelsgeschäfte ihres so weit verzweigten Unternehmens ruhten nie. Was auch auf alle anderen Kaufleute zutraf, die wie sie grenzüberschreitende Geschäfte tätigten. Denn ausgenommen an Sonntagen und hohen Festtagen fanden sich die Handelsbankiers und Wechselhändler überall auf der Welt und bei jedem noch so misslichen Wetter an ihren festgelegten Börsenplätzen zum Austausch von Informationen und zum Abwickeln von Geschäften ein: in Venedig auf der Piazza del Rialto, in Brügge auf dem Place de la Bourse, in London auf der Lombard Street, in Barcelona in einer offenen Loggia namens Lonja und in Florenz rund um den Mercato Nuovo und den Mercato Vecchio an den grün bespannten Tischen der *arte del cambio*, der bedeutenden Gilde der Geldwechsler und Bankiers.

Es machte deshalb keinen Unterschied, ob er sich mit seiner Familie nun auf eines der Medici-Landgüter zurückzog, um der unerträglichen Sommerhitze und dem Gestank in der Stadt zu entkommen, oder ob er in Florenz weilte. Hier wie dort brachten Boten und Agenten des Hauses Medici sowie befreundete Geschäftsleute unablässig politische wie wirtschaftliche Nachrichten und Briefe aus aller Herren Länder. Es mochten gut und gern über zehntausend Schreiben sein, die im Laufe eines Jahres dabei zusammenkamen und jedes Jahr dicke Korrespondenzbände füllten.

Die wichtigsten Nachrichten, die fast jedem Brief beilagen, bezogen sich auf den jeweiligen Stand der fremden Währungen. Diese *avvisi* genannten Informationen gaben die zurzeit gültigen Wechselkurse zum Goldflorin und zu anderen Währungen in jenen Ländern an. Und von der Genauigkeit dieser Avvisi hing es zu einem Großteil ab, ob die Medici-Bank bei einem Geschäft in Brügge, London, Avignon, Konstantinopel, Alexandria oder Barcelona einen Gewinn erzielte oder einen Verlust in ihre Bücher schreiben musste.

Stare sugli avvisi, lautete die oberste Devise der Florentiner Bankiers und Großkaufleute. Früher hatte das einmal nur ganz allgemein »auf der Hut sein« bedeutet. Doch seit Florenz zu einer Metropole des weltweiten Handels und Finanzgeschäftes aufgestiegen war, hatte diese Redensart längst die Bedeutung von »Wechselgeschäfte tätigen« angenommen. Und Wechselgeschäfte machten einen großen Teil der Geschäfte der Medici-Bank aus.

Ruhm und Reichtum der Familie zu mehren . . . Cosimo atmete tief durch. Das war unbestritten eine überaus ehrenvolle Aufgabe, aber lag darin der einzige Sinn seines Daseins? Gab es nicht noch andere Werte und Ziele in dem kurzen Leben, das ihm wie allen Menschen auf Erden vergönnt war?

Ja, die gab es. Auf Cosimos Gesicht legte sich ein leises Lächeln. Für ihn waren sie verbunden mit dem Studium der antiken Philosophie und Kunst, den Schriften von Aristoteles oder Plinius.

Seine Leidenschaft für die Antike teilte er mit einem kleinen Kreis von Freunden. Einer von ihnen war Poggio Bracciolini, ein überaus belesener Mann, zudem ein exzellenter Redner und der Verfasser gelehrter Schriften, der mittlerweile der mächtigen Gilde der Notare angehörte.

Poggio Bracciolini genoss einen ausgezeichneten Ruf in Florenz und er hätte eine gewichtige politische Rolle spielen können, aber er trieb sich lieber in der Welt herum, um in Cosimos gut bezahltem Auftrag nach verschollenen Manuskripten zu suchen.

Poggio stand Cosimo von all seinen Freunden besonders nahe, schon wegen seines allseits lebensfrohen Naturells, seines Charmes und seines sprühenden Humors. Aber was er ganz besonders an ihm schätzte, waren seine Hartnäckigkeit, sein Spürsinn und sein Einfallsreichtum, wenn es darum ging, für ihn ein Manuskript an irgendeinem fernen Ort aufzutreiben, von dem behauptet wurde, dass es wohl auf immer unauffindbar bleiben würde.

Er griff zu einem Blatt Pergament und zur Feder, um ihm einen Brief mit einem neuen Auftrag zu schreiben. In Lübeck hatte sein Freund vor Kurzem in einer Bibliothek den aufregenden Fund einer seltenen Plinius-Schrift gemacht. In seinem Brief teilte er Poggio nun mit, welches Gerücht ihm unlängst zu Ohren gekommen war. Eine nicht weniger seltene Schrift des Livius sollte sich in einem Zisterzienserkloster bei Roskilde befinden.

Nachdem er diesen Brief beendet hatte, wandte er sich

mehr als eine Stunde lang den geschäftlichen Belangen zu, die auf seinem Schreibtisch darauf warteten, in Angriff genommen und entschieden zu werden.

Das erste Tageslicht fiel rotgolden über das Landgut und drang in sein spartanisch eingerichtetes Arbeitszimmer, als er den Hufschlag eines Pferdes hörte und kurz aufblickte. Ein Reiter, bei dem es sich nur um den Morgenboten aus Florenz handeln konnte, kam in scharfem Ritt die gewundene Straße zum Anwesen herauf. Gleich darauf vernahm er die vertrauten Stimmen eines Stallknechtes und seines sechs Jahre jüngeren Bruders Lorenzo, die den Boten empfingen.

Wenig später klopfte es an seine Tür. »Der Morgenbote, Cosimo!«, rief Lorenzo munter und trat mit einem Stoß versiegelter Briefe in der Hand ins Zimmer. Zusätzlich baumelten noch Beglaubigungssiegel an Bändern von den Pergamentrollen herab.

Dass Lorenzo seinen Bruder schon bei der Arbeit vorfand, verwunderte ihn nicht, kannte er ihn doch als Frühaufsteher. Eine Neigung, die er nicht mit ihm teilte.

»Reichlich früh heute«, sagte Cosimo und beim Anblick seines recht stattlichen und gut aussehenden Bruders fuhr es ihm wieder einmal flüchtig durch den Sinn, dass die Natur es mit Lorenzo um einiges wohlwollender gemeint hatte als mit ihm. Seine Erscheinung konnte man eher durchschnittlich nennen. Dazu kam die leider recht kräftige Nase, die vielen, aber eben nicht allen Medici zu eigen war. Er tröstete sich jedoch damit, dass Geld und Macht ihr ganz eigenes Charisma besaßen, insbesondere bei Frauen.

»Ist etwas Wichtiges dabei, das einer sofortigen Antwort bedarf?«

Lorenzo reichte ihm die Schreiben. »Ich wollte dir nicht vorgreifen, Bruder«, sagte der jüngere, der von Kindesbeinen im Schatten seines viel fähigeren Bruders stand und früh gelernt hatte, die strenge Hierarchie in ihrer Familie zu respektieren. Und seit sich ihr Vater vor einigen Jahren aus dem aktiven Tagesgeschäft zurückgezogen hatte, war Cosimo das Haupt des Hauses Medici.

»Dann lass uns mal sehen. Hier, nimm du dir diese beiden vor«, sagte Cosimo und reichte ihm zwei der Schreiben. Einer kam von ihrem Agenten in London, der andere vom Leiter ihrer Bankfiliale in Rom.

Er nahm sich die drei anderen vor, darunter auch ein Schreiben aus Florenz von Ilarione de' Bardi, dem Leiter der dortigen Medici-Bank, der sie über die Ereignisse und Gerüchte in der Stadt regelmäßig auf dem Laufenden hielt. Diese Informationen waren genauso wichtig wie die Avvisi zu den Wechselkursen, die zweifellos den anderen Schreiben beilagen. Denn zwischen den Medici und ihren Widersachern, die zumeist aus den aristokratischen Kreisen der alteingesessenen Magnati und Grandi stammten, gärte es mal wieder bedrohlich.

»Und?«, fragte Cosimo nach einer Weile, während er noch die letzten Zeilen von Ilarione de' Bardis Brief las.

Lorenzo zuckte mit den Achseln. »Bartolomeo in Rom beklagt sich mal wieder, dass die ausstehenden Gelder aus London noch immer nicht eingetroffen sind, und unser Agent in London beklagt sich seinerseits über Bartolomeo, weil dieser angeblich ohne rechten Grund die Qualität seiner letzten Lieferung Silberwaren bemängelt hat. Nichts, was uns Kopfschmerzen bereiten müsste. Und bei dir? Gibt es was Neues aus Florenz? Was schreibt Ilarione?«

»Das Übliche aus der Gerüchteküche«, winkte Cosimo ab und fügte mit trockenem Sarkasmus hinzu: »Nichts, was uns mehr als sonst Kopfschmerzen bereiten müsste.«

Lorenzo verzog das Gesicht. »Ich denke, es wird allmählich höchste Zeit, dass wir in die Stadt zurückkehren und uns dort wieder zeigen. Mir gefällt es nicht, dass all die Magnati, die uns nicht gerade wohlgesinnt sind, schon längst in ihre Palazzi in Florenz zurückgekehrt sind. Du weißt, seine Feinde soll man sich so nahe wie nur möglich halten.«

Cosimo nickte. »Du hast recht. Wir sollten jetzt wirklich bald zurück in die Stadt. Sowie Vater sich ein wenig besser fühlt und auf einem Maultier sitzen oder sich in einer Sänfte tragen lassen kann, brechen wir hier unsere Zelte ab. Ich rede nachher mit Contessina, damit sie dem Personal erste Anweisungen für unseren baldigen Aufbruch gibt.«

»Apropos Vater!«, sagte Lorenzo. »Er hat seinen Diener geschickt. Wir sollen zu ihm kommen. Er hat etwas mit uns zu bereden.«

Überrascht zog Cosimo die Brauen hoch. »Er ist schon so früh wach?«

»Ja, und zwar schon seit einigen Stunden, wie der Diener sagte. Die verfluchte Gicht hat ihn mal wieder um den Schlaf gebracht.« Lorenzo schüttelte den Kopf. »Vielleicht sollte Vater besser zusammen mit deiner Frau auf dem Gut bleiben. Contessina kann ausgezeichnet mit ihm umgehen und wird bestimmt nichts dagegen haben, noch ein, zwei Wochen auf Cafaggiolo zu bleiben. Rechtzeitig zu deinem achtunddreißigsten Geburtstag Ende des Monats könnte sie nach Florenz nachkommen. Dann können wir beide schon morgen aufbrechen.«

Cosimo gefiel der Gedanke nicht sonderlich, Cafaggiolo schon so bald verlassen zu müssen. Er liebte das einfache und ruhige Landleben. Gern griff er zu Harke, Schaufel oder Heckenschere. Bei der Gartenarbeit konnte er am besten nachdenken, sei es über geschäftliche und politische Belange oder über das, was er in einem der Bücher seiner verehrten antiken Philosophen gelesen hatte. Aber die Vernunft sagte ihm, dass sein Bruder recht hatte und es tatsächlich höchste Zeit wurde, sich wieder in Florenz zu zeigen.

Deshalb nickte er, erhob sich und löschte das Licht der Öllampe. »Ja, das dürfte wohl das Beste sein. Aber nun lass uns erst einmal hören, was Vater auf dem Herzen hat.«

Ihr Vater lag noch in seinem Bett, von mehreren Kissen gestützt. Sein Gesicht mit den kräftigen Wangenknochen, der hohen Stirn und dem vorspringenden Kinn sah grau, eingefallen und erschreckend knochig aus, gezeichnet von der schweren Krankheit, die ihm schon so lange zusetzte. Aber wenn sein Körper auch langsam vor dem unsichtbaren Feind in ihm zu kapitulieren begann, so war sein Geist doch immer noch so scharf wie eh und je.

»Gut, dass ihr kommt!«, begrüßte er sie und kam, ganz wie es seine Art im Umgang mit seinen Söhnen war, ohne lange Umschweife zur Sache. Seine erste Frage galt wie immer der politischen Lage in Florenz. »Gibt es etwas Neues aus der Stadt? Was sagen unsere Augen und Ohren, Cosimo?«

»Das Übliche, Vater, viele Gerüchte und nichts Konkretes. Vielleicht mehr Gerüchte als sonst um diese Zeit, aber ...«

Ihr Vater winkte ab. »Jaja, wir loben die gute alte Zeit, leben aber gern in der Gegenwart«, zitierte er Ovid und wechselte das Thema. »Ich habe hier in den letzten Stunden einiges aufgeschrieben, was ich für die erfolgreiche Zukunft unseres Hauses für äußerst wichtig halte. Nehmt es als mein geschäftliches Testament.« Dabei pochte er mit den knöchrigen Fingern seiner von Altersflecken gesprenkelten Hand auf die drei Bögen, die er in seinem Schoß liegen hatte und die mit Notizen in sehr krakeliger Handschrift bedeckt waren.

Die beiden Brüder warfen sich einen schnellen Seitenblick zu, dann sagte Cosimo mit einem Anflug von Belustigung: »Wir wissen, dass Euch die Gicht mal wieder arg zusetzt, Vater, und wir wünschten nichts mehr, als dass dem nicht so wäre. Aber das mit Eurem Testament dürfte ja wohl noch reichlich Zeit haben!«

»Mag sein, mag auch nicht sein«, erwiderte der alte Mann mit einem Achselzucken. »Und ich habe auch nicht die Absicht, vor der Fertigstellung der neuen Sakristei von San Lorenzo, die von meinem Geld gebaut wird, vor unseren Herrn und Schöpfer zu treten. Ich will nicht nur sehen, was Brunelleschi da für uns baut, sondern dort auch zu Grabe getragen werden.«

»Euch wird gewiss das eine wie das andere vergönnt sein«, versicherte Cosimo.

»Das gebe Gott. Aber der Tod ist ein launischer Geselle, Cosimo! Auf das, was der Schippenmann zu tun oder zu lassen gedenkt, würde ich nicht mal einen Wechsel über einen Picciolo ausstellen! Jedenfalls ist es mir wichtig, dass ihr euch diese Direktiven, die euch in den Grundzügen nicht ganz fremd sein werden, nicht nur zu Herzen nehmt, sondern auch dafür sorgt, dass sie säuberlich abgeschrieben, an all unsere Filialleiter verteilt und später euren Söhnen mit allen anderen Usancen unserer Geschäftspolitik eingebläut werden!«

»Und um welche Direktiven handelt es sich dabei, Vater?«, erkundigte sich Lorenzo.

»Wir haben ja schon darüber gesprochen, als wir vor einigen Jahren unsere Beteiligung an unserer Niederlassung in Neapel, deren Kontrolle wir unserem Bankleiter in Rom unterstellt haben, in eine *accomanda*, eine stille Partnerschaft, umgewandelt haben.«

»Ja, weil es den Vorteil hat, dass wir für mögliche Verluste in der Zukunft nur mit der Höhe unseres eingebrachten Kapitals haftbar sind«, sagte Cosimo nickend.

»Und diesen Vorteil sollten wir uns bei möglichst vielen, wenn nicht gar bei allen Filialen sichern, insbesondere bei allen zukünftigen«, fuhr ihr Vater nun fort. »Mir ist klarer denn je geworden, dass nicht nur die gewissenhafte Auswahl unserer Filialleiter über das Wohl oder Verderben unseres Hauses entscheidet, sondern auch die Struktur unserer Organisation, die sich in immer mehr Länder ausbreitet.«

»Gottlob und Dank Eurer Weitsicht«, warf Lorenzo ein. Er war voller Respekt und Bewunderung für den alten Mann. Denn dieser hatte aus kleinsten Anfängen die Bank aufgebaut und das Haus Medici zu dem gemacht, was es jetzt war, nämlich zu einer der reichsten und mächtigsten Familien. Und zwar nicht nur allein in Florenz, sondern in der gesamten Christenheit. Sogar der Papst war nicht nur privater Kunde und Kreditnehmer bei ihnen, sondern hatte der Medici-Bank auch die Kontrolle über den Zufluss der Kirchensteuern aus allen christlichen Ländern nach Rom übertragen, und das war ein höchst profitables Geschäft, worum sie von den anderen Bankiers bitter beneidet wurden.

Sein Vater schenkte ihm ein schwaches Lächeln. »Es war ein hartes Stück Arbeit, aber die Zeiten sind für unsere Geschäfte nicht einfacher geworden. Deshalb heißt es, wachsamer denn je zu sein und möglichen kommenden Gefahren vorzubauen. Am besten ist das zu erreichen, indem jede unserer Bankniederlassungen eine eigenständige Gesellschaft ist, an der unseren Partnern vor Ort zusammen nicht mehr als vierzig Prozent der Anteile gehören. Wichtig ist auch, dass nicht die Familie Medici den Rest der Anteile besitzt, auch nicht unser Hauptsitz in Florenz, der den gleichen Rang wie die anderen Filialen haben soll, sondern eine streng getrennte übergeordnete Gesellschaft, für die wir eigene Räume in Florenz einrichten.«

Cosimo begriff sofort, was sein Vater meinte. »Damit kann dann eine große Zahl von Kapitalgebern als Partner gewonnen werden, am besten nicht mehr als zwei pro Filiale. Und zwei wichtige Personen könnten einen Direktorensitz in der Dachgesellschaft erhalten. Damit wäre dann garantiert, dass wir trotz begrenztem Eigenkapital und Risiko niemals die

Kontrolle verlieren – weder über die einzelnen Filialen noch über die ganze Organisation.«

»So ist es«, bestätigte ihr Vater. »Aber es muss Sorge dafür getragen werden, dass sich alle Filialen an die Regeln und Vorschriften der Dachgesellschaft halten.«

Er winkte sie näher heran und erläuterte ihnen die wesentlichen Punkte auf den Pergamentbögen. Vor allem Cosimo stellte immer wieder Fragen und gemeinsam legten sie fest, was in Bezug auf die Umstrukturierung der Medici-Unternehmen, zu denen neben den Bankgeschäften auch Tuchmanufakturen in Florenz gehörten, in Angriff zu nehmen war.

Schließlich sank der alte Mann in seine Kissen zurück. Er bedeutete ihnen, dass die Unterredung ihn über alle Maßen angestrengt hatte. Doch bevor er sie aus dem Zimmer entließ, ermahnte er sie noch mit dem Abschiedsgruß, der bei ihnen zur Tradition geworden war und sich auch als Warnung in jedem guten Handbuch eines Bankiers fand: »Vergesst nicht, meine Söhne: Ein Wechselgeschäft ist wie ein Vogel im Flug. Deshalb packt schnell zu . . .«

». . . denn es kommt nicht zurück!«, vollendeten Cosimo und Lorenzo die Warnung wie aus einem Mund, bevor ihr Vater den Satz beenden konnte.

Ihr Vater bedachte sie mit einem zufriedenen Lächeln, hob flüchtig die faltige Hand und sank dann mit geschlossenen Augen in sein weiches Lager zurück.

Im Vorraum trennten sich die Brüder. Cosimos Rundgang über das Landgut stand an, eine lieb gewordene Gewohnheit, die er nicht missen wollte. Wenig später war er auf den gepflegten Gartenwegen in Richtung der Wirtschaftsgebäude unterwegs und winkte einigen der Arbeiter zu, die schon mit ihrem Tagwerk begonnen hatten.

Er dachte darüber nach, was ihr Vater vorgeschlagen hatte. Er selbst hatte auch schon einige Neuerungen in ihren Unternehmen eingeführt, die in dieselbe Richtung zielten. Dazu gehörte, dass den Filialleitern Auslagen ersetzt wurden und sie einen erheblich höheren Prozentsatz des Gewinns erhielten, als ihnen nach ihrem eingebrachten Kapital eigentlich zugestanden hätte. Das sollte sie motivieren, satte Gewinne zu machen. Im Gegenzug hatte er sie dazu verpflichtet, in der Stadt zu wohnen, wo die Filiale ihren Sitz hatte. Aber es gab sicherlich noch mehr, was sich verbessern ließ, um die Stellung des Hauses Medici zu sichern und zu stärken.

Er sah hinüber zu den Weinbergen und folgte dem vertrauten Weg entlang der Reben und schließlich entlang des Flusses. Die Morgenluft war noch frisch und kühl, obschon sie von der Hitze des Tages kündete. Cosimo tat einen tiefen Atemzug. Wie würde er diese Schönheit und Stille missen, wenn sie tatsächlich morgen schon in die Stadt zurückkehrten.

Er kreuzte die Hände auf dem Rücken und schritt munter voraus, ohne auch nur im Geringsten zu ahnen, dass dies der Septembermorgen war, an dem er ermordet werden sollte.

7

Seit sich der östliche Himmel über dem Mugello rotgolden verfärbt hatte, lagen Sandro, Ricco und Luca bäuchlings hinter einem niedrigen Gestrüpp aus Zistrosen und dicht stehenden Farnen, das auf der Kuppe des Hügels nahe des Flusslaufes zwischen hohen Pinien wucherte.

Noch in der dunklen Nacht hatten sie ihren Beobachtungsposten bezogen. Angespannt spähten sie zwischen dem Gesträuch hindurch und hinunter auf den sandigen Pfad, über den ihr Opfer auf seinem allmorgendlichen Spaziergang zum Fluss kommen musste.

»Tod und Teufel, wo bleibt der Kerl denn nur?«, stieß Ricco flüsternd hervor und warf zum wiederholten Mal einen Blick nach Osten. Die Sonne stand schon eine Handbreit über den Bäumen. »Er ist doch sonst nicht so spät.«

»Er wird schon kommen, und wenn nicht, versuchen wir es eben morgen«, meinte Luca. Seine Augenlider zuckten nervös. »Vielleicht hat er heute einen anderen Weg gewählt.«

»Blödsinn!«, schnaubte Ricco unwillig. »Er hat bisher jeden Morgen seinen Rundgang gemacht und dabei immer diesen Pfad hier zum Fluss herunter genommen!«

Sandro scharrte mit den Füßen im Sand. Er wünschte, er könnte aufspringen und sich bewegen. Das Warten und die Ungewissheit, ob auch wirklich alles nach Plan verlief, zerrten an seinen Nerven. Er leckte sich über die trockenen Lippen und verscheuchte eine Fliege, die sirrend um seinen Kopf kreiste. »Möchte bloß wissen, wem so viel daran gelegen ist, dass dieser Mann sein Leben aushaucht«, murmelte er und warf Ricco einen fragenden Blick zu.

»Fang bloß nicht wieder damit an! All diese stinkreichen Pfeffersäcke haben sich in ihrem Leben bestimmt mehr Feinde gemacht, als ein streunender Köter Flöhe in seinem Fell sitzen hat! Außerdem hat es dich nicht zu interessieren.«

»Tut es aber«, sagte Sandro.

»Und warum?«, fragte Ricco scharf und bedachte ihn mit einem argwöhnischen Blick. »Willst du vielleicht hinterher bei unserem Auftraggeber noch mehr als die fünf Goldflorin herausschlagen?«

»Ich bin doch nicht lebensmüde!«

»Warum bist du dann so wild darauf, seinen Namen zu erfahren?«

»Um meiner eigenen Sicherheit willen«, erwiderte Sandro. »Das liegt doch wohl auf der Hand, oder? Wer immer dieses Mordkomplott ausgeheckt hat, könnte ja auf den unfreundlichen Gedanken kommen, später auch uns aus dem Weg zu räumen. Tote Zeugen reden nämlich nicht und können auch nicht zu Erpressern werden. Wer sagt mir, dass wir nachher wirklich unser Geld bekommen und nicht auch um unser Leben fürchten müssen?«

»Da ist was Wahres dran!« Lucas Augenlider zuckten immer stärker. »Was ist, wenn auch wir nachher in einen Hinterhalt geraten?«

»Hört endlich auf!«, knurrte Ricco. »Mein Auftraggeber wird Wort halten. Er weiß, dass er sich auf mich verlassen kann, und ich weiß, dass ich mich auf ihn verlassen kann. Und das ist alles, was ihr wissen müsst. Wenn wir unser Geld kassiert haben, verschwinden wir aus der Toskana, so wie ich es abgemacht habe.«

»Und was ist, wenn er nicht allein kommt? Wenn einer seiner Söhne dabei ist? Dann weiß ich nicht, ob wir ihn so einfach ...«, warf Luca vorsichtig ein.

Ricco verdrehte die Augen. »Hör endlich auf! Seine Söhne sind noch Kinder! Hast du je einen von ihnen schon so früh am Morgen an seiner Seite gesehen?«

»Nein, aber es könnte ja sein, dass ...«

Weiter kam Luca nicht, denn in diesem Augenblick gab Sandro ein scharfes Zischen von sich. Es war das verabredete Zeichen. Ricco und Luca spähten durch das Gestrüpp. Tatsächlich! Am Ende eines Olivenhains, ungefähr fünfzig Schritte von ihrem Versteck entfernt, dort, wo sich der Weg gabelte und auf der rechten Seite die Umrisse eines kleinen Ziegelschuppens zwischen den Bäumen zu erkennen waren, tauchte seine unverwechselbare Gestalt auf.

Wie immer trug Cosimo de' Medici ein schlichtes, knöchellanges taubengraues Gewand mit weiten Ärmeln. Auf seinem Kopf saß eine leichte dunkelbraune Kappe. Wie er so über den Pfad schritt, hätte man ihn für einen einfachen Bauern halten können.

Aber er war kein Bauer. Er war einer der reichsten und mächtigsten Männer weit und breit. Und er war es, auf den die drei es abgesehen hatten. Riccos Auftraggeber zahlten ihnen ihren fürstlichen Lohn, wenn sie das Oberhaupt des Hauses Medici töteten.

Recht gemächlichen Schrittes und gedankenversunken kam Cosimo über den Weg. Dieser schmale sandige Pfad schnitt auf ihrer Höhe durch eine kleine Hügelgruppe, machte zwischen den Anhöhen eine scharfe Biegung und führte dahinter zum Flusslauf hinunter.

»Na endlich!«, flüsterte Ricco und griff zu seiner Armbrust. »Also los! Ihr wisst, was ihr zu tun habt! Und denkt dran: Es muss schnell und lautlos gehen!«

Luca und Sandro nickten stumm. Viel war es nicht, was sie bei dem Mordanschlag zu beachten hatten. Und sie waren ihren Plan oft genug durchgegangen, um zu wissen, welche Position jeder von ihnen einzunehmen und welche Aufgabe er auszuführen hatte.

Ihr Plan sah vor, dass Sandro sich mit Ricco zehn Schritte hinter der Biegung auf der Flussseite des Pfades in Stellung brachte und sie dabei einen Abstand von gleichfalls zehn Schritten einhalten sollten. Sowie Cosimo de' Medici um die

Biegung gekommen und einige Schritte an Sandro vorbeigegangen war, sollte er als der bessere Schütze zuerst aus seinem Versteck auftauchen und dem Medici seinen Bolzen in den Rücken jagen. Worauf Ricco ihm sogleich von vorn das zweite Geschoss in die Brust setzen wollte. Lucas Aufgabe bestand darin, sich auf der anderen Seite des Weges versteckt zu halten. Ihm oblag es, von dort hervorzustürzen und Cosimo mit seinem Dolch den Rest zu geben, sollten die beiden Armbrustbolzen ihr Opfer nur verwundet haben.

Es war ein heimtückischer Plan, ein Plan, bei dem nichts schiefgehen konnte.

Eine lange Reihe von brusthohen Ginsterbüschen, die auf einer kleinen Bodenerhebung fast zu einer Hecke zusammengewachsen waren, bot Sandro und Ricco auf der Flussseite des Weges eine ideale Deckung. Mit zehn Schritten Abstand kauerten sie sich dahinter, spannten die Armbrüste und legten Bolzen ein. Luca war hinter einem Gestrüpp auf der gegenüberliegenden Seite des Weges verschwunden.

Sandro hielt seine Armbrust so fest umklammert, dass die Knöchel seiner Hände weiß hervortraten. Er spürte, wie sein Herz raste. Das Blut rauschte in seinen Ohren wie ein Wildbach zur Schneeschmelze. Er schloss kurz die Augen und flüsterte beschwörend vor sich hin: »Heiliger Erzengel Michael, stehe mir bei!«

Als er die Augen wieder öffnete und sein Blick unwillkürlich hinüber zu Ricco ging, sah dieser ihn mit einem wölfischen Grinsen an.

Rasch wich Sandro seinem Blick aus und starrte durch die Zweige schräg hinunter auf die Biegung, um die Cosimo de' Medici jeden Augenblick kommen musste. Und da hörte er auch schon das Geräusch von Schritten.

Nur einige Dutzend rasende Herzschläge später kam Cosimo um die Biegung. Ahnungslos trat er aus dem kleinen Hohlweg in ihr Blickfeld. Er war von mittlerer Statur, sah ziemlich mager aus, als gönnte er sich bei Tisch nur wenig, und hatte eine leicht olivfarbene Haut. Seine Nase war lang, kräftig und ging vorn in die Breite. Seine Lippen waren recht fleischig und um Augen und Mund herum zeigten sich erste Falten.

Sandro war plötzlich übel zumute und er fürchtete, sich jeden Moment übergeben zu müssen. Er hielt den Atem an, folgte Cosimo mit starrem Blick und fest zusammengepressten Lippen. Dann sprang er auf den Weg und legte an.

8

Aus den Augenwinkeln sah Sandro, wie Cosimo de' Medici wie erstarrt stehen blieb, als er aus den Büschen hechtete.

Jetzt galt es!

Doch statt die Armbrust auf den Rücken des Opfers zu richten, schwenkte Sandro seine Waffe in Riccos Richtung und schrie: »Komm raus und lass die Armbrust fallen, wenn du nicht willst, dass du heute Morgen dein Leben verlierst! Du weißt, ich bin der bessere Schütze! Also versuch es gar nicht erst. Und du lässt deinen Dolch stecken, Luca! Es wird keinen hinterhältigen Mord an Cosimo de' Medici geben, dafür werde ich sorgen!«

Was dann geschah, dauerte nur wenige Augenblicke, aber Sandro kam es vor, als würde die Zeit plötzlich langsamer voranschreiten.

Cosimo de' Medici zuckte zusammen, fuhr herum und starrte mit offenem Mund zu ihm herüber. Aber in seinen Augen standen weder Entsetzen noch Todesangst, sondern vielmehr schiere Verwunderung.

Aus dem Gestrüpp, wo Luca kauerte, kam ein kurzer Aufschrei.

Ricco gab seine Deckung preis und trat auf den Weg. Hasserfüllt starrte er Sandro an. »Du dreckiger Verräter!«

»Wirf die Armbrust auf den Boden und mach, dass du von hier . . .«

Weiter kam Sandro nicht.

Ricco schrie: »Fahr zur Hölle!«, und riss seine Armbrust hoch.

Geistesgegenwärtig machte Sandro einen Schritt zur Seite. Dabei stieß er gegen einen Felsbrocken und geriet ins Stolpern. Unwillkürlich drückte er den Hahn seiner Armbrust durch, und während der Bolzen aus Riccos Waffe an ihm vorbeisauste, traf sein Bolzen und drang Ricco tief in den Hals.

Mit einem gurgelnden Schrei kippte der Mann nach hinten. Er ließ die Armbrust fallen und griff sich an den Hals, doch es war schon zu spät. Er stürzte zu Boden und rollte über den Pfad die kleine Anhöhe hinunter. Am Fuß des Hügels blieb er leblos im Sand liegen.

Einen Augenblick lang herrschte eine unwirkliche Stille. Sogar die Vögel in den Bäumen schienen ihr Zwitschern unterbrochen zu haben.

Sandros Blick jagte hinüber zu Luca, der wie festgefroren zwischen zwei Sträuchern stand, zu seinen Füßen den Dolch. Mit weit aufgerissenen Augen starrte er auf Riccos leblosen Körper, sein Mund offen wie zu einem stummen Schrei. Plötzlich löste sich seine Erstarrung und er stürzte davon.

Auch Cosimo de' Medici hatte sich nicht gerührt. Nach einem schnellen Blick zu dem fliehenden Luca hinüber richtete er seine Augen wieder auf Sandro.

»Bist du nun mein Lebensretter oder nur ein schlechter Bravo, den plötzlich der Mut verlassen hat?«, fragte er fast beiläufig und brach damit die schwer lastende Stille, die sich über den einsamen Ort gelegt hatte. Seine Stimme klang so ruhig, als hätte sein Leben nicht eben noch an einem seidenen Faden gehangen.

»Ich habe nie vorgehabt, mich an den Plan der anderen zu halten und zum Meuchelmörder zu werden, Ser Cosimo«, antwortete Sandro. Er hatte Mühe, das Zittern in seiner Stimme zu unterdrücken. Sein Blick wanderte zu dem toten Ricco Talese am Fuß des Hügels. Sein Bolzen hatte ihn getötet. Das hatte er nicht gewollt. Ricco hätte wissen müssen, dass er, Sandro, der bessere Armbrustschütze war. Warum hatte er seine Warnung nicht ernst genommen?

»Aber du hast von ihrem Plan gewusst, vermutlich schon lange vor dem heutigen Morgen«, sagte Cosimo.

Sandro nickte nur. Sein Blick war immer noch auf den Toten geheftet.

»Wie lange?«

Sandro antwortete nicht.

»Sieh mich an, wenn ich mit dir rede. Dem da unten kannst du sowieso nicht mehr helfen.« Cosimos Stimme klang auf einmal kalt und scharf.

Sandro gehorchte. »Seit gut einer Woche.«

»Dann hättest du Zeit genug gehabt, mich zu warnen. Warum hast du bis zum letzten Moment gewartet?«

Sandro zögerte. »Vielleicht hättet Ihr mir nicht geglaubt. Ich wollte sichergehen, dass Ihr wisst, was man Euch antun wollte.«

»Das ist eine ehrliche Antwort. Daraus schließe ich, dass du dir eine Menge Gedanken gemacht hast. Wie heißt du eigentlich?«

»Sandro Fontana.«

»Komm zu mir herunter, Sandro Fontana!«, befahl Cosimo und winkte ihn mit einer herrischen Geste zu sich.

Sandro warf die Armbrust zwischen die Büsche und ging zu ihm.

Sein Herz hämmerte in der Brust. Die dunklen Augen, die ihn wachsam anblickten und aus denen ein scharfer Verstand und eiserne Entschlossenheit sprachen, machten ihm Angst. Er spürte, dass alles, was er jetzt sagte, sein Schicksal bestimmen würde. Eben noch hatte das Leben des Medici in seiner Hand gelegen und nun war es genau umgekehrt: Sein Leben lag in dessen Hand.

»Ich nehme an, du erwartest, dass ich mich gebührend erkenntlich zeige.«

»Das steht ganz allein in Eurem Belieben, Ser Cosimo«, antwortete Sandro vorsichtig. »Ich habe getan, was ich tun musste.«

»Das klingt ja sehr geheimnisvoll.« Ein Lächeln legte sich auf Cosimos Gesicht, aber es wirkte kalt und maskenhaft.

»Das musst du mir später genauer erklären. Jetzt gibt es Wichtigeres zu tun. Die Leiche dieses Schurken dort unten muss rasch unter die Erde. Oben am Weg bei den ersten Olivenbäumen steht ein kleiner Schuppen. Ich bin sicher, du weißt, welchen ich meine.«

Sandro nickte.

»Dort findest du Gerätschaften für die Garten- und Feldarbeit. Hol dir Hacke und Schaufel! Und dann verscharrst du die Leiche hinter den Ginsterbüschen. Da ist der Boden weich. Aber achte darauf, dass die Grube tief genug ist. Ich will nicht, dass Tiere sie ausgraben können. Und wenn du damit fertig bist, kommst du zum Haus. Sprich mit niemandem über das, was hier geschehen ist. Du findest mich in der Loggia. Dort reden wir weiter.«

Ohne eine Antwort abzuwarten, wandte Cosimo sich um und setzte seinen unterbrochenen Spaziergang Richtung Fluss fort. An Riccos Leiche ging er achtlos vorüber.

Sandro blickte hinter ihm her. Er fragte sich, woher Cosimo de' Medici diese Gelassenheit nahm. Kurz überlegte er, ob es nicht klüger war, sich ebenso wie Luca aus dem Staub zu machen. Aber wollte er nicht lieber sein Leben mutig in die Hand nehmen?

Zögernd näherte sich Sandro der Rückseite des Wohnhauses mit der von schlanken Säulen getragenen Loggia. Der säuberlich geharkte Kiesweg führte durch einen großen gepflegten Garten mit gleichmäßig gestutzten Hecken und prachtvollen Rosenstöcken. Ein zarter süßlicher Duft lag in der warmen Spätsommerluft.

Angesichts des gewaltigen Reichtums der Familie Medici wirkte die Villa eher bescheiden und schlicht. Auf seinen Wanderjahren durch die Lombardei und die Romagna hatte Sandro manch andere Landgüter zu sehen bekommen, gegen deren Größe und Pracht sich Cafaggiolo wie das einfache Anwesen eines mäßig begüterten Landedelmannes ausnahm.

Als er näher kam, erkannte er, dass Cosimo de' Medici nicht allein war. Er saß mit einem jüngeren Mann, bei dem es sich laut Riccos Beschreibung nur um Cosimos jüngeren Bruder Lorenzo handeln konnte, in der Loggia. Sie waren in ein Gespräch vertieft und Sandro blieb unschlüssig stehen, weil er nicht wusste, ob er es wagen durfte, die beiden mächtigen Männer zu stören.

Es war Lorenzo, der ihn als Erster bemerkte. Er blickte mit gekrauster Stirn zu ihm herüber und sagte dann etwas zu seinem Bruder, worauf dieser ihn mit einer knappen Geste heranwinkte.

Als Sandro in den Schatten der Loggia eintauchte, hörte er, wie Cosimo zu seinem Bruder sagte: »Nein, das hat alles seine Richtigkeit, Lorenzo. Lass uns bitte eine Weile allein und sorg dafür, dass wir nicht gestört werden. Von niemandem.«

Lorenzo sah seinen Bruder verwundert an, fragte jedoch nicht nach, sondern nickte nur und zog sich ins Haus zurück.

»Komm her und setz dich!«, forderte Cosimo de' Medici Sandro auf.

Der klopfte rasch den Staub von Hemd und Hose, dann trat er näher und nahm vorsichtig auf der Kante eines Korbstuhles Platz.

»Du hast ihn gut und tief unter die Erde gebracht?«

Sandro nickte. »Ganz so, wie Ihr es befohlen habt, Ser Cosimo.«

»Gut.« Cosimo griff zu einem Becher und füllte ihn mit einer hellen gelbgrünen Flüssigkeit aus einer schweren Kristallkaraffe. »Du wirst durstig sein. Hier, trink!«

Sandro leerte den Becher in einem Zug. Die Limonade war herrlich kühl und sie schmeckte köstlich.

Das Verscharren der Leiche war ein hartes Stück Arbeit gewesen. Er hatte die ganze Zeit versucht, nicht daran zu denken, dass er es gewesen war, der Ricco getötet hatte. Wie ein schweres Gewicht hatte diese Schuld auf seiner Brust gelegen und ihm das Atmen schwer gemacht. Noch immer wollte es nicht weichen, auch wenn er sich sagte, dass er in Notwehr gehandelt hatte. Ricco hätte nicht gezögert, ihn zu töten.

»Also, wer steckt hinter dem Anschlag?«, fragte Cosimo unvermittelt.

Sandro zuckte zusammen. »Ich weiß es nicht, Ser Cosimo. Obwohl ich immer wieder versucht habe, es in Erfahrung zu bringen.«

Er konnte nicht erkennen, ob Cosimo enttäuscht war. Seine Miene blieb so kühl und beherrscht wie unten am Fluss, als er erkannt hatte, dass er auf seinem Spaziergang in einen Hinterhalt geraten war. »Dann erzähl mir, wann und wie du von dem Mordkomplott erfahren hast.«

Sandro berichtete in kurzen knappen Sätzen, wie er Luca, seinen Freund aus Ferrara, wiedergetroffen und durch ihn Ricco kennengelernt hatte, der ihn für den Mord angeworben hatte. »Das ist alles«, sagte er bedrückt. »Es tut mir leid, dass ich Euch nichts über die Hintermänner sagen kann.«

»Das ist in der Tat bedauerlich. Aber gut, lassen wir das.« Cosimo blickte einen Augenblick lang in die Ferne, bevor er fortfuhr: »Vorhin hast du gesagt, *ich habe getan, was ich tun musste*. Was meinst du damit? Warum hast du dein Leben für mich riskiert?«

»Weil ich das Eurer Familie schuldig war.«

Verblüfft hob Cosimo die Augenbrauen. »Du bist unserer Familie etwas schuldig? Wofür, Sandro Fontana?«

»Weil Euer Vater meiner Mutter und mir das Leben gerettet hat.«

Jetzt war es heraus. Das, was Sandro in der Kirche beim Gebet umgetrieben hatte, war etwas, das er schon seit Langem tief in seinem Herzen bewahrte. Sein Vater hatte es ihm auf dem Sterbebett erzählt, weil sein Sohn wissen sollte, in welcher Schuld sein Leben stand.

Cosimo sah ihn erwartungsvoll an.

»Es war vor siebzehn Jahren.« Sandro räusperte sich. »Vielleicht erinnert Ihr Euch, in Florenz war die Pest ausgebrochen. Meine Eltern sind aus der Stadt geflohen. Sie wollten nach Ferrara, wo die Familie meiner Mutter wohnt. Zufällig kamen sie an Cafaggiolo vorbei. Meine Mutter ...« Er stockte.

»Sprich weiter!«

»Meine Mutter war nicht bei guter Gesundheit und sie stand kurz vor der Niederkunft. Sie konnte einfach nicht mehr weiter«, fuhr Sandro fort. »Und da hat Euer Vater dafür gesorgt, dass meine Eltern für einige Tage Unterkunft in einem Eurer Landarbeiterquartiere erhielten. Er hat sogar einen Arzt nach ihr sehen lassen. Noch am selben Tag brachte sie einen Sohn zur Welt ...«

»Und dieser Sohn bist du, habe ich recht?« Cosimos Stimme klang auf einmal weich und freundlich.

Sandro nickte. »Mein Vater sagte, dass es eine schwere

Geburt war und dass weder meine Mutter noch ich ohne den kundigen Beistand des Arztes die Nacht überlebt hätten.«

»Sieh an, Sandro Fontana, du bist also hier auf Cafaggiolo zur Welt gekommen!«, sagte Cosimo staunend. »Dann bist du also Florentiner, ein Sohn unserer stolzen Republik.«

»Von Geburt ja, aber ich habe Florenz noch nie zu Gesicht bekommen, geschweige denn, dass ich schon einmal dort gewesen wäre. Ich bin in Ferrara aufgewachsen und habe dort auch die meiste Zeit meines Lebens verbracht.«

»Und warum bist du nicht mehr in Ferrara?«

»Mein Vater hat in Florenz einen bescheidenen Tuchhandel betrieben und er ging diesen Geschäften auch in Ferrara nach. Aber er hatte es sehr schwer, sich einen Namen zu machen und sich gegen die alteingesessenen Händler zu behaupten, sodass es uns nicht sehr gut ging. Und als dann meine Mutter bei der Geburt meines Bruders starb, zerstörten Kummer und geschäftliche Sorgen bald auch die Gesundheit meines Vaters und brachten ihn ins Grab.« Wehmut hatte sich in Sandros Stimme geschlichen und er biss sich auf die Lippe, um gegen die Tränen anzukämpfen.

»Und dein Bruder? Was ist aus ihm geworden?«

Sandro schluckte. »Auch er ist bei der Geburt gestorben.«

Cosimo nickte nur.

»Die Verwandten meiner Mutter hatten schon genug hungrige Mäuler zu stopfen. Deshalb redeten sie mir ein, ich hätte die Berufung zum Klosterleben, und luden mich kurzerhand bei den Dominikanern ab.«

Ein Schmunzeln zuckte um Cosimos Mundwinkel. »Aber das fromme Leben hinter Klostermauern hat dir wohl nicht gefallen, oder«, fragte er spöttisch. »Womit hast du denn am meisten gehadert? Mit dem Gebot der Armut, des Gehorsams oder der Keuschheit?«

»Mit allen dreien«, gestand Sandro freimütig ein. »Und dass viele, vor allem die Oberen, sich nicht an die Gebote hielten, sondern prassten und herumhurten!«

Cosimo nickte. »Ja, so manches Kloster ist ein Augiasstall, der mit hartem Besen ausgemistet gehört. Aber nun weiter. Wie lange hast du das Kleid des Novizen getragen?«

»Keine sechs Monate, dann bin ich nachts über die Mauer davon«, fuhr Sandro fort. »Ich habe mich als Tagelöhner, als Stallknecht und als Laufbursche durchgeschlagen.«

»Söldner warst du wohl auch, so gut, wie du offenbar mit einer Armbrust umgehen kannst.«

»Nein, Ser Cosimo. Ich war zwar schon so manches, aber Söldner war ich nie. Das Kriegshandwerk liegt mir nicht. Den sicheren Umgang mit der Armbrust hat mir ein Wildhüter in der Lombardei beigebracht, für den ich fast ein Jahr lang gearbeitet habe, bevor ich nach Süden gezogen bin. Eine Zeit lang war ich auch Gehilfe eines Wundarztes. Mit ihm bin ich auf dem Schlachtfeld von Valdilamone gewesen, um die zu versorgen, die noch nicht dem Tode geweiht waren. Irgendwann bin ich wieder zurück auf die Landstraße und dort habe ich den Entschluss gefasst, in die Heimatstadt meines Vaters zu gehen und mein unstetes Leben aufzugeben.«

»Welchen Lohn hat man dir eigentlich für die Bluttat versprochen?«, erkundigte sich Cosimo.

»Luca und ich sollten jeder fünf Goldflorin bekommen und Ricco als Anführer das Doppelte. Das hat er behauptet.«

Cosimo zog die Mundwinkel hoch und lächelte spöttisch. »Ich sollte wirklich sehr gekränkt sein, dass meine Feinde der Ansicht sind, mein Kopf wäre so billig zu haben. Ich dachte, ich wäre mehr wert.« Er schwieg kurz, bevor er fortfuhr: »Du hast also auf fünf Goldflorin verzichtet. Das bringt mich zu der Frage, wie hoch ich dich dafür belohnen soll, dass du mir das Leben gerettet hast, Sandro Fontana. Was meinst du, sind zehn Goldflorin eine angemessene Summe?«

Sandro setzte sich auf seinem Stuhl zurecht. »Ich will kein Geld von Euch«, erwiderte er stolz. »Ich habe nur eine alte Schuld beglichen, Ser Cosimo, wie ich Euch schon gesagt habe. Deshalb ist ein Geldgeschenk, ganz gleich in welcher Höhe, auch nicht nötig.«

»Aber wenn ich mich dennoch für deine mutige Tat erkenntlich zeigen möchte?«

Sandro überlegte nicht lange. »Dann bietet mir kein Geld.«

»Sondern?«

»Eine Zukunft.«

Ein überraschter Ausdruck trat auf das Gesicht des Medici. »Eine Zukunft?«

»Ja. Eine bessere und ehrbare Zukunft, wie mein seliger Vater sie für mich erhofft hat, mir aber nicht hat geben können«, lautete Sandros Antwort. »Verschafft mir eine Arbeit, in der ich mich beweisen kann. Ich will etwas aus mir machen, worauf meine Kinder später stolz sein können. Das ist alles und zugleich mehr, als ich mir von Euch als Gunstbeweis erhoffen darf.«

Cosimo lächelte anerkennend. »Das ist wahrlich eine Antwort, die dich und das Andenken deines Vaters ehrt, Sandro Fontana.« Er dachte einen Augenblick lang nach. »Du hast gesagt, dass dein Vater im Tuchhandel tätig war?«

Sandro nickte.

»Dann kann ich davon ausgehen, dass du von dem Geschäft etwas verstehst?«

»Ein wenig, denn ich war erst elf, als mein Vater starb.«

»Wie sieht es aus mit Lesen, Schreiben und Rechnen?«, wollte Cosimo als Nächstes wissen.

»All das habe ich fleißig gelernt. Im Rechnen macht mir keiner so leicht etwas vor, und ich weiß eine Feder schnell und sauber zu führen«, versicherte Sandro.

»Nun gut, ich will sehen, was ich für dich tun kann. Geh indessen hinüber zu den Quartieren der Bediensteten«, er deutete zu den Wirtschaftsgebäuden, die sich hinter dem großen Garten erstreckten, »und frag dort nach Stefania. Lass dir von ihr eine ordentliche Mahlzeit vorsetzen. Wenn ich mich entschieden habe, lasse ich dich rufen.«

Sandro dankte ihm vielmals und verließ die Loggia. Doch inzwischen war sein Schritt nicht mehr zögerlich, spürte er doch, wie sich die Freude einen Weg bahnte und all die

Zweifel und Sorgen verdrängte, die ihn in den letzten Tagen gequält hatten.

Sein größter Wunsch würde in Erfüllung gehen! Sein unstetes und zielloses Wanderleben als Tagelöhner ohne Hoffnung auf eine bessere Zukunft würde endlich der Vergangenheit angehören.

Die bedrückende Erkenntnis, dass er sich diese Zukunft mit Riccos Blut erkauft hatte, kam ihm erst viel später. Zwar versuchte er, sich erneut damit zu beruhigen, dass er dessen Tod nie gewollt und in Notwehr gehandelt hatte. Aber änderte das irgendetwas daran, dass es sein Bolzen war, der ihn getötet hatte?

Aufgeregt verließ Tessa Brunetti ihre kleine Kammer. Heute würde sie zum ersten Mal allein in die Stadt gehen und eine Besorgung für ihre junge Herrin machen. Hoffentlich ging alles gut! Leise stieg sie die Treppe hinunter. Es war früh am Morgen. Gerade eben erst hatte der vielstimmige Chor der Kirchenglocken den neuen Tag eingeläutet. Ihre Herrin schlief noch und es war besser, sie nicht zu früh zu wecken, weil Tessa sonst unweigerlich deren Zorn zu spüren bekommen würde.

Die alte Gemma erwartete sie schon ungeduldig in ihrem Zimmer.

»Da bist du ja endlich!«, brummte sie.

Tessa lächelte zaghaft. Inzwischen wusste sie, dass Gemma nicht wirklich verärgert war. Sie wirkte zwar manchmal ein wenig schroff, aber sie hatte ein gutes Herz und Tessa hatte in ihr eine geduldige Lehrerin gefunden. In den vergangenen Tagen hatte die alte Zofe ihr alle Handgriffe und Pflichten beigebracht, die ihr Leben von jetzt an bestimmen würden. Inzwischen konnte sie sogar mit der Brennschere umgehen und gestern Morgen hatte ihre neue Herrin beim Lockendrehen zum ersten Mal nicht geschimpft.

»Hast du dir alles gemerkt, was ich dir gesagt habe?«, fragte Gemma.

Tessa nickte.

»Und das neue Haarteil und die Seidenbänder? Hast du auch daran gedacht?«

»Ja.« Wieder nickte Tessa und hielt einen kleinen Stoffbeutel hoch. »Hoffentlich geht alles gut, liebe Gemma!«

»Mach dir keine Sorgen. Du bist schließlich ein aufgewecktes Mädchen.«

»Meint Ihr wirklich?«

»Ich würde es nicht sagen, wenn es nicht so wäre«, versicherte Gemma. »Und lass dich von Fiamettas Launen und Nörgeln nicht allzu sehr bedrücken. Sie hat auch ihre guten Seiten, wie du bestimmt schon bald feststellen wirst. Herrin und Zofe, das ist, als wäre man miteinander verheiratet. Es braucht nun mal ein wenig Zeit, bis man Vertrauen zueinander fasst und einander schätzen lernt.«

Tessa atmete tief durch. »Ich hoffe, Ihr habt recht, Gemma! Ohne Euch wäre ich verloren gewesen. Ich weiß gar nicht, wie ich Euch jemals danken soll, dass Ihr so geduldig seid mit mir.«

»Schon gut«, sagte die alte Zofe und machte eine wegwerfende Handbewegung. »Aber nun wird es Zeit, dass du dich auf den Weg machst. Hast du auch das Geld für die Zierbänder?«

Tessa nickte wieder.

»Und weißt du auch noch, wo Luigi Martelli seinen Perückenladen hat?«

»In der Via Ghibellina im Viertel Santa Croce. Ihr habt es mir oft genug erklärt.«

Wenig später trat Tessa hinaus auf die Straße und wandte sich Richtung Domplatz. In den vergangenen Tagen hatte sie zusammen mit der recht mundfaulen Küchengehilfin Chiara schon einige Botengänge für Fiametta erledigt. Dabei hatte sie versucht, sich möglichst viele Straßen und Plätze einzuprägen. Immer wieder hatte ihr Blick das alles überragende Gotteshaus Santa Maria del Fiore mit seiner im Bau befindlichen Riesenkuppel gesucht, war es doch in dem verwirrenden Labyrinth ein guter Wegweiser.

So machte sie es auch heute. Zwischen den dicht stehenden Häusern fiel der Dom immer wieder ins Auge und sagte ihr, ob sie in die richtige Richtung ging.

Obwohl es noch früh am Tag war, herrschte auf den Straßen und Plätzen schon ein dichtes Gedränge. Zum Domplatz musste sie sich regelrecht durchkämpfen, so viele Menschen strömten ihr entgegen. Hinter dem Baptisterium, der kleinen Taufkirche San Giovanni am Westrand des Domplatzes, wandte sich Tessa nach links, genauso wie Gemma ihr gesagt hatte.

Plötzlich stürzten aus einer Seitengasse zwei oder gar drei Dutzend junger Männer hervor. Ihre wehenden Umhänge aus teurem und farbenprächtigem Stoff verrieten, dass sie aus reichen Familien stammten. Sie hatten ihre Kurzschwerter gezogen und stürmten unter lautem Geschrei über den Platz in südlicher Richtung davon.

Tessa konnte gerade noch rechtzeitig zurückweichen. Erschrocken drängte sie sich zwischen einen Mann von kantiger Statur und einen Straßenhändler mit einem Bauchladen voller Backwaren.

»Um Gottes willen, was geht denn hier vor? Ist eine Rebellion ausgebrochen?«, fragte der Mann, der offenbar fremd in der Stadt war.

Der Händler blieb gelassen. »Macht Euch keine Sorgen, guter Mann. Das hat nichts zu bedeuten.«

»Männer stürmen mit gezogenem Schwert durch Eure Straßen und Ihr sagt, das hätte nichts zu bedeuten?« Der Fremde schüttelte empört den Kopf.

»Es stehen mal wieder Wahlen an und das geht bei uns oft mit Aufruhr und drohendem Waffengeklirr einher. Heute sind es die Parteigänger der Albizzi, die für ein wenig *umoro* sorgen. Das ist nichts Besonderes vor der Wahl der neuen Prioren und des nächsten Gonfaloniere. Niemand kümmert sich darum. Das geschieht mehrmals im Jahr.« Geschäftstüchtig hielt der Händler dem Fremden eines seiner Plätzchen hin. »Aber sagt, wollt Ihr nicht etwas von meinem Zuckergebäck kaufen? Nirgendwo in der Stadt werdet Ihr besseres finden, das schwöre ich Euch bei den wundertätigen Gebeinen aller heiligen Märtyrer!«

Der Fremde starrte ihn an, schüttelte verständnislos den Kopf und verschwand in der Menge.

Tessa sah von einem zum anderen. Sie hatte wenig von dem verstanden, was die Männer sprachen. Prioren? Gonfaloniere? Ihre Neugier war geweckt, aber sie rief sich zur Ordnung. Das hatte sie nicht zu kümmern. Ihre Sorge sollte allein ihrer Herrin gelten und dass sie rechtzeitig zurück war, wenn Fiametta erwachte. Sonst würde sie wieder endlose Beschimpfungen über sich ergehen lassen müssen!

Hastig machte sie sich wieder auf den Weg nach Santa Croce und so erreichte sie wenig später den Mercato Vecchio, auf dem zu dieser frühen Morgenstunde ein geradezu beängstigend lärmendes Treiben herrschte. Es war ein rechteckiger Platz, in dessen Zentrum sich die Loggia dei Tavernai erhob. Hier hatten einige Dutzend Gastwirte in den Bogengängen ihre Garküchen und festen Schankräume, in denen sie allerlei Speisen und Getränke zum Kauf anboten. Fleischer und andere Händler boten ihre Waren an Ständen feil. Auch einige Handwerker hatten in der Loggia ihre kleinen Werkstätten, *bottega* genannt. Ein Vielzahl von Buden und ärmlichen Tischen, die die Bauern schnell aufgebaut hatten, umgab die Loggia mit einem dichten Ring.

Das Gedränge auf dem Mercato Vecchio war so groß, dass es kaum ein Durchkommen gab. Man hätte glauben können, die Florentiner fürchteten eine Belagerung der Stadt und wurden von der Sorge umgetrieben, sich auf den Märkten nicht mit ausreichend Lebensmitteln eindecken zu können.

Tessa rettete sich vor dem wüsten Gedränge und Geschiebe in eine der Seitengassen und hoffte, nun nicht in die Irre zu laufen. Wenn sie doch nur in Venedig wäre! Dort hätte sie genau gewusst, wie sie am schnellsten durch die Stadt gekommen wäre.

Jenseits der offenen Plätze schlängelten sich die Straßen und Gassen ohne vernünftigen Plan durch die Stadt. Überall drängten sich die Häuser dicht zusammen. Da stand manchmal ein winziges einstöckiges Haus eingekeilt zwischen zwei massigen, gut fünfundzwanzig Meter hohen Wohntürmen. Schmucklose Häuser und Werkstätten der einfachen Bevölkerung fand man überall, genauso wie die Palazzi eines reichen Kaufmannes oder Bankherrn. Errichtet aus massigen Steinquadern mit rauem Bossenwerk wie ein Festungsbau, waren diese prächtigen Wohnsitze zumeist zur Straße hin mit dem stolzen, aus dem Stein gehauenen Familienwappen sowie einer Reihe von schmiedeeisernen Fackelkörben versehen. Manche wiesen auch kleine halbrunde Nischen auf, in denen eine Madonnen- oder Heiligenfigur mit einem brennenden Kerzenlicht stand.

Tessas Schritt wurde schneller und schneller. Wo war sie bloß gelandet? Ihr Blick irrte umher. Die Gassen um sie herum wurden noch enger. Sie passierte schmale Hauseingänge und lukenartige Fensteröffnungen, die mit bunten, vielfach ausgeblichenen und verdreckten Bändern geschmückt waren. In ihrer Nähe lungerten herausgeputzte und grell geschminkte Frauen jeden Alters herum, die sie argwöhnisch musterten, und Tessa begriff, dass es sich bei ihnen um Huren handelte.

Nun rannte sie fast und dann endlich konnte sie aufatmen.

Ein Stück vor ihr weitete sich die Gasse und sie erkannte zu ihrer Linken die Kirche Or San Michele, die gleichzeitig als Getreidespeicher diente. Vor wenigen Tagen war sie mit Chiara daran vorbeigekommen. Jetzt wusste sie wieder, wo sie sich befand! Sie musste nur den Platz vor der Kirche überqueren, dann war es nicht mehr weit bis zur Via Ghibellina. Erleichtert ging sie weiter.

Gerade wollte sie einer breiteren Straße folgen, die nach Südosten zum Stadttor Porta alla Croce führte, als sie in der Menschenmenge vor sich eine Gestalt bemerkte, die ihr sofort vertraut vorkam.

Es war ein schlanker junger Mann mit dunkelbraunem Lockenschopf. Er war aus einer Seitengasse herausgeeilt und strebte auf die andere Seite des Platzes zu. Sie wusste, sie war ihm schon einmal begegnet. Aber wo?

Plötzlich wurde der Mann von einem breitschultrigen Lastenträger rüde angerempelt, der ein zusammengeschnürtes schweres Bündel aus langen Latten auf der Schulter trug. Der junge Mann wandte sich verärgert um und rief irgendetwas hinter dem Lastenträger her.

Und in diesem kurzen Augenblick, als sie sein Gesicht von vorne sehen konnte, erkannte Tessa ihn wieder.

Es war der Fremde mit der Armbrust, der dem Treiben damals am Teich so mutig Einhalt geboten hatte! Auch ihn hatte der Weg nach Florenz geführt!

Wie gern würde sie ihn wiedersehen! Sie hatte sich ja noch nicht einmal bei ihm bedanken können.

»Hallo! Landsknecht!«, rief sie in seine Richtung und winkte ihm zu. »Landsknecht! Wartet!«

Aber der junge Mann reagierte nicht. Er wandte sich wieder um und eilte weiter. Nach wenigen Schritten verschwand er in einer engen dunklen Seitengasse.

Tessa lief ihm nach, so schnell es ihr bei den vielen Menschen auf der Piazza möglich war, und versuchte erneut, ihn durch Zurufe auf sich aufmerksam zu machen. Doch kurz bevor sie ihn erreichte, trieb ein Händler seine sechs bepackten Maultiere in die Gasse. Die Tiere waren mit Stricken aneinandergebunden, sodass es für Tessa kein Durchkommen gab.

Ungeduldig wartete sie, bis sie vorbeischlüpfen konnte, doch es war zu spät. Von dem jungen Mann fehlte jede Spur.

Trotzdem lief sie noch ein Stück in die Gasse hinein, bis sie sich gabelte. Unschlüssig blieb Tessa an der Kreuzung stehen. Doch so angestrengt sie auch nach links und rechts spähte, der Lockenschopf war wie vom Erdboden verschluckt.

Traurig kehrte Tessa um und setzte ihren Gang zum Perückenmacher Martelli in der Via Ghibellina fort. Sie wusste selbst nicht, warum sie so enttäuscht war. Sicher, der junge Mann hatte ihr in einer schrecklichen Situation geholfen, aber dass ihr sein Gesicht nicht aus dem Sinn gehen wollte, erstaunte sie doch über alle Maßen.

11

Pass gefälligst besser auf mit deinen verdammten Latten, du elender Tölpel!«, rief Sandro dem Lastenträger wütend nach, der ihm soeben im Gedränge mit seinen Hölzern einen schmerzhaften Stoß an den Kopf versetzt hatte. Doch der Kerl reagierte überhaupt nicht darauf, sondern pflügte weiter rücksichtslos mit seiner schweren Last auf der Schulter durch die Menge.

Sandro ballte die Fäuste und stieß einen Fluch aus.

Mittlerweile erschien ihm Florenz wie ein riesiger dichter Block von Häusern, durchschnitten von einem verwirrenden Netz, das aus den fadendünnen Linien von oft irrwitzig gewundenen Gassen, vielen engen Straßen und oft gerade mal mannsbreiten Durchgängen bestand. Dieses Labyrinth wurde nur hier und da ein wenig aufgelockert von Höfen und Plätzen vor den Kirchen und Klöstern. Mitten im Zentrum der Stadt, rund um den gepflasterten Domplatz von Santa Maria del Fiore mit der gegenüberliegenden Taufkirche San Giovanni, hatte man weiträumig Platz geschaffen. Eine ähnlich große und repräsentative offene Fläche, die zweifellos in Hinblick auf öffentliche Versammlungen wie Feste, Prozessionen, Turniere und Staatsempfänge hoher Würdenträger angelegt worden war, hatte er auf seinen Irrwegen wenige hundert Meter weiter südlich vom Dom vor dem beeindruckenden Regierungspalast der Stadtrepublik vorgefunden, dem festungsartigen und zinnengekrönten Palazzo Vecchio an der Piazza della Signoria. Der wirkte wie eine rechteckige Stadtburg mit senkrecht aufstrebenden Wänden, in die erst weit oben und damit außerhalb der Reichweite möglicher Feinde lange Reihen schmaler Bogenfenster eingelassen waren. Fünfstöckig und von einem überkragenden Zinnenkranz gesäumt, erhob sich der Amtssitz der *signoria,* wie die republikanische Regierung von Florenz genannt wurde, in den Himmel. Er wurde nur noch von dem aus seinen eigenen Mauern aufsteigenden Wehr- und Glockenturm überragt, in deren Schaft zur Piazza hin eine große runde Turmuhr eingelassen war.

»Hoffentlich bin ich jetzt endlich auf dem richtigen Weg«, murmelte Sandro, während er über den Platz lief. Er bog in eine Gasse ab und folgte ihr bis zur ersten Straßenkreuzung. Wenige Dutzend Schritte weiter gabelte sich die Straße vor einem alten Wohnturm abermals. Der Wegbeschreibung nach, die man ihm gegeben hatte, musste die Straße, die nach rechts führte, ihn an sein Ziel bringen: zu der Tuchmanufaktur der Medici, die unter der Leitung des Oberfaktors Vieri di Armando stand und sich unweit des

Franziskanerklosters Santa Croce nahe des rechtsseitigen Arnoufers befinden sollte.

Und dort würde Sandros neues Leben beginnen. Das Leben als Lehrling in einer Tuchmanufaktur, die im Besitz einer der mächtigen Familien der Welt war!

Sandro hatte am gestrigen Tag mehrere Stunden warten müssen, bis Cosimo de' Medici ihn abermals zu sich gerufen und ihm erklärt hatte, welche Aufgabe er ihm zugedacht hatte. Sandro hatte sein Glück nicht fassen können, als er schließlich sein Anstellungsschreiben in der Hand gehalten hatte. Er war recht spät von Cafaggiolo aufgebrochen, doch dass er es bis vor Einbruch der Dunkelheit nicht nach Florenz schaffen würde, hatte ihn nicht im Mindesten bekümmert. Die Nacht hatte er kurz vor der Stadt in einem Olivenhain verbracht und war während des vielstimmigen Chores der Kirchenglocken, die den neuen Tag einläuteten, durch die Porta al Prato nach Florenz gekommen.

Sandro eilte weiter. Aus den dunklen Werkstätten von Waffen- und Hufschmieden, die er nun passierte, stieg der Rauch der Feuer, die in ihren Essen loderten. Und das rhythmische Hämmern auf dem Amboss, das vermutlich den ganzen Tag zu hören war, drang auf die Straße. Ihm begegneten Männer, die schwere Bottiche trugen, und Frauen, in deren Körben dicke Rollen Garn lagen. Der stechende Geruch einer flussnahen Färberei stieg ihm in die Nase und vor einem Laden stand ein Fleischer mit blutbesudelter Lederschürze und sprach mit einer älteren Frau, offenbar Köchin in einer wohlhabenden Familie.

Keine fünf Minuten später gelangte Sandro auf einen kleinen Platz.

Zwischen den Häusern zu seiner Rechten sah er den Arno, dessen Ufer nur einen Steinwurf weit entfernt war. Die dunkelbraunen Fluten wälzten sich durch sein Bett nach Westen. Fischer trieben in kleinen, rundlichen Booten mit der trägen Strömung dahin.

Und nach einigen weiteren Schritten stand Sandro endlich vor dem lang gestreckten Ziegelbau, den man ihm beschrieben hatte.

Endlich hatte er es geschafft! Vor ihm erhob sich die schmucklose Medici-Tuchmanufaktur.

In das Unter- und Obergeschoss der Bottega waren zwei große Bogenfenster eingelassen, durch die viel Licht ins Innere dringen konnte. An der vorderen Schmalseite des Gebäudes bemerkte Sandro einen Flaschenzug, dessen dicke Seile zu einer rechteckigen und mannshohen Öffnung mit einer etwas vorspringenden Plattenform aus kräftigem Balkenwerk unterhalb des Giebelwinkels hinaufführten. An das hintere Ende der Bottega schloss sich ein schmalbrüstiges Wohnhaus an, das mit dem Betrieb durch einen kurzen, überdachten Durchgang verbunden war. Auf der anderen Seite des Vorplatzes waren Arbeiter damit beschäftigt, mehrere alte Häuser einzureißen, vielleicht um dort Raum für ein neues großes Gebäude zu schaffen, womöglich für den Palast eines reichen Kaufmanns.

Sandro trat durch das offen stehende Tor und fand sich in einem geräumigen Vorraum wieder. Sein Blick fiel durch einen hohen Durchgang in den dahinterliegenden Raum und dort auf ein gutes Dutzend Männer und Frauen, die auf blank gescheuerten Dielen saßen und Wollvliese kämmten. Er erinnerte sich zwar nicht mehr an alle Einzelheiten, die sein Vater ihm beigebracht hatte, verstand aber so viel von der Wollverarbeitung und der Tuchherstellung, dass er wusste, wen er vor sich hatte. Die Männer und Frauen waren *cardatori*, Krempler und Wollkämmer, die in dem langen Prozess von der Rohwolle hin zum fertigen Tuch die ersten Arbeitsgänge erledigten.

An der Wand neben dem Durchgang hing unter zwei sich kreuzenden Hellebarden ein hölzerner Schmuckschild, der das Wappen der Medici zeigte: sechs rote Kugeln auf goldenem Grund. Rechts davon führte eine breite Stiege ins Obergeschoss.

Bevor Sandro dazu kam, sich näher umzusehen, trat aus einer Tür zu seiner Rechten ein großer untersetzter Mann mit einem kantigen Gesicht und buschigen Brauen über tief liegenden Augen.

»Was willst du hier?«, fragte der Mann knapp und musterte ihn, als wollte er abschätzen, ob er im Auftrag eines Kunden kam oder nur als lästiger Bittsteller, der um Arbeit ersuchte.

»Ich möchte den Oberfaktor Vieri di Armando sprechen«, erwiderte Sandro höflich und deutete eine Verbeugung an.

»Der steht vor dir.« Der Mann schien es offenbar lästig zu finden, mehr Worte an ihn zu verschwenden.

»Ich heiße Sandro Fontana und Cosimo de' Medici schickt mich zu Euch, Signore Vieri di Armando. Ich soll Euch das hier aushändigen.« Sandro reichte ihm das Schreiben, das Cosimo de' Medici für ihn aufgesetzt hatte.

Der Oberfaktor erbrach das Siegel. Während er das Schreiben überflog, legte sich seine Stirn in Falten.

»Sieh an, Cosimo de' Medici schickt mir höchstpersönlich einen neuen Lehrjungen! Das ist ja etwas ganz Neues, kümmert er sich doch sonst nur um die Einstellung seiner Oberfaktoren«, sagte er spöttisch und verzog dabei das Gesicht, als hätte er auf eine Zitrone gebissen. »Und du sollst auch gleich mit dem stolzen Jahreslohn von fünfzehn Florin bei mir anfangen? Und das bei freier Kost und Logis? Das nenne ich fürwahr eine Überraschung, aber keine, die mir sonderlich schmeckt!«

»Davon weiß ich nichts, Signore Vieri«, sagte Sandro, der sich bemühte, seine Freude zu verbergen. Cosimo hatte ihm keine Einzelheiten über seine neue Anstellung verraten. Aber fünfzehn Florin! Mit einem so hohen Lehrlingslohn hatte er wahrlich nicht gerechnet.

»Da musst du ja mächtig Eindruck auf ihn gemacht haben. Was hast du denn so Außergewöhnliches geleistet, dass er sogar höchstpersönlich ein solches Anstellungsschreiben aufsetzt und sich, was deine Entlohnung angeht, so unvernünftig großzügig zeigt?« Vieri di Armando wedelte mit dem

Schreiben. Sandro bemerkte, dass der Mann einen breiten Goldring trug, in dessen Fassung ein tiefschwarz glänzender rautenförmiger Stein eingelassen war. »Hast du ihm vielleicht den Steigbügel gehalten und ihm auf sein Maultier geholfen, das er seltsamerweise jedem guten Reitpferd vorzieht?«, fragte er mit beißendem Spott.

Sandro hielt es für klüger, nicht zu antworten, zumal es Vieri di Armando nichts anging, womit er sich die Anstellung verdient hatte. Cosimos Schreiben war ein Befehl, dem er zu folgen hatte, ob es ihm nun passte oder nicht.

»Es war mein ausdrücklicher Wunsch, bei Euch das Handwerk der Tuchherstellung zu erlernen, Signore Vieri. Ihr sollt einer der besten Oberfaktoren der Stadt sein«, sagte Sandro, obwohl es ihm nicht gefiel, dem Mann zu schmeicheln. Aber Vieri di Armando sah so aus, als gehörte er zu den Menschen, die man auf diese Weise für sich gewinnen konnte.

Die verdrossene Miene des Mannes hellte sich schlagartig auf. »So, sagt man das? Nun ja, es wird wohl so sein ... Jedenfalls macht mir keiner so leicht etwas vor. Das Tuch, das aus meiner Bottega kommt, ist zweifellos das beste der ganzen Stadt!« Mit selbstzufriedener Miene faltete er das Schreiben zusammen und steckte es in die Tasche. »Also gut, dann werde ich dich mal unter meine Fittiche nehmen, Sandro Fontana. Aber glaub ja nicht, dass du dich für etwas Besseres halten kannst, nur weil Cosimo de' Medici persönlich dich geschickt hat! Wenn du deine Arbeit nicht so machst, wie ich es haben will, dann setze ich dich schneller vor die Tür, als du das Ave Maria beten kannst. Hast du mich verstanden?«

Sandro nickte. »Ich werde hart arbeiten und alles tun, damit Ihr zufrieden seid mit mir«, versprach er.

»Das will ich dir auch geraten haben! Denn unter meinem Dach dulde ich weder Faulpelze noch Gehilfen, die zwei linke Hände haben«, entgegnete Vieri harsch. »Und wenn du mich fortan anredest, sagst du Meister Vieri zu mir!« Dann wandte er sich um und rief durch die offene Tür: »Tommaso! Komm mal her!«

Sogleich tauchte ein hochgeschossener, schlaksiger junger Mann im Türrahmen auf. In seinem schmalen Gesicht, das zum Kinn eigenartig spitz zulief, saßen zwei ungewöhnlich große, müde dreinblickende Augen.

»Ganz zu Euren Diensten, Meister Vieri!« Dienstbeflissen trat er zu ihnen.

»Wir haben einen neuen Lehrjungen. Sein Name ist Sandro Fontana. Du wirst ihn in alles einweisen und die Kammer mit ihm teilen«, wies Vieri ihn an. »Und sieh zu, dass er sich rasch einfindet und nicht nutzlos in der Gegend herumsteht!«

»Keine Sorge, Meister Vieri, ich bringe ihn im Handumdrehen auf Trab«, versicherte Tommaso. Dabei zwinkerte er Sandro heimlich zu.

Kaum war Vieri di Armando in den angrenzenden Raum zurückgegangen und hatte die Tür hinter sich geschlossen, streckte Tommaso ihm die Hand entgegen. »Willkommen unter dem Joch von Meister Vieri! Aber nur Mut, Sandro Fontana! Meine Wenigkeit, der in fünf endlos langen Dienstjahren gestählte, leidgeprüfte und mit allen Wassern der Tuchherstellung gewaschene Tommaso Mortelli, wird dir schon beibringen, wie man dem Jähzorn unseres Herrn und Gebieters am besten entkommt. Und jetzt lass uns einen ersten Rundgang durch die Bottega machen.«

Sandro nickte ihm dankbar zu und folgte ihm durch eine weitere Tür in den großen Raum der Krempler und Wollkämmer.

Fünfzehn Florin bei freier Kost und Logis, ging es ihm durch den Kopf. Das war zwar ein stolzer Jahreslohn, aber der wollte unter einem Meister wie Vieri di Armando hart erarbeitet sein, wenn er den ernüchternden Willkommensgruß von Tommaso Mortelli richtig deutete.

Aber Sandro war fest entschlossen, sich in der Stadt seines Vaters zu bewähren, ganz gleich, wie viele Hindernisse sich ihm dabei in den Weg stellen sollten!

ZWEITER TEIL

Februar 1428 bis Februar 1429

»Wer dauerhaften Erfolg haben will,
muss sein Vorgehen ständig ändern.«

Niccolò Machiavelli

Cosimo saß in einem Nebenzimmer seines Bankkontors, das einen Großteil der ebenerdigen Räume des Medici-Palazzo in der Via Larga einnahm. Hier in dem Haus, das einst der vornehmen Familie der Riccardi gehört hatte, befand sich der Hauptsitz des Familienunternehmens, in dem internationale Kreditvergaben entschieden und Handelsgeschäfte abgeschlossen wurden. Die gewöhnlichen Wechselgeschäfte wurden dagegen an den mit grünem Filztuch bespannten Tischen im einstigen Palazzo dei Cavalcanti getätigt, der sich am Mercato Nuovo an der Ecke Via Porta Rossa und Via dell'Arte della Lana befand.

In Anbetracht des außerordentlichen Reichtums der Familie musste dieser Palast in der Via Larga geradezu bescheiden genannt werden. Aber so und nicht anders wollte es der alte Medici, ganz nach seiner Devise »Hast du was, dann bist du was – aber was du hast, das zeigst du besser nicht. Denn Neid ist ein schnell wachsendes Kraut, das man besser nicht begießt!«

Das mochte dem Hause Medici in den vergangenen Jahrzehnten, der Zeit des unaufhaltsamen Aufstiegs unter dessen Ägide, gut bekommen sein. Aber allmählich wurde es Zeit, sich von dieser extremen Bescheidung zu verabschieden und Pläne für einen neuen standesgemäßen Palazzo zu machen. Denn seit der Einführung des *catasto*, der Reichensteuer, wusste jeder in der Stadt, der sich dafür interessierte – und wer tat es nicht –, dass die Medici zu den sehr Reichen der Stadt gehörten, ja wenn nicht gar bald schon die Reichsten sein würden.

Und nicht einmal die unter Florentiner Kaufleuten übliche geschickte Buchführung zur Täuschung der Steuereintreiber und die *libri segreti*, die geheimen Kontobücher, vermochten den enormen Reichtum der Medici zu verschleiern.

Ja, diese Augenwischerei mit dem bescheidenen Palazzo verfing nicht mehr, sondern nahm lächerliche Züge an. Solange ihr Vater lebte, war an eine konkrete Umsetzung dieser Pläne für einen neuen Palast jedoch nicht zu denken.

Aber das war nichts, was Cosimo wirklich bekümmerte. In einer Stadt wie Florenz, wo ein Mann erst mit dreißig Jahren erwachsen und frühestens in diesem Alter zur Wahl in ein Staatsamt zugelassen wurde, musste man sich nicht nur auf das Geschäftliche mit all seinen Fallstricken verstehen, sondern auch auf das Warten. Und er wusste, dass seine Zeit kommen würde, nicht allein für den neuen Palast.

An diesem Morgen hatte Cosimo einige öffentliche Einrichtungen und Klöster mit wohltätigen Schenkungen bedacht. Spenden dieser Art trug er in ein besonderes Rechnungsbuch ein, das bei ihnen Gottes Konto genannt wurde. Großzügige Wohltätigkeit war stets ein fester Bestandteil der Geschäftspolitik seiner Familie gewesen und zugleich das tiefe Anliegen eines jeden reichen Mannes, der sich auch um sein Seelenheil sorgte. Denn wer wollte sich schon um des irdischen Profits willen den Weg ins Paradies verbauen?

»Die Armen kommen in den Himmel, weil sie ihr hartes Los klaglos tragen, die Reichen, indem sie großzügig für die Armen geben!«, hatte der Erzbischof von Florenz einmal zu ihm gesagt. Und in der Bibel stand geschrieben: »Was hülfe es dem Menschen, so er die ganze Welt gewönne und nähme doch Schaden an seiner Seele?«

Cosimo hatte sich das eine wie das andere zu Herzen genommen. Und daher war es ratsam, stets ein vernünftiges Gleichgewicht zwischen möglichst profitablen Geschäftsabschlüssen und wohltätigen Werken zu halten. Letztere hatten zudem noch den nicht gering zu erachtenden Nebeneffekt, dass die einfache Bevölkerung den Klang des Namens Medici gern hörte.

Cosimo nahm sich das Kreditgesuch eines vom Papst neu ernannten Kardinals vor und grübelte eine ganze Weile darüber nach, für wie viele Florin dieser Mann wohl gut sein mochte. Der frisch gekürte Kirchenfürst brauchte dringend Geld, was nur zu verständlich war. Denn für seine Ernennung schuldete jeder neue Kardinal, Bischof oder Abt dem

Papst ein Jahreseinkommen seines Lehens, über das er nun die Kontrolle ausübte, und das war ein ordentlicher Batzen Geld.

Gerade wollte Cosimo zur Feder greifen und eine erste Kreditzusage über dreihundert Florin aufsetzen, als sein älterer Cousin Averardo di Francesco de' Medici kurz anklopfte und schon zur Tür hereinschaute.

»Hast du einen Augenblick Zeit, Cosimo?«, erkundigte sich Averardo, ein stämmiger Mann von Mitte fünfzig mit rauer, leicht kratziger Stimme, die stets nach Eile klang. »Ich könnte deinen Rat gebrauchen.«

Cosimo blickte auf. »Ich denke, das lässt sich einrichten. Außerdem werde ich dich ja sowieso nicht auf später vertrösten können, werter Cousin.« Er seufzte. »Also, komm schon herein. Worum geht es denn?«

Averardo war für sein oftmals recht hitziges und stürmisches Wesen bekannt, manche nannten ihn gar einen Mann ohne Skrupel. Schon in jungen Jahren hatte er sich den zweifelhaften Ruf erworben, ein Draufgänger zu sein, der in der Wahl seiner Mittel alles andere als zimperlich war.

»Um die Monte.« So wurden die verzinslichen Anleihen der Stadt bezeichnet.

»Und?« Cosimo zog spöttisch die Augenbrauen hoch. »Willst du kaufen oder verkaufen?« Er ahnte, worauf sein Cousin hinauswollte.

Averardo seufzte. »Darum geht es ja gerade. Ich wünschte, ich wäre vor zwei Jahren deinem Rat gefolgt und hätte damals einen Sack voll von diesen Obligationen gekauft, so wie du es getan hast. Du musst in den zwei Jahren deinen Einsatz glatt verdreifacht haben.«

Cosimo lächelte. »Ich will nicht klagen.«

Die Anleihen der Monte waren 1426, mitten im kostspieligen Krieg mit Mailand, in ihrem Wert drastisch gesunken. Denn damals hatte die Regierung verkündet, die Zinsen für diese Papiere, die gewöhnlich irgendwo zwischen acht und fünfzehn Prozent lagen, für nicht absehbare Zeit nicht mehr zahlen zu können. Daraufhin hatten die staatlichen Anleihen kurzfristig bis zu achtzig Prozent ihres Wertes verloren. Wer also hundert Florin in Monte-Obligationen besessen und in jener Zeit dringend Bargeld gebraucht hatte, der hatte seine Papiere nur noch für zwanzig Florin verkaufen können. Spekulanten mit reichlich Geld und Zeit zum Abwarten hatten die Gunst der Stunde genutzt und im Vertrauen darauf, dass der Wert der Staatsanleihen irgendwann wieder steigen würde, zugegriffen. Und zu diesen Spekulanten, die nicht gezögert hatten, gehörte Cosimo de' Medici.

Averardo machte eine leicht missmutige Miene. »Dass du nicht klagen kannst, ist selbst für dich, der du ja gern tiefstapelst, eine gewaltige Untertreibung.«

Cosimo zuckte mit den Achseln. »Du hättest meinem Rat ja folgen können.«

Averardo winkte ab. »Also, die Sache ist die: Mir ist vorhin zu Ohren gekommen, dass die Monte ihren Zinssatz wieder einmal um ein Prozent erhöhen will. Was meinst du, soll ich ein Bündel Obligationen kaufen? Kann ich dann auf einen Gewinn hoffen?«

»Wo liegt ihr Nennwert heute?«

»Knapp unter neunzig.«

Cosimo schüttelte den Kopf. »Zu hoch. Er wird schon bald wieder unter siebzig, vielleicht sogar noch tiefer fallen. Deshalb habe ich erst vorgestern einen Großteil unserer Obligationen abgestoßen.«

Averardo runzelte die Stirn. »Und warum bist du dir so sicher, dass ihr Wert bald wieder dramatisch fallen wird? Der Friedensvertrag mit Herzog Visconti von Mailand ist doch schon so gut wie in trockenen Tüchern.«

»Weil es gut möglich ist, dass wir uns nicht allzu lange an dem Frieden erfreuen werden. Denn wie du wissen dürftest, rühren Rinaldo degli Albizzi, Neri Capponi und ihre Anhänger schon die Trommel für das nächste ruhmreiche Gefecht unter florentinischem Banner, das uns außer gewaltigen Kosten für die Söldnertruppen nicht viel bringen wird«, sagte Cosimo sarkastisch.

»Du spielst auf ihr Gerede an, dass Florenz unbedingt die Stadt Lucca unter seine Kontrolle bringen müsse?«

Cosimo nickte. »Genau davon spreche ich.«

»Ach was, das ist doch bloß großspuriges Geschwätz, um sich bei den älteren Politikern in Szene zu setzen!«

»Das sehe ich anders, Averardo. Rinaldo und der junge Neri wollen sich einen Namen machen, um künftig Anspruch auf die höchsten Staatsämter erheben zu können«, widersprach Cosimo. »Ihre Väter haben Jahrzehnte von ihrem Ruhm gezehrt, weil sie bei der Eroberung von Pisa eine herausragende Rolle gespielt haben. Und jetzt, wo sie in ihrer Familie das Oberhaupt sind, wollen die beiden endlich aus dem Schatten ihrer Väter treten. Eine Eroberung von Lucca würde sie zu Lieblingen des Volks machen und ihnen einen erheblichen Anteil an der Staatsmacht sichern.«

»Ich glaube aber nicht, dass sie mit ihrem Plan durchkommen und eine Mehrheit in der Signoria finden, die einem neuen Krieg zustimmen muss«, wandte Averardo ein, doch seine Stimme klang nicht ganz so selbstgewiss wie zuvor.

»Ich schon!«, beharrte Cosimo. »Denk daran, wie ehrgeizig die beiden sind, insbesondere Rinaldo! Der kann es nicht abwarten, in Florenz endlich das Sagen zu haben und uns Medici an die Wand zu drücken.«

»Verdammt, verdammt!«, fluchte Averardo und musterte Cosimo mit grimmiger Miene. »Recht hast du, was Rinaldo betrifft. Der könnte mit seinem dummen Kriegstreiben und dem Einfluss seiner Freunde wirklich für eine unangenehme Überraschung sorgen.«

»Die Albizzi sind für jede böse Überraschung gut – und zwar immer! Die müssen wir Medici zehnmal mehr fürchten als die Strozzi oder den alten Niccolò da Uzzano und seinen Clan. Nur anmerken lassen dürfen wir uns das nicht. Die Zeit ist noch nicht reif.«

»Jetzt bin ich noch unsicherer als vor unserem Gespräch«, murrte Averardo. »So war das nicht gedacht.«

»Du hast meine Meinung zur Monte hören wollen«, entgegnete Cosimo gleichmütig. »Welche Schlüsse du aus meinen Einschätzungen ziehst, ist deine Sache.«

Averardo schüttelte den Kopf. »Du bist ein schlauer Fuchs. Und vielleicht tue ich wirklich gut daran, diesmal deinem Rat zu folgen und das schmale Bündel Anleihen zu verkaufen, auf dem ich sitze, statt mich mit womöglich überteuerten Zukäufen einzudecken.«

»Das dürfte vernünftig sein, werter Cousin«, pflichtete Cosimo ihm bei und fügte spöttisch hinzu: »Es sei denn, du weißt einen Weg, wie man Rinaldo davon abhalten kann, mit seiner Stimmungsmache gegen Lucca die Signoria und das Volk aufzuwiegeln.«

»Ha, und ob ich den wüsste!«, kam es sofort grimmig von Averardo. »Ein guter Bravo, der seinen Dolch zu führen weiß, oder eine von seinen Bediensteten, die ihm eine hübsche Prise Gift ins Essen mischt, würde sich schon finden lassen, verlass dich drauf!«

Cosimos Miene verdunkelte sich. »Das vergisst du besser gleich wieder! Eine Vendetta mit den Albizzi ist das Letzte, was wir gebrauchen können.« Er hatte das ganz beiläufig gesagt, doch Averardo wusste genau, wie er Cosimos Worte einzuschätzen hatte. Es war der indirekte Befehl des Mannes, der seit einigen Jahren das unbestrittene Oberhaupt des gesamten Medici-Clans war.

»War ja nur so ein Gedanke. Aber verlockend wäre es schon, dem Kerl für immer das Maul zu stopfen«, brummte

Averardo und wandte sich zur Tür. »Und meine Monte-Papiere werde ich besser abstoßen und warten, was aus der Sache mit Rinaldo und Lucca wird!«

Cosimo sah ihm sorgenvoll hinterher. »Bestimmt nichts, was uns Medici gefallen wird«, sagte er leise zu sich selbst und seufzte tief, ehe er sich wieder seinen Papieren zuwandte.

Tessa und Gemma verließen zusammen mit den letzten Besuchern der Morgenmesse die Kirche Santa Maria Novella, hatten sie doch noch vor der Muttergottes eine Kerze angesteckt und ein stilles Gebet für ihre verstorbenen Lieben gesprochen. Fiametta und ihre Mutter lagen wie üblich noch in ihren weichen Betten. An Wochentagen zogen sie es aus Gründen der Bequemlichkeit zumeist vor, die Abendmesse zu besuchen, zumal diese auch kürzer war.

Vor den beiden Frauen ging ein junger Mann in abgerissener Kleidung und mit klobigen Holzschuhen an den schmutzigen Füßen. Man sah ihm auf den ersten Blick an, dass er ein armer *contadino* war, einer, der dem einfachen Landvolk angehörte.

In der Tür zur Vorhalle kam Tessa und Gemma eine höchst auffällig herausgeputzte Frau mit stark gebleichten blonden Haaren entgegen. Sie war nach der neuesten Mode gekleidet und trug über ihrem langen Rock aus fließender himmelblauer Seide einen burgunderroten Samtumhang, dessen Kragen mit Pelz besetzt war. Sie konnte ebenso gut eine Dame aus vornehmem Haus wie eine Edelkurtisane sein.

Als der Contadino nicht sofort zur Seite trat, um ihr den Weg durch die Tür freizugeben, funkelte sie ihn an und fragte spitz, ob denn die Messe der Bauernlümmel wohl zu Ende sei.

Worauf der junge Bauer schlagfertig zur Antwort gab: »Ja, und gleich beginnt die für die Huren!« Damit zwängte er sich an ihr vorbei.

Scharf zog die Frau die kalte Februarluft ein. »Elendes Gesindel! Du ungehobelter Bursche gehörst für deine unverschämte Beleidigung angezeigt und öffentlich ausgepeitscht!«, rief sie ihm empört nach, um dann mit flammendem Gesicht und rauschenden Gewändern in die Kirche zu hasten.

Gemma lachte belustigt, als sie gemäß der Vorschrift durch die linke Kirchentür hinaus in den kalten, aber klaren Morgen traten. Der rechte, der gute Eingang war den Männern vorbehalten. Alle weiblichen Besucher hatten den linken und damit den schlechteren zu nehmen und sich in der Kirche auch abseits von den Männern in dem für sie ausgewiesenen hinteren Platz aufzuhalten.

»Der Bursche war nicht auf den Mund gefallen«, sagte Gemma anerkennend. »Diese aufgedonnerte Schachtel hatte diese Antwort wahrlich verdient.«

»Die sind in den Straßen von Florenz nicht gerade selten anzutreffen«, meinte Tessa, während sie die Richtung zum Mercato Vecchio einschlugen. Gemma war in den vergangenen Monaten eine gute Freundin geworden, mit der sie vertraut reden konnte. »All Euren Gesetzen wider den Luxus, von denen Ihr mir erzählt habt, zum Trotz. Wobei ich es höchst seltsam finde, dass die Mahlzeiten für die niederen Stände nicht mehr als zwei Gänge umfassen dürfen. Was hat das eine Regierung anzugehen, frage ich mich?«

Die alte Zofe verzog spöttisch das Gesicht. »Dieses Gesetz hat die Signoria natürlich nur zu unserem Wohl erlassen, meine liebe Tessa.«

»Wie meint Ihr das?«

»Nun, so werden wir ärmeren Leute dank der vorausschauenden Fürsorge der hohen Herren daran gehindert, durch maßloses Prassen und Verschwendung zu verarmen!«, höhnte Gemma.

Tessa lachte. »Aber mir kommt es so vor, als ob sich die Reichen und Vornehmen wenig um diese Gesetze kümmern. Gelten die denn nicht auch für sie? Und sollten nicht Eure Wächter der Nacht, diese Sittenpolizei, dafür sorgen, dass man sie auch achtet?«

»Das eine ist so richtig wie das andere, Tessa. Aber Geld und Rang sprechen nun einmal eine viel beredtere Sprache als der derbe Dialekt des gewöhnlichen Volkes. Und sieh doch nur, wie unsere Wächter von den reichen Florentiner Frauen an der Nase herumgeführt werden.« Dabei deutete sie auf einen Büttel, der gerade eine Frau anhielt und sie zur Rede stellte, weil ihre Kleiderärmel angeblich aus Brokatseide gearbeitet waren, und das war verboten.

»Aber nein, da irrt Ihr Euch, guter Mann!«, hörten sie die Frau von oben herab sagen. »Die Ärmel mögen wie Brokatseide aussehen, sind jedoch etwas ganz anderes, nämlich eine neue französische Schöpfung, die nicht unter die Gesetze fällt.« Und dann nannte sie irgendwelche fremdländischen Namen, mit denen der Mann natürlich nichts anfangen konnte.

Der Büttel, der sie schon nach ihrem Namen hatte fragen und sie in sein Abmahnungsbuch hatte eintragen wollen, zuckte mit den Schultern und ließ sie notgedrungen passieren.

Auf ihrem Besorgungsgang durch die Stadt wurden Tessa und Gemma noch zweimal Zeugen eines ähnlichen Vorfalls.

»Aber ich bitte Euch, das hier ist keine verbotene Knopfreihe auf meinem Oberkleid! Seht nur genau hin, Büttel. Hier sind ja auch gar keine Knopflöcher. Nein, was Ihr für eitles Knopfwerk haltet, sind in Wirklichkeit fein geknüpfte Nieten!«, redete sich die eine Frau erfolgreich heraus.

Die zweite, die von einem Wächter der Nacht angehalten worden war, zeigte sich nicht weniger erfindungsreich, um einem Eintrag im Buch des Büttels und damit einer Strafe zu entkommen. Der Mann hatte bei ihr bemängelt, dass ihr Mantelumhang mit einem sündhaft teuren Hermelinkragen besetzt sei.

»Ach, ich wünschte, ich könnte mir edlen Hermelin leisten«, sagte die Frau bekümmert. »Nein, das ist leider nur der Pelz eines billigen Zickels.«

»Und was bitte schön ist ein Zickel?«, fragte der Büttel verdutzt. »Nun . . . ein Zickel . . . ist eben ein Tier, mein Herr. Es soll in den dunklen Wäldern im deutschen Norden leben. Sein Pelz fällt nicht unter die Gesetzgebung. Aber lasst Euch das bei Gelegenheit von Eurem Oberbüttel erklären. Ich bin in Eile!« Und damit ging sie ungerührt weiter.

Tessa lachte. »Geschieht ihm recht«, sagte sie und Gemma nickte.

So eilten sie zusammen zurück zum Haus ihrer Herrschaften, wo eine Hausgehilfin schon auf Tessa wartete. »Die junge Herrin ist bereits wach. Du sollst sofort auf ihr Zimmer kommen, sowie du zurück bist!«

Das Herz war Tessa schwer, als sie die Treppen hocheilte. Fiametta hatte sich in den vergangenen Monaten nur allzu oft als launische Herrin erwiesen. Auch wenn sie nach und nach Zutrauen zu Tessa gefunden hatte und inzwischen in ihre Fähigkeiten als Zofe vertraute, wusste man bei ihr nie, was der Tag an Plagen brachte.

Zu Tessas Überraschung saß Fiametta jedoch mit geröteten Wangen und einem strahlenden Lächeln im Bett. »Du wirst es nicht erraten, was ich dir zu erzählen habe!«, platzte sie aufgeregt heraus, kaum dass Tessa ins Zimmer getreten war. »Komm, mach schnell die Tür zu! Wir wollen es noch eine Zeit lang für uns behalten!«

»Und was ist es, was wir erst noch für uns behalten sollen?«, fragte Tessa verwirrt.

»Vater war vorhin bei mir! Er hat mir eröffnet, dass er heute zu Cesare Borsini gehen und ihm einen Auftrag erteilen wird!«

Damit war Tessa immer noch keinen Deut schlauer. »Und wer ist dieser Cesare Borsini?«

»Er ist Heiratsvermittler, und zwar einer der angesehensten *sensale* der Stadt!« Fiametta strahlte über das ganze pausbäckige Gesicht. »Vater und er suchen eine gute Partie für mich! Ich werde noch dieses Jahr heiraten und Herrin in meinem eigenen Haus sein! Na, ist das nicht eine Überraschung?«

Das war in der Tat eine Überraschung. Tessa wusste nur noch nicht, ob es eine gute oder eine schlechte war.

Ein nasskalter Wind fegte zur Mittagsstunde über den Kornmarkt von Or San Michele, als Sandro und Tommaso sich bei einer der offenen Garküchen ein Stück gebratenes Hammelbein auf die Hand kauften und sich in den Schutz der nächsten Loggia stellten. Die ersten warmen Frühlingstage ließen noch immer auf sich warten, obwohl es doch schon in die erste Aprilwoche ging.

Der Markt, der ganz in der Nähe der Piazza della Signoria lag, war der Herrschaftsbereich von sechs Getreidebütteln, die weiße Kappen und eine Ähre hinter dem Ohr trugen. Ihre Aufgabe bestand darin, die Einhaltung der festgesetzten Preise sowie die Maße und Gewichte zu kontrollierten. In Notzeiten wachten sie über die gerechte Verteilung der Kornvorräte.

»Elendes Mistwetter!«, fluchte Sandro und biss in das heiße Fleisch, das auf einem Holzspieß steckte.

»Warum muss Vieri uns ausgerechnet dann losschicken, um den Mietzins bei den Webern einzutreiben?«, schimpfte Tommaso mit vollem Mund.

»Denk an die gute Seite des Ganzen«, erwiderte Sandro. »So haben wir ihn und sein ständiges Gepolter wenigstens für ein paar Stunden vom Hals.«

Schon seit gut einem halben Jahr arbeitete Sandro nun in der Medici-Bottega und er hatte sich schnell in seine Aufgaben eingefunden. Er hatte viel gelernt und war mit dem aufwendigen Verfahren vertraut, wie aus einem Berg schmutziger englischer Wolle in sechsundzwanzig Arbeitsschritten feinstes Florentiner Tuch wurde. Die meisten Arbeiten wie das Spinnen des Garns und das Weben, Walken, Färben und Spannen des Tuchs wurden dabei nicht in der Bottega selbst ausgeführt, sondern lagen in der Verantwortung von kleineren Unternehmen oder Einzelpersonen, die dafür bezahlt wurden.

Aber auch wenn Sandro seine Aufgaben gewissenhaft erledigte, so bedeutete das noch lange nicht, dass er vor dem übellaunigen Wesen von Meister Vieri sicher war. Der fand immer irgendeine lächerliche Belanglosigkeit, die er zum Anlass nehmen konnte, seinen Untergebenen den Tag zu vergällen.

»Das ist auch wieder wahr! Und dafür nimmt man sogar schlechtes Wetter in Kauf«, pflichtete Tommaso ihm bei.

Sandro aß das letzte Stück Fleisch und warf den blanken Spieß in die Gosse. »Komm, wir sollten weiter. Vieri weiß ganz genau, wie lange wir brauchen, um unsere Runde bei den Webern zu machen.«

Tommaso seufzte. »Du hast recht. Sehen wir zu, dass wir hinüber nach Santo Spirito kommen. Da sind noch acht Weber, bei denen wir abkassieren müssen. Dann sind wir endlich fertig.«

Sandro trat unter der Loggia hervor und schaute zum Himmel, der wie eine bleierne Glocke über der Stadt lag. »Wenigstens hört es langsam auf zu regnen.«

»Sag, kommst du heute Abend mit ins Pacino?«, fragte Tommaso, während sie in Richtung Ponte Vecchio gingen. Grinsend fügte er hinzu: »Ich bin sicher, auch du findest bei Giulia so ein hübsches und anschmiegsames Mädchen wie die kleine Catalina, die mir die Stunden versüßt.«

Sandro verzog das Gesicht und schüttelte den Kopf. »Dafür ist mir mein Wochenlohn zu schade.«

»Da tust du Giulia und ihren Mädchen aber unrecht!«, erwiderte Tommaso entrüstet. »Die gibt höllisch acht, wen sie für sich arbeiten lässt. Die sind alle sauber. Da musst du keine Angst vor der Französischen Krankheit haben. Die verstehen ihr Geschäft!«

»Mag ja sein. Trotzdem kriegst du mich auch heute nicht in ihre Bordellschenke«, beharrte Sandro.

Ein spöttischer Ausdruck trat auf Tommasos Gesicht. »Kann es sein, dass du einfach nur Angst hast, mit einer von Giulias hübschen Dingern oben in einer Kammer zu verschwinden, weil du noch nie die Freuden eines Frauenschoßes genossen hast?« Er sah Sandro herausfordernd an. »Raus mit der Sprache! Du bist noch Jungfrau, nicht wahr? Klar, das ist es! Mir kannst du es doch sagen, ich verrate es niemandem!«

»Du irrst dich. Ich habe einfach nur keinen Spaß daran, mir für ein paar Piccioli ein bisschen Leidenschaft vorgaukeln zu lassen«, erwiderte Sandro gelassen. Er verstand sich zwar gut mit Tommaso, aber nie und nimmer würde er ihm von jener älteren und sehr erfahrenen Hausgehilfin des Waldhüters erzählen, in deren Kammer er seine Unschuld verloren hatte. »Außerdem kann ein Mann nicht Jungfrau sein. Das ist so unmöglich wie ein schwarzer Schimmel.«

Tommaso machte eine wegwerfende Handbewegung. »Du weißt genau, wie ich das meine.«

»Und ich habe dir gesagt, dass du dich irrst, Tommaso. Und damit lass es gut sein. Dafür bin ich nicht zu haben, gestern nicht, heute nicht und morgen auch nicht!«, erwiderte Sandro mit Nachdruck.

»Manchmal kannst du ein richtiger Spielverderber sein«, maulte Tommaso, fing jedoch nicht wieder davon an.

Tommaso kannte seinen Freund und wusste, wann Sandro nicht weiterdiskutieren wollte. Dann bekam dessen Stimme einen harten, einschüchternden Klang, in dem die unausgesprochene Warnung mitschwang, die Sache besser auf sich beruhen zu lassen.

Und Sandro hatte viel dafür getan, dass er auch ernst genommen wurde.

Gleich in den ersten Tagen, nachdem er in der Bottega zu arbeiten begonnen hatte, hatten ein Wollkämmer, ein grober Kerl namens Pigello, und Lodovico, ein ebenso streitlustiger älterer Geselle, versucht, ihm das Leben schwer zu machen. Das war ihnen jedoch schlecht bekommen.

Sandro hatte beide mit ruhiger Stimme aufgefordert, ihn seine Arbeit machen zu lassen und ihm nicht immer in die Quere zu kommen. Doch das hatte nichts gefruchtet. Bei der nächsten Gemeinheit der beiden hatte er sich nicht mehr mit Worten begnügt, sondern dem großmäuligen Pigello blitzschnell ein Messer an den Hals gedrückt und ihm einige Worte ins Ohr geflüstert, die nur sie beide verstehen konnten. Der Mann war wachsbleich im Gesicht geworden und hatte ihn von da an in Ruhe gelassen.

Lodovico war nicht so glimpflich davongekommen. Sandro hatte ihn vor allen anderen Arbeitern zu einem Faustkampf herausgefordert. Vieri di Armando hatte nichts dagegen einzuwenden gehabt und sogleich mit seinem Bruder Giuliano, der die Bücher führte, um einen Florin gewettet, dass ihr Neuer von Lodovico die Abreibung seines Lebens bekommen würde.

Doch wie sehr hatte er sich in Sandro getäuscht! Denn was ihm im Vergleich zu Lodovico an Kraft fehlte, hatte er durch Wachsamkeit, Schnelligkeit und vor allem durch genau gesetzte Schläge mehr als wettgemacht. Am Schluss hatte Lodovico halb bewusstlos und mit einer gebrochenen und blutenden Nase am Boden gelegen. Seitdem musste er nur noch Vieris Grobheiten und schlechte Laune fürchten.

»Was trödelst du denn so?«, schimpfe Tommaso und blieb stehen, um auf Sandro zu warten. Sie hatten den Ponte

Vecchio erreicht. Die Brücke, die älteste der vier innerhalb der Stadt, überspannte mit ihren drei flach geschwungenen Steinbögen den Arno an seiner schmalsten Stelle. Auf beiden Seiten war er mit hölzernen Verkaufsbuden bebaut. Nur hier und da klaffte eine Lücke zwischen den Läden und ließ einen Blick auf den Fluss zu.

Direkt hinter der Brücke lag ihr Ziel, das Viertel von Santo Spirito. Es gehörte zu den ärmeren Gegenden der Stadt. Dort gab es keine Prachtbauten wie im Zentrum, vielmehr waren die engen Gassen gesäumt von heruntergekommenen Behausungen, in denen Enge und Not herrschten.

»Wir treffen uns an der Kapelle von Santa Maria del Carmine, wie immer«, sagte Sandro zu Tommaso, dann trennten sie sich.

Den wöchentlichen Mietzins bei Webern einzutreiben, die bei Vieri im Lohn standen, war eine Aufgabe, die Sandro nur ungern übernahm. Lieber erledigte er in der Tuchmanufaktur die schmutzigste Arbeit, die sich finden ließ. Jedes Mal bedrückte ihn die Armut, auf die er in den schäbigen Wohnungen traf. Weber, die gut verdienten und Rücklagen hatten anlegen können, besaßen ihren eigenen Webstuhl. Wer jedoch einen mieten oder ihn in Raten abzahlen musste, der hatte oftmals nicht mehr genug zum Leben. Nicht selten waren es Witwen mit kleinen Kindern, die für sich allein sorgen mussten und die sich die acht Goldflorin für einen eigenen Webstuhl nicht leisten konnten. Immer wenn ihm diese Frauen die Piccioli einzeln in die Hand zählten und danach mit leerem Geldbeutel dastanden, schnürte es Sandro das Herz ab und er beeilte sich weiterzukommen.

Vier Namen hatte er von der Liste übernommen, und während er durch die armseligen Quartiere der Tessitori lief, ballte er die Fäuste ob der Hartherzigkeit seines Dienstherrn. Endlich lag sein letzter Besuch hinter ihm und er schickte ein Stoßgebet zum Himmel, dass heute keiner auf der Liste einen Teil der Miete schuldig bleiben musste. Denn dann war Vieri unerbittlich und zwang die armen Weber, das bisschen Hab und Gut zu versetzen, das sie noch besaßen.

Seine gute Laune kehrte zurück und pfeifend machte er sich auf zur Kapelle von Santa Maria del Carmine. Hoffentlich hatte Tommaso das gleiche Glück wie er gehabt!

Kaum hatten sich Sandro und Tommaso bei ihrem Meister im Kontor zurückgemeldet und ihm das eingesammelte Geld ausgehändigt, hatte Vieri schon eine neue Aufgabe für Sandro.

»Du musst heute die Führung der Bücher übernehmen. Mein Bruder musste sich zu Bett begeben. Seine Schwindelanfälle machen ihm wieder zu schaffen. Auf seinem Pult findest du auch einen Stoß Rechnungsbelege von gestern, deren Summen noch ins Buch eingetragen werden müssen«, sagte er in unfreundlichem Ton.

»Sofort, Meister Vieri!« Sandro ließ sich nicht anmerken, dass er sehr genau wusste, was es mit den Schwindelanfällen von Giuliano di Armando in Wirklichkeit auf sich hatte. Das war kein Geheimnis in der Bottega. Vieris jüngerer Bruder war oft zu betrunken, um seiner Arbeit gewissenhaft nachgehen zu können. Man musste nicht nur mit Zahlen umgehen können, sondern auch eine saubere und akkurate Handschrift haben. Die Vorschriften der Florentiner Kaufmannschaft und der Regierung, die, um das Steueraufkommen einschätzen zu können, jährliche Prüfungen durch ihre Beamten vornehmen ließ, waren streng, was das Führen der Rechnungsbücher betraf. Alle Einnahmen, Ausgaben und Außenstände mussten in römischen Zahlen und in genau vorgegebenen Kolonnen sowie nach dem System der doppelten Buchführung eingetragen werden. Nirgendwo durften sich Schmierereien oder Korrekturen finden. Damit sollte sichergestellt werden, dass kein Kaufmann die Zahlen nachträglich änderte, um seine Steuerlast zu mindern.

Seit Vieri wusste, wie gut Sandro sich auf all das verstand, musste dieser immer wieder für seinen trunksüchtigen Bruder einspringen. Und Sandro tat das mit dem größten Vergnügen, zumal er dabei vieles über das finanzielle Geschäft einer Tuchmanufaktur lernte. Das konnte für sein Vorwärtskommen nur von Vorteil sein.

An diesem Nachmittag hatte er die Seitenstube des Kontors, wo die dicken Rechnungsbücher, die Kisten mit den abgelegten Belegen und Giulianos Schreibpult untergebracht waren, längere Zeit ganz für sich allein.

Er setzte sich ans Pult und schlug das Rechnungsbuch auf, das auf der ersten Seite die traditionelle Formel der Florentiner Kaufleute trug: *A nome di Dio e guadagnio* – Im Namen Gottes und des Profits.

An diesem Tag fiel ihm beim Übertragen der Zahlen etwas auf, das ihn stutzig werden ließ. Gedankenverloren blätterte er sich durch das dicke Buch, das Vieri regelmäßig bei Cosimos Oberbuchhaltern in der Via Larga vorlegen musste, um es kontrollieren zu lassen. Wieder und wieder ging er die Zahlenkolonnen durch.

»Sieh an, obwohl Meister Vieri von der Familie Medici bestimmt gut bezahlt wird, scheint ihm nicht zu reichen, was er mit ehrlicher Arbeit verdient«, murmelte er vor sich hin, als er seinen Verdacht bestätigt fand.

Rasch griff er nach einem Stück Papier und machte sich Notizen. Dann faltete er den Zettel klein zusammen und ließ ihn in seiner Tasche verschwinden. Noch hatte er keine Idee, was er mit seinem Wissen anfangen sollte, aber er hegte keinen Zweifel, dass es ihm irgendwann einmal von Nutzen sein würde.

Herrgott, pass gefälligst besser auf! Du sollst mich mit der Creme massieren und mir nicht die Haut von den Händen reiben!«, schimpfte Fiametta und stieß Tessas Hände zurück. »Außerdem hast du zu viel Senf und zu wenig Apfelfleisch verarbeitet! Und von Bittermandeln, die in dem Absud sein sollten, kann ich auch nichts riechen!«

Tessa unterdrückte einen Seufzer. Sie verzichtete darauf, ihrer Herrin zu beteuern, dass sie bei der Herstellung der Handcreme alles wie immer gemacht und für den Absud dieselbe Menge Senf, Äpfel und Bittermandeln abgemessen hatte. Darauf zu bestehen hätte Fiametta nur noch wütender gemacht. Zudem wusste sie ja, was der wirkliche Grund für deren üble Laune war: Fiamettas Vater und der Heiratsvermittler waren mit dem Getreidehändler Antonio Cavalli nicht einig geworden über die Mitgift der Tochter. Dieser hatte tausendfünfhundert Florin verlangt, die Fiametta mit in die Ehe mit seinem Sohn Riccardo bringen sollte. Aber mehr als tausendzweihundert Florin hatte Benvenuto Panella nicht zahlen wollen.

»Wollt Ihr, dass ich einen neuen Absud zubereite?«, fragte Tessa vorsichtig. »Ich habe auch noch etwas von der . . .«

»Nein, mach schon weiter, du ungeschicktes . . .« Weiter kam Fiametta nicht. Sie biss sich auf die Lippen, aber sie konnte trotzdem nicht verhindern, dass ihr Tränen in die Augen traten und über die runden Wangen liefen. Schluchzend stieß sie hervor: »An lumpigen dreihundert Florin hat es gelegen!«

Sofort vergaß Tessa ihren Ärger über die ungerechte Zurechtweisung. »Ihr dürft es nicht zu schwer nehmen«, sagte sie tröstend und reichte ihrer Herrin rasch ein Taschentuch.

»Hätten sie sich denn nicht wenigstens auf tausenddreihundert Florin einigen können?«, klagte Fiametta und schnäuzte sich. »Dann hätte ich noch in diesem Sommer einen Ring am Finger gehabt!«

Fiametta hatte die letzten Wochen in einem Zustand fieberhafter Aufregung und Erwartung verbracht. An diesem Tag nun war das Geschäft zwischen ihrem Vater und Antonio Cavalli endgültig geplatzt.

Eine Eheschließung im wohlhabenden Bürgertum war in der Tat nichts weiter als ein Geschäft, bei dem allein der Name einer Familie und die ausgehandelte Mitgift zählten. Eine Frau war auch hier in Florenz kein Mensch mit eigenem Recht. Sie konnte keinen Besitz haben, kein Testament machen und keine eigenen Geschäfte betreiben. Sie war Besitz der Männer, eigentlich zu allen Zeiten ihres Lebens. Erst war sie dem Vater Gehorsam schuldig, dann hatte sie sich in der

Ehe in jeder Hinsicht dem Willen ihres Mannes zu fügen, und als Witwe, die sich weigerte, wieder zu heiraten, stand sie unter der Vormundschaft ihrer Brüder.

Kam man als Tochter aus einem Haus mit klangvollem Namen, durfte die Mitgift etwas geringer als sonst ausfallen, wenn der zukünftige Ehemann und seine Familie durch die Heirat im gesellschaftlichen Ansehen einen beachtlichen Sprung nach oben machten. Entstammte jedoch der zukünftige Ehemann aus einem noblen, aber mittlerweile verarmten Geschlecht, dann musste der Vater der Braut sehr tief in die Kasse greifen, um mit dessen Familie zu einem Abschluss zu kommen. Das neue Geld paarte sich gern mit altem Adel – und umgekehrt.

Erst wenn all das langwierige Feilschen mit oder ohne Vermittlung eines Sensale für beide Familien zu einem zufriedenstellenden Ergebnis geführt hatte, wurden Braut und Bräutigam einander offiziell vorgestellt. Natürlich hatte man sich vorher schon beim Kirchenbesuch oder bei einer herbeigeführten Begegnung während eines der vielen Stadtfeste gegenseitig verstohlen gemustert.

Der Bräutigam und dessen Mutter zogen zudem vorher noch ausgiebig Erkundigungen über den Ruf, die äußere Erscheinung und das Auftreten der Auserwählten ein. Denn kein Mann kaufte eine Katze im Sack. Dagegen musste man sich als Tochter im heiratsfähigen Alter, das gemeinhin mit dem sechzehnten Lebensjahr begann, mit dem Ehepartner begnügen, den der Vater ausgesucht hatte. Zuneigung oder gar Liebe kamen in dieser geschäftlichen Gleichung, um die es letztlich ging, nur in den allerseltensten Fällen vor.

»Wäret Ihr denn gern die Ehefrau von Riccardo geworden?«, fragte Tessa mitfühlend. »Immerhin ist Riccardo schon fast vierzig und Ihr wärt seine dritte Frau gewesen. Hätte Euch das denn wirklich gefallen?«

»Etwas sehr alt war er ja schon, und seine dritte Frau zu sein wäre mir auch nicht gerade angenehm gewesen«, räumte Fiametta schniefend ein. »Aber seine Familie hat einen langen, fast vornehmen Stammbaum und sie betreiben ein gut florierendes Getreidegeschäft.«

»Euer Vater wird bestimmt schon bald jemanden für Euch finden«, versuchte Tessa, sie aufzumuntern. »Und mit ein bisschen Glück ist es jemand, der sehr viel jünger ist als Riccardo Cavalli und den Ihr auch von Herzen lieben könnt.«

»Ja, das wäre schön«, pflichtete Fiametta ihr bei, um jedoch sofort einzuschränken: »Aber er muss zuallererst ein Mann mit einem möglichst vornehmen Namen sein, der etwas darstellt! Und gut versorgen muss er mich natürlich auch können! Das hat mir Vater versprochen! Auf keinen Fall will ich die Frau irgendeines beliebigen Handwerkers oder Weinhändlers sein!«

»Habt nur Vertrauen, Euer Vater wird es schon richten und eine gute Partie für Euch finden!« Tessa fand es traurig, dass es Fiametta allein um Geld und Ansehen ging. Doch sie war nur eine Sklavin und es war nicht vorstellbar, dass sich eine wie sie zu diesem Thema äußerte.

Fiamettas Tränen wollten noch immer nicht versiegen.

»Sagt, freut Ihr Euch auch schon auf das morgige Patronatsfest?«, versuchte Tessa, ihre junge Herrin abzulenken. »Es soll doch das schönste und aufregendste Fest des Jahres sein. Und denkt auch an den Palio am Nachmittag. Ich habe gehört, es soll an Spannung kaum zu überbieten sein!«

Fiametta zog einen mürrischen Flunsch. »Ich wüsste nicht, was es für mich morgen zu feiern gäbe! Und Pferderennen gibt es nicht nur am 24. Juni, sondern öfters im Jahr!«

Tessa schüttelte den Kopf. Sollte ihre Herrin doch hadern, sie wollte sich die Vorfreude nicht verderben lassen. Denn für sie war dieser Tag wahrlich etwas Besonderes. Florenz feierte den Namenstag des Schutzpatrons der Stadt, des heiligen Johannes des Täufers. Noch an diesem Abend würde es eine prachtvolle Prozession geben, bei der die Geistlichen mit den Reliquien aus allen Kirchen durch die Stadt ziehen würden, begleitet von den höchsten Vertretern der Regierung und den Abgesandten der Gilden.

Aber für Tessa war etwas ganz anderes wichtig. Gemma hatte ihr erzählt, dass es Brauch sei, der Dienerschaft am Morgen für zwei Stunden und nach dem mittäglichen Festmahl für den Rest des Tages freizugeben und selbst den Sklaven ein paar Piccioli in die Hand zu drücken, damit sie sich bei dem Fest ein wenig zerstreuen konnten.

Das erste Mal, seit sie in Florenz war, würde Tessa in Freiheit durch die Stadt gehen können – und sei es nur für wenige Stunden!

Dröhnende Hammerschläge und eine wabernde, klebrige Gluthitze aus den Kesseln der Erzgießerei erfüllten die Halle, in der der Goldschmied, Erzgießer und Bildhauer Lorenzo Ghiberti seiner hohen Kunst nachging. Ein scharfer Geruch lag in der aufgeheizten Luft. Mitten in der Halle stand ein klobiger Werktisch. Zwischen allerlei Gerätschaften lag ein schmutziges Wolltuch und darauf stand eine kleine Truhe aus Bronze.

»Prächtig!«, rief Cosimo de' Medici. »Das ist eine Arbeit, die Euch wieder einmal alle Ehre macht! Ihr seid wahrlich ein Meister Eurer Kunst, der seinesgleichen sucht!« Beinahe andächtig strich er mit den Fingerkuppen über das vergoldete Deckelrelief. Schweiß lief ihm in Strömen über das Gesicht, aber das störte ihn nicht. Das Relief zeigte die beiden heiligen Märtyrer Cosmas und Damian, nach denen sein Vater ihn und den bei der Geburt verstorbenen Zwillingsbruder benannt hatte.

»Ich weiß, was ich Euch schuldig bin!«, rief Lorenzo Ghiberti, der mit rußverschmiertem Gesicht neben ihm stand.

Ein grauer Haarkranz umgab den kräftigen, fast schon kahlen Kopf des fünfzigjährigen Mannes, der in Florenz mittlerweile genauso berühmt war wie sein Konkurrent Filippo Brunelleschi. Mehr als zwanzig Jahre lang hatte er an den achtundzwanzig teilvergoldeten Relieffeldern der Bronzetür für das Ostportal des Baptisteriums San Giovanni auf dem Domplatz gearbeitet. Die Darstellungen aus dem Neuen Testament waren ein Meisterwerk geworden, das ihm großen Ruhm eingetragen hatte. Inzwischen arbeitete er an den zehn Feldern für ein zweites Portal, für die er Szenen aus dem Alten Testament ausgewählt hatte. »Ich hoffe, Eure Reliquien finden in der Truhe den ihnen angemessenen würdigen Platz.«

Cosimo nickte. »Das werden sie. Sie ist ihrer mehr als würdig«, versicherte er. Er vergaß nie, dass Damiano zur selben Stunde wie er zur Welt gekommen war, und er fragte sich oft, wie es wohl gewesen wäre, wenn sein Zwillingsbruder am Leben geblieben wäre. Er ehrte dessen Andenken, indem er alles daran setzte, in den Besitz von Reliquien der beiden Namenspatrone zu gelangen. Und in dieser prächtigen Truhe würden sie ihre endgültige Ruhestätte finden. So würde wenigstens ein kleiner Teil seines Zwillingsbruders stets in seiner Nähe sein.

Cosimo und Lorenzo Ghiberti verließen die Halle und traten in einen kleinen Nebenraum. Auch hier war die Luft stickig und aufgeheizt, aber der Lärm drang nur noch gedämpft zu ihnen.

»Wer hat Euch verraten, dass ich die Truhe heute vollenden würde?«, fragte Lorenzo Ghiberti. Er wischte sich die Hände an seiner dicken Lederschürze ab, die übersät war von Brandflecken, und nahm einen mit Goldflorin gut gefüllten Beutel entgegen. »Von meinen Leuten kann es niemand gewesen sein, die wissen den Mund zu halten. Habt Ihr es von Eurem Astrologen erfahren?« Vielen war bekannt, dass Cosimo de' Medici wie einige andere angesehene Florentiner eine Schwäche für Astrologie und Magie hatte.

»Nein, es war eine Eingebung, für die ich einmal nicht zu bezahlen brauchte«, sagte Cosimo ironisch.

»Ihr seid ein so leidenschaftlicher Förderer der schönen Künste, Ihr interessiert Euch für Astrologie und Magie. Manchmal frage ich mich, ob ein Bankhaus wirklich der richtige Platz für Euch ist.«

»Auch wenn man Geld machen könnte, indem man einen Zauberstab hin und her schwenkt, wäre ich trotzdem Bankier geworden«, erwiderte Cosimo belustigt. »Zudem haben die Zauberei und das Bankgeschäft mehr gemeinsam, als Ihr glaubt.«

»Wie das?«

»Woraus besteht denn das Bankgewerbe, wenn nicht aus einer raffinierten Mischung aus Manipulation, Risiko und Macht?«, fragte Cosimo zurück. »Doch im Gegensatz zu den trügerischen Kunststücken der Gaukler sind Bankgeschäfte eine Zauberei mit Geld, die wirklich funktioniert.«

Lorenzo Ghiberti lachte. »Da habt Ihr natürlich recht.

Euch Medici könnte man in der Tat auch Magier des Geldes nennen. Denn Ihr wisst, wie man es dazu bringt, sich miteinander zu paaren und sich prächtig zu vermehren.«

Cosimo wollte etwas darauf erwidern, doch in diesem Augenblick betrat ein stattlicher, um die Leibesmitte rundlicher Mann mit einer hohen Stirn den Raum. Aus seinem gewellten grau melierten Haar ragte eine kräftige Haarlocke wie ein Hahnenkamm in die Höhe.

»Poggio!«, rief Cosimo erfreut.

Sein Freund war lange unterwegs gewesen. Seine Jagd nach den selten Manuskripten, die er für Cosimo ausfindig machte, trieb ihn an die absonderlichsten Plätze der Welt, und es war lange her, dass Cosimo ihn persönlich zu Gesicht bekommen hatte.

»Hier also steckst du, in Meister Lorenzos glutheißem Höllenloch auf Erden, das er prosaisch Werkstatt zu nennen wagt!« Poggio Bracciolini fächelte sich mit einem zusammengeschnürten Bündel Pergamente Luft zu. »Ich wusste gar nicht, dass du so versessen darauf bist, auf Dantes Spuren zu wandeln. Willst du einen ersten Vorgeschmack auf die Hölle bekommen?«

Cosimo lachte. *»Für den Toren ist schon auf Erden die Hölle bereitet«*, antwortete er scherzhaft mit einem Zitat aus der Antike.

»Dein Lukrez in allen Ehren, aber lass dir mit Pythagoras darauf antworten: *Sieh, wie die Menschen sich durch eigene Wahl die Leiden zuziehen«*, konterte Poggio Bracciolini.

»*Jeder Kessel hat sein Maß,* wie Varro sagt.« Er musste sich ein Lächeln verkneifen, so sehr hatte er einen solchen Schlagabtausch mit antiken Zitaten vermisst. Nur sein alter Freud Poggio war ihm darin gewachsen. »Tröste dich mit Vergil: *Künftig vielleicht ist's Freude, der jetzigen Leiden zu gedenken.*«

»Dein Maß mag es ja sein, meines ist es aber nicht! Ich halte es lieber mit Ovid: *Du hast den Schaden, und doch dankt man dir den Schaden nicht!* Und ich leide in dieser brütenden Junihitze auch ohne diese Höllenglut schon mehr als genug«, beklagte sich Poggio und setzte eine Leidensmiene auf. »Wenn du also wissen willst, was ich hier in Händen halte und in vielen Stunden mühsam für dich aus dem Griechischen übersetzt habe, musst du schon mit mir nach draußen gehen. Und eines lass dir gesagt sein: *Bequem ist der Weg von der Erde zu den Sternen wahrlich nicht.* Auch nicht der zu den geistigen Sternen der Antike.«

»Seneca?«

Poggio nickte. »Ich warte draußen auf dich, falls du noch etwas mit Meister Lorenzo zu bereden hast.«

»Geht nur!«, sagte der zu Cosimo. »Ich lasse Euch die Truhe nach Hause bringen.«

Draußen vor der Werkstatt, im Schatten einer Hauswand, überreichte Poggio dem Medici stolz eine frisch übersetzte Schrift des Plutarch.

»Ich denke, wir können mit Fug und Recht behaupten, dass wir die Toten wieder auferstehen lassen, zumindest die toten Geister all dieser großen Denker, die so lange im Verborgenen geschlummert haben«, sagte er.

Cosimo pflichtete ihm bei. »Hab nochmals Dank für deine Mühe. Begleitest du mich ein Stück?«

Langsam schlenderten die beiden Männer durch die Gassen Richtung Via Larga, wo sich die Medici-Bank befand.

»Wie lange wirst du diesmal in Florenz bleiben?«, fragte Cosimo.

»Du weißt, ich bin ein Wanderer, abhängig von der Gunst der Mächtigen«, scherzte Poggio, wobei sein Spott durchaus ernst gemeint war. »*Manchmal fühle ich mich wie ein Boot ohne Segel und ohne Steuer, verschlagen zu verschiedenen Häfen und Ufern durch den trockenen Wind, welche die schmerzensreiche Armut ausatmet, eine Wanderung durch Hölle, Fegefeuer und Paradies. Und wo des Mächtigen Wunsch meinen Kurs . . .*«

»Genug von Dantes edlem Pathos!«, fiel Cosimo ihm ins Wort. »Zumal das Zitat mit der Armut mir nicht recht zu deinem ausschweifenden Leben zu passen scheint, mein Bester. Also sag, was sind deine Pläne?«

»Das hängt ganz davon ab, wann es wieder irgendwo etwas Aufregendes für dich aufzutreiben gilt, aber keinesfalls vor Ende September. Ich bin nicht mehr der Jüngste, und sich in der Hitze auf die Landstraße zu begeben ist wahrlich kein Vergnügen.«

»Dann kann ich also damit rechnen, dass du den Sommer wieder bei uns auf dem Land verbringst?«, fragte Cosimo.

»Das wäre mir ganz recht. Wann werdet ihr nach Cafaggiolo aufbrechen?«

»Recht bald«, antwortete Cosimo und nickte einem Mann höflich zu, der ihnen entgegenkam und den Gruß ebenso zuvorkommend erwiderte. Es war der *podestà*, der oberste Beamte der Stadt. Als äußeres Zeichen seines Amtes trug er eine rote Samtkappe und ein langes Gewand aus Brokat. Er bewohnte einen eigenen Palazzo, der zum Gefängnis der Stadt gehörte.

Als Cosimo und sein Freund Poggio die Piazza della Signoria mit dem trutzigen Palazzo Vecchio erreichten, begegneten ihnen mehrere Kaufleute, die in dünne Gewänder aus rosafarbenem und dunkelrotem Stoff gekleidet waren. Dabei war Rot die Farbe, die eigentlich nur denen zustand, die hohe Staatsämter bekleideten. Aber daran hielt sich die reiche Kaufmannschaft schon lange nicht mehr.

Cosimo, der wie üblich nur einen schlichten *lucco* aus beigefarbenem Leinen trug, verzog geringschätzig das Gesicht. »Zwei Ellen roter Stoff und schon steht der Adelsmann da«, bemerkte er mit trockenem Spott.

Poggio nickte und wies mit dem Kopf auf die Männer, die links von ihnen im Schatten des Regierungspalastes standen. »Rinaldo degli Albizzi und seine Getreuen machen trotz der Hitze ihre Runde durch die Stadt. Und drei unserer Prioren scheinen ihnen ja sehr aufmerksam zu lauschen, wie ich hörte. Ich möchte wetten, dass Albizzi bei ihnen für einen Krieg gegen Lucca wirbt und ihnen für ihre Unterstützung Gott weiß was an Gold und Ehre verspricht.«

»Die Wette würdest du haushoch gewinnen«, erwiderte Cosimo grimmig. »Leider stößt ihr verfluchtes Kriegsgerede immer öfter auf offene Ohren.«

»Die Parteigänger der Albizzi haben bei den Leuten den Eindruck erweckt, ein Sieg über Lucca sei ein Kinderspiel, und nun sind sie ganz wild darauf, dass die Signoria eine Söldnertruppe losschickt«, sagte Poggio aufgebracht. Er war über die politischen Geschehnisse bestens im Bild. Auch im fernen Ausland fand er seine Mittel und Wege und die Briefe Cosimos taten ihr Übriges. »Ich fürchte, der Waffengang gegen Lucca ist kaum noch aufzuhalten«, sagte er nun. »Wie werdet ihr Medici euch verhalten, wenn es dazu kommt?«

»Gegen Lucca in den Krieg zu ziehen wäre ein großer Fehler. Das würde uns wieder ein Vermögen kosten. Selbst der alte Niccolò da Uzzano stimmt mir darin zu.«

»Das ist mir bekannt, aber das beantwortet meine Frage noch nicht, Cosimo.«

Dieser machte ein verdrossenes Gesicht. »Wenn wir nicht auf verlorenem Posten stehen und uns nicht den Unmut des Volkes zuziehen wollen, wird uns wohl nichts anderes übrig bleiben, als uns an Ciceros Ratschlag zu halten: Dass man die Herzen seiner Zuhörer oftmals am besten gewinnt, wenn man den Eindruck erweckt, dass man die Meinung der Mehrheit vertritt.«

»Ein interessanter Gedanke, wenn auch nicht gerade der redlichste«, sagte Poggio und zog spöttisch die Brauen hoch.

Cosimo zuckte gleichmütig mit den Achseln. »Wir tun,

was wir können, um den Krieg gegen Lucca zu verhindern. Aber die Sache ist so gut wie entschieden. Du weißt: Nur ein Narr sucht im Winter nach frischen Feigen. Jetzt müssen wir sehen, dass das Haus Medici keinen Schaden nimmt«, sagte er nüchtern. »Kommt es zum Krieg, und damit ist zu rechnen, können wir weit mehr zum Wohle der Republik tun, wenn wir ein gewichtiges Wort im Kriegskomitee mitreden können. Oder wie Livius sagen würde: *Man muss handeln ...*«

»*... um ärgere Dinge zu verhindern*«, beendete Poggio den Satz. »Fürwahr, das dürfte das Einzige sein, was jetzt noch zu tun bleibt. Hoffen wir, dass der Waffengang gegen Lucca einen schnellen und für uns guten Ausgang nimmt.« Er seufzte und sagte dann mit Blick auf Rinaldo degli Albizzi, der ihnen soeben mit falscher Freundlichkeit zunickte: »Wie recht Menander doch hatte, als er schrieb, dass der Mensch an sich schon ein hinreichender Grund zur Traurigkeit sei.«

»Jeder Mensch kann irren, doch nur der Dummkopf beharrt auf seinem Irrtum«, murmelte Cosimo, während er Rinaldos Gruß mit derselben falschen Freundlichkeit erwiderte.

Der weiträumige Platz um San Giovanni und den Dom lag schon seit den frühen Nachmittagsstunden unter einem gewaltigen Baldachin aus kostbaren Tüchern. Den ganzen Tag über waren die Händler und Kaufleute damit beschäftigt gewesen, ihre Läden und Stände sowie Schenken und Garküchen zu schmücken und alles dafür vorzubereiten, um ihre besten Waren möglichst verlockend präsentieren zu können. Sie hatten eine Extrasteuer entrichtet, um trotz des kirchlichen Festtages ihren Geschäften nachgehen zu dürfen. Und diese Sondersteuer zahlten sie gern, würden sie doch an keinem anderen Tag des Jahres bessere Geschäfte machen. Wahre Menschenströme würden durch die Tore in die Stadt fluten, angeführt von den Abgesandten der Dörfer und Städte unter Florentiner Herrschaft. Sie überbrachten der Regierung auf der Piazza della Signoria ihren jährlichen Tribut.

Welch ein besonderer Tag der 24. Juni war, ließ sich auch daran ermessen, dass sogar all diejenigen, die sich wegen ihrer Schulden schon längst nicht mehr in die Stadt trauten, willkommen waren und von Sonnenaufgang bis Sonnenuntergang Schutz genossen vor den Nachstellungen ihrer Gläubiger und den Bütteln. Sie mussten sich am Stadttor nur einen Passierschein kaufen, der jedoch billig zu haben war, und brauchten mit diesem in ihrem Beutel für die Dauer des Tages nicht zu befürchten, gefasst und in den Schuldkerker geworfen zu werden.

Am Morgen des Patronatsfestes besuchte das Haus Panella geschlossen die feierliche Morgenmesse, wobei sich Tessa mit Gemma weit hinten in der Kirche noch einen Platz in der Menge erkämpfte. Zahllose andere, die sich nicht so früh auf den Weg gemacht hatten, fanden schon lange vor Beginn der Messe keinen Einlass mehr. Anschließend gab es eine prächtige Prozession durch die geschmückten Straßen der Stadt. Die Menschen standen dicht an dicht am Straßenrand. An vielen Stellen hatte man lange Holzbänke aufgestellt, auf denen die festlich gekleideten jungen Frauen aus begütertem Haus saßen.

»So bequem wird es unsere Herrschaft am Nachmittag beim Palio auch haben«, raunte Gemma ihr zu. »Sie haben sich nämlich eine Bank auf der Seitentribüne direkt auf dem Zielplatz gesichert. Möchte nicht wissen, was die gekostet hat!«

Nach dem üppigen Festmahl zur Mittagsstunde, zu dem die Panella ein halbes Dutzend Gäste in ihr Haus geladen hatten, ging Tessa ihrer jungen Herrin noch beim Wechseln ihrer Kleider zur Hand. Und dann beeilte sie sich, mit den vier Piccioli, die die Herrschaften an diesem besonderen Tag sogar an ihre Sklaven auszahlten, hinaus auf die Straßen zu kommen und sich in den Trubel zu stürzen.

Natürlich waren vier Piccioli nicht viel, aber sie gehörten ihr, ihr allein. Stolz hatte sie die Münzen in ihren Stoffbeutel gesteckt. Sie hatte das moosgrüne Kleid angezogen, das sie damals getragen hatte, als sie in Florenz angekommen war. Ihr Haar war frisch gewaschen und mit alten, abgelegten Spangen ihrer Herrin geschmückt.

Und nun war sie unterwegs.

Anfangs wusste Tessa nicht, wohin sie ihre Schritte lenken und wo sie auf ihrem Weg durch die Stadt länger verweilen sollte. Immer wieder blieb sie stehen, um die überquellenden Auslagen der Stände und Verkaufsbuden zu bewundern. Musikanten, Gaukler, Astrologen, Puppenspieler, Jongleure, Seilartisten, Eisenbieger und kleine Schauspielgruppen hatten sich auf den Plätzen und in den Gassen eingefunden. Mit ihren Kunststücken und Spottliedern buhlten sie um die Aufmerksamkeit und die Piccioli der vorbeiströmenden Menge.

Tessa genoss die freien Stunden. Ihr Geld hielt sie jedoch zusammen. Es für irgendeinen Tand oder einen Imbiss an einem der Bratstände oder in einer der Garküchen auszugeben kam ihr nicht in den Sinn. Sie wollte jeden Picciolo sparen. Dass die wenigen Silbermünzen, die sie von ihrer Herrschaft erhielt und die Gemma ihr gelegentlich von ihrem eigenen Lohn zusteckte, nie und nimmer ausreichen würden, sich von ihrer Herrschaft freizukaufen, wie alt sie auch werden würde, das wusste sie. Wofür das Gesparte also einmal gut sein sollte, darüber machte sie sich keine Gedanken. Es gab ihr einfach das befriedigende Gefühl, etwas Eigenes zu besitzen.

Als es langsam auf den späten Nachmittag zuging und es kühler wurde, begannen sich die Menschen in jene Straßen zu drängen, durch die bald die Reiter bei ihrem Wettstreit um den kostbaren Palio in wildem, halsbrecherischem Galopp jagen würden. Bei den Teilnehmern des Pferderennens würde es sich fast ausschließlich um die Söhne der reichen Grandi und Patrizier handeln, wie Tessa erfahren hatte. Denn wer sonst konnte sich auch ein schnelles Pferd leisten – und es wagen, diesen jungen Herren beim Palio Konkurrenz zu machen?

Als Startpunkt für das Pferderennen diente traditionell eine Wiese bei der Kirche Ognissanti, die im Westen der Stadt lag. Von dort aus führte die Strecke quer durch Florenz hinüber zum Ziel bei San Pier Maggiori im östlichen Stadtviertel von Santa Croce.

Dorthin machte sich Tessa nun auf den Weg, um in der Nähe des Ziels noch einen Platz am Straßenrand zu ergattern und zu sehen, wie das Rennen ausging.

»Ich sage dir, dieses Jahr wird der junge Capponi das Rennen machen. Ich setze zehn Piccioli auf ihn«, hörte sie einen Mann sagen, der dicht hinter ihr ging.

»Ach was, Rinaldo wird als Sieger durchs Ziel reiten! Die Albizzi lassen sich den Palio nicht nehmen. Die haben die besten Rennpferde im Stall. Und Rinaldo ist ein Draufgänger wie einst sein Vater«, setzte ein anderer dagegen.

»Warten wir's ab«, mischte sich ein Dritter ein. »Ich setze auf ...«

Aber was dieser zum Ausgang des Rennens sagte, ging in der lauten Musik von fünf Trompetern unter, die auf der anderen Seite der Piazza Aufstellung genommen und nun ihre Instrumente an die Lippen gesetzt hatten.

Erwartungsvoll ließ Tessa ihren Blick über die Menge schweifen, die sich um die Bahn versammelt hatte und aufgeregt schwatzend auf den Beginn des Rennens wartete.

Zufällig fiel ihr Blick auf einen jungen Mann, der gerade genussvoll von einem Zuckerkringel abbiss. Diesen Lockenschopf hatte sie doch schon einmal gesehen ... Richtig! Das war doch der junge Landsknecht, der ihr damals geholfen und den sie vergeblich in der Nähe von Or San Michele einzuholen versucht hatte! Monate war das jetzt schon her.

Ausgerechnet heute, inmitten all der vielen Menschen, tauchte er wieder auf! Sie winkte heftig und rief nach ihm, doch in dem Lärm der Menge und all der Aufregung um sie herum schien er nicht auf sie aufmerksam zu werden.

Diesmal würde er ihr nicht im Gassenlabyrinth spurlos entschwinden! Diesmal musste sie die Gelegenheit nutzen, um ihm endlich zu danken.

Der Landsknecht trat vom Straßenrand hinaus auf die Piazza, wohl um auf die andere Seite der Bahn zu gelangen.

Er schien gar nicht auf den Lärm der Menge zu achten und war wohl ganz in Gedanken versunken und so bemerkte er auch nicht die vier Reiter, die in diesem Augenblick in gestrecktem Galopp heranpreschten. Die Trompetenfanfaren und der Lärm der Menge übertönten ihren Hufschlag.

Tessas Hand fuhr zum Mund. Um Gottes willen! Die Reiter hielten direkt auf den Landsknecht zu!

Tessa handelte, ohne lange zu überlegen. »Aufgepasst! Reiter!«, schrie sie so laut sie konnte, während sie auf ihn zustürzte, nach seinem Lucco griff und ihn mit aller Kraft zurückriss. Dabei stürzten beide zu Boden.

Keine Sekunde zu früh! Denn schon im nächsten Augenblick galoppierten die Reiter an ihnen vorbei, wobei ihnen ein Pferd so nahe kam, dass ihnen der von den Hufen hochgewirbelte Dreck ins Gesicht geschleudert wurde. Wären sie nur eine Armlänge weiter in der Straße zu Boden gegangen, wären sie beide unter die Hufe geraten.

Tessa schloss die Augen, blieb ganz still liegen und dankte dem Herrgott, dass er sie und ihren Retter von einst vor dem sicheren Tod bewahrt hatte!

»Heiliger Sebastian!«, stieß Sandro erschrocken hervor. Kurz blickte er der davonjagenden Gruppe nach und merkte dann erst, von wem er da eigentlich zu Boden gerissen worden war.

Schnell rappelte er sich auf und zog sie hoch.

»Du?«, stieß er fassungslos hervor. Sein Blick verfing sich

in den dunklen Augen des Mädchens, das ihn zu Boden gerissen hatte. Die Iris schimmerte wie kostbarer Bernstein. Ja, es gab keinen Zweifel! Das war das Mädchen, das er aus dem Teich gerettet hatte!

Sie war es, die als Erste die Sprache wiederfand. »Wo hast du denn deine Armbrust gelassen?«, fragte sie und lächelte.

Sandro räusperte sich. »Die ... Die habe ich nicht mehr«, brachte er stotternd hervor.

»Ein Landsknecht ohne Armbrust?«

»Ich ... bin gar kein Landsknecht.«

»Was bist du dann?«

»Ich arbeite in einer Wollbottega.«

Jetzt schwieg das Mädchen, offenbar unsicher, was sie sagen sollte. Doch dann legte sich ein entschlossener Zug um ihren Mund. »Ich habe dir noch gar nicht danken können für deine mutige Hilfe damals am Teich. Erinnerst du dich? Du hast mich gerettet.«

Und ob er sich erinnerte! »Das war doch selbstverständlich«, wehrte er ab. Endlich hatte er sich wieder gefangen. Grimmig blickte er in die Richtung, in der die Reiter verschwunden waren. »Aber wenn hier einer zu danken hat, dann ich! Nicht auszudenken, was geschehen wäre, wenn du mich nicht zu Boden gerissen hättest! Dich muss mein Schutzengel geschickt haben.« Er sah sie mit schief gelegtem Kopf an. »Wobei ich mir Engel immer mit hellem Haar vorgestellt habe.«

Ihr Gesicht leuchtete auf und ihr Lachen klang so melodisch wie eine Glocke.

»Sag mal, wie heißt du überhaupt?«, fragte er.

»Tessa . . . Tessa Brunetti«, erwiderte sie. »Und du?«

»Sandro Fontana.«

»Es freut mich, endlich deinen Namen zu wissen, Sandro Fontana.«

In diesem Augenblick schob ihn eine mächtige Matrone rüde beiseite, um näher an die Strecke zu gelangen.

»Holla, gute Frau«, schimpfte Sandro, doch dann griff er nach Tessas Arm. »Was hältst du davon, Tessa Brunetti, wenn wir uns ein etwas ruhigeres Plätzchen suchen? Zwar haben uns die Pferde nicht zu Tode trampeln können, aber für florentinische Matronen kann ich nicht garantieren.«

Sie nickte lachend und er führte sie durch die dicht gedrängte Menge zum Stand eines Bäckers, wo der Trubel nicht so groß war.

»Sag, wo kommst du eigentlich her?«, wollte Sandro wissen. Er erinnerte sich, dass die Männer am Teich sie Tscherkessin genannt hatten.

»Ich bin in Tscherkessien geboren. Das liegt weit im Osten, wo es hohe Berge gibt, die auch im Sommer schneebedeckt sind. Das hat man mir zumindest erzählt, ich selbst kann mich nicht mehr an das Land erinnern, in dem ich zur Welt gekommen bin. Meine Mutter ist in Venedig auf den Sklavenmarkt gekommen, als ich drei Jahre alt war. Warum sie dort gelandet ist, weiß ich nicht, wahrscheinlich waren wir sehr arm.« Sie zuckte mit den Achseln, als wäre es sinnlos, sich darüber den Kopf zu zerbrechen. »Früher ist Venedig meine Heimat gewesen, und nachdem man mich an meine neue Herrschaft verkauft hat, ist es nun eben Florenz.«

Sandro wünschte, er hätte etwas Mitfühlendes sagen können. Aber was sagte man zu einer Sklavin, die nicht über ihr eigenes Leben bestimmen konnte und die einfach verkauft werden konnte wie ein Ballen Tuch?

»Und wie hast du es hier angetroffen?«, fragte er und musterte ihre schönen Züge. Die dunklen Augenbrauen verliehen ihrem Gesicht fast etwas Herrschaftliches und man konnte sich schwer vorstellen, dass sie niedrige Dienste verrichtete. Sie kam ihm um einiges erwachsener vor, nicht mehr wie ein blutjunges Mädchen, sondern schon nahe an der Schwelle zu einer jungen Frau.

»Es hätte schlimmer sein können. Ich lebe jetzt im Haus von Benvenuto Panella drüben in Santa Maria Novella als Zofe seiner Tochter Fiametta. Am Anfang ging es nicht sehr gut mit uns beiden, denn meine junge Herrin ist recht launisch und kann einem das Leben ganz schön schwer machen«, berichtete sie. »Aber inzwischen haben wir uns aneinander gewöhnt. Ich glaube, Fiametta ist nun ganz zufrieden mit mir. Und was ist mit dir? Was machst du hier in Florenz?«

In kurzen Worten erzählte Sandro, wie er früher gelebt hatte. Unter welchen Umständen er nach Florenz gekommen war, dass er ein Mordkomplott gegen Cosimo de' Medici vereitelt hatte und dabei einen Menschen getötet hatte – das verschwieg er lieber. »Vergangenen September habe ich dann hier eine Anstellung in einer Tuchmanufaktur in Santa Croce gefunden, die der berühmten Familie Medici gehört. Die Arbeit gefällt mir gut, zumal der Lohn, den man mir zahlt, sich sehen lassen kann«, endete er stolz.

»Sag, hättest du auch Lust auf einen Zuckerkringel oder irgendetwas anderes?«, fragte er in die Fanfare hinein.

»Nein danke!«, wehrte sie etwas zu hastig ab. »Das ist nett von dir, aber halte dein Geld lieber zusammen!«

»Ach was! Das kann ich mir sehr wohl leisten, wo ich doch Kost und Logis im Haus meines Meisters frei habe«, widersprach er und lachte. »Komm, wir stehen nicht umsonst neben dem Bäckerstand. Such dir etwas aus, Tessa! Du hast mir heute das Leben gerettet und du tust mir einen Gefallen damit, wenn ich dir etwas kaufen darf!«

Den wertvollen Palio gewann weder Rinaldo degli Albizzi noch Neri Capponi, sondern der junge Lorenzo Strozzi, der einer nicht minder reichen Familie entstammte. Mit einer halben Pferdelänge Vorsprung jagte er vor seinen Freunden durchs Ziel.

Doch Tessa war nicht mit dem Herzen dabei. Immer wieder warf sie dem Jungen neben ihr schüchterne Seitenblicke zu. Noch nie hatte sie jemanden getroffen, der sie weder wie eine Sklavin noch wie ein einfältiges Mädchen behandelte, sondern sich tatsächlich mit ihr unterhielt.

»Ich würde dich gern wiedersehen, Tessa.« Sandro wandte sich ihr zu. Seine Augen funkelten und blitzten unter dem Lockenschopf. »Es ist ein Wink des Schicksals, dass wir uns hier, mitten zwischen den vielen Menschen, wiedergetroffen haben. Und das Schicksal darf man nicht herausfordern.«

Tessa sah ihn unsicher an, doch dann glitt ein Lächeln über ihre Züge. »Auch ich würde dich gern wiedersehen, Sandro«, sagte sie ernst und sie hörte selbst, wie feierlich ihre Stimme klang.

Aber es stimmte. Sie würde ihn gerne wiedersehen – mit ihm sprechen, das Gefühl genießen, wie ein richtiger Mensch behandelt zu werden!

Doch dann spürte sie, wie sich ihr Herz zusammenzog. »Es wird nicht gehen.« Mutlos schüttelte sie den Kopf. »Meine Herrschaften lassen mir kaum Zeit zum Verschnaufen. Und ich kann nie vorher sagen, wann ich auf eine Besorgung geschickt werde. Wann also sollten wir uns treffen?«

Sandro strich sich die Locken aus dem Gesicht. Er war enttäuscht. »Es muss doch eine Möglichkeit geben«, überlegte er.

Plötzlich hellte sich Tessas Gesicht auf. »Jeden Sonntagmorgen besuchen wir die Messe in Santa Maria Novella«, sagte sie aufgeregt. »Danach lässt sich die Familie immer Zeit, um mit Freunden und Nachbarn zu plaudern. Ich muss solange abseits stehen und warten. Vielleicht . . .«

Sandro nickte und strahlte sie an. »Das ist eine gute Idee, Tessa! Ich werde kommen. Verlass dich darauf.«

Als Tessa ins Haus ihrer Herrschaft zurückkehrte, war sie so fröhlich gestimmt wie schon lange nicht mehr. Diese eine Stunde, die sie zusammen mit Sandro Fontana verbracht hatte, war die schönste gewesen, seit sie nach dem Bankrott ihrer einstigen Herrschaft in Venedig verkauft worden war. Und sie hoffte so sehr, dass er tatsächlich sein Versprechen wahr machen würde.

Gleich am nächsten Sonntag machte sich Sandro auf den Weg quer durch die Stadt zur Kirche Santa Maria Novella, nicht nur um dort die Morgenmesse zu besuchen, sondern auch um sein Versprechen einzulösen.

Die ganze Woche über hatte er die dunklen Augen mit der Iris nicht aus dem Kopf bekommen und sein Freund Tommaso hatte ihn mehr als einmal mit einem heftigen Seitenstoß daran erinnern müssen, dass Vieri ihn nicht dafür bezahlte, dass er gedankenverloren aus dem Fenster blickte.

Nach der Messe beeilte Sandro sich, auf die Piazza vor der Kirche zu kommen, und tatsächlich – er brauchte nicht lange zu suchen.

Tessa stand an der Seite einer hageren grauhaarigen Frau, offenbar auch eine Bedienstete, etwas abseits von den Kirchgängern. Sie schaute schüchtern zu Boden und es dauerte eine ganze Weile, bis sie seinen Blick auffing. Verstohlen nickte sie ihm zu. Zögernd ging er zu ihr hinüber, wusste er doch nicht, ob er sie damit in Schwierigkeiten bringen würde. Doch dann erhellte ein Lächeln ihr schönes Gesicht.

»Gemma, das ist Sandro Fontana, der tapfere Mann, von dem ich Euch erzählt habe. Und das ist Gemma, die Zofe von Donna Simona, der Mutter meiner Herrin. Gemma habe ich ebenso viel zu verdanken wie dir«, stellte Tessa sie einander vor.

Sandro verbeugte sich höflich. »Ich freue mich, Euch kennenzulernen.«

Die alte Frau musterte ihn von oben bis unten, dann nickte sie ihm mit freundlicher Miene zu. »Es ist beruhigend zu wissen, dass es noch junge Männer von Anstand und Ehre gibt, Sandro Fontana. Es war sehr mutig, wie du Tessa damals beigestanden hast.«

»Ach, sie hat wahrscheinlich mehr daraus gemacht, als es in Wirklichkeit war«, wehrte er bescheiden ab.

»Ganz und gar nicht!«, widersprach Tessa.

»Lebst du auch in diesem Viertel?«, fragte Gemma neugierig.

»Nein, ich wohne bei meinem Meister im Osten der Stadt«, antwortete Sandro ausweichend und mit einem Anflug von Verlegenheit. »Ich war nur zufällig hier in der Gegend und da dachte ich, dass ich die heilige Messe ebenso gut auch in dieser Kirche besuchen könnte.«

Ein amüsierter Ausdruck trat auf das Gesicht der alten Frau. »Ich habe das Gefühl, dass es nicht bei diesem einen zufälligen Besuch bleiben wird«, sagte sie mit feinem Spott.

Sandro konnte nicht verhindern, dass ihm die Röte ins Gesicht stieg. »Für meinen Meister bin ich oft in der Stadt unterwegs, müsst Ihr wissen«, murmelte er und blickte zu Boden.

»Soso«, sagte Gemma nur. Sie schaute noch einmal von Tessa zu Sandro, dann wandte sie sich energisch um. »Genug der Plauderei, so angenehm die unverhoffte Gesellschaft auch sein mag. Die Pflichten rufen bei uns leider auch an Sonntagen. Einen guten Tag noch, Sandro Fontana.«

»Den wünsche ich Euch auch«, erwiderte Sandro höflich.

Tessa schenkte ihm ein Lächeln zum Abschied und ihm schien, als wollte sie ihm noch etwas zuflüstern. Aber da zog Gemma sie auch schon mit sich fort.

»Mir sieht es ganz danach aus, du hättest du in diesem Sandro Fontana nicht nur einen Beschützer gefunden, sondern auch einen Verehrer«, sagte Gemma auf dem Heimweg zu Tessa und blickte ihren Schützling aufmerksam von der Seite an.

Tessa spürte, wie ihr das Blut ins Gesicht schoss. »Ach was! Es war doch nur ein ganz zufälliges Wiedersehen«, wehrte sie ab. »Sandro ist ein netter Bursche. Wir sind beide noch fremd in der Stadt und da freut man sich einfach, wenn man auf ein bekanntes Gesicht stößt.«

Gemma lachte. »Von wegen zufälliges Wiedersehen! Das glaubst du doch selbst nicht! Er wusste ganz genau, warum er die Messe in Santa Maria Novella besucht hat.«

Tessa wand sich vor Verlegenheit. Sie hatte nicht damit

gerechnet, so leicht durchschaut zu werden. »Und selbst wenn, was wäre dagegen einzuwenden, dass er mich mag und ... und ich ihn?«

»Nichts, mein Kind, solange du nicht vergisst, dass er ein freier Mann ist und du eine Sklavin bist.«

»Das kann ich ja wohl schwerlich vergessen«, sagte Tessa bedrückt.

»Und deshalb bist du gut beraten, wenn du dir keine falschen Hoffnungen machst! Nimm es mir nicht übel, wenn ich so unverblümt darüber rede und dir deshalb herzlos erscheinen mag, aber als Sklavin die Freiheit zu erlangen, das ist ein ganz seltener Glücksfall.«

»Das weiß ich.«

»Selbst wenn ein Mann wie dieser Sandro oder irgendein anderer eines Tages so viel Geld aufbrächte, um dich freikaufen zu können, hätte er keinen Erfolg. Fiametta würde dich nie gehen lassen oder sich gar bei ihrem Vater oder später bei ihrem Ehemann für dich einsetzen.«

Auch das wusste Tessa und sie nickte nur.

»Dann sei auch so klug und häng nicht irgendwelchen luftigen Träumen nach, die nie Wirklichkeit werden können«, legte Gemma Tessa nachdrücklich ans Herz und strich tröstend über ihren Arm. »Das wird dir viel Schmerz und Kummer ersparen. Und glaub mir, ich weiß, wovon ich rede, auch wenn ich keine Sklavin bin. Es gibt Schlimmeres, als sein Leben als Zofe einer wohlhabenden Frau verbringen zu müssen.«

»Seid unbesorgt, Gemma. Ich werde mich nicht in törichten Wunschträumen verstricken. Ich weiß, dass Ihr nicht herzlos seid und dass Ihr es mit Euren Ermahnungen nur gut mit mir meint«, versicherte Tessa.

Aber musste sie Sandro deshalb meiden, fragte sie sich im gleichen Atemzug. Musste sie auf seine Gesellschaft und vielleicht auch auf seine Freundschaft verzichten?

Noch immer konnte sie nicht fassen, dass er sein Versprechen tatsächlich wahr gemacht hatte. Schließlich hatte Gemma recht – sie war nur ein Sklavenmädchen, und das hatte sie ihm auch deutlich zu verstehen gegeben. Und doch war er dort gewesen und Tessa spürte, wie sich die unbändige Freude darüber den Weg in ihr Herz suchte.

Und selbst wenn Sandro nichts weiter als ein wenig Gesellschaft und Freundschaft in dieser Stadt suchte, dann reichte ihr das voll und ganz.

Nein, das wunderbare Gefühl, einem anderen etwas zu bedeuten, wollte sie sich bei aller Vernunft nicht nehmen lassen. Und deshalb hoffte sie inständig, dass Sandro auch weiterhin solche zufälligen Zusammentreffen herbeiführte. Vielleicht schon am nächsten Sonntag.

Tessa eilte mit Gemma weiter. Plötzlich schienen ihr die Häuser und Gassen von Florenz prachtvoller und strahlender, als sie sie bisher kannte. Und sie war sicher, dass sie selbst Fiamettas Launen von nun an besser würde ertragen können.

Was die Übellaunigkeit ihrer Herrin betraf, so hätte Tessa sich wenig Sorgen machen müssen. Es war einige Tage später und sie arbeitete gerade in der stickigen Näh- und Bügelkammer, als ein Hausmädchen ihr ausrichtete, die junge Herrin wünsche sie auf der Stelle zu sehen. Tessa stellte sich schon auf einen nicht enden wollenden Schwall an Vorwürfen ein, doch als sie den Innenhof betrat, blickte ihr eine lächelnde Fiametta entgegen.

Ihre junge Herrin saß nahe beim plätschernden Springbrunnen im Schatten eines aufgespannten Sonnensegels und spielte nervös mit dem Anhänger ihrer Halskette, einem in Gold gefassten Topas. Tessa hatte von ihr erfahren, dass es unter reichen Patriziern üblich war, ihren Töchtern eine Kette mit solch einem Halbedelstein zu schenken, wenn sie alt genug waren, um zu heiraten.

»Ihr habt nach mir gerufen? Geht es um die neue Stickerei, die Ihr Euch vorgenommen habt?«, fragte Tessa vorsichtig, doch dann sah sie das freudige Glitzern in den Augen ihrer jungen Herrin und sie wusste Bescheid.

»Was interessiert mich die Stickerei! Komm, setz dich zu mir!« Fiametta kicherte hinter vorgehaltener Hand. Dann beugte sie sich zu Tessa vor und sagte mit frohlockender Stimme: »Es ist geschehen, Tessa! Endlich, endlich ist es geschehen!«

Tessa brauchte nicht lange zu raten, was geschehen war, kannte Fiametta doch seit der gescheiterten Eheanbahnung mit dem Getreidehändler Antonio Cavalli nur ein einziges Thema: Wann sie wohl endlich heiraten würde!

»Hat der Sensale Eures Vaters einen neuen Ehekandidaten für Euch gefunden?«

»Nicht nur das! Mein Vater ist sich auch schon mit der Familie einig geworden über die Mitgift.« Fiamettas Augen leuchteten. »Na, was sagst du jetzt, Tessa? Ich werde noch dieses Jahr Herrin in meinem eigenen Haus sein!«

Tessa wusste, was von ihr erwartet wurde, also klatschte sie pflichtschuldigst in die Hände und legte ein Strahlen auf ihr Gesicht. »Nein! Was Ihr nicht sagt!«, gab sie aufgeregt zurück. »Welch wunderbare Nachricht! Bin ich die Erste, die Euch dazu beglückwünschen darf?«

Fiametta nickte. Sie lehnte sich zurück und schenkte ihrer Zofe ein huldvolles Lächeln. »Das darfst du in der Tat!«

»Und wer ist der Glückliche, der Euch zur Frau bekommt?«

»Sein Name ist Lionetto Vasetti. Er ist vor Kurzem zweiunddreißig geworden und soll eine stattliche Erscheinung sein. Darüber hinaus ist seine Familie auch noch mit dem noblen Geschlecht der Barbadori verwandt«, berichtete Fiametta voller Stolz. »Außerdem sind die Vasetti sehr erfolgreiche Seidenhändler. Deshalb hat Vater mir nun doch eine höhere Mitgift zugebilligt, als er es eigentlich vorgehabt hatte. Ich bringe tausendfünfhundert Florin mit in die Ehe! Was sagst du nun?«

»Dass Ihr allen Grund habt, Euch zu freuen und stolz darauf zu sein, nun bald in die Familie der Vasetti einzuheiraten«, versicherte Tessa. »Vielleicht war es eine glückliche

Fügung, dass Euer Vater und der Sensale nicht mit Antonio Cavalli handelseinig werden konnten. Jetzt macht Ihr eine beträchtlich bessere Partie.«

»Und nicht nur das! Meinem zukünftigen Ehemann ist bei der letzten Wahl der Prioren eine große Ehre zuteilgeworden. Man hat Lionetto Vasetti dabei als *veduto* gezogen!«

»Und was bedeutet das genau?«, fragte Tessa.

Fiametta verdrehte kurz die Augen, als könnte sie nicht glauben, dass ihre Zofe nicht genauestens über das Wahlverfahren in ihrer Stadt unterrichtet sei. »Wo hast du bloß deine Ohren gehabt? Schließlich bist du schon ein ganzes Jahr bei uns in Florenz!«, sagte sie vorwurfsvoll.

Am liebsten hätte Tessa ihr geantwortet, dass ihre Ohren genug damit zu gehabt hatten, ihre tausend Beschwerden, Launen und Anweisungen aufzunehmen, verkniff sich diese Bemerkung jedoch wohlweislich und zuckte nur mit den Achseln.

Fiametta seufzte, aber ganz offensichtlich platzte sie so vor Stolz, dass sie sich dazu herabließ, Tessa alle Einzelheiten zu erklären.

»Von den Mitgliedern der hohen und der niederen Gilden sind theoretisch etwa dreitausend Männer zur Wahl in die höchsten Staatsämter zugelassen.«

Tessa wusste, dass über vierzigtausend Menschen in der Stadt leben sollten, und sie stellte verbittert fest, dass die erdrückende Mehrheit der Bevölkerung offensichtlich keinen Zugang zu den Staatsgeschäften besaß und damit nichts zu sagen hatte.

»Und es ist natürlich der Traum eines jeden Bürgers, Mitglied der Signoria zu werden«, fuhr Fiametta fort. »Aber praktisch sind es nicht dreitausend, sondern höchstens ein paar Hundert Männer, die sich wirklich Hoffnung auf ein hohes Amt machen können. Denn wer ein solches anstrebt, muss erst einmal nachweisen, dass schon sein Vater oder der Großvater eine der bedeutenden Magistraturen innegehabt hat. Auch darf er keine Schulden haben, also nicht im *specchio* stehen.«

Davon hatte Tessa schon gehört. Sie wusste, dass es in jedem Viertel Schuldbücher gab, in die Verfehlungen und Steuerversäumnisse eines jeden eingetragen wurden.

Fiametta unterbrach ihren Redefluss nicht einen Augenblick lang. »Und Lionetto Vasetti – mein zukünftiger Ehemann – ist bei der Wahl für fähig erklärt worden, hohe Ämter zu bekleiden. Das ist eine große öffentliche Ehre. Wie mein Vater mir versichert hat, kann es gut sein, dass er vielleicht schon aus einer der nächsten Wahlen als Prior der Signoria herauskommt! Dann kann er fremde Botschafter empfangen, Gesetze bestimmen und Gott weiß was noch alles tun! Stell dir das mal vor, Tessa: Ich die Ehefrau eines Priors, der über die Geschicke von Florenz entscheidet und durch sein Amt den Namen Vasetti zu einem der angesehensten der Stadt machen kann! Den Namen, den meine Söhne tragen werden!« Ihr vor Erregung erhitztes Gesicht nahm bei der Vorstellung einen verklärten, ja geradezu verzückten Ausdruck an.

Bis dahin wird noch viel Wasser den Arno hinunterfließen, dachte Tessa. Unwillkürlich erinnerte sie sich an den kurzen Wortwechsel zwischen Gemma und Donna Simona, bei dem es um die ehelichen Pflichten der Schwiegertochter gegangen war, und sie fragte sich, wie Fiametta, die schon bald das Bett mit jenem Lionetto Vasetti teilen würde, wohl mit diesem Teil der Ehe zurechtkommen mochte.

Während Fiametta sich ihre Zukunft weiter in den schillerndsten Farben ausmalte, wurde Tessa immer stiller. Denn im Gegensatz zu ihrer Herrin blickte Tessa nicht so erwartungsvoll dem entgegen, was auf sie zukam. Es würde nicht mehr lange dauern und sie würde sich schon wieder an ein neues Leben gewöhnen müssen, in einem fremden Haus, mit einer fremden Herrschaft. Und als rechtlose Sklavin wusste sie nicht, was die Zukunft dort für sie bereithielt.

Cosimo de' Medici eilte die Via Maggio hinunter, ließ das Kloster Santo Spirito rechts liegen und bog dann in eine stille Seitengasse ein, die ihn zum Haus seiner Geliebten Maddalena führte.

Er hatte sie aus Rom mitgebracht, wo er vor seiner Übernahme der väterlichen Geschäfte in Florenz über drei Jahre gelebt und die dortige Bankniederlassung geleitet hatte. Damals war er nur gelegentlich nach Florenz gekommen, weniger, um seine Frau Contessina zu besuchen, sondern um sich mit seinem Vater sowie mit Lorenzo und Averardo zu besprechen. Eine Ehe war ein Zweckbündnis und er konnte sich über die Wahl seiner Ehefrau nicht beklagen. Contessina war praktisch, meist von heiter gelassenem Wesen, aus dem vornehmen Geschlecht der Bardi. Sie hatte ihm mit Piero und Giovanni zwei Söhne geschenkt. Auf den Gedanken, sie mit sich nach Rom zu nehmen, war er jedoch nie gekommen.

Er hatte es vorgezogen, den Medici-Mitarbeiter in Venedig mit dem keinesfalls ungewöhnlichen Auftrag zu betrauen, auf dem dortigen Sklavenmarkt eine Tscherkessin für ihn zu erstehen. Er hatte ihm sehr genaue Angaben darüber gemacht, wie diese Sklavin auszusehen hatte: hübsch und mit einem üppig gerundeten Körper. Den schlanken, fast knabenhaften Sklavinnen, die andere Männer seines Standes als Geliebte bevorzugten, konnte er nichts abgewinnen. Mit der noch jungfräulichen, knapp zwanzig Jahre jungen Maddalena hatte sein Mitarbeiter eine vortreffliche Wahl bewiesen. Sie hatte es vom ersten Tag an verstanden, seine Leidenschaft nicht nur zu stillen, sondern immer wieder aufs Neue zu entfachen.

Cosimo hatte Maddalena sein Kommen für diese Stunde durch einen Hausdiener mitteilen lassen, sodass ihm die schmale Manntür im Tor von einer dort wartenden Bediensteten geöffnet wurde, noch bevor er sie erreicht hatte. Er nickte ihr kurz zu und begab sich hinauf in das große Schlafgemach seiner Geliebten.

Maddalena erwartete ihn bereits. Sie war in ein Gewand gehüllt, das ihren sinnlichen Körper reizvoll betonte. Auf einem Tisch neben dem Bett standen eine große Schale mit frischem Obst sowie zwei Glaspokale und ein Krug Wein bereit.

»Du siehst heute recht müde aus, Cosimo«, begrüßte sie ihn und zupfte anscheinend gedankenlos an ihrem Gewand.

»Vielleicht wegen des Bankgeschäfts und weil ich mir wegen der politischen Lage den Kopf zerbreche, nicht jedoch wegen dir«, erwiderte er und lächelte zu ihr hinunter.

Sie streckte die Arme nach ihm aus und Cosimo wusste,

dass sie ihm für die nächsten Stunden das Vergessen schenken würde, nach dem er sich, wenn die Sorgen zu drängend wurden, oft sehnte.

Später, als sein Verlangen gestillt war, lagen sie zusammen und Maddalena reichte ihm ein Glas Wein. Dann lenkte sie das Gespräch auf das, was sie seit einiger Zeit sehr beschäftigte, wie er wohl wusste.

»Carlo wird bald zehn, Cosimo«, begann sie vorsichtig.

Er nickte und sagte zwischen zwei Schlucken Wein: »Kaum zu glauben, wie schnell die Jahre vergehen.«

»Er macht sich gut und lernt rasch, wie ich von den Hauslehrern gehört habe, die du angestellt hast«, fuhr sie fort.

»Das tut er in der Tat. Er hat einen wachen Geist und übertrifft manchmal sogar Piero«, bestätigte Cosimo, der seinen illegitimen Sohn zusammen mit Piero und Giovanni in seinem Haus aufziehen ließ, was in der florentiner Gesellschaft gang und gäbe war. Uneheliche Sprösslinge waren kein Makel, der einen Schatten auf einen ehrbaren Namen warf. Fleischliche Verfehlungen dieser Art galten vielmehr als lässliche Sünden, von denen man sich durch die Beichte, das Lesen einiger Messen und vor allem durch wohltätige Werke für die Armen, Kranken und Waisen leicht reinwaschen konnte.

»Meinst du nicht, dass es langsam an der Zeit ist, Carlos Zukunft ins Auge zu fassen?«

Er nickte nachdenklich. »Du meinst seine Ausbildung zum Priester?«, fragte er.

Es war üblich, dass man uneheliche Kinder in ein Kloster gab und ihnen das Gelübde des Zölibats abverlangte. Das war ein weiteres allseits beliebtes Mittel, um irdische Verfehlungen zu sühnen.

»Bei deinem Einfluss und den großzügigen Schenkungen, mit denen du so viele Klöster bedenkst, sollte es später nicht allzu schwer sein, ihn zum Abt ernennen zu lassen und ihm ein einträgliches Leben zu sichern«, erwiderte Maddalena.

Er lachte. »Du siehst Carlo also schon als Abt! Aber warum auch nicht? Vielleicht ist eines Tages sogar ein Kardinalshut für ihn erreichbar. Er wäre dann auch wahrlich nicht der erste illegitime Sohn, der sich in Purpur kleiden kann. Und was für die Söhne päpstlicher Mätressen möglich ist, sollte für einen unehelichen Medici-Sprössling erst recht gelten. Nun, wir werden sehen, was die Zukunft an entsprechend günstigen Gelegenheiten bietet.«

»Dann wirst du das also in die Hand nehmen und hoffentlich schon bald?«, vergewisserte sich Maddalena voller Freude.

»Ja, das werde ich«, versprach er und stellte den Weinpokal zurück auf den Beistelltisch. »Aber jetzt habe ich anderes im Sinn als Carlo.« Er lächelte sie an und rückte näher zu ihr. »Wie du weißt, werde ich bald mit dem ganzen Tross nach Cafaggiolo aufbrechen. Das werden lange Wochen ohne dich.« Er seufzte und strich ihr über die Wange. »Eigentlich wäre es besser, noch in der Stadt zu bleiben, als dort draußen so weit ab vom Schuss zu sein. Denn wer weiß, was die Albizzi und ihre Verbündeten noch alles aushecken!«

»Sie werden genau wie ihr vor der Hitze und dem Gestank der Stadt hinaus aufs Land fliehen. Und jetzt vergiss gefälligst die Politik und all die neidvollen Feinde des Hauses Medici!«, sagte sie energisch. Ihre Hand glitt über seine Brust. »Sonst müsste ich annehmen, ich hätte meinen Zauber über dich verloren.«

»Kein Sorge, dein Zauber hat noch nichts von seiner betörenden Wirkung verloren«, versicherte er und ließ nun all seine Sorgen und Gedanken an die Widersacher des Hauses Medici fahren. Letzteren würde er sich mit der gebotenen Entschlossenheit und Härte widmen, wenn die dafür richtige Stunde gekommen war. Und sie würde kommen, dessen war er gewiss.

Während Cosimo sich zärtlich seiner Geliebten zuwandte, konnte er nicht ahnen, dass nicht die Intrigen der Medici-Feinde die Stadt in wilde Aufruhr versetzen würden, sondern der Ruf »*La moria!* – Der Schwarze Tod!«. Ein Name wie ein entsetzlicher Gottesfluch, der jeden bis ins Mark erschaudern ließ.

Die Pest!

Sandro schwitzte. Sein nasses Gewand klebte ihm am Leib und seine Kehle fühlte sich so ausgedörrt an, als hätte er seit Tagen nichts mehr zu trinken bekommen. Wie eine unsichtbare Glocke, die Florenz unter sich ersticken wollte, lag die lähmende Augusthitze über der Stadt. Die Luft war zum Schneiden dick und flirrte über den großen, offenen Plätzen.

»Lass es gut sein, Tommaso«, brummte Sandro und wischte sich den Schweiß von der Stirn. Er hielt sich mit seinem Freund im Schatten der überkragenden Obergeschosse, als sie auf ihrem Rückweg zur Bottega hinter dem Domplatz der Straße in Richtung des Gefängnisses folgten. Sie hätten gleich beim ersten Tageslicht zu ihrer Runde bei den Webern aufbrechen sollen und nicht erst kurz vor Mittag. Aber nein, Meister Vieri hatte nichts davon wissen wollen und sie die ersten Morgenstunden mit Aufgaben beschäftigt, die sie sehr gut auch später hätten erledigen können. »Für deine schlüpfrigen Pacino-Geschichten bin ich heute nicht in Stimmung. Lieber würde ich Vieri den Hals umdrehen! Denn das hat der Mistkerl mit Absicht getan!«

»Worauf du Gift nehmen kannst! Und auch ich wüsste nichts, was ich lieber täte, als Vieri die Prügel seines Lebens zu verpassen!«, pflichtete Tommaso ihm grimmig bei, ohne sich davon ablenken zu lassen, was er unbedingt von seinem letzten Besuch in der Bordellschenke erzählen wollte. »Aber diese Geschichte musst du dir anhören! Denn so, wie Giulia mit dem dreisten Tuchfärber umgesprungen ist, würde ich es liebend gern auch mit unserem Meister machen.«

Sandro seufzte. Er wusste, dass sein Freund keine Ruhe geben würde, solange er seine Geschichte nicht losgeworden war. »Also gut, dann erzähl«, forderte er ihn auf, während sie sich im Schatten der Häuser dem Palast des Podestà mit dem angeschlossenen Kerkerbau näherten.

Tommaso grinste über das schweißtriefende Gesicht. »Du hättest dabei sein sollen, Sandro! Es war urkomisch. Ich wollte mit Catalina gerade nach oben gehen, als dieser bullige Kerl, der sich schon etliche Becher Wein genehmigt hatte, plötzlich mit seinen Pranken nach meiner Kleinen grapschte!«

»Was dir natürlich nicht gefallen hat.«

»Klar, und Catalina auch nicht, aber Giulia noch viel weniger, denn so etwas duldet sie nicht. Sie hat den Färber verwarnt und ihm gesagt, dass Catalina schon vergeben ist. Aber der Bursche hat sich nicht darum gekümmert. Und das ist ihm dann schlecht bekommen.« Tommaso lachte. »Denn ehe er sichs versah, kam Giulia hinter der Theke hervor – mit ihrem Prügel in der Hand. Der ist am oberen Ende mit dicken

Eisennägeln beschlagen. Und den hat sie ihm dann über den Schädel gezogen! Der Färber ist wie vom Blitz getroffen zu Boden gegangen. Ich wette, der hat noch lange Freude gehabt an seinen üblen Kopfschmerzen . . .«

Weiter kam er nicht, denn in diesem Augenblick schrie irgendwo weiter unten auf der Straße eine schrille, sich überschlagende Stimme: »La moria! Die Pest ist zurückgekommen! Der Schwarze Tod ist wieder in der Stadt!«

Der gellende Schrei ließ alle, die ihn hörten, entsetzt zusammenfahren. Jeder wusste, was es bedeutete, wenn die fürchterliche Geißel der Pest zuschlug. Die schreckliche Seuche, die innerhalb weniger Tage töten konnte, hatte seit der ersten großen Welle Mitte des vergangenen Jahrhunderts überall in Europa ganze Landstriche entvölkert und in den Städten oftmals gut die Hälfte ihrer Bewohner dahingerafft. Im Sommer 1348 waren allein in Florenz über dreißigtausend Menschen wie die Fliegen gestorben und seitdem war die Pest im Schnitt alle zehn Jahre nach Italien zurückgekehrt.

»Oh mein Gott!«, würgte Tommaso mit erstickter Stimme hervor, plötzlich kalkweiß im Gesicht. »Jesus, Maria und Josef, bewahrt uns vor dem Schwarzen Tod!«

Um sie herum fingen die Menschen an zu rennen, während die Pestschreie von anderen aufgenommen und voller Todesangst weitergetragen wurden.

Sandro bekam trotz der Hitze eine Gänsehaut. Er schluckte krampfhaft. Jetzt nur nicht den Kopf verlieren! »Wir müssen uns in Sicherheit bringen! Noch ist Zeit, dass wir nicht von der Seuche angesteckt werden!«, stieß er hervor.

Gegen die Pest gab es kein Heilmittel, das wusste jeder. Der einzige Schutz bestand darin, möglichst schnell aufs Land zu flüchten. Doch wenn man nicht zu den Begüterten gehörte, denen das möglich war, konnte man sich nur in seinem Haus einschließen, jeglichen Kontakt zu anderen Menschen meiden und warten. Aber wenn es schon jemanden im Haus gab, der sich angesteckt hatte, dann gab es kaum noch Hoffnung, die Pest zu überleben. »Wir müssen so schnell wie möglich zurück und uns mit den anderen in Vieris Haus verbarrikadieren!«, rief Sandro.

»Gebe Gott, dass die Pest nicht schon bis nach Santa Croce vorgedrungen ist!«

Sie stürzten los. Die Todesangst ließ sie ihre Müdigkeit, ihren Durst und die drückende Hitze vergessen. Sie rannten so schnell wie noch nie zuvor in ihrem Leben. Als sie durch das Viertel östlich des Gefängnisses stürmten, fiel Sandros Blick auf den Laden eines Bäckers auf der anderen Straßenseite.

»Warte!«, rief er Tommaso zu. »Lass uns schnell ein paar Laibe Brot kaufen! Wer weiß, wie lange wir im Haus ausharren müssen.«

Nur widerwillig blieb Tommaso stehen und folgte Sandro hinüber zum Laden.

Sie kamen jedoch zu spät. In der Bäckerei herrschte schon ein wüstes Geschrei und Gedränge. Die Menschen prügelten sich um die Brote, die der Bäcker in großen Weidenkörben und auf Holzplatten für seine Kunden bereithielt. Der Bäcker versuchte, die kostbaren Laibe für sich und seine Familie zu retten, aber er stand auf verlorenem Posten. Aus Angst, einer aus der Menge könnte schon von der Pest befallen sein und ihn anstecken, gab er das Gezerre schließlich auf, floh durch die Hintertür in sein Haus und überließ es den rasenden Menschen, sich um die restlichen Laibe zu schlagen.

Sandro konnte zwei Brote an sich reißen und auch Tommaso bekam eines zu fassen. Das musste reichen.

»Nichts wie raus hier!«, brüllte Sandro und stürzte aus dem Laden, die Brote fest unter die Arme geklemmt.

Sie waren in Schweiß gebadet, als sie endlich über den Vorplatz auf das Wohnhaus von Vieri di Armando zuliefen. Mittlerweile läuteten überall in der Stadt die Glocken, als stünde die gewaltige Streitmacht eines Feindes vor den Mauern von Florenz. Ein kurzer Blick hinüber zu dem weit offen stehenden Tor der Bottega verriet ihnen, dass die Arbeiter schon von dem Eindringen der Pest in die Stadt erfahren und die Flucht ergriffen hatten.

Die Tür zum Wohnhaus war verschlossen. Sandro hämmerte mit der Faust dagegen und schrie: »Lasst uns rein, Meister Vieri! Wir sind es, Eure Lehrlinge Sandro und Tommaso! Wir haben noch Brot besorgt!«

»Verschwindet! Auf der Stelle!«, antwortete ihm Augenblicke später die grobe Stimme des Oberfaktors. »Weiß der Teufel, ob ihr euch nicht schon die Pest eingefangen habt!«

»Das könnt Ihr doch nicht machen, Meister Vieri!«, rief Tommaso beschwörend. »Lasst uns ins Haus! Wir haben uns ganz bestimmt noch nicht angesteckt! Ihr könnt uns doch nicht auf der Straße stehen lassen!«

»Und ob ich das kann! Was geht mich euer lausiges Leben an! Seht zu, wo ihr bleibt! Hier kommt ihr jedenfalls nicht rein!«

Tommaso flehte und hämmerte weiter gegen die Tür, doch ihr Meister blieb hart.

»Hör auf damit!«, rief Sandro ihm schließlich zu, packte ihn an der Schulter und zog ihn von der Tür weg. »Dieser Schweinehund wird sich auch dann nicht erweichen lassen, wenn du dir die Fäuste wund hämmerst und dir die Lunge aus dem Leib brüllst.«

Todesangst flackerte in Tommasos Augen. »Und was soll jetzt aus uns werden?«, stieß er mit zitternder Stimme hervor.

»Ganz einfach, wir schließen uns drüben in der Bottega ein. Da sind wir vielleicht sogar besser aufgehoben als bei Vieri und den anderen im Haus. Wir haben Brot und um Wasser brauchen wir uns vorerst auch nicht zu sorgen«, sagte Sandro beruhigend. »Unten in der Werkstatt der Wollkämmer stehen zwei große, gut gefüllte Wassertonnen. So können wir notfalls lange aushalten.«

Ein schwaches Lächeln huschte über Tommasos Gesicht. »Daran habe ich gar nicht gedacht! Also nichts wie rüber in die Bottega, bevor uns irgendjemand zuvorkommt und wie Vieri die Tür vor der Nase zuschlägt!«

Wenige Augenblicke später hatten sie das Eingangstor der Tuchmanufaktur hinter sich zugezogen und den schweren Balken von innen vorgelegt. Dann schlossen sie die hölzernen Schlagläden vor den beiden großen Fenstern im Erdgeschoss und verriegelten sie.

»So, hier sind wir erst einmal sicher«, sagte Sandro zufrieden und ging zu einem der Wasserfässer hinüber, um seinen brennenden Durst zu stillen.

10

Doch wie sehr sich Sandro irrte, zeigte sich nur wenig später, als er und Tommaso draußen im Hof plötzlich lautes Geschrei hörten. Es waren raue Männerstimmen, die sich gegenseitig anfeuerten und immer wieder »*Sacco, sacco!* – Plündert, plündert!« schrien.

Die beiden Freunde stürzten zum Tor und öffneten die Klappe der kleinen Sichtluke, die im rechten Flügel eingelassen war. Sandro spähte hinaus auf den Vorplatz.

Tommaso drängte sich neben ihn. »Kannst du was erkennen?«

»Plünderer! Ein gutes Dutzend!«, stieß Sandro grimmig hervor. »Und rate mal, wer diese dreckige Bande anführt?«

»Nun sag schon!«

»Kein anderer als unser Lodovico. Hier, sieh selbst.«

Sandro trat zur Seite, sodass Tommaso selbst einen Blick nach draußen werfen konnte. »Dieser verdammte Lump!«

Die Männer um Lodovico schienen einfache Tagelöhner zu sein, denn ihre Kleidung war ärmlich und zerrissen. Sie hatten nichts zu verlieren, aber durch einen raschen Beutezug viel zu gewinnen. Einige waren mit Knüppeln und Latten bewaffnet und fast jeder trug ein Messer am Gürtel.

»Das sieht dem miesen Kerl ähnlich!« Rasch schloss Tommaso die Sichtluke und schob den Riegel wieder vor.

Sandro nickte. »Er weiß ja, wie viele Ballen wertvoller Stoff oben auf dem Speicher lagern.«

»Und was machen wir jetzt?«, fragte Tommaso ängstlich.

»Erst einmal abwarten! Vielleicht ziehen sie ja weiter, wenn sie merken, dass das Tor fest verschlossen ist.«

»Hoffentlich behältst du recht!«

Augenblicke später wurde draußen heftig an den eisernen Torgriffen gerüttelt.

»Verdammt! Es ist verrammelt! Da rührt sich nichts!«, hörten sie eine fremde Stimme verärgert rufen. »Hast du nicht gesagt, das Tor steht immer sperrangelweit offen?«

»Und wennschon! Dann brechen wir es eben auf!« Das war Lodovico.

Sandro entschied, dass es besser wäre, sich bemerkbar zu machen. Also rief er: »Das lasst ihr besser bleiben, wenn ihr euch keine blutigen Köpfe holen wollt!«

Lodovico lachte verächtlich auf. »Wenn das nicht Sandro Fontana ist! Sag bloß, Vieri hat dich als einsame Wache in der Bottega zurückgelassen? Mit dir werden wir schon fertig, wenn wir erst mal drin sind!«, höhnte er.

»Du täuschst dich! Ich bin nämlich nicht allein!«

»Hau bloß ab, Lodovico, und nimm deine Männer gleich

mit!«, schrie Tommaso. »Wir sind nicht die Einzigen, die euch daran hindern werden, hier zu plündern!«

»Natürlich, das Großmaul Tommaso ist auch mit von der Partie!« Lodovico lachte verächtlich auf. »Dann ruft mal eure Verstärkung ans Tor, damit wir richtig Angst kriegen vor eurer gefährlichen Truppe!«

»Warum sollten wir?«, rief Sandro zurück. »Dann würden wir euch ja die nette Überraschung verderben, die euch droht, wenn ihr hier einzubrechen versucht!«

Wieder reagierte Lodovico mit einem verächtlichen Lachen. »Was du nicht sagst! Aber auf diesen billigen Trick fallen wir nicht rein, Sandro! Ich weiß, dass ihr allein seid. Aber ich mache euch ein Friedensangebot. Wir lassen euch ungeschoren davonkommen, wenn ihr brav das Tor öffnet. Dann schnappen wir uns ein paar schöne Ballen und verschwinden wieder. Bis zur Porta alla Croce ist es von hier aus ja nur ein Katzensprung. Euch wird kein Haar gekrümmt, das schwöre ich euch bei allem, was mir heilig ist!«

»Mir fällt beim besten Willen nichts ein, was dir Halunke heilig sein könnte«, erwiderte Sandro bissig.

»Ich stehe zu meinem Wort! Also, was ist? Noch kann die Sache glimpflich für euch ausgehen! Aber wenn ihr die Tapferen spielen und euren Kopf für Vieri hinhalten wollt, soll es uns auch recht sein. Wir kommen rein, so oder so, verlasst euch drauf!«

Tommaso warf Sandro einen angsterfüllten Blick zu. Er

schien gewillt zu sein, sich auf den Handel mit Lodovico und seinen Komplizen einzulassen. »Warum tun wir nicht, was sie verlangen?«, flüsterte er. »Lodovico wird sich danach bestimmt nie wieder in Florenz blicken lassen. Er weiß, dass er dann seinen letzten Gang mit dem Henker zur Hinrichtungsstätte macht.«

Doch Sandro schüttelte energisch den Kopf. »Nein, die Bande wird uns die Kehle durchschneiden, damit wir nicht verraten können, wer die Bottega geplündert hat! Lodovicos Schwur ist so viel wert wie ein Haufen Dreck!« Und genau das wiederholte er laut.

»Also gut, ganz wie du willst, Sandro Fontana! Dann werdet ihr gleich merken, dass mit uns nicht zu spaßen ist!«, stieß Lodovico wütend hervor.

Hastiges Gemurmel drang zu ihnen in die Bottega. Die Plünderer schienen sich zu beraten, wie sie am besten vorgehen sollten. Dann hörten sie, wie Schritte sich vom Tor entfernten.

Was folgte, war eine trügerische Stille.

»Verdammt, die hecken was aus, um hier reinzukommen!« Tommaso raufte sich die Haare. »Jetzt sitzen wir ganz schön in der Scheiße!«

»Wart's ab.« Sandro gab sich gelassen, obwohl es ganz anders in ihm aussah. Auch er kämpfte gegen die immer größer werdende Angst an. Fieberhaft überlegte er, wie sie sich verteidigen konnten.

»Wir müssen uns bewaffnen«, sagte er schließlich.

»Und womit? Vielleicht mit Wollkämmen? Mein Gott, hier gibt es doch nichts, was auch nur halbwegs als Waffe gegen so eine Bande taugen würde.«

»Von wegen!« Sandro dachte nicht daran, sich von der eigenen Angst besiegen zu lassen. »Da drüben, über dem Wappen, hängen doch zwei Hellebarden. Damit können wir sie uns bestimmt vom Leib halten!«

Kaum hatten sie die Hellebarden aus ihrer Halterung gerissen, da hörten sie auch schon, wie es laut knirschte. Dann splitterte Holz.

»Die brechen die Fensterläden auf! Bei den Wollkämmern!«, schrie Tommaso entsetzt. »Da! Den ersten Schlagladen haben sie schon halb aus dem Scharnier gerissen!«

Sie rannten in den Werkraum der Wollkämmer.

Sandro postierte sich hinter das erste Fenster. »Das hier übernehme ich! Du verteidigst das andere! Noch ist nichts verloren! Also reiß dich zusammen und verlier jetzt bloß nicht die Nerven!«, fuhr Sandro ihn energisch an. »Und zögere ja nicht! Du musst sofort zustoßen, wenn sich bei dir im Fenster eine Hand, ein Arm oder was auch immer zeigt! Je schneller bei ihnen Blut fließt, desto früher werden sie den Spaß verlieren! Es geht um unser Leben, Tommaso!«

Tommaso stöhnte auf und schlug mehrmals hastig das Kreuz, bevor er mit beiden Händen die Hellebarde packte und hinter seinem Fenster Aufstellung nahm.

Als sich eine Hand an den Schlagläden seines Fensters zu schaffen machte, stach Sandro mit der Spitze seiner Hellebarde zu. Der Mann auf der anderen Seite stieß einen gellenden Schrei aus.

»Hoffentlich war es deine Hand, Lodovico!«, brüllte Sandro.

»Ich habe auch einen erwischt!«, kam es fast gleichzeitig von Tommaso. »Schade nur, dass ich nicht den ganzen Dreckskerl aufgespießt habe!« Mit neu erwachtem Mut rief er den Plünderern zu: »Verfluchte Bande! Kommt nur her! Wir werden es euch schon zeigen!«

Aber nun waren die Männer gewarnt. Statt mit den Händen an den Schlagläden zu reißen, griffen sie zu Knüppeln, Latten und Messern, um auf diese Weise die Scharniere zu brechen.

Sandro und Tommaso gaben sich alle Mühe, sie daran zu hindern. Aber sosehr sie auch mit ihren Hellebarden hantierten und die Waffen ihrer Gegner wegzustoßen versuchten, es gelang ihnen nicht, die Läden halbwegs geschlossen zu halten.

Schließlich rissen die Plünderer die Schlagläden vor Tommasos Fenster herunter. Siegesgewiss johlten sie auf.

»Jetzt holen wir sie uns!«, schrie Lodovico.

Ehe Tommaso sichs versah, flogen faustdicke Steine durch die große Fensteröffnung. Ein dicker Brocken traf ihn seitlich am Kopf. Mit einem erstickten Schrei wankte er zurück. Gleich darauf traf ihn ein zweiter Stein am Kinn. Er stürzte zu Boden und blieb reglos liegen. Blut floss aus den Wunden.

»Tommaso!«, schrie Sandro entsetzt und sprang zur anderen Fensteröffnung hinüber. Der erste Plünderer machte sich schon daran hereinzuklettern. Es war Lodovico. Wie ein Pirat, der ein Schiff entert, hatte er sich sein Messer zwischen die Zähne geklemmt. Mordlust funkelte in seinen Augen.

Mit dem Mut der Verzweiflung griff Sandro ihn an, wusste er doch, dass es nun wahrhaftig um sein ... nein, um *ihr* Leben ging. Denn er hoffte, dass sein Freund nur bewusstlos war.

»Jetzt wird abgerechnet!«, brüllte Lodovico und wollte schon vom Fenstersims in den Raum springen.

Aber Sandro war den entscheidenden Augenblick schneller. Mit aller Kraft rammte er ihm die Hellebarde in die rechte Schulter und stieß ihn nach hinten zurück durch das Fenster. Sandro hörte nur noch einen gurgelnden Schrei.

Er wappnete sich für den nächsten Angriff. Zwischendurch warf er einen schnellen Blick hinüber zum anderen Fenster. Noch hielt es den Plünderern stand.

Aber der Angriff blieb aus. Offenbar wollte keiner der anderen es mit Sandro und dessen Hellebarde aufnehmen, von deren Spitze das Blut tropfte.

Sandro warf einen Blick aus dem Fenster und sah, wie Lodovico sich wimmernd die verletzte Schulter hielt und davontaumelte, gefolgt vom Rest der Meute. Augenblicke später war der Platz leer.

Sandro konnte kaum glauben, dass sie gerettet waren. Ihm war, als hätte er einen albtraumhaften Spuk erlebt. Als er sicher sein konnte, dass die Plünderer nicht doch noch einmal zurückkommen und einen Angriff wagen würden, legte er die Hellebarde aus der Hand und beugte sich zu Tommaso hinunter.

Sein Freund rührte sich nicht. Wie tot lag er da. Aus den Wunden am Kopf floss immer noch Blut.

»Tommaso!« Verzweifelt rüttelte Sandro ihn an den Schultern. Dann eilte er zur Wassertonne, schöpfte eine Kelle voll und schüttete Tommaso Wasser ins Gesicht.

War das eine Regung? Tatsächlich! Stöhnend schlug sein Freund die Augen auf und blinzelte. »Was ... Was ... ist geschehen?«, stieß er benommen hervor.

Sandro grinste ihn erleichtert an. »Zwei Steine haben dich ganz übel am Kopf getroffen und ins Land der Träume geschickt. Aber bleib nur liegen, es ist alles in Ordnung. Die Gefahr ist gebannt. Ich habe die Bande rechtzeitig daran hindern können, durch das Fenster zu steigen.« Er strich sich die verklebten Locken aus der Stirn. »Lodovico hat es böse an der Schulter erwischt. Der wird noch lange an uns denken.«

Tommaso sah ihn ungläubig an. »Und das hast du ganz allein fertiggebracht?«

Sandro winkte ab. »Ich hatte gar keine Zeit, lange zu überlegen. Und dann haben die anderen Angst bekommen und sind verschwunden. So, und jetzt hole ich von oben ein paar Tücher und verbinde erst einmal deine Wunden. Na ja, es sieht wohl schlimmer aus, als es ist.«

Vier entsetzlich lange Tage und Nächte harrten Sandro und Tommaso bei Wasser und Brot aus, immer gequält von der Angst, ob sie sich auf ihrem Gang durch die Stadt womöglich schon angesteckt hatten, ob sie bald Fieber, starke Gliederschmerzen und schließlich die schwarzen Eiterbeulen bekommen würden, auf die unweigerlich der Tod folgte.

In dieser Zeit qualvoller Ungewissheit wanderten Sandros Gedanken manches Mal zu dem Sklavenmädchen Tessa und er fragte sich voller Bangen, wie es wohl ihr und ihrer Herrschaft ergehen mochte. Er betete inständig zu allen Heiligen, dass der Schwarze Tod das Haus der Familie Panella verschonen möge. Denn obwohl er Tessa noch kaum richtig kannte – bisher hatte er sie nur einige Male nach dem Sonntagsgottesdienst sprechen können, und das nur in Begleitung der alten Zofe –, konnte er das hübsche Tscherkessenmädchen mit dem rabenschwarzen Haar und dem bernsteinfarbenen Glitzern in den dunklen Augen nicht mehr aus seinem Kopf bekommen. Bestimmt würde alles gut werden, wenn er sie nur wiedersehen dürfte.

Und dann, am fünften Tag, hatte das Warten endlich ein Ende. Herolde gingen durch die Stadt und verkündeten, dass es keine Pest in der Stadt gebe und dass alle Bewohner aus den Häusern kommen und ihr normales Leben wieder aufnehmen könnten.

Auch später wurde nie geklärt, wer für den falschen Pestalarm gesorgt hatte. Es hieß, jemand habe bei einem durchreisenden Händler hässliche Beulen am Hals bemerkt, andere waren überzeugt davon, dass Spione aus Lucca das Gerücht von der Pest in die Welt gesetzt hätten.

Sandro dachte nicht weiter darüber nach. Er dankte Gott, dass er und Tommaso noch am Leben waren. Denn viel hätte nicht gefehlt und sie hätten es unter den Messern und Prügeln der Plündererbande verloren.

Meister Vieri allerdings hatte kein Wort des Dankes für sie übrig, als er sich wieder bei ihnen in der Bottega zeigte.

»Seht zu, dass ihr schnellstens die Schlagläden und die Scharniere repariert!«, befahl er ihnen barsch. »Ihr habt lange genug auf der faulen Haut gelegen! Eigentlich sollte ich euch die Tage vom Lohn abziehen!«

Sandro und Tommaso tauschten einen vielsagenden Blick und machten sich an die Arbeit.

Als Sandro drei Tage später endlich zur Messe in die Kirche Santa Maria Novella eilen konnte und Tessas schlanke Gestalt in den Reihen der Dienstboten erblickte, da vergaß er seinen Groll über Vieri und dankte Gott inbrünstig, dass der seine Gebete erhört hatte.

11

Die Sommerhitze wollte nicht weichen. Mehrere Wochen waren vergangen, seit die Herolde Entwarnung gegeben hatten, und in der Bottega ging alles wieder seinen gewohnten Gang.

Meister Vieri hatte Sandro in den Speicher geschickt. Dort musste er die schweren Tuchballen, die soeben angeliefert worden waren, von der Plattform in den Lagerraum tragen. Es waren raue Wollstoffe von grauer Farbe, die für die Medici auf den Messen in der Champagne gekauft und nach Florenz geschickt worden waren. Hier würden sie gefärbt und veredelt werden. Mit dem Siegel der Florentiner Gilde versehen, würden sie danach als preisgünstige *panni franceschi* auf die Märkte in ganz Europa gelangen, wo diese französischen Tuche reißenden Absatz fanden.

Sandro hievte gerade den letzten dieser Ballen auf seine Schulter, als er von unten aus der Werkstatt den Vorarbeiter der Wollkämmer rufen hörte: »Ser Cosimo wird gleich hier sein, Meister Vieri!«

Schnell warf Sandro den Ballen zu den anderen und lief

zur Treppe, um nach unten zu spähen und zu hören, was Cosimo de' Medici zu ihnen führte. Es war das erste Mal, seit er in dieser Tuchmanufaktur arbeitete, dass Ser Cosimo höchstpersönlich zu ihnen kam.

Riccardo Massero, der Lagerverwalter und Faktor, der ebenso wie Sandro im Speicher war, um die angelieferten Ballen mit nummerierten Etiketten zu versehen und sie in seinem Buch einzutragen, schaute verwundert auf.

»Ser Cosimo?« Er ließ sein Schreibbrett sinken und gesellte sich zu Sandro an die breite Treppenöffnung. »Den habe ich in meinen sieben Jahren hier noch nie zu Gesicht bekommen. Was mag er nur wollen? Hoffentlich bringt er keine schlechten Nachrichten.«

Plötzlich drang die barsche Stimme von Meister Vieri durch die Räume. »Alle mal herhören! Ser Cosimo möchte, dass wir uns hier unten in der Vorhalle versammeln. Unser Patron hat uns etwas mitzuteilen. Also bewegt euch! Ser Cosimos Zeit ist kostbar!«

»Seltsam«, murmelte Riccardo Massero und stieg die Treppe hinunter. »Was mag er nur wollen?« Sandro folgte ihm.

Im Durchgang zur Werkstatt drängten sich die Wollkämmer. Auf ihren Mienen lag Besorgnis. Die dürre Gestalt des Buchhalters Giuliano lehnte halb verborgen hinter zwei Gesellen am Türrahmen des Kontors, als fürchtete er, ohne diesen Halt nicht aufrecht stehen zu können. Seine blutunterlaufenen Augen und die fast schwarzen Tränensäcke darunter ließen vermuten, dass seine einzige Mahlzeit am Morgen aus der Flasche gekommen war.

Sandro gesellte sich zu Tommaso, der am Fuß der Treppe stand. Er warf seinem Freund einen fragenden Blick zu, worauf dieser mit einem Achselzucken antwortete. Er wusste offenbar auch nicht, was es mit Ser Cosimos Besuch auf sich hatte.

Und dann war er auch schon da. Cosimo de' Medici betrat den Vorraum. Sandros Blick hing an dem mächtigen Mann. Wie immer trug er seinen unauffälligen Lucco und auch sonst verriet nichts, welchen Reichtum und welches Ansehen er verkörperte. Lediglich das Funkeln in seinen Augen und ein entschlossener Zug um seinen Mund zeugten von seinem unbeugsamen Willen und seinem brillanten Verstand.

Er nickte Vieri di Armando zu, der sich daraufhin tief verbeugte. Wie die anderen Männer neigte auch Sandro kurz den Kopf.

Cosimo sah in die Runde, er schien jeden einzelnen Arbeiter zu mustern. Sandro zuckte unwillkürlich zusammen, als der Blick ihn streifte. Er hatte Cosimo seit gut einem Jahr nicht mehr gesehen und er hatte das unbestimmte Gefühl, wie damals vor ihm zu stehen und darauf zu warten, welchen Schicksalsweg dieser mächtige Mann für ihn bestimmte.

»Mir ist zu Ohren gekommen«, begann Cosimo nach einer wohlüberlegten Pause, »dass es hier am Tag des falschen Pestalarms zu einem sehr unerfreulichen Zwischenfall gekommen ist, Meister Vieri.« Er blickte den Oberfaktor an.

»Erzählt mir, was vorgefallen ist. Bestand Anlass zu großer Sorge?«

»In der Tat, Ser Cosimo! Es bestand allerhöchste Gefahr für Euer Gut!«, entgegnete Vieri unterwürfig. »Eine gottlose Plündererbande hatte es auf Eure Bottega abgesehen, wohl in dem Glauben, hier leichte Beute machen zu können.«

»Aber diese Gefahr habt Ihr abwenden können, richtig?«

Meister Vieri nickte. »Aber ja doch, Ser Cosimo! Dieses Gesindel hat es nicht geschafft, in Eure Bottega einzudringen und etwas zu stehlen. Sie abzuwehren ist wahrlich nicht leicht gewesen! Es war eine mit Messern und Knüppeln bewaffnete Bande von mehr als einem Dutzend Männern! Aber wir haben sie in die Flucht geschlagen!«

Sandro tauschte mit Tommaso einen empörten Blick, als sie hörten, wie Vieri mit ihren Taten prahlte und sie als die seinen ausgab. Sandro bemerkte, dass sein Freund vor lauter Wut die Fäuste ballte. Sollten sie sich zu Wort melden und die Sache richtigstellen? Nein, unmöglich! Als Lehrlinge konnten sie ihren Meister nicht vor allen anderen und vor Ser Cosimo als Feigling und Lügner bloßstellen. Also schwiegen sie zähneknirschend.

Auch von den anderen, die wussten, wie es wirklich gewesen war, wagte niemand, dem Meister zu widersprechen.

»Das war sehr mutig von Euch, Meister Vieri!«, lobte Cosimo. »Zumal Ihr doch genau wie wir alle geglaubt habt, dass die Pest in der Stadt wütet.«

»In der Tat, Ser Cosimo. Die Angst vor der Pest hat schwer auf uns gelastet und uns das blutige Handgemenge wahrlich nicht leichter gemacht. Aber selbst das hat uns nicht davon abgehalten, unsere Pflicht zu tun. Ich weiß, was ich Euch, meinem gütigen Patron, als Oberfaktor Eurer Bottega schuldig bin.«

Cosimo nickte ihm anerkennend zu. »Ihr scheint mir wahrlich zu höheren Aufgaben berufen zu sein, Meister Vieri. Aber sagt, gibt es jemanden, der sich bei der Auseinandersetzung mit den Plünderern hervorgetan hat und deshalb auch ein besonderes Lob verdient?«

Meister Vieri zögerte kurz, bevor er antwortete. »Ich denke, das ist nicht nötig. Wir haben alle nur unsere Pflicht getan, Ser Cosimo.«

»Verfluchter Mistkerl! Dieser Lügenbold!«, zischte Tommaso so leise, das nur Sandro es mitbekam.

»Nun, das freut mich zu hören«, sagte Cosimo. Er schien mit dem, was sein Oberfaktor ihm berichtet hatte, zufrieden zu sein. »Aber weil ich der Überzeugung bin, dass jede Tat die ihr gebührende Anerkennung verdient, gebe ich allen den Rest des Tages frei, natürlich bei vollem Lohn.«

Vieri passte es offensichtlich gar nicht, dass seine Wollkämmer und Kontoristen heute nicht mehr der Arbeit nachgehen würden. Seine Miene wurde plötzlich mürrisch und verschlossen.

»Aber einen von euch brauche ich für einen kurzen Botengang«, sagte Cosimo überraschend. Sein Blick wanderte über die Reihen der versammelten Männer. Bei Sandro hielt er inne. »Du kannst das für mich übernehmen, Sandro. Dein Name ist doch Sandro, wenn ich mich recht erinnere, nicht wahr?«

Sandro nickte verlegen. »Ja, Ser Cosimo.« Seit dem Vorfall auf Cafaggiolo war so viel Zeit verstrichen, ohne dass sie einander wieder begegnet wären, und trotzdem konnte sich Cosimo de' Medici an ihn erinnern!

»Gut, dann komm! Du musst beim Buchbinder Castellavi etwas für mich abholen und in die Via Larga bringen.« Er nickte Meister Vieri zu und trat dann durch das Tor hinaus auf den Vorplatz.

Sandro folgte ihm. »Und wo finde ich den Buchbinder?«

»Vergiss den Buchbinder! Es gibt nichts abzuholen!«, erwiderte Cosimo und seine Stimme klang nun gefährlich kalt. »Das war nur für deinen Meister bestimmt.« Er blieb stehen. »Und jetzt will ich von dir hören, wie es wirklich gewesen ist, Sandro Fontana.«

Verblüfft sah Sandro ihn an. »Wie meint Ihr das?«

»Hast du vielleicht geglaubt, ich wäre der dreisten Lügengeschichte deines Meisters auf den Leim gegangen?«, fragte Cosimo spöttisch. »Mir ist zugetragen worden, dass Vieri nicht einen Finger gerührt hat, um die Bottega zu schützen, sondern dass du und einer der anderen Lehrlinge, ein gewisser Tommaso Mortelli, die Plünderer ganz allein in die Flucht geschlagen habt. Ich weiß es von einem Augenzeugen. Wer das ist, muss dich nicht interessieren. Also, warum habt ihr vorhin nicht den Mund aufgemacht und die Sache richtiggestellt?«

Sandro fühlte sich überrumpelt. Dann hatte Cosimo von Anfang an die Wahrheit gekannt und die ganze Zeit gewusst, dass er von Vieri angelogen wurde. »Weil wir ihn dann vor Euch als Lügner bloßgestellt hätten.«

Cosimo musterte ihn mit hochgezogenen Brauen. »Wäre das nicht euer gutes Recht gewesen?«

»Vielleicht«, erwiderte Sandro bedächtig. »Aber es wäre mit Sicherheit reichlich unklug gewesen.«

»Warum?«

»Ich kenne Euch nicht gut genug, um zu wissen, wie Ihr darauf reagiert hättet, wenn ein einfacher Lehrling seinen Meister und Euren Oberfaktor vor Euch und Euren Arbeitern einen ehrlosen Lügner und Lumpen nennt.«

Cosimo sah ihn lange an. »Du scheinst dir immer sehr gut zu überlegen, was du tust«, sagte er schließlich.

»Der Verstand ist dazu da, dass man ihn benutzt, und zwar möglichst, bevor man etwas tut oder sagt, was schwerwiegende Folgen haben könnte«, erwiderte Sandro. »Das hat mein Vater immer gesagt.«

»Ein kluger Mann.« Cosimo nickte anerkennend. »Nur halten sich leider die wenigsten daran, schon gar nicht Männer in deinem Alter.« Er blickte Sandro aufmerksam an und einer der Mundwinkel verzog sich zu einem leisen Lächeln. »Aber nun möchte ich endlich von dir hören, wie du und dein Freund mit den Plünderern fertig geworden seid.«

In knappen Worten schilderte Sandro den Vorfall. Dabei spielte er seine Rolle nicht herunter, er rückte sie aber auch nicht in ein besonderes Licht.

»Das nenne ich beachtlichen Mut.« Cosimo nickte, als hätte er etwas bestätigt gefunden, was er schon lange vermutet hatte.

»Wenn ich mich recht erinnere, war bei mir mehr Todesangst als Heldenmut im Spiel«, gab Sandro freimütig zu. »Wir hatten gar keine andere Wahl, als die Bottega um jeden Preis zu verteidigen. Dabei ging es weniger um Eure Stoffballen als vielmehr um unser nacktes Leben. Die Plünderer hätten uns auf jeden Fall die Kehle durchgeschnitten, wenn wir sie hereingelassen hätten.«

»Angst zu haben ist keine Schande«, sagte Cosimo. »Nur ein Dummkopf spürt im Angesicht des Todes keine Furcht. Und damit meine ich nicht die Furcht, die sich hinter prahlerischem Eigenlob versteckt. Ich habe sehr genau gemerkt, was Vieri im Schilde führt. Schon Vergil sagt: *Furcht entlarvt die gemeinen, die niedrigen Seelen.* Und um so eine niedrige Seele handelt es sich bei Meister Vieri.« Cosimos Gesicht nahm wieder einen harten Ausdruck an und seine Stimme klang so kalt wie zuvor. »Einen solchen Mann kann ich als Oberfaktor nicht gebrauchen.«

Das zu hören freute Sandro fast noch mehr als die anerkennenden Worte, die Cosimo für ihn gehabt hatte. »Damit dürftet Ihr nicht nur so manch einem von uns in der Bottega einen Gefallen tun, sondern wohl auch Euch«, sagte er. Wieder dachte er an den Zettel mit den vielen Zahlen, die er sich aus Vieris Rechnungsbuch notiert hatte. Er hatte dieses Geheimnis lange für sich bewahrt. Jetzt schien ihm der geeignete Augenblick zu sein, es zu lüften.

Cosimo stutzte. »Gibt es da vielleicht noch etwas, das du mir über Vieri sagen möchtest?«

Sandro hielt seinem forschenden Blick stand. »Nein, Ser Cosimo. Ich habe allerdings den Eindruck, dass Ihr mit Eurer Bottega unter einem anderen Meister womöglich noch bessere Geschäfte machen könntet«, antwortete er diplomatisch und fügte in Gedanken hinzu: Sofern er ehrlicher ist als Vieri.

»Und ich habe den Eindruck«, erwiderte Cosimo scharf, »dass du mir etwas verschweigst. Also, was sollte ich noch über Meister Vieri wissen? Und jetzt keine Ausflüchte mehr, Sandro Fontana! Ich sehe dir an, dass du mir etwas Wichtiges vorenthältst.«

Sandro biss sich auf die Unterlippe. So viel dazu, dass er sich vorher immer gut überlegte, was er tat und sagte!

»Heraus mit der Sprache!«

Verzweifelt suchte er nach den richtigen Worten. »Meister Vieri ist offenbar . . . nicht . . . zufrieden mit dem Lohn, den Ihr ihm zahlt, denn er schöpft Woche für Woche einiges von dem Rahm ab, der Euch zusteht.«

Cosimo runzelte die Stirn. »Du verdächtigst ihn, mich zu betrügen? Und das schon seit Längerem?« Es klang ungläubig, ja fast belustigt. »Was bringt dich auf diesen Verdacht?«

»Ich verdächtige ihn nicht, ich weiß es.«

»Woher?«

»Ich muss des Öfteren die Bücher führen und dabei sind mir Unstimmigkeiten aufgefallen.«

Cosimos Stirn legte sich in Falten. »Wie bitte? Du führst ihm das Rechnungsbuch?«

»Es hat sich so ergeben.«

»Und wieso? Meines Wissens steht Meister Vieris Bruder seit Jahren als Buchhalter auf der Lohnliste der Bottega.«

»Das ist schon richtig, Ser Cosimo. Aber Meister Vieris Bruder kann seiner Arbeit häufig nicht nachkommen, weil er . . . nun, weil er wieder zu viel getrunken hat. Und dann muss ich für ihn einspringen. Was ich aber gern tue«, fügte er schnell hinzu.

Cosimo machte eine ungeduldige Handbewegung. »Wie kann es sein, dass dir etwas aufgefallen ist, aber nicht den scharfen Augen meiner Buchhalter, die alle drei Monate die Rechnungsbücher prüfen?«

»Weil Meister Vieri geschickt vorgeht und peinlich genau darauf achtet, dass die Zahlen dem Anschein nach stimmen. Aber zwischen all den richtigen Beträgen von Einnahmen und Ausgaben tauchen hier und da Posten auf, die er erfunden hat. Und das Geld fließt dann in seine Tasche.«

Cosimo schüttelte den Kopf. »Und welcher Art sollen diese erfundenen Posten sein?«

»Manchmal taucht im Rechnungsbuch ein paar Wochen lang der Lohn für einen Wollkämmer auf, den es gar nicht gibt. Und manchmal stimmen die tatsächlichen Ausgaben für die zu Garn verarbeitete Wolle nicht mit der Zahl der Garnrollen überein, die von den Spinnerinnen abgeliefert werden. Ähnlich macht er es bei den Ausgaben für die Seifensieder, die Walker und die Färber. Es sind immer nur ein paar Piccioli, aber mit der Zeit kommt so mancher Florin zusammen. Außerdem bezahlt er weniger für die Webstühle, die er an die Weber weiterverkauft oder gegen wöchentlichen Zins vermietet, als er ihnen dann in Rechnung stellt. Die erste Rate holt er nämlich immer persönlich ab, nur findet sich diese nirgendwo in den Büchern wieder.«

Cosimos Augen wurden zu schmalen Schlitzen. »Und du bist dir ganz sicher?«

Sandro nickte. »Wenn es nicht so wäre, hätte ich es erst gar nicht gewagt, davon anzufangen.«

»Das bedeutet, dass Vieri und sein Bruder unter einer Decke stecken«, folgerte Cosimo.

Sandro zuckte mit den Schultern. »Anders ist so eine Betrügerei im Rechnungsbuch gar nicht möglich.«

»Interessant«, murmelte Cosimo. »Und warum hast du mir nicht schon längst gemeldet, dass die beiden auf meine Kosten in ihre eigene Tasche wirtschaften?«

Unter dem stechenden Blick des Medici wurde Sandro unbehaglich zumute. »Auf einen Verdacht hin schwärze ich niemanden an, nicht einmal jemanden wie Meister Vieri«, antwortete er vorsichtig. »Und Gewissheit darüber habe ich erst am Tag des falschen Pestalarms erhalten. Außerdem . . .«

Cosimo schien zu ahnen, was in Sandro vorging. »Schon gut! Ich kann mir denken, warum du gezögert hast. So etwas nennt man Skrupel.« Er lachte kurz auf und fügte dann mit beißendem Spott hinzu: »Das gibt sich mit den Jahren und mit der bitteren Erfahrung, dass einem Skrupel von anderen selten hoch angerechnet werden, schon gar nicht von denen, die selbst nie welche gekannt haben.«

Sandro schluckte. »Werdet Ihr . . . etwas gegen Meister Vieri und seinen Bruder unternehmen? Werdet Ihr sie verhaften und vor den Richter bringen lassen?«

Cosimo lächelte auf eine merkwürdige, ganz und gar freudlose Art, sodass es Sandro kalt den Rücken herunterlief.

»Damit die ganze Stadt erfährt, dass ein kleiner Lump wie Vieri samt seinem trunksüchtigen Bruder mit ihren Betrügereien meine erfahrenen Buchhalter übertölpelt hat, und das womöglich schon seit Jahren?« Er schüttelte den Kopf. »Nein, den Spott werde ich dem Haus Medici zu ersparen wissen. Manchmal ist es klüger, wenn man sich einen Feind oder einen betrügerischen Mitarbeiter dadurch vom Hals schafft, indem man ihn einfach an einen Ort schickt, wo er keinen Schaden mehr anrichten kann. Und Meister Vieri scheint mir, wie ich es vorhin in der Bottega schon sagte, ein geeigneter Kandidat für höhere Aufgaben zu sein. Die werden jedoch nicht in Florenz auf ihn warten, sondern sehr weit weg.«

Drei Tage später wurde Vieri di' Armando in die Via Larga gerufen. Als er in die Bottega zurückkehrte, platzte er beinahe vor Stolz. Cosimo de' Medici habe ihn höchstpersönlich zu höheren Aufgaben berufen und ihn mit seinem Bruder unverzüglich nach Pisa geschickt. »Wir sollen dort den Betrieb und die Rechnungsbücher einer großen Tuchmanufaktur, die dort zum Verkauf steht, einer genauen Prüfung unterziehen. Und wenn unser Ergebnis positiv ausfällt, werden die Medici den Kaufvertrag unterschreiben und wir, ich und mein Bruder, werden dort die Leitung übernehmen. Es eilt so sehr, dass wir schon heute aufbrechen müssen. Ja, die Medici verlassen sich auf mein Urteil! Die wissen, was sie an mir haben!« Mit Blick auf den Lagerverwalter fügte er hinzu: »Vorerst soll Riccardo Massero hier die Leitung übernehmen und Sandro die Führung der Bücher, bis Ser Cosimo diesbezüglich eine endgültige Entscheidung getroffen hat.«

»Soll mir mehr als recht sein, dass wir den Schinder und seinen versoffenen Bruder endlich loswerden«, flüsterte Tommaso. »Aber dass ausgerechnet Vieri so hoch gestiegen ist in der Gunst der Medici, das gönne ich ihm nun wirklich nicht.«

»Ich glaube nicht, dass Vieri viel Freude an seiner neuen Aufgabe haben wird«, erwiderte Sandro beklommen in Erinnerung an das, was Cosimo de' Medici ihm unter vier Augen und mit jenem erschreckend kalten Lächeln anvertraut hatte.

Tommaso hörte gar nicht hin, sondern fuhr erbost fort: »Diesen Aufstieg hat er sich mit seinen unverschämten Lügen und auf deine Kosten erkauft, Sandro! Jemand hätte vor ein paar Tagen den Mut haben sollen, Ser Cosimo reinen Wein einzuschenken und ihm zu erzählen, was für ein feiger Hurensohn und Lügner Vieri in Wirklichkeit ist!«

»Reg dich nicht so auf, Tommaso. Das ist Vieri doch gar nicht wert. Ich bin sicher, dass er für das, was er auf dem Gewissen hat, früher oder später zahlen muss«, sagte Sandro ahnungsvoll.

Nur einen Tag nach Vieris überraschendem Aufbruch erschien ein Bote in der Bottega und teilte Sandro mit, Ser Cosimo wünsche ihn umgehend in seinem Palazzo in der Via Larga zu sprechen.

Auf dem ganzen Weg durch die Stadt grübelte Sandro darüber nach, warum Cosimo nach ihm geschickt hatte. Hätte er doch besser Stillschweigen bewahren sollen über Vieris unsaubere Geschäfte?

Wenig später betrat Sandro zum ersten Mal den herrschaftlichen Palazzo in der Via Larga, in dem die Zentrale der in vielen Ländern tätigen Medici-Bank ihren Sitz und ihre Geschäftsräume hatte.

Der junge Bote führte ihn durch einen mit Steinplatten belegten Säulengang an den ebenerdigen Kontoren und Lagerräumen vorbei, wandte sich nach rechts und wies ihm dann den Weg hinauf ins erste Obergeschoss. Sandros Blick fiel auf kostbare Wandteppiche und herrliche Skulpturen aus Marmor, mit denen der Gang gegenüber den zum Innenhof weisenden Rundbögen geschmückt war.

Schließlich klopfte der Bote an eine Tür, öffnete sie und meldete, dass er Sandro Fontana wie befohlen aus der Bottega in Santa Croce hergebracht habe.

Er gab den Durchgang frei und Sandro trat an ihm vorbei in ein Zimmer, dessen Wände ganz mit Holz verkleidet waren. Ein feiner Geruch von Bienenwachs lag in der Luft.

Cosimo saß nahe des Fensters an einem schlichten, gut mannslangen Faktoreitisch, dessen Fläche zu einem Großteil mit allerlei ledergebundenen Büchern, Pergamentrollen und Zetteln sowie mit Schreibutensilien bedeckt war. Zu beiden Seiten des Tisches standen schwere Truhen, die mit einem sich kreuzenden Muster aus Eisenblechstreifen beschlagen waren und jeweils zwei massive Schlösser aufwiesen.

Wie schon die letzten Male war Sandro beeindruckt von der großen Ausstrahlung, die Cosimo de' Medici hatte, und so bemerkte er erst einen Augenblick später, dass er nicht allein im Zimmer war, sondern sich in Gesellschaft eines um etliche Jahre älteren Mannes von stämmiger, etwas gedrungener Gestalt befand. Der Fremde besaß ein markantes Gesicht mit herben Zügen, das einem verwegenen und altgedienten Landsknecht alle Ehre gemacht hätte. Er trug die Haare länger, als es der Mode entsprach. Sein staubbedeckter Umhang war zwar aus bestem Stoff gearbeitet, jedoch wie seine Kappe mit ihrem auf die Schulter herabhängenden Ziertuch von einer geradezu aufdringlich scharlachroten Farbe. Seine Stiefel starrten vor Schmutz.

Er hatte es sich neben der Truhe rechts von Cosimo in einem gepolsterten Stuhl mit breiten, geschnitzten Armlehnen und einer hohen Rückenlehne mehr als nur bequem gemacht. So wie er da herumlümmelte, gab er das Bild eines Mannes ab, der nichts auf gute Manieren gab und scheinbar wenig Respekt vor dem Hausherrn hatte.

In seinen kräftigen Händen hielt er einen Weinpokal. »So, das ist also deine vielversprechende Entdeckung«, ergriff er das Wort und musterte Sandro kritisch.

Cosimo sah von seinem Buch auf und legte es zur Seite. »Ja, das ist er.« Mit einer knappen Geste in Richtung des Fremden fügte er hinzu: »Sandro, das ist Averardo di Francesco de' Medici, mein geschätzter Cousin und eine große Stütze unseres Hauses.«

Dieser lachte rau und kehlig auf. »Ha! Da soll noch einmal jemand sagen, du verstündest dich nicht auf die Kunst der Schmeichelei! Ich werde dich bei Gelegenheit daran erinnern, wenn es an dir ist, mir einen Gefallen zu erweisen, Cosimo.«

Sandro neigte ehrerbietig den Kopf und murmelte einen höflichen Gruß.

Cosimo winkte ihn zu sich heran. »Sandro. Ich habe mir Gedanken über dich gemacht und dich rufen lassen, um dir meine Entscheidung mitzuteilen.«

»Eine Entscheidung, die ein Lehrling in einer Wollbottega wahrlich nicht alle Tage hört«, warf Averardo ein.

Sandro hatte keinen Schimmer, was es mit diesem Vorschlag auf sich haben mochte, und sah Cosimo nur fragend an.

»Wie würde es dir gefallen, nicht länger in der Bottega zu arbeiten, sondern ein anderes Gewerbe zu erlernen, wo einem fähigen und loyalen Mann, für den ich dich halte, später ganz andere Möglichkeiten als in einer Tuchmanufaktur offenstehen?«, fragte Cosimo.

Sandro blickte verwirrt drein. »Und welches Gewerbe meint Ihr, Ser Cosimo?«

»Das Bankgewerbe natürlich. Ich kann mir nämlich vorstellen, dass du mit deinem scharfen Verstand, mit deiner raschen Auffassungsgabe und mit deiner Tatkraft in einem unserer Bankhäuser viel nützlicher für uns bist als in einer Bottega.«

Sandro sah ihn fassungslos an. »Ihr bietet mir eine Anstellung in Eurem Bankhaus an? Ist das Euer Ernst, Ser Cosimo?«, stieß er ungläubig hervor.

»Ich stehe nicht unbedingt in dem Ruf, zu Scherzen zu neigen«, sagte Cosimo trocken. »Du wirst als Lehrling in unserer Tavola am Mercato Nuovo anfangen. Melde dich morgen bei Falco Portinari. Das ist der Leiter der Bank«, fuhr er geschäftsmäßig fort. »Wie die anderen Lehrlinge wirst du dort auch wohnen und dein Jahreslohn wird dreißig Florin betragen. Alles Weitere erfährst du von Portinari und seinen Mitarbeitern. Mit Beginn der neuen Woche beginnt dein neues Leben.«

Sandro musste sich zusammenreißen, damit ihm sein Mund nicht vor Verblüffung und Freude offen stehen blieb. Lehrling in der Florentiner Wechselbank der Medici! Und das auch noch mit einem fast schon fürstlichen Jahreslohn von dreißig Florin! Er hätte am liebsten laut gejubelt. Stattdessen beeilte er sich, Cosimo für das Vertrauen zu danken und ihm zu versichern, dass er ihn nicht enttäuschen werde.

»Ich denke, das ist alles für heute, Sandro«, sagte Cosimo, doch dann bemerkte er, dass der Junge, der schon auf dem Weg zu Tür war, zu zögern schien. »Oder hast du noch etwas auf dem Herzen?«

»Nun ja . . .« Sandro stockte und blickte unwillkürlich zu Averardo hinüber.

Ein verstohlenes Lächeln zuckte um Cosimos Mundwinkel. »Du kannst offen reden, Sandro. Ich habe keine Geheimnisse vor meinem Cousin.«

»Von wegen!«, stieß dieser mit kratziger Stimme hervor.

»Nur einen Florin für jedes deiner Geheimnisse und ich wäre endlich auch ein reicher Medici!«

Cosimo ging nicht darauf ein. »Also, was möchtest du wissen, Sandro? Ich nehme an, es hat mit Meister Vieri und dessen Bruder zu tun, richtig?«

Sandro nickte. »Verzeiht meine Neugier, aber habt Ihr die beiden wirklich nach Pisa geschickt?«

»Ja, nach Pisa geschickt habe ich dieses ehrlose Betrügerpaar schon, nur ...«

»... sie sind dort nie ankommen«, führte Averardo den Satz zu Ende. »Oder hast du vielleicht geglaubt, man betrügt und hintergeht einen Medici ungestraft?«

Sandro schluckte. Der staubbedeckte Umhang und die schmutzstarrenden Stiefel von Cosimos Cousin weckten in ihm eine Ahnung.

Cosimo fixierte Sandro mit durchdringendem Blick. »Es ist nicht so, wie du denkst, Sandro. Aber selbst wenn, hättest du keinen Grund, dir etwas vorzuwerfen. An deinem Handeln ist nichts, was dein Gewissen belasten müsste. Du hast nicht nur richtig und rechtschaffen gehandelt, du hast auch einmal mehr bewiesen, dass du weißt, wem deine Loyalität gehört. Sonst würdest du jetzt nicht vor uns stehen und schon bald in der Tavola das Bankgeschäft lernen.«

Sandro wusste nicht, was er sagen sollte, und nickte nur.

»Mit seinem ewigen Parteienzwist ist Florenz ein raues Pflaster«, warf Averardo ein. »Und wir Florentiner sind ein leidenschaftlicher Menschenschlag. Bei uns ist man entweder Freund oder Feind, Sandro Fontana! Wir beschäftigen uns mit unseren Feinden nicht weniger ausführlich als mit unseren Freunden. Unsere Feindschaft ist, wie unsere Freundschaft, dauerhaft und unerbittlich! Vergiss das nie.«

Sandro sah ihn verwirrt an. Er hatte das beunruhigende Gefühl, dass er von Averardo nicht nur eine Lehre erhalten hatte, sondern möglicherweise auch eine Warnung.

Cosimo winkte ab. »Mein Cousin hat nun einmal eine Schwäche dafür, die Welt in Freund und Feind aufzuteilen. Du bist gut beraten, seine Worte nicht auf die Goldwaage zu legen, Sandro. Und was Vieri und seinen Bruder angeht: Ja, sie haben ihre verdiente Strafe erhalten.«

»In der Tat!«, bekräftigte Averardo grimmig.

»Aber wie schon gesagt, es ist nichts geschehen, was dir Gewissensbisse bereiten und dich um den Schlaf bringen müsste«, fuhr Cosimo fort. »Damit wollen wir das unerfreuliche Thema abschließen. Und wenn du jetzt in die Bottega zurückgehst, richtest du Riccardo Massero von mir aus, dass ich ihn als neuen Meister einsetze und deinen Freund Tommaso zum Faktor ernenne. Sag ihm, dass er in den nächsten Tagen dazu noch ein Schreiben von mir erhält.«

Sandro versicherte, dass er alles so übermitteln werde, dankte Cosimo noch einmal für die neue Anstellung als Banklehrling, warf einen verunsicherten Blick auf Averardo und beeilte sich dann, für eine letzte Nacht in die Bottega und das dazugehörige Wohnhaus zurückzukehren. Auf seinem Weg nach Santa Croce hatte er über vieles nachzudenken und nicht alles davon erfüllte ihn mit Jubel.

Averardo wartete, bis Sandros Schritte draußen auf dem Gang verklungen waren. Dann sagte er nachdenklich über den Rand seines Weinpokals hinweg zu Cosimo: »Du scheinst ja einen rechten Narren an dem jungen Mann gefressen zu haben. Hoffentlich hält er auch, was du dir von ihm versprichst.«

»Dessen bin ich mir sicher, Averardo«, antwortete Cosimo gelassen. »Um ein Unternehmen wie das unsrige erfolgreich durch diese stürmischen Zeiten zu führen, braucht man nicht nur helle Köpfe und ehrliche Menschen, sondern Männer, auf deren Loyalität man sich hundertprozentig verlassen kann und die sich nicht scheuen, auch mal etwas zu wagen. Und aus diesem seltenen Holz ist Sandro Fontana gemacht!«

»Möge es so sein«, sagte Averardo und starrte plötzlich finster sinnierend in den Rest seines Weins, den er auf dem Grund seines Pokals kreisen ließ. »Denn wir werden solche Männer in nicht ferner Zukunft brauchen!«

13

Tessa war hin- und hergerissen zwischen der Aufregung, was dieser Sonntag für ihre Zukunft bringen sollte, und der Trauer, die kostbaren Momente zu verpassen, die sie beim Kirchgang mit Sandro teilen konnte. Jede Woche hielt sie nach seinem Lockenschopf Ausschau – und abgesehen von den schrecklichen Tagen, an denen die Pestangst Florenz im Griff gehabt hatte, hatte er sie noch nie enttäuscht. Gemma runzelte oftmals die Stirn ob der Begegnungen, doch sie sprach keine weiteren Warnungen aus und Tessa dankte ihr von Herzen dafür. Sie wusste selbst, dass ihre Freundschaft zu diesem fröhlichen Jungen, der sich keinen Deut darum zu scheren schien, dass sie eine Sklavin war, keine Zukunft haben konnte, aber trotz allem drängte sie den Gedanken daran mit aller Macht zurück und versuchte, die Augenblicke zu genießen, die sie zusammen hatten.

Doch an diesem Sonntag würde Sandro vergeblich warten müssen. Fiametta und sie würden vor der Kirche Santissima Annunziata zum ersten Mal Lionetto Vasetti und damit den Mann zu Gesicht bekommen, der bald ihr Leben bestimmen würde. Die Väter hatten verabredet, dass beide Familien für die erste Begegnung von Braut und Bräutigam das Hochamt besuchen sollten. Dass dabei die Wahl nicht auf Santa Maria Novella gefallen war, zu deren Pfarre die Familie Panella gehörte, sondern ganz selbstverständlich auf die Klosterkirche des Servitenordens ein gutes Stück weiter im Osten der Stadt, war dem höheren Rang und dem Reichtum der Familie Vasetti geschuldet, die dort für sie reservierte Kirchenbänke besaß.

Während die Panella in vornehmer Festtagskleidung und in Begleitung all ihrer Bediensteten schon geraume Zeit vor Beginn der Messe auf dem Vorplatz der Kirche eintrafen, ließen sich die Vasetti mit ihrem Gefolge Zeit. Aber damit hatten die Panella gerechnet. Auf die Vasetti zu warten stellte keinen Affront dar. Und so geduldeten sie sich – ausgenommen Fiametta und Tessa, die ihre Aufregung kaum unterdrücken konnten.

Erst kurz vor Beginn des Gottesdienstes erschienen die Vasetti vor der Kirche. Als Erstes tauchten die Männer auf. Tessa zählte vierzehn kräftige Gestalten verschiedenen Alters. Alle waren auf das Prächtigste in Seide gewandet, wie es ihre Zugehörigkeit zur vornehmen Gilde der Seidenhersteller verlangte. Ihnen folgten die Frauen, ebenfalls ein gutes Dutzend an der Zahl und allesamt nach der neuesten Mode in kostbare Seidengewänder gehüllt. Den Abschluss bildete die Dienerschaft, die sich gleichfalls nach Kräften herausgeputzt hatte, um ihrer Herrschaft Ehre zu machen.

»Nun sagt schon, wer von ihnen ist mein zukünftiger Ehemann, Mutter?«, drängte Fiametta mit zittriger Stimme, als sich die Gruppe der Vasetti-Männer gemessenen Schrittes an ihnen vorbei über den windigen Vorplatz auf das Portal der Kirche zubewegte.

»Das ist doch wohl offensichtlich, Fiametta!« Donna Simona schüttelte den Kopf ob der unnötigen Frage. »Natürlich der stattliche junge Mann mit der dunkelblauen Seidenkappe und dem pelzbesetzten Mantelkragen, der an der Spitze geht, neben seinem Vater Gregorio.«

»Oh!«, entfuhr es Fiametta. Sie starrte ihren Zukünftigen durch den zarten Schleier an, den jede Frau aus gutem Haus beim Kirchenbesuch zu tragen hatte, und schluckte schwer.

Tessa ahnte, was ihre junge Herrin in diesem Augenblick empfinden musste: Ernüchterung und die bittere Erkenntnis, dass sich das berauschend strahlende Wunschbild, das sie sich von ihrem Ehemann gemacht hatte, auch mit viel Wohlwollen nicht einmal annähernd mit der Wirklichkeit in Übereinstimmung bringen ließ.

Lionetto Vasetti war zwar von kräftiger Gestalt, aber alles andere als gut aussehend. Sein Gesicht zierten keinerlei ausgeprägte männliche Züge, nicht einmal die Nase war markant, und die großen und leicht hervortretenden Augen, die unter dünnen Brauen lagen, hatten etwas Froschartiges. Zudem erinnerten seine kräftigen Wangen an die Backen eines Hamsters. Die Stirn war hoch, das braune Haar für einen

Mann seines Alters schon auffallend schütter. Nein, Lionetto Vasetti war gewiss nicht der Mann, den Fiametta sich erträumt hatte. Und die wenigen artigen Komplimente, die er ihr an diesem Morgen machte, änderten nichts an ihrer Enttäuschung.

»Wer nach seinen eigenen Vorstellungen leben will, darf nicht als Frau geboren werden!«, beschied Donna Simona ihre Tochter mit der ihr eigenen Nüchternheit, als Fiametta sich später bei ihr beklagte, dass ihr Bräutigam so gar nichts Ansehnliches an sich habe. »Und was Lionetto Vasetti betrifft, so darfst du dich glücklich schätzen und du hast deinem Vater für seine Großzügigkeit auf Knien zu danken, dass du in diese vornehme Familie einheiraten darfst! Mehr ist dazu nicht zu sagen – und mehr möchte ich dazu von dir auch nicht hören!«

Fiametta vergoss an diesem Tag mehr als nur ein Mal Tränen, aber irgendwann fand sie sich dann doch mit ihrem Schicksal ab, woran Tessas geduldiges Zureden einen großen Anteil hatte. Sie tröstete Fiametta damit, dass ihre Verbindung mit Lionetto Vasetti für sie und ihre Familie einen gesellschaftlichen Aufstieg bedeutete und dass sie nun Herrin in ihrem eigenen Haus sein werde.

»Und jetzt freut Euch auf Euren Ringtag nächste Woche!«, sagte sie energisch, als sich das erste Lächeln auf Fiamettas Gesicht zeigte. »Euer Bräutigam wird Euch bestimmt wunderschöne Geschenke bringen.«

Wie gern hätte Tessa an den Hochzeitsfeierlichkeiten teilgenommen, aber als Zofe war ihr das natürlich verboten. So ließ sie sich von Gemma ausführlich erzählen, wie solch ein Tag ablief. So konnte sich Tessa ein wenig vorstellen, was ihre junge Herrin erleben würde.

Am Morgen des Ringtags würden sich die beiden Väter als Erstes zum Notar begeben, um den Vertrag über die Mitgift abzuschließen. Die Eheschließung war für die Panella und die Vasetti wie üblich ein eher weltliches Geschäft, das unter Männern abgeschlossen wurde und bei dem in begüterten Kreisen Notare und nicht Priester die entscheidende Rolle spielten. Der Segen der Kirche galt zwar als willkommenes und angenehmes Beiwerk, war jedoch nicht zwingend.

Dann würden sich die beiden Väter zusammen mit dem Notar in das Haus der Braut begeben. Dort würde der Notar das Paar in Gegenwart der versammelten Familie und der Gäste fragen, ob sie dem Vertrag zustimmten, daraufhin würde der Notar die rechte Hand von Fiametta Panella Lionetto Vasetti reichen und der würde ihr dann einen kostbaren Goldring an den Finger stecken. Welch wunderbarer Augenblick! Tessa stellte sich vor, wie glücklich Fiametta sich fühlen musste, auch wenn Lionetto Vasetti nicht der Mann ihrer Träume war.

Von dem Fest im Haus der Panella, das sich bis in den frühen Abend hinzog, bekam Tessa kaum etwas mit. Nachdem sie mit den aufwendigen Vorbereitungen betraut gewesen war, Fiametta für den großen Tag herzurichten, musste sie in der Küche helfen und hörte nur von fern, wie die geladenen Gäste feierten. Als die Dunkelheit hereinbrach, wurden von der Dienerschaft mehrere Dutzend Fackeln entzündet und die Festgesellschaft begleitete die festlich geschmückte Braut unter Glückwünschen und Hochrufen in ihr zukünftiges Heim in der Via San Gallo, schräg gegenüber vom Kloster San Marco. Es war ein geräumiger Palazzo, der das Haus der Panella an Pracht weit übertraf. Dort ging die Feier noch lange weiter.

Tessas Herz wurde beim Abschied von Gemma schwer, wusste sie doch nicht, was sie in ihrem neuen Zuhause erwartete. Doch die ältere Frau machte ihr Mut und versicherte ihr, sie so bald wie möglich zu treffen.

In der Via San Gallo bezog Tessa ihre winzige Kammer, machte sich ein wenig mit ihrer neuen Umgebung vertraut und bemühte sich vor allem, einen guten Eindruck auf die Bediensteten der Vasetti zu machen, indem sie sich unaufgefordert erbot, ihnen bei der vielen Arbeit zur Hand zu gehen. Als Zofe der Herrin hätte sie das nicht nötig gehabt, aber auf ihrer Stellung zu beharren wäre unklug gewesen. Denn wie gut oder wie schlecht es ihr in diesem Haushalt ergehen würde, hing auch davon ab, ob die restliche Dienerschaft sie freundlich aufnahm. Und sie hatte Glück. Carmela, die flinke Köchin, eine stämmige Frau, nahm Tessa von Beginn an unter ihre Fittiche und half ihr, sich in dem großen Palast zurechtzufinden, und so wurde die Trauer darüber, dass sie Gemma hatte verlassen müssen, ein wenig gemindert.

Es war schon späte Nacht, als die letzten Gäste endlich gingen und Fiametta sich in ihr mit edlen Teppichen, Wandbehängen und Möbeln ausgestattetes Schlafgemach zurückzog, wo Tessa schon auf sie wartete.

Im Kamin brannte ein wärmendes Feuer, auf dem schneeweißen Damastlaken des Baldachinbettes lag schon das zarte und reich bestickte Nachtgewand für die Hochzeitsnacht ausgebreitet, das Fiametta in ihrem *cassonolo*, ihrer kostbaren Brauttruhe, die ihre Aussteuer enthielt, mit in ihr neues Heim gebracht hatte. Auf dem Waschtisch standen die Dosen, Tiegel und Fläschchen mit Fiamettas Duftstoffen und ihren geliebten Cremes bereit.

Der beklommene Ausdruck auf dem Gesicht ihrer Herrin verriet Tessa sofort, welch angsterfüllte Ungewissheit Fiametta in dieser Stunde gepackt hatte.

»Ihr habt ein wahrhaft wundervolles Hochzeitsfest gehabt, von dem man noch lange schwärmen wird«, versuchte Tessa sie aufzumuntern, während sie ihr beim Entkleiden zur Hand ging. »Und Lionetto wird Euch bestimmt ein guter Ehemann sein.«

»Ach, Tessa, was nützt mir all das jetzt? Ich wünschte ... es wäre schon vorbei!«, stieß Fiametta gequält hervor und griff nach Tessas Arm, als wollte sie sie festhalten und nicht aus ihrem Gemach lassen. Ihre Hand fühlte sich eiskalt an. »Ich habe solche Angst vor dem, was gleich sein wird ...«

»Lionetto wird bestimmt sehr rücksichtsvoll sein.« Tessa versuchte, all ihre Überzeugung in ihre Stimme zu legen. Dabei wusste sie ja selbst nur sehr vage, was geschah, wenn sich ein Mann zu einer Frau legte und sich mit ihr vereinigte. »Ich bin sicher, Ihr werdet Eure erste Nacht mit Eurem Ehemann tapfer meistern.«

»Bete für mich!«, flehte Fiametta mit bebender Stimme, als Tessa schließlich das Schlafgemach verließ. Wie ein Häufchen Elend kauerte sie in ihrem kostbaren Nachthemd auf dem Bett, das Damasttuch schützend bis hoch vor die Brust gezogen.

»Das werde ich, Fiametta, und nun habt Mut und Gottvertrauen!« Tessa schenkte ihr noch ein aufmunterndes Lächeln, dann zog sie die Tür leise hinter sich zu.

Sie lag noch lange wach in ihrer Kammer, verrichtete, wie sie versprochen hatte, ihre Gebete und wünschte Fiametta, dass es ihr in den Armen ihres Mannes gut erging. Doch spürte sie gleichzeitig auch einen Stich im Herzen. Fiametta würde das Geschenk der Ehe bereitet werden. Aber für sie als Sklavin wäre so etwas undenkbar. Sie würde niemals Anrecht auf eine eigene Familie oder auf eigene Kinder haben. Unwillkürlich traten Tränen in ihre Augen und es dauerte lange, bis sie endlich Ruhe fand.

Dass nicht nur sie sich in der letzten Nacht in den Schlaf geweint hatte, erkannte Tessa sofort, als sie am nächsten Morgen das Zimmer ihrer Herrin betrat.

Fiamettas Gesicht war völlig verquollen und ihre Augen waren rot unterlaufen. Kaum hatte Tessa die Tür hinter sich geschlossen, fing Fiametta schon wieder an zu schluchzen und warf sich wie ein verschrecktes kleines Kind in die Arme ihrer Zofe.

»Oh Tessa, es war so . . . so entsetzlich und so entwürdigend, wie er . . . wie er über mich hergefallen ist!«, stieß sie hervor. »Wie ein Tier hat er mich . . . hat er mich genommen!«

»Scht, scht!« Tessa strich ihr besänftigend über den Kopf. »So entsetzlich wird es wohl kaum gewesen sein. Und mit der Zeit werdet Ihr Euch gewiss daran gewöhnen. Ihr wollt doch Kinder haben.«

»Es war schrecklicher, als ich es dir schildern kann! Blutig gerissen hat er mich! Ich wünschte, ich wäre tot!«, weinte Fiametta.

»Um Himmels willen, versündigt Euch nicht! So etwas dürft Ihr nicht sagen, geschweige denn, Euch ernsthaft wünschen!«, rief Tessa bestürzt.

»Es ist aber so! Wenn ich es noch einmal ertragen muss, werde ich sterben! Ja, ganz bestimmt werde ich sterben!«

Vom ersten Tag an stürzte sich Sandro mit Begeisterung und Lerneifer in seine neue Arbeit als Banklehrling. Zwar lag ihm von seinem ganzen Wesen her eine Arbeit näher, bei der er sich körperlich betätigen und die Dinge mit seinen Händen greifen konnte, aber er wusste, dass sich ihm mit dieser Anstellung eine einmalige Aufstiegsmöglichkeit bot, und so bemühte er sich, die in ihn gesetzten Erwartungen möglichst noch zu übertreffen.

Die Medici hatten ihre Tavola, ihre Wechselbank, wie viele andere Bankiers der Florentiner Geldwechslergilde am Mercato Nuovo, auf halbem Weg zwischen dem Arno und dem noch unvollendeten Dom. Dort standen entweder im Freien, in Schatten spendenden Säulengängen, oder aber hinter den massiven Türen der Palazzi die mit grünem Tuch bezogenen Tische, an denen die Geldhändler saßen, traditionsgemäß in lange rote Gewänder gehüllt. Oft waren ihre Finger mit Tinte befleckt. Vor ihnen lag das große, in Leder gebundene Hauptbuch, in dem alle Geldgeschäfte akribisch und in römischen Ziffern festgehalten wurden. Griffbereit daneben fanden sich verschiedene Arten von Rechenbrettern und Rechenschiebern sowie Schreibutensilien, Papier, Pergament, Dosen mit feinem Streusand und lange Siegelbänder. Zu ihren Füßen ruhten auf kleinen, hockerartigen Gestellen schwere, eisenbeschlagene Kisten und Säcke mit Münzen.

Während auf dem Markt an den Ständen und Buden das übliche Lärmen und laute Feilschen herrschte, ging es an den grünen Tischen in den Säulengängen ruhig und mit bedächtigem Ernst zu. Dort wurden mit gedämpften Stimmen die Bedingungen für Kredite ausgehandelt, Wechsel eingelöst und ausgestellt, da klirrten leise schmale Silberlinge und fette Goldflorin und kratzten spitze Federn mit gemächlicher Sorgfalt über das Papier von Hauptbuch und Wechselbrief. War ein neuer Eintrag ins Rechnungsbuch gemacht, wurde er gemäß der Regel der Geldwechsler laut verlesen.

Für die alltäglichen kleineren Wechselgeschäfte hatte die Tavola der Medici zwei Tische im Säulengang ihres Palazzo stehen, während die größeren Abschlüsse in den Räumen hinter den massiven Türen getätigt wurden. Um diese kümmerte sich Falco Portinari, der langjährige Leiter der Wechselbank, zumeist persönlich.

Falco Portinari nahm Sandro von Beginn an unter seine Fittiche, wohl weil er feststellen wollte, ob der junge Mann den nötigen Sinn für Zahlen besaß und ob er für das Bankgeschäft taugte. Er war ein korpulenter Mann jenseits der fünfzig mit einem grauen Haarkranz um den kräftigen Kopf, der scheinbar ohne Hals auf breiten Schultern saß, und einem einschüchternd streng wirkenden Gesicht, in dem zwei wachsam blickende Augen saßen, die von einem scharfen Verstand zeugten.

Sandro hatte von der ersten Stunde an großen Respekt vor Falco Portinari und seiner kurz angebundenen Art, in der dieser seine Fragen stellte und ihn mit Rechenaufgaben prüfte. Er fürchtete schon, an einen zweiten griesgrämigen und ewig herummäkelnden Meister Vieri geraten zu sein.

Aber schon bald wich Falco Portinaris harsche, ruppige Art einem zufriedenen und schließlich sogar wohlwollenden Umgangston.

Der Umschwung kam nach wenigen Wochen. Sandro saß zusammen mit Matteo Trofaldo in der Schreibstube der Tavola und wollte sich gerade von ihm erklären lassen, nach welchem System die zahllosen Geschäftsbriefe aus aller Welt mit ihren wichtigen Avvisi und die Abschriften der ausgestellten Wechsel in der internen Registratur abgelegt wurden.

Matteo Trofaldo war nur vier Monate älter als Sandro, aber schon seit fast drei Jahren Banklehrling bei den Medici. Er war ein schmächtiger Bursche mit sandbraunem Haar und einem fast mädchenhaft zarten Gesicht und auch seine Schüchternheit Fremden gegenüber hatte viel von einem jungen, scheuen Mädchen. Der direkte Umgang mit den Bankkunden am grünen Tisch war seine Sache nicht, doch wenn es um komplizierte Rechenvorgänge und die mannigfaltigen Fallstricke des Wechselgeschäftes ging, verlor er seine Verlegenheit und legte überraschend eine kenntnisreiche Beredsamkeit an den Tag. Die Welt der Zahlen war zweifellos das Element, in dem er sich so wohlfühlte wie ein Fisch im Wasser.

Sandro hatte schnell erkannt, dass Matteo eine ehrliche Haut war und dass er ihm von großem Nutzen sein konnte, wenn er rasch Fortschritte machen wollte. Also hatte er sich von Anfang an um dessen Hilfe und Vertrauen bemüht. Und da sie beide zusammen mit den vier anderen Angestellten niederen Ranges im Haushalt von Falco Portinari über den Räumen der Bank lebten, so wie es den Gepflogenheiten entsprach, waren sie sich rasch nähergekommen.

»Also, dieser gewaltigen Flut an Wechseln und Schriften aller Art, die Tag für Tag über uns hereinbricht, kann man nur Herr werden, wenn man . . .«

Weiter kam Matteo nicht, denn in diesem Augenblick stieß Falco Portinari schwungvoll die Tür zur Schreibstube auf und ein Schwall kalter Morgenluft strömte mit ihm herein. Mit der linken Hand öffnete er die Silberschließe seines wollenen Umhangs, und während er sich ihn mit einer ebenso energischen wie fließenden Bewegung von den Schultern zog, wies er auch schon mit der anderen Hand auf Sandro und forderte ihn knurrig und mit strenger Miene auf, ihm darzulegen, was er ihm tags zuvor über das besondere Wesen eines doppelten Wechselgeschäftes erläutert hatte.

»Unser Kunde möchte hier in Florenz tausend Florin von uns ausgezahlt bekommen und verbürgt sich mit einem

Wechsel in englischer Währung, der auf seinen Mitarbeiter in London ausgestellt ist. Wie gestaltet sich dieses Geschäft für unsere Bank, Sandro Fontana?« Portinari fasste ihn scharf ins Auge. »Und vergiss keine Einzelheit!«

Sandro war froh, dass er Matteo gestern am späten Abend noch einmal dazu befragt hatte. Er schluckte und räusperte sich kurz, bevor er sich der Aufgabe stellte. »Nun, da ein Florin aufgrund des aktuellen Avviso in Florenz vier Pence mehr wert ist als in London, legen wir diesem Geschäft erst einmal einen Wechselkurs von vierzig englischen Pence pro Florin zugrunde, sodass der Wechsel sich auf vierzigtausend Pence oder hundertsechsundsechzig Pfund, ein Shilling und sechs Pence beläuft.«

»Und über welchen Zeitraum läuft dieser Wechsel?«

»Über neunzig Tage«, antwortete Sandro, ohne zu zögern. Diese Zeitspanne hatte die Geldwechslergilde als Höchstdauer einer Reise von Florenz nach London und umgekehrt verbindlich festgelegt – wie auch die Reisezeiten zu vielen anderen bedeutenden Handelszentren, auf die Portinari dann auch sofort zu sprechen kam.

»Wie ist die Laufzeit, wenn der Wechsel auf einen Mitarbeiter in Brügge ausgestellt wird?«

»Sechzig Tage.«

»Venedig?«

»Zehn Tage.«

»Avignon?«

»Dreißig Tage.«

»Montpellier?«

»Sechzehn Tage.«

»Barcelona?«

»Sechzig Tage.«

»Paris?«

»Zweiundzwanzig Tage.«

Portinari nickte knapp. »Gut. Und jetzt weiter mit unserem Londoner Wechsel. Was geschieht als Nächstes? Was macht die Medici-Bank mit den vierzigtausend Pence, die ihr dort nach Vorlage des Wechsels ausgezahlt werden? Irgendwie muss das Geld ja wieder zu uns zurückkommen. Schickt man uns einen Sack Münzen durch einen Boten, immer in der Hoffnung, dass dieser auf der langen und gefährlichen Reise nicht das Opfer von Überfällen oder anderen Missgeschicken wird? Halten wir Bankiers Geldkisten mit allerlei verschiedenen Währungen bereit?« Ein spöttischer Ton schwang in seiner Stimme mit.

»Nein, nichts dergleichen, Signore Portinari. Wir erteilen unserem Mitarbeiter in London die Anweisung, dort einen Kunden zu suchen, dessen Geschäfte es nötig machen, dass er einen Kredit in dieser Höhe aufnimmt, und der bereit ist, ihn spätestens nach neunzig Tagen, wie es üblich ist, hier in Florenz in Florin zurückzuzahlen. Zum Beispiel einen Händler, der in England Wolle einkaufen will und darauf spekuliert, dass er diese, wenn er in Italien eintrifft, zu einem wesentlich höheren Preis wieder verkaufen kann.«

Wieder nickte Falco Portinari knapp. »Und wie sieht nun dieser zweite, in London ausgestellte Wechsel aus? Ich nehme an, dort dürfte der Florin ja wohl so viel wert sein wie hier in Florenz, nicht wahr?«

Sandro unterdrückte ein Grinsen, denn das war ja das Kernstück eines jeden Wechselgeschäftes, aus dem die Bank ihre satten Gewinne zog. Dass nämlich die auf dem Wechsel angegebene Währung im Ausstellungsland immer einen gewissen Prozentsatz mehr wert war als dort, wo er fällig wurde. »Nein, in London ist das Pfund natürlich höher bewertet als in Florenz. Dort ist der Florin zurzeit nicht vierzig, sondern nur sechsunddreißig Pence wert. Das bedeutet, dass der Wollhändler in England einen Wechsel über eintausendeinhundertelf Florin unterschreibt. Ist der Wechsel dann hier bezahlt, hat unsere Bank in sechs Monaten einen Gewinn von elf Prozent gemacht, was aufs Jahr umgerechnet stolze zweiundzwanzig Prozent ergibt.«

Nun zeigte sich auf Falco Portinaris Gesicht ein höchst zufriedener Ausdruck. »In der Tat! Ich sehe, du hast das Prinzip des Wechselgeschäftes schnell begriffen. Du scheinst hier am richtigen Platz zu sein. Aber jetzt habe ich noch eine letzte Frage.«

Sandro wappnete sich.

»Wie wird dieser Gewinn in unseren Abrechnungen verbucht? Als Zinsgewinn?«

»Um Gottes willen, nein!«, wehrte Sandro fast erschrocken ab. Er bemerkte aus den Augenwinkeln, dass Matteo, der seitlich hinter Falco Portinari stand und eben noch besorgt dreingeschaut hatte, nun vor Erleichterung grinste.

»Und warum nicht?«

»Weil Zinsen des Teufels und wider die Natur sind, wie es schon in der Bibel geschrieben steht«, erklärte Sandro eifrig. »Zinsen werden von gottlosen Geschäftsleuten berechnet, Signore Portinari. Bei unseren Geschäften handelt es sich einzig und allein um Währungsgewinne. Sie sind der ehrliche Lohn für das Risiko, das eine Bank mit derlei Wechseln eingeht.«

Falco Portinaris Miene entspannte sich und er bedachte Sandro mit einem wohlwollenden Lächeln. »Genauso verhält es sich, denn nicht jeder Wechsel hält, was er verspricht! Und diese Gewinne sind bei all den Risiken, die eine Bank auf sich nimmt, auch bitter nötig«, bekräftigte er. Zufrieden verließ er den Raum.

»Das hast du fehlerfrei hingekriegt, Sandro! Da gab es nichts, was er hätte beanstanden können«, sagte Matteo anerkennend, als sie wieder allein in der Schreibstube waren. »Du kannst stolz auf dich sein! Mir hat Portinari nicht so schnell gesagt, dass ich hier am richtigen Platz bin. Ich musste mich, als ich hier anfing, viel länger anstrengen, bis er mich vom Haken ließ.«

Sandro winkte ab. »Das verdanke ich nur dir. Wenn du mir das alles nicht noch gestern in deiner Kammer so geduldig eingebläut hättest, hätte ich dumm dagestanden.«

Matteo lächelte verlegen. »Ach was, das war doch selbstverständlich.«

»Trotzdem.« Sandro schlug Matteo freundschaftlich auf die Schulter. »Weißt du was, bald kommen die Fässer mit dem neuen Trebbiano in die Stadt. Das werden wir zusammen in einer Schenke feiern! Dann kannst du auch gleich meinen Freund Tommaso aus der Wollbottega kennenlernen. Ich bin sicher, ihr werdet euch gut verstehen. Er ist schwer in Ordnung – so wie du, Matteo!«

Am darauffolgenden Sonntag konnte Sandro es gar nicht abwarten, sich auf den Weg zur Kirche Santa Maria Novella zu machen. Die letzten Tage hatten so viel Aufregung und Neues in sein Leben gebracht, dass er kaum Zeit gefunden hatte, an Tessa zu denken. Beschämt musste er sich eingestehen, dass er sogar einige Male die Messe in Santa Maria Novella verpasst hatte, die ihm eigentlich schon zur lieben Gewohnheit geworden war. Aber Tessa würde ihm dieses Versäumnis nachsehen, wenn sie erst von der entscheidenden Wendung in seinem Leben erfuhr, da war er sich sicher.

Er eilte durch die Straßen und Gassen, um nur ja nicht zu spät zu kommen. Schon sah er ihre leuchtenden Augen vor sich und hoffte inständig, dass ihnen die Gelegenheit vergönnt sein würde, einige Worte zu wechseln. Es war auch schon vorgekommen, dass Tessas Herrschaften es über alle Maßen eilig zu haben schienen, sodass sie nur einige Blicke hatten wechseln können. Einmal waren sie gar nicht zur Messe erschienen.

Aber heute, das hatte Sandro sich geschworen, würde er

nicht eher ruhen, bis sie sich wenigstens einen guten Tag gewünscht hatten. Selbst wenn er ihr bis zu dem Palazzo der Panella folgen musste – Sandro wollte endlich sein Glück mit jemandem teilen und er konnte sich keine Bessere vorstellen als die schöne Tscherkessin. Warum das so war, das begriff er selbst nicht so recht. Schließlich konnte er nicht davon sprechen, dass er das Mädchen kannte – nicht auf die Art, wie er freundschaftlich mit Tommaso verbunden war. Aber da war etwas Besonderes an ihren Begegnungen, so kurz sie auch sein mochten. Denn Tessa hatte eine ganz eigene Art, ihm zuzuhören, und wenn es in ihren dunklen Augen wach und klug blitzte, dann vergaß Sandro, dass sie eine Sklavin war, und er vergaß auch, dass ihnen immer nur eine kurze Zeitspanne beschieden war. Und manches Mal kam es ihm so vor, als ob es ihr auch so gehen würde.

Die Glocken waren bereits verstummt, als Sandro in das Gotteshaus eilte. Und tatsächlich – dort ganz vorn in ihrem Gestühl entdeckte er die Männer des Hauses Panella, während die Frauen weiter hinten saßen. Er erkannte den griesgrämigen Ausdruck von Donna Simona sofort. Doch als seine Blicke weiter zu den Plätzen der Bediensteten schweiften, erschrak er. Denn er erblickte sehr wohl die alte Zofe, die stets in Tessas Begleitung war, aber von Tessa selbst fehlte jede Spur.

Sein Mut sank, während er kaum das Ende des Gottesdienstes abwarten konnte. Sobald der letzte Segen gesprochen war, eilte er nach draußen, um die Zofe am Portal abzufangen. Was, wenn Tessa krank geworden war? Oder noch schlimmer – wenn ihre Herrschaften sie verkauft hatten? Schon mehr als einmal hatte Tessa ihm erzählt, wie sie unter den Launen der jungen Fiametta zu leiden hatte. Er spürte, wie alles Blut aus seinem Kopf wich. Denn auf einmal wurde ihm so richtig bewusst, wie sehr er Tessa bereits in sein Herz geschlossen hatte.

Der kühle Herbstwind trieb über die Piazza und Sandro zog seinen Umhang enger zusammen, als er in der Menschenmenge, die aus der Kirche strömte, endlich die alte Zofe Gemma entdeckte. Erleichtert eilte er auf sie zu.

»Erinnert Ihr Euch noch an mich?«, fragte er aufgeregt, nachdem er sie vorher ehrerbietig gegrüßt hatte.

»Natürlich erinnere ich mich«, antwortete die Zofe ein klein wenig entrüstet. »Ich bin zwar schon alt, aber mein Geist ist noch jung! Sandro Fontana ist Euer Name, nicht wahr?«

Sandro nickte. Er wollte schon nach Tessa fragen, aber die Alte kam ihm zuvor. »Ich gehe davon aus, dass Ihr Euch nicht auf den Weg nach Santa Maria Novella gemacht habt, um mit mir zu plaudern. Habe ich recht?« Ein spöttisches Lächeln legte sich auf ihr faltiges Gesicht.

»Nun . . . ich . . .« Sandro wand sich vor Verlegenheit.

»Und ich muss Euch leider sagen, dass Ihr umsonst gekommen seid, wenn Ihr Tessa sehen wollt«, unterbrach sie ihn barsch. »Ihr würdet auch am nächsten Sonntag umsonst kommen.«

»Aber warum?«, fragte Sandro mit belegter Stimme. Was war geschehen? Hatten sich tatsächlich seine schlimmsten Befürchtungen bewahrheitet? »Geht es ihr nicht gut? Ist sie vielleicht ...«

»Ich kann Euch nicht sagen, ob es ihr gut geht oder schlecht.« Plötzlich wurden die Gesichtszüge der alten Frau weich und Traurigkeit breitete sich auf ihrem Angesicht aus. »Ich selbst habe seit der Heirat ihrer jungen Herrin noch nicht viel von ihr gehört.«

Sandro starrte sie verblüfft an. Fiametta hatte geheiratet? Aber wann?

»Ja, Ihr habt schon richtig verstanden«, sagte Gemma und schaute sich vorsichtig nach ihren Herrschaften um, doch die Panella machten keine Anstalten aufzubrechen. Ganz im Gegenteil, Donna Simona stand wie üblich mit mehreren prächtig gekleideten Frauen aus der besten Gesellschaft zusammen. Sie hatte ihre Hände in die Hüften gestemmt und schüttelte immer wieder ärgerlich den Kopf, als ob sie sich der schlimmsten Unterstellungen erwehren müsste.

»Fiametta ist nun eine Vasetti«, raunte Gemma Sandro zu. Sie beugte sich zu ihm vor und flüsterte: »Auch wenn Lionetto Vasetti nicht gerade das ist, was man einen schönen Mann nennt ...«

Noch einmal schaute sie vorsichtig zu Donna Simona hinüber, die eine unwirsche Handbewegung machte, dem kleinen Grüppchen hoheitsvoll den Rücken zudrehte und davonstolzierte.

Hastig raffte Gemma ihre Röcke. »Ich muss jetzt gehen«, sagte sie.

»Bitte nicht! Ich muss Tessa einfach wiedersehen ... Bitte, könntet Ihr ...«

Gemma zögerte einen Moment. »Nun«, sagte sie und seufzte kaum hörbar, »auch wenn ich es besser wissen müsste, Sandro Fontana: Der Palazzo von Lionetto Vasetti steht in der Via San Gallo. Wenn Ihr Eure Tessa wiedersehen wollt, dann habt Ihr dort vielleicht Glück.«

Mit diesen Worten eilte sie grußlos davon. Sandro blieb noch lange auf der Piazza vor der Kirche stehen und blickte der alten Zofe nach. Erst jetzt spürte er, wie die Erleichterung nach seinem Herzen griff, und ihm fiel auf, dass er Gemma noch nicht einmal gedankt hatte. Dabei hatte sie dafür gesorgt, dass doch noch nicht alles verloren war!

»So schnell stirbt es sich nicht, Fiametta! Schon gar nicht an den zweifellos unerquicklichen ehelichen Pflichten, denen wir Frauen uns nun mal unterwerfen müssen!«

»Aber wie kann ich denn . . .«, setzte Fiametta zu einem gequälten Widerspruch an.

Donna Simona schnitt ihr barsch das Wort ab. »Diesen Teil der Ehe musst du mit der nötigen Gefasstheit, die dein Ehemann von dir erwarten darf, gehorsam erdulden! Schließ die Augen und such Kraft im stillen Gebet, wenn Lionetto zu dir kommt. Und sieh gefälligst zu, dass du schwanger wirst! Dann wird er den Anstand besitzen, dass er dich eine Zeit lang in Ruhe lässt. Und jetzt will ich nichts mehr davon hören. Achte lieber darauf, dass die Dienerschaft ordentlich arbeitet und keine Zeit zum Müßiggang hat. Du bist schließlich die Frau des Hauses! Also verhalte dich auch so! Sei streng und lass ihnen nichts durchgehen!«

Tessa hielt während der ganzen Zeit den Kopf gesenkt und knickste, als Donna Simona schließlich das Zimmer verließ. Insgeheim war sie heilfroh, dass sie nicht länger im Haus der

Familie Panella und unter Donna Simonas Fuchtel leben musste. Hier im Palazzo der Vasetti gab es nichts, worüber sie sich hätte beklagen müssen. Sie kam mit den anderen Bediensteten gut zurecht und sie hatte sich mit Carmela sogar ein wenig angefreundet.

Die Köchin war nicht nur eine warmherzige, sondern auch eine kluge Frau. Tessa hörte ihr gern zu, wenn sie, während sie nach der Abendmahlzeit die Küche säuberte, aus ihrem Leben erzählte, wie sie heimlich, gegen den Willen ihres Vaters, lesen und schreiben gelernt hatte oder wie sie sich unsterblich in einen jungen Mann verliebt hatte, der irgendwann in den Krieg gezogen war und den sie nie wiedergesehen hatte. Carmela strahlte viel Wärme und Freundlichkeit aus und Tessa fand in ihr eine Vertraute, ja fast eine mütterliche Freundin. Sie tröstete sie ein wenig über den Verlust der alten Gemma hinweg, die sie nur gelegentlich bei Besorgungen in der Stadt treffen konnte.

Fiametta jedoch hatte allen Grund, sich zu beklagen und sich zu wünschen, die Wahl ihres Vaters wäre auf einen anderen, umgänglicheren Ehekandidaten als Lionetto Vasetti gefallen. Und das betraf nicht allein die Nächte, in denen sie das Bett mit ihm teilen musste. Es stellte sich nämlich schnell heraus, dass ihr Mann von äußerst pedantischem Wesen war und keine Gelegenheit ausließ, sie wie ein kleines Kind zu belehren. Ständig hatte er etwas an ihr auszusetzen. Mal rügte er ihre angebliche Verschwendungssucht, nachdem sie sich eine gar nicht so teure winterwarme Haube gekauft hatte, mal schalt er sie, weil sie sich seiner Ansicht nach bei Tisch zu lebhaft benommen hatte.

»Es steht einer Vasetti nicht gut zu Gesicht, die Stimme zu heben, wie gewisse hochmütige Damen das zu tun belieben. Unsere Familie ist ja nicht taub, Fiametta!«, hieß es einmal. Ein anderes Mal, nach einem Besuch von Freunden des Hauses, bei dem reichlich Wein getrunken worden war, rügte er griesgrämig: »Dieses affektierte Possenreißen überlasst Ihr bitte tunlichst den Narren und dem fahrenden Volk! An unserem Tisch will ich derlei Überspanntheit nicht wieder erleben!«

Tessa kam ihren Pflichten als Zofe und als Vertraute mit aufrichtigem Mitgefühl für ihre Herrin nach. Dass Fiametta sich im Palazzo der Vasetti wie eine Fremde fühlte und nicht wie die neue Herrin, führte jedoch dazu, dass sie sich schon nach wenigen Wochen wie ein Schnecke in das schützende Gehäuse ihrer Privatgemächer zurückzog und darauf bestand, Tessa stets in ihrer Nähe zu wissen. Fiametta klammerte sich geradezu an sie.

Dadurch kam Tessa nur noch selten aus dem Haus und so freute sie sich auf jeden Sonntagmorgen, wenn die Familie Vasetti die Messe in der Kirche Santissima Annunziata besuchte. Immer wieder hoffte sie, ein ganz bestimmtes Gesicht in der Menge zu finden, doch jedes Mal kehrte sie enttäuscht zurück in den Palast, der ihr allmählich wie ein Gefängnis vorkam.

Denn im Grunde ihres Herzens wusste Tessa, dass ihre

Hoffnung auf Sand gebaut war. Denn woher sollte Sandro wissen, in welches Viertel sie mit ihrer Herrin nach der Hochzeit gezogen war und welcher Kirche sich die Familie Vasetti zugehörig fühlte? Sie hatte versucht, ihm von der bevorstehenden Heirat zu erzählen, aber ausgerechnet an jenem Sonntag, an dem die Gelegenheit dazu gewesen wäre, hatte sie vergeblich in der Menge nach ihm gesucht.

Irgendwann hielt sie es nicht mehr aus. An einem kalten, sonnenhellen Morgen Ende Oktober beschloss sie, heimlich die Wollbottega aufzusuchen, in der Sandro arbeitete.

Ein Botengang zur Apotheke, wo sie für Fiametta die Zutaten für ihre Creme und ein Fläschchen Bleichmittel zum Aufhellen ihres Haars kaufen sollte, eröffnete ihr die Gelegenheit, das Haus in der Via San Gallo zu verlassen.

Als Erstes erledigte sie die Einkäufe, dann machte sie sich eiligst auf den Weg nach Santa Croce, um dort die Wollbottega der Medici zu suchen. Die genaue Adresse kannte sie nicht. Sie wusste nur, dass die Bottega irgendwo zwischen dem Kloster Santa Croce und dem Stadttor Porta alla Croce lag. Vermutlich würde Fiametta hinterher recht unleidlich sein und von ihr wissen wollen, wieso sie so lange weggeblieben war, wo sich die Apotheke doch gleich um die nächste Ecke befand. Aber das nahm sie gern in Kauf, denn Sandro sollte endlich erfahren, warum sie sonntags nicht mehr die Messe in Santa Maria Novella besuchte.

Zu ihrer Erleichterung dauerte es nicht lange und sie stand vor der Tuchmanufaktur der Medici. Dort stieß sie auf einen Mann, der vor dem Gebäude die Anlieferung einer Ladung englischer Wolle überwachte und die Anzahl der dicken Säcke auf dem Fuhrwerk mit den Angaben auf den Frachtpapieren verglich.

Tessa sprach ihn an und fragte, ob es möglich sei, kurz mit Sandro Fontana zu sprechen.

Der Mann musterte sie mit einem belustigten Blick. »Ich bin sicher, dass das möglich ist, aber dafür bist du hier am falschen Ort.«

Verwirrt sah Tessa ihn an. »Ist das hier denn nicht die Wollbottega der Familie Medici in Santa Croce?«

»Doch, das ist sie.«

»Und wieso bin ich dann trotzdem am falschen Ort?«, fragte sie verständnislos. »Sandro Fontana ist hier Lehrling, soweit ich weiß.«

»Nein, das ist er nicht mehr, meine Hübsche. Der Glückspilz hat nämlich einen sprunghaften Aufstieg gemacht. Der braucht sich die Hände nicht mehr schmutzig zu machen«, sagte der Mann spöttisch und mit einem Anflug von Neid. »Ser Cosimo hat ihn kurz nach dem falschen Pestalarm als Lehrling in seine Tavola am Mercato Nuovo geholt. Da lernt er nun am feinen grünen Tuch das vornehme Bankgeschäft.«

»Oh, das wusste ich nicht!«, sagte Tessa überrascht, bedankte sich für die Auskunft und beeilte sich, so rasch wie möglich zum Mercato Nuovo zu kommen. Dass Sandro bei der Medici-Bank eine Lehre begonnen hatte, freute sie über alle Maßen. Das war sicherlich nur wenigen vergönnt und wahrscheinlich noch viel seltener einem jungen Mann, der bislang in einer Wollbottega gearbeitet und sich darüber schon glücklich geschätzt hatte.

Bald hatte sie den Mercato Nuovo erreicht. Trotz der Kälte fühlte sie, wie ihr die Röte ins Gesicht stieg. Unschlüssig blieb sie stehen und beobachtete das Treiben an den grün bespannten Tischen in den Säulengängen. Vorsichtig näherte sie sich der Loggia der Medici-Bank und hielt Ausschau nach Sandro, doch sie sah an den beiden Tischen nur fremde Männer mittleren Alters, die leise mit ihren Kunden verhandelten.

Wie dumm von ihr zu denken, Sandro würde schon nach so kurzer Zeit hier Geldgeschäfte abwickeln! Natürlich saß er als Lehrling erst einmal im Innern des Hauses in irgendeinem Kontor!

Tessa ging eine Weile auf und ab und spähte immer wieder zu den Tischen hinüber. Schließlich gab sie es auf. Ohnehin war schon viel zu viel Zeit verstrichen und sie durfte ihre Rückkehr in den Palazzo der Vasetti nicht noch länger aufschieben!

Betrübt kehrte sie in die Via San Gallo zurück, wo Fiametta sie, wie befürchtet, zornig zur Rede stellte, wo sie denn so lange geblieben sei.

Tessa flüchtete sich in die Ausrede, zufällig einer Bediensteten aus dem Haus der Panella begegnet zu sein und über dem Gespräch mit ihr völlig die Zeit vergessen zu haben. Fiametta grollte noch den ganzen Tag mit ihr.

Doch schon am nächsten Tag hatte Fiametta vergessen, dass sie ihrer Zofe böse war. Denn sie wurde zum ersten Mal von einer heftigen Übelkeit überwältigt und musste sich erbrechen. Die Übelkeit hielt auch in den folgenden Tagen an und schließlich gab es keinen Zweifel mehr: Fiametta war in anderen Umständen!

»Ich erwarte ein Kind! Endlich, Tessa! Endlich! Es ist geschehen! Nun wird er mich in Ruhe lassen! Und ganz bestimmt werde ich einen Sohn zur Welt bringen! Einen Stammhalter!«

Fiametta war wie ausgewechselt. Ihre jammervolle, mutlose Stimmung und ihre ängstliche Zurückgezogenheit fielen von ihr ab wie ein jäh heruntergerissener Schleier. Auf einmal bewegte sie sich stolz, ja selbstgefällig durch das Haus und trieb die Dienerschaft an. Und auch Lionetto Vasetti änderte sein rüdes Verhalten. Fiametta trug sein Kind unter ihrem Herzen und endlich erwies er ihr den Respekt und die Besorgnis um ihr Wohlergehen, die er so schmerzlich lange hatte vermissen lassen.

17

Das wurde aber auch allerhöchste Zeit, dass wir mal wieder einen ordentlichen Zug durch die Schenken machen, Sandro!«, sagte Tommaso und gab ihm einen heftigen Schlag auf die Schulter. Sie überquerten gerade den Arno über den Ponte alla Carraia. Leise rauschte der Fluss unter ihnen dem Wehr am nordwestlichen Stadtrand entgegen. In der abendlichen Dunkelheit glich er einem dicken schwarzen Tintenstrich. »Ich hatte schon gedacht, du verkehrst nicht mehr mit gewöhnlichen Arbeitern aus einer Tuchbottega, wo du jetzt drüben am Mercato Nuovo an den grünen Tischen der feinen Bankherren sitzt.«

»Red doch nicht so einen Unsinn!«, erwiderte Sandro und revanchierte sich mit einem kräftigen Ellbogenstoß in die Seite seines Freundes. »Wir hocken den ganzen Tag hinten in der Schreibstube zwischen Bergen von Papieren, die wir zu ordnen und abzulegen haben.« Und an Matteo gewandt, der auf der anderen Seite von ihm ging, fuhr er fort: »Oder hast du dich vielleicht schon mal im Glanz eines großartigen Wechselgeschäftes sonnen dürfen?«

Matteo schüttelte den Kopf und murmelte schüchtern, dass er auf solch einen Tag wohl noch lange würde warten müssen.

»Da hörst du es«, sagte Sandro, während sie sich nach rechts in Richtung des Viertels Borgo San Frediano wandten, wo viele einfache Arbeiter wohnten. Tommaso führte sie zielstrebig durch ein Gewirr enger, dreckstarrender Gassen. Die schmalbrüstigen Häuser mit ihren grauen, oft rissigen Fassaden und den mit schmutzigen ölgetränkten Tüchern verhängten Fensteröffnungen ähnelten endlosen Reihen von Bienenwaben. Nur an wenigen Stellen brannte eine blakende Pechfackel, oder eine Laterne vor einem Tordurchgang warf ihren gnädig schwachen Schein auf die quer über die Gassen gespannten Leinen mit verschlissener, über Nacht zum Trocknen aufgehängter Wäsche – und auf die vielen Menschen, die zu dieser Abendstunde fröhlich lärmend unterwegs waren.

Tommaso grinste. »Na ja, solange ihr nicht in langen roten Umhängen daherstolziert kommt, will ich euch glauben, dass auch ihr euch euren Lohn hart erarbeiten müsst.«

»Willst du uns nicht endlich mal verraten, wohin wir gehen?«, fragte Sandro. »Das scheint mir ja ein recht finsteres Viertel zu sein, in das du uns führst.«

Tommaso lachte. »Hier gibt es einige der besten Schenken der Stadt. Die Leute, die hier in der Via dei Cardatori und der Via dei Tessitori leben, wissen eben, wo man für seine sauer verdienten Piccioli den besten Trebbiano vorgesetzt bekommt! Als Erstes gehen wir ins Cerca-Trova. Da ist immer eine Menge los.«

Es war der Abend des ersten November und in jedem Jahr wurde an diesem Tag in Florenz der neue Trebbiano mit einem großen Fest gefeiert, das die ganze Stadt in einen wahren Rausch versetzte. Und das wollte etwas bedeuten. Denn auf das Weintrinken verstanden sich alle Florentiner. Egal, ob Nonne oder Mönch, ob armer Tagelöhner oder reicher Kaufmann, sie alle sprachen nicht nur am ersten Novembertag, sondern das ganze Jahr hindurch eifrig dem Wein zu, insbesondere dem weißen. Ein Florentiner Chronist, der sich in jener Zeit einmal der Mühe unterzogen hatte, den durchschnittlichen Konsum von Wein pro erwachsenem Einwohner zu ermitteln, war dabei auf jährlich mindestens zweihundertfünfzig Liter pro Person gekommen.

Sandro war angenehm überrascht, als sie schließlich die Schenke betraten, in der es schon hoch herging. Der Wirt hatte für diesen Festtag zur Belustigung seiner Gäste mehrere Barden verpflichtet. Und die verstanden ihr Geschäft. Sie hatten eine bunte Mischung aus prächtigen Spottliedern auf die Reichen und Mächtigen der Stadt, aus schaurigen Moritaten und aus rührseligen Heiligenlegenden parat, aber sie trugen auch romantische Lieder über die Schönheit und die Verlockungen der Frauen vor.

Der erste Krug mit neuem Trebbiano war schnell geleert, und als auch der zweite schon zur Neige ging, hatte Matteo längst seine Scheu vor Tommaso abgelegt. Mit fröhlich erhitztem Gesicht nahm er an der Unterhaltung teil.

Auch wenn an diesem Abend ein Fest gefeiert wurde und

die Stimmung ausgelassen war, kamen die jungen Leute nicht umhin, über die angespannte Lage der Stadt und den immer noch drohenden Kriegszug gegen Lucca zu sprechen. Denn so wie jeder Florentiner den Trebbiano liebte, so liebte er auch das politische Ränkespiel und ließ sich leidenschaftlich darüber aus. Und da sie alle drei bei den Medici in Brot und Arbeit standen, verstand es sich von selbst, dass sie auf der Seite dieser Familie standen.

»Was meint ihr, ob es wirklich zu einem Kriegszug kommt?«, fragte Sandro und füllte ihre Becher randvoll. Dieser Abend ging auf seine Rechnung und er wollte sich nicht lumpen lassen.

Matteo zuckte mit den Achseln. »Und wennschon? Was wäre daran so ungewöhnlich? Florenz führt doch immer Krieg, solange ich zurückdenken kann. Wenn nicht gegen Pisa, Arezzo, Cortona oder sonst eines der vielen kleinen Fürstentümer, dann gegen Mailand oder Neapel. Wer heute Freund und Verbündeter ist, kann morgen schon Feind sein. Das war doch immer so.«

Tommaso stimmte ihm zu. »Was ja auch kein Wunder ist, wenn man sich die Karte von Italien und die fünf mächtigsten Gegner vor Augen hält, die im Land das Sagen haben. Da gibt es im Süden das Königreich Neapel, in der Mitte den römischen Kirchenstaat, dann unsere Republik Florenz und ganz im Norden das Herzogtum Mailand und die Republik Venedig – und alle belauern sich gegenseitig voller Argwohn, wer sich wohl wann mit wem gegen wen verbündet.

Aber wie der letzte Krieg gegen Mailand gezeigt hat, sind alle fünf Gegner ungefähr gleich stark, und das ist eigentlich ganz beruhigend, wie ich finde. Denn nach dem Krieg mit Mailand ist es wieder genauso wie vor dem Krieg.«

»Aber was ist mit Lucca?«, fragte Sandro und gab einer der drallen und leicht geschürzten Schankfrauen einen Wink, ihnen noch einen Krug zu bringen. »Glaubt ihr, die Albizzi und ihre Parteigänger bringen die Signoria dazu, dass sie sich auf einen Eroberungsfeldzug gegen die Stadt einlässt?«

»Darauf wette ich«, sagte Matteo erhitzt. »Wer hier in Florenz die Macht haben will, muss Eroberungen vorweisen können. Das war schon immer so. Rinaldo degli Albizzi will ein neuer Niccolò da Uzzano werden und Neri Capponi will dem nicht nachstehen. Also brauchen sie einen großen, ruhmreichen Sieg. Denn mit einem Sieger legt man sich nicht an, auch nicht die Medici.« Bissig fügte er hinzu: »Und all die Condottieri müssen ihre Söldnerheere beschäftigen. Nur so können sie sie entlohnen. Notfalls werden sie irgendeinen Privatkrieg vom Zaun brechen.«

Über diesen und anderen Gesprächen saßen die drei bis spät in die Nacht im Cerca-Trova zusammen. Irgendwann machte Tommaso den Vorschlag, noch auf einen oder zwei Krüge Wein ins Pacino zu gehen. Dabei grinste er Sandro verschwörerisch zu.

Zu Sandros Verblüffung ließ Matteo sich überreden, der Hurenschenke einen Besuch abzustatten, Sandro jedoch winkte ab. »Lasst euch von mir nicht den Spaß verderben, aber für mich ist das nichts. Außerdem habe ich für heute genug Trebbiano getrunken. Ich bin froh, wenn ich noch heil den Weg zurück zum Mercato Nuovo finde.«

»Aber kein Wort zu Portinari oder sonst einem in der Tavola!«, raunte Matteo ihm draußen auf der Straße mit erhitztem Gesicht zu.

»Ist doch Ehrensache!«, versicherte Sandro.

Auf den Straßen und Gassen herrschte noch immer ein lebhaftes und lautes Treiben. Ausgelassen feiernd zogen die Menschen durch das Viertel.

Sandro trennte sich mit einem freundlichen Schulterklopfen von seinen Freunden. Ihn drängte es, in seine Kammer unter dem Dach des Bankhauses zu kommen und dort auf seine harte Bettstelle zu fallen, denn er war hundemüde und fühlte sich von dem vielen Wein reichlich angeschlagen.

Doch er war noch keine fünfzig Schritte weit gegangen, da drang ihm das Gebrüll von mehreren betrunkenen Männern entgegen, die sich mitten auf einer Kreuzung zweier Gassen eine wüste Prügelei lieferten. Schnell hatte sich eine dichte Menschenmenge aus schaulustigen Gaffern gebildet, sodass es für Sandro kein Durchkommen gab.

Angewidert schüttelte er den Kopf und bog in die nächste Gasse zu seiner Linken ab, um auf Umwegen wieder hinüber auf die andere Seite des Arno zu kommen.

Aber die Gasse machte schon bald einen scharfen Bogen in die falsche Richtung. Der stechende Geruch von verfaulten Abfällen, von Urin und Fäkalien stieg ihm in die Nase. Fette Ratten huschten kreuz und quer durch den Dreck.

Zwei Betrunkene, die irgendein Gossenlied grölten, kamen ihm torkelnd entgegen, rempelten ihn an und wankten unter rauem Gelächter weiter.

Bei der nächsten Gelegenheit bog Sandro nach rechts ab, um wieder halbwegs in Richtung des Flusses zu gelangen. Diese Gasse war noch schmaler. Sie führte an Hinterhöfen vorbei, deren Bretterverschläge teilweise so weit in die Gasse hineinragten, dass kaum zwei Menschen nebeneinander Platz fanden. Vom anderen Ende der Gasse drang lautes Stimmengewirr zu ihm und ein blasser Lichtschein fiel aus dem rückwärtigen Fenster einer Schenke in die Nacht.

Sandro ging zügig weiter, denn mit einem Mal wurde ihm mulmig zumute. Solch finstere Gegenden mied er sogar bei Tageslicht. Plötzlich hörte er schnelle Schritte hinter sich. Erschrocken blieb er stehen und drehte sich um. Doch da war es schon zu spät.

Sandro sah zwei finstere Gestalten mit kurzen Schlaghölzern in der Hand auf sich zustürzen. Zwar riss er noch die Arme schützend hoch, doch schon spürte er einen schmerzhaften Hieb auf dem Kopf und gleich darauf einen zweiten.

Sandro schrie gellend auf. Er taumelte nach hinten und stieß mit dem Rücken gegen eine Hauswand. Ein glühender Schmerz jagte durch seinen Körper und vor seinen Augen bildete sich ein dichter Nebel, sodass er die beiden Männer nur noch verschwommen wahrnahm. Verzweifelt kämpfte er gegen die Schwäche und die Schmerzen an. Er wusste, er war verloren, sobald er zu Boden ging.

Und so bäumte er sich mit aller Kraft auf, stieß sich von der Wand ab und torkelte vorwärts. Brüllend schlug er mit beiden Armen nach den Angreifern. Er achtete nicht auf die Hiebe, die auf seinen Armen und Schultern und auf seiner Brust landeten, er wollte nur noch weg. Doch er kam nicht weit.

»Na los, mach ihn fertig, bevor einer das Geschrei hört!«

Die fremde Männerstimme drang wie aus weiter Ferne zu ihm. Warum kann ich denn nicht schneller laufen, dachte er noch, warum fühlen sich meine Beine an wie schmelzendes Wachs? Plötzlich erblickte er vor sich einen pechschwarzen Abgrund. Nochmals krachte ein Schlag auf seinen Hinterkopf, dann stürzte Sandro vornüber und versank in der Dunkelheit.

Das Nächste, was er spürte, war ein Schwall kaltes Wasser auf seinem Gesicht. Er hatte das Gefühl, ganz langsam aus den Tiefen eines eisigen Stroms der rettenden Oberfläche entgegenzusteigen. Wenn er doch nur Luft bekommen würde!

»Da! Er kommt zu sich«, hörte er jemanden sagen.

»Gib mir noch mal den Wasserkübel«, sagte eine andere Stimme, die in Sandro eine tief vergrabene Erinnerung berührte. »Ich glaube, der Landsknecht kann noch einen zweiten Guss vertragen.«

Wenig später traf ihn ein neuer Schwall eiskalten Wassers. Endlich zerriss der Schleier der Benommenheit und er schlug die Augen auf.

Das Erste, was sein verschwommener Blick wahrnahm, war eine schwarz-weiß karierte Kappe und darunter ein Gesicht, das von einer hässlichen Hasenscharte verunstaltet wurde.

Wo hatte er dieses Gesicht schon einmal gesehen? Wenn sein Kopf nur nicht so dröhnen würde! Sandro blinzelte.

Unvermittelt legte sich ein breites Grinsen auf das hässliche Gesicht vor ihm. »Kannst ganz beruhigt sein, du siehst keine Gespenster! Du bist auch weder im Himmel noch in der Hölle, wo man jemanden wie mich vermutlich eher antreffen dürfte als oben bei den jubilierenden Engelsscharen. Ja, so sieht man sich wieder, Landsknecht.«

»Bin . . . Bin kein Landsknecht«, stieß Sandro gepresst hervor und fasste sich an den schmerzenden Kopf. »Bin nie einer gewesen.«

»Gut für dich«, erwiderte der Hasenschartige, »dass ich genau im richtigen Augenblick pissen musste. Sonst wärst du nämlich erledigt gewesen. Konnte gerade noch rechtzeitig meine Leute herrufen, sonst hätte dich das Pack bis auf die nackte Haut ausgeraubt!« Er hielt seine rechte Hand hoch. Daran baumelte Sandros Geldbörse. »Du wirst sehen, nicht ein Picciolo fehlt.« Damit richtete er sich auf und ließ den kleinen Lederbeutel auf Sandros Brust plumpsen.

Jetzt erst, als er die kurzen Beine des Mannes sah, die von fast zwergenhaftem Wuchs waren, wusste Sandro, wen er da vor sich hatte. Warum war er denn nicht gleich darauf gekommen? Das Gesicht war doch unverkennbar! Es gehörte dem zerlumpten Bettler, dem er einst auf den Stufen der Dorfkirche in der Nähe des Landgutes Cafaggiolo zwei Piccioli zugeworfen hatte!

Der Bettler grinste breit. »Ich denke, das war ich dir schuldig, weil du mir damals nicht auch einen Tritt verpasst, sondern mir großherzig ein paar Silberlinge geschenkt hast.

Das war sehr anständig von dir. Sag, wie heißt du eigentlich?«

»Sandro ... Sandro Fontana«, antwortete er stockend. Er setzte sich mühsam auf und wischte sich das Wasser aus den Augen. »Und du?«

»Jacopo Paco.«

»Dann danke ich dir, Jacopo Paco, dass du mich vor dem Gesindel gerettet hast«, keuchte Sandro. Ihm war übel von den heftigen Schmerzen, die überall in seinem Körper tobten. Sein linkes Ohr brannte, als hätte man es mit kochendem Öl übergossen.

»Komm, Ficinus, hilf ihm hoch, damit wir ihn auf einen Stuhl setzen können«, forderte Jacopo einen seiner Gefährten auf. »Und du, Paolo, holst Schnaps. Den kann er jetzt gut gebrauchen!«

»Nein, keinen Alkohol mehr!«, wehrte Sandro sofort ab, während kräftige Hände von hinten unter seine Arme griffen und ihn auf die Beine brachten. »Nur einen Becher Wasser.«

Jacopo lachte. »Der erste November hat es in sich, nicht wahr? Morgen wirst du einen höllischen Nachdurst haben!«

Sandro wurde in das Hinterzimmer einer Taverne geführt, in dem nur ein runder Tisch mit einem halben Dutzend Stühlen stand. Auf der Tischplatte lagen zwischen mehreren Trinkbechern und einem Steinkrug ein lederner Becher und drei aus Knochen geschnitzte Würfel. Hinter einem Vorhang aus dickem rostbraunen Wollstoff schien sich der Schankraum zu befinden.

Der muskulöse Mann, der auf den Namen Paolo hörte, brachte einen sauberen Becher und einen Krug mit Wasser. Sandro nickte ihm dankbar zu und trank mit gierigen Schlucken. Das klare kalte Wasser tat ihm gut, auch wenn es die bohrenden Kopfschmerzen nicht vertrieb.

Jacopo bedeutete seinen beiden Gefährten, ihn mit Sandro allein zu lassen.

Erst jetzt fiel Sandro auf, dass Jacopo ganz und gar nicht mehr jener abgerissenen Bettlergestalt glich, der er damals vor der Dorfkirche begegnet war. Der zwergenhafte Mann trug ein ansehnliches Wams aus gutem schwarzen Stoff, das genauso wie seine Kappe mit schmalen weißen Paspelierungen in Rautenform verziert war, dazu weinrote Beinkleider, helle Strümpfe und kurze schwarze Stiefel aus gutem Leder.

»Du scheinst es nicht länger nötig zu haben, mit der Bettelschale auf Kirchenstufen um Almosen zu bitten«, stellte Sandro verblüfft fest.

Jacopo nickte. »Du hast mit deinen beiden Piccioli ein gutes Geschäft gemacht«, sagte er schmunzelnd.

Sandro blickte ihn verständnislos an, während er mit schmerzendem Arm zum Wasserkrug griff und seinen Becher füllte.

»Ich habe die beiden Münzen noch am selben Tag beim Würfelspiel eingesetzt und mit einem einzigen Wurf sechs daraus gemacht«, erzählte Jacopo. »Aber damit war meine Glückssträhne noch lange nicht zu Ende. Als ich vom Tisch aufstand, betrug mein Gewinn fast einen halben Silberflorin.«

»Du scheinst beim Würfeln eine glückliche Hand zu haben«, murmelte Sandro. »Aber das erklärt immer noch nicht deine edle Kleidung und wieso ich dir ausgerechnet hier in Florenz wiederbegegnet bin.«

Jacopo grinste. »Ich habe mich daran erinnert, was die reichen Kaufleute stets gegen das adlige Pack im Mund führen, das sich Wunder was auf seinen zusammengeraubten Landbesitz und seine herrschaftlichen Jagden einbildet. In den Wäldern und auf dem Land gewinnt man keinen Reichtum und keine Ehre, die gibt es nur in der Stadt! Und deshalb habe ich mich mit meinem Geld auf den Weg nach Florenz gemacht.«

»Wo dir das Glück offenbar weiter hold gewesen ist.«

»So ist es! Ich kann es immer noch nicht fassen, wie gut es für mich gelaufen ist. Manchmal denke ich, ich könnte auch ein Stück Scheiße von der Straße aufheben und es verwandelt sich im Handumdrehen in pures Gold«, sagte Jacopo und lachte. »Na ja, ganz so ist es dann doch wieder nicht gewesen. Aber die Geschäfte, die ich angepackt habe, sind alle prächtig gelungen. Deine zwei Piccioli haben mir jedenfalls viel Glück gebracht.«

»Und was für Geschäfte sind das?«, fragte Sandro, obschon er wusste, dass Jacopo wohl eher zwielichtigen Handel trieb.

Jacopo sah ihn auch prompt stolz an. »Geschäfte von der

nicht gar so ehrenvollen Sorte. Andere stehen einem halben Krüppel wie mir nun mal nicht offen«, gab er unumwunden zu. »Hier ein bisschen Schmuggel an den Zollinspektoren vorbei, dort ein netter Profit aus einem Handel mit Hehlerware, dazu ein paar appetitliche Mädchen, die gern für meinen Schutz und eine saubere Kammer zahlen, und immer wieder ein guter Riecher, bei welchem Tölpel mit prall gefüllter Geldbörse es sich lohnt, Würfel oder Karten auf den Tisch zu legen. Kurz gesagt, ich mache vielerlei Geschäfte. Ist nämlich klug, immer mehrere Eisen im Feuer zu haben.«

»Dann pass nur auf, dass du dir an einem deiner heißen Eisen nicht einmal böse die Finger verbrennst!«, sagte Sandro. Er mochte die offene Art von Jacopo auf Anhieb, auch wenn Leute wie er nicht gerade sein üblicher Umgang waren.

»Keine Sorge, das wird nicht geschehen«, versicherte der ehemalige Bettler. »Bei meinen Beinen mag ich ja zu kurz gekommen sein, aber auf das, was hier drin sitzt, trifft das ganz bestimmt nicht zu.« Er tippte sich an den Kopf. »Da ist nichts verkrüppelt, darauf kannst du Gift nehmen. Wenn es anders wäre, würde mir jetzt wohl kaum diese Schenke hier gehören.«

Sandro machte große Augen. »Du hast es in einem Jahr sogar zum Besitzer einer Taverne geschafft?«, stieß er ungläubig hervor.

Jacopo nickte amüsiert. »Ja, das Lombrico, so heißt unsere Schenke, gehört jetzt mir. Früher hieß sie Minerva und ich hatte einen Partner, dem die andere Hälfte gehörte. Vor zwei Wochen haben wir uns im Suff auf eine Wette eingelassen. Jeder musste raten, wie viele Regenwürmer in einem alten Becher herumgewimmelt sind. Der Einsatz war unser Anteil an der Schenke. Ich lag mit meiner Zahl gar nicht mal so übel. Zumindest weniger daneben als er. Und seitdem gehört die Schenke mir und heißt nun Lombrico.«

»Verrückt«, murmelte Sandro kopfschüttelnd.

Jacopo grinste. »Ja, so kann es gehen, des einen Verlust ist des anderen Gewinn. Die Schenke wirft zwar noch keinen allzu großen Ertrag ab, weil wir den Laden erst im September übernommen haben. Aber ich bin sicher, dass ich bei dem Handel auf Dauer verdammt gut abschneiden werde«, erklärte er und fügte dann noch mit einem verschmitzten Augenzwinkern hinzu: »Außerdem habe ich ja, wie gesagt, mehrere andere hübsch köchelnde Kessel über verschiedenen Feuern hängen.«

Auch wenn Jacopo seinen Aufstieg vom schmutzstarrenden Bettler zum geckenhaft gekleideten Tavernenbesitzer durch Schmuggel, Hehlerei, Glücksspiel und Zuhälterei erreicht hatte, so konnte Sandro doch nicht anders, als ihm Respekt dafür zu zollen. Denn welche anderen Wege standen einem halben Krüppel und im Gesicht derart hässlich entstellten Mann wie ihm denn auch offen, um der entsetzlichen Armut und dem tagtäglichen Elend eines Lebens auf der Straße zu entkommen?

Es war leicht, über jemanden wie Jacopo Paco ob seiner anrüchigen und sogar unter Strafe stehenden Geschäfte den moralischen Stab zu brechen und ihn dafür vor dem Richter stehen sehen zu wollen. Aber wenn man selbst einmal mittellos jahrelang durch Stadt und Land gezogen war, so wie er, Sandro, und das sogar als gesunder und kräftiger Mann, dann sah man die Dinge nicht mehr so schwarz und weiß wie all jene, die in Brot und Lohn standen oder sich gar Bedienstete leisten konnten und in weichen Betten schliefen!

Sandro verbrachte noch eine ganze Weile mit Jacopo in der Hinterstube des Lombrico. Denn nun war es an ihm, davon zu erzählen, was ihn nach Florenz geführt hatte und wie es ihm erging. Den verhinderten Mordanschlag auf Cosimo verschwieg er natürlich, berichtete ihm jedoch alle anderen Ereignisse so, wie sie sich zugetragen hatten.

Jacopo nickte anerkennend, als er hörte, dass Sandro in den Diensten der Medici stand und nun Lehrling in deren Tavola am Mercato Nuovo war.

»Ja, auch mit mir hat es das Schicksal sehr gut gemeint«, sagte Sandro abschließend und stellte zufrieden fest, dass sein Kopf inzwischen schon viel weniger schmerzte.

»Und hast du schon ein Auge auf ein hübsches Mädchen geworfen, das dir möglichst bald dein Bett wärmt?«, fragte Jacopo mit spöttischem Unterton.

Sandro schüttelte den Kopf. »Bevor ich auch nur daran denken kann, eine Familie zu gründen, wird noch viel Wasser den Arno hinunterfließen«, sagte er ausweichend.

»Dann lass dich doch öfter bei mir im Lombrico blicken. Ich würde mich freuen, dich wiederzusehen, Sandro. Dein Wein geht von jetzt an aufs Haus, und wenn dir eines meiner Mädchen gefällt, verzichte ich bei eurem Schäferstündchen sogar auf meinen Anteil.«

Sandro dankte ihm verlegen. »Was den Wein angeht, so komme ich gern auf dein Angebot zurück. Das andere interessiert mich nicht.«

»Ganz wie du willst. Aber wenn es dich doch mal heftig zwickt, dann schau einfach bei uns vorbei.«

Sandro versprach es.

Wenig später machte er sich auf den Heimweg. Die Nacht war längst einem dunkelgrauen Morgen gewichen und die Straßen und Gassen waren schon wieder voller Menschen, die ihrem Tagwerk nachgingen.

Er überquerte den Arno und ließ sich durch die Straßen treiben, vorbei an der Kirche Santa Maria Novella. Bei ihrem Anblick dachte er an Tessa und Erinnerungen an die kurzen Gespräche mit ihr nach der Sonntagsmesse stiegen in ihm hoch.

Ziellos ging er weiter. Er hatte so viel Glück gehabt in den vergangenen Monaten. Endlich hatte sein Leben eine Wendung zum Guten erfahren. Ja, er konnte stolz sein auf das, was er bisher erreicht hatte, das wurde ihm plötzlich so richtig klar.

Und doch fühlte er eine seltsame Leere und Wehmut, die er sich nicht erklären konnte. Mit einem Mal kam es ihm so vor, als ob seine Glückssträhne zum Zerreißen gespannt war.

So schritt er langsam durch die Straßen und Gassen, und vielleicht lag es an der Prügel, die er bezogen hatte, oder aber am vielen Alkohol, der noch in seinem Körper tobte, vielleicht auch an den Fragen, die Jacopo gestellt hatte; immer wieder kam Sandro das eine Bild in den Kopf, das nicht weichen wollte.

Tessa mit ihren dunklen Augen unter den geschwungenen Brauen. Tessa mit ihrer schlanken Gestalt, die so viel Stolz verriet, dass Sandro jedes Mal Mühe hatte, sie mit ihrer Stellung als Sklavin in Einklang zu bringen.

Mit einem Mal fiel ihm ein, was die alte Zofe Gemma ihm mit auf den Weg gegeben hatte. In der Via San Gallo sollte sich der Palazzo von Fiamettas Ehemann befinden, der Palazzo der Vasetti.

Sandro blieb stehen. Ihm war ein aberwitziger Gedanke gekommen. Was, wenn er sich einfach auf den Weg in die Via San Gallo machen würde? Er wusste, dass er kaum Gelegenheit haben würde, Tessa dort zu Gesicht zu bekommen – aber der Gedanke, ihr wenigstens nahe sein zu können, machte ihm Mut. Ja, er wollte wenigstens einmal sehen, in welchen Palazzo es sie verschlagen hatten. Und vielleicht fand er mit ein wenig Glück einen Dienstboten der Vasetti, der ihm Auskunft darüber geben konnte, welche Kirche die Familie besuchte.

Eilig lief er los, doch diesmal hütete er sich vor dunklen

Gassen und Hinterhöfen. Davon hatte er heute wahrlich genug – seine Glieder schmerzten nämlich noch immer fürchterlich von dem Angriff.

Endlich erreichte er die Via San Gallo und schaute sich suchend um. Hier musste irgendwo der Palazzo stehen, in dem Tessa jetzt wohnte. Doch wo genau, davon hatte die alte Zofe Gemma nichts gesagt. Er blickte sich nach allen Seiten um, doch in dieser Straße standen nicht wenige prächtige Palazzi zwischen schmalen Bürgerhäusern und trutzigen Wohntürmen.

Gerade wollte er eine ältere Frau fragen, die an ihm vorbeieilte, wo sich der Palazzo der Familie Vasetti befand, da hörte er eine Stimme hinter sich, die er unter Tausenden wiedererkannt hätte.

»Sandro? Bist du es wirklich?«

Sandro fuhr herum. »Tessa!«

Sprachlos standen sie voreinander, doch dann trat Entsetzen und Sorge in Tessas dunkle Augen. »Aber wie siehst du aus? Was ist mit dir geschehen?«

Sandro fasste sich verlegen an den Kopf. »Ach das ... Das ist nicht weiter schlimm.« Er winkte ab. »Nur eine kleine Rempelei ...« Seine Kopfschmerzen waren auf einmal wie weggeblasen. »Viel wichtiger ist, dass wir uns endlich wiedergefunden haben.« Er strahlte sie an.

»Was treibt dich ausgerechnet in die Via San Gallo?«, fragte Tessa aufgeregt. »Hast du in der Kirche Santa Maria Novella nach mir Ausschau gehalten? Ach, es ist so viel geschehen und ich konnte nicht . . .« Verzweifelt brach sie ab, offensichtlich aus Verlegenheit, weil sie nicht wusste, wo sie anfangen sollte.

Sandro zwinkerte ihr zu. »Vielleicht hat mich das Schicksal ja hergeführt . . .«, sagte er, und das stimmte ja in gewisser Weise auch. Er konnte noch immer nicht fassen, dass er sie hier auf der Straße getroffen hatte!

Liebevoll lächelte er sie an. Er hatte sie vermisst, wie sehr, das spürte er jetzt in jeder Faser seines Körpers.

»Aber das Schicksal hatte ein bisschen Hilfe von einem guten Engel namens Gemma«, erläuterte er.

Tessa staunte. »Gemma?«, fragte sie.

»Ich habe tatsächlich auf dem Platz vor Santa Maria Novella nach dir Ausschau gehalten«, beeilte sich Sandro zu erzählen. »Fast wäre ich verzweifelt, aber dann habe ich die alte Zofe getroffen, in deren Begleitung du immer warst. Sie hat mir erzählt, wohin es dich verschlagen hat und was in der Zwischenzeit geschehen ist. Sag, hast du es gut angetroffen in deinem neuen Heim?«

Tessa zuckte mit den Achseln. »Ich will nicht klagen. Die Dienerschaft hat mich gut aufgenommen und in der Köchin habe ich sogar so etwas wie eine Freundin gefunden. Fiametta hat mir in den letzten Wochen zwar keine ruhige Minute gegönnt, aber das bin ich ja gewohnt. Seit sie ein Kind erwartet, hat sie jeden Tag tausend Wünsche. Darum bin ich heute schon so früh unterwegs. Aber jetzt erzähl du, Sandro! Ich habe gehört, dass du nicht länger in der Bottega arbeitest, sondern zum Banklehrling aufgestiegen bist. Darauf kannst du wirklich stolz sein!«

»Woher weißt du das?«, fragte er erstaunt.

Eine leichte Röte legte sich auf ihre Wangen. »Ach, das ... das habe ich erfahren, als ich ganz zufällig in der Nähe der Bottega war und dort nach dir gefragt habe.«

»Soso, ganz zufällig?«, neckte er sie.

»Vielleicht war es das Schicksal, das mich dorthin geführt hat«, konterte sie.

Nun lachten beide, war ihnen doch mit einem Mal die schwere Last der Ungewissheit und der Sorge um den anderen von den Schultern genommen worden.

Aber dann legte sich ein Schatten über Tessas Züge. »Ich muss gehen«, sagte sie traurig. »Meine Herrin kann sehr ungeduldig sein, wenn ich mich verspäte.«

Ihr Blick suchte den seinen und hielt ihn fest. Sandro spürte, wie sein Herz schneller zu klopfen begann. »Meine neuen Herrschaften besuchen die Messe in Santissima Annunziata«, fügte sie hastig hinzu. Dann zögerte sie. »Jetzt werden wir uns nie mehr aus den Augen verlieren, nicht wahr, Sandro?«, fragte sie schließlich und ihre Stimme klang auf einmal sehr ernst.

»Nie mehr«, wiederholte er leise.

Zögernd, fast widerwillig drehte sie sich um und verschwand zwischen den Menschen der Straße. Sandro verharrte noch lange an seinem Platz, ehe auch er sich umwandte und auf den Heimweg machte.

Er musste sich zusammenreißen, dass er vor lauter Freude nicht in die Luft sprang. Stattdessen pfiff er laut vor sich hin.

Nein, seine Glückssträhne war ganz und gar nicht gerissen! Das wusste er jetzt nur zu genau.

19

Ein strenger Geruch nach Salben, Weihrauch, Kerzenwachs, fauligem Atem, altem Schweiß und urindurchtränkten Tüchern legte sich Cosimo und Lorenzo wie eine schwere Bleiplatte auf die Brust, als sie das abgedunkelte Zimmer betraten, in dem ihr todkranker Vater lag.

Die ausgezehrte Gestalt des Giovanni di Bicci de' Medici wirkte verloren zwischen all den Kissen in seinem großen Bett. Die Vorhänge vor dem Fenster waren schon seit Längerem nicht mehr geöffnet worden, weil das Tageslicht seinen Augen schmerzte. Nur eine Kerze brannte. Sie warf ihr Licht auf ein kostbares Tafelbild mit der allerheiligsten Jungfrau Maria.

»Die Macht unseres Hauses ... ruht auf Säulen von Gold, aber unsere ... wahre Stärke ... besteht darin ... Vertrauen zu gewinnen«, stieß der Alte unvermittelt mit rasselndem Atem hervor. »Vergesst nie: Nur unsere Erfolge sollen ans Licht kommen ... aber die Mittel zum Erfolg müssen immer im Schatten bleiben ...«

Cosimo stellte sich zur Rechten seines Vaters an das Bett.

»Quält Euch nicht länger, Vater! Spart Eure wenige Kraft für den Priester«, sagte er beruhigend und drückte sanft die knochige, kalte Hand. »Ihr habt uns schon früh gelehrt, wie wir Euer ruhmvolles Lebenswerk zu noch größerer Blüte führen können.«

Der Alte rang nach Atem und schüttelte unwillig den Kopf. Die wächsern bleiche Haut mit ihren dunklen Altersflecken spannte sich dünn über den spitz hervortretenden Wangenknochen. »Hört gut zu, meine Söhne!«, stieß er beschwörend hervor. »Euch erwarten unsichere Zeiten ...«

Lorenzo stellte sich neben seinen Bruder und murmelte: »Hat es je sichere gegeben?«

»... deshalb seid allzeit wachsam vor den Fallstricken unserer Rivalen genauso wie vor dem eigenem Hochmut!«, fuhr ihr Vater eindringlich fort. »Sagt niemals in der Öffentlichkeit etwas, das dem Willen des Volkes entgegensteht, selbst wenn das Volk Dummheiten macht ... Vermeidet es, die Menschen zu belehren, sondern sprecht immer sanft und wohlwollend ... Geht niemals aus eigenen Erwägungen heraus in den Regierungspalast, sondern wartet, bis man euch ruft und euch nach eurer Meinung fragt ... Denkt daran, ihr müsst dem Volk seinen Frieden und dem Handel seine Blüte erhalten ... Sorgt dafür, dass niemand mit dem Finger auf euch zeigt ... Verwahrt die Bücher mit den versteckten Konten sorgsam hinter Schloss und Riegel ... Wird euch große Macht gegeben, dann regiert, ohne zu befehlen ... Steter Tropfen höhlt den Stein, das Schwert aber wird an ihm stumpf... Tut allzeit wohltätige Werke und betet für die Verstorbenen ... Dann wird euer Leben segensreich sein ...«

»Ja, Vater, das versprechen wir Euch.«

Dann erteilte der Alte seinen beiden Söhnen den väterlichen Segen und bat sie, den Priester zu rufen, damit er die Beichte ablegen und die Sterbesakramente empfangen konnte.

Giovanni di Bicci de' Medici starb am nächsten Tag, am Morgen des 20. Februar 1429. Er ging, wie die Florentiner es nannten, ein in das große Meer.

Damit war Cosimo als ältester Sohn nun auch offiziell das Oberhaupt des Hauses Medici.

Giovanni di Bicci de' Medici wurde, wie er es sich gewünscht hatte, in der von Brunelleschi mittlerweile fertiggestellten neuen Sakristei von San Lorenzo beigesetzt, die damit zur Grabkapelle der Familie Medici wurde.

Schon lange vor seinem Tod hatte der alte Mann jede Einzelheit seiner Bestattung bestimmt, und was er dazu in seinem Testament niedergeschrieben hatte, war das letzte Zeugnis eines Mannes, dessen Leben von Genügsamkeit, Sparsamkeit und schmuckloser Strenge geprägt gewesen war.

Sein Leichnam sollte in schlichtes weißes Schleiertuch gehüllt werden und den Kopf sollte lediglich eine schmucklose Mütze bedecken. Für sein Leichenbegängnis hatte er sich nur zwei Kerzen und zwei Wachsfackeln zugestanden und er hatte sogar deren Größe und Gewicht angegeben. Nach der Feier sollten sie zum Drogisten zurückgebracht werden. Denn zu viel Wachs für einen Toten zu verschwenden, das hatte er für eine unnütze Ausgabe gehalten. Auch wie viele Ellen schwarzen Stoffes an seine Dienerschaft auszugeben sei, hatte er festgelegt, ebenso die Zahl der schwarz gekleideten Leichenführer, die dem Sarg folgen durften. Alle Stoffe sollten nur lose zusammengeheftet sein, damit sie hinterher noch anderen Zwecken dienen konnten. Nicht vergessen hatte er auch, die Höhe des Lohns für die vorwegschreitenden Ankündiger und andere Bedienstete des Bestatters festzusetzen und dass den Gästen beim Leichenschmaus nur zwei Gänge und einfacher Tischwein gereicht werden durften.

Gerade weil der Leichenzug durch die Stadt und die Bestattung von derart karger Schlichtheit bestimmt waren, wirkte die lange Prozession der Würdenträger, die dem Sarg hinter den dreißig männlichen Familienmitgliedern des Hauses Medici folgten, umso beeindruckender. Persönlichkeiten von Rang und eine große Zahl von Abgesandten aus anderen Städten gaben Giovanni di Bicci de' Medici die letzte Ehre, einschließlich der Prioren und des Gonfaloniere.

Kaum einer der reichen Patrizier und Magnati hatte einen Gedanken daran verschwendet, ob es wohl angebracht sei, an diesem Tag auf die Zurschaustellung des eigenen Reichtums zu verzichten. So wogte hinter dem Sarg und den in schwarzes Tuch gehüllten Medici mit ihrem Gefolge ein bunt schillerndes Meer aus edlen Roben, aus dem die Farben Rot und Blau besonders kräftig herausleuchteten.

Sandro Fontana begleitete wie so viele Bedienstete des Hauses Medici den Leichenzug, aber er war sprachlos vor Verblüffung, als Falco Portinari ihm nach der Bestattung am

Eingang zur Sakristei leise mitteilte, dass er von Cosimo de' Medici zu dem anschließenden Leichenschmaus im Palazzo der Familie eingeladen sei.

»Ich weiß zwar nicht, wieso ein Lehrling wie du zu dieser besonderen Ehre kommt und warum Ser Cosimo offenbar ein besonderes Augenmerk auf dich geworfen hat«, sagte Portinari stirnrunzelnd, »aber solange du dir nichts darauf einbildest und auch weiterhin deine Arbeit so gut machst wie bisher, soll es mich nicht weiter interessieren.«

Und so betrat Sandro an diesem Tag zum ersten Mal als geladener Gast den Palazzo der Medici. Er war überrascht, dass selbst oben in den Privatgemächern, wo sich die Gäste in zwei ineinander übergehenden saalähnlichen Räumen entlang der Loggia zum Leichenschmaus einfanden, nichts auf den gewaltigen Reichtum der Medici hinwies. Auch hier war die Einrichtung sparsam und verzichtete auf jeglichen Prunk.

In Gegenwart so vieler mächtiger und reicher Männer fühlte Sandro sich beklommen und fehl am Platz und er hielt sich lange als stiller, aber aufmerksamer Beobachter an der Seite von Falco Portinari.

Diener brachten Speisen und Wein zu den Tischen und bald füllte ein angeregtes, beinahe fröhliches Stimmengewirr die Räume, das so gar nicht zu dem traurigen Anlass dieser Feier passen wollte, das jedoch jedem Leichenschmaus zu eigen war.

Es folgten wortreiche Trinksprüche, in denen das großartige Lebenswerk des Verstorbenen als Gründer der Bank und dessen Verdienste um das Wohl der Republik gewürdigt wurden.

Danach zerstreute sich die Trauergesellschaft und Sandro sah eine günstige Gelegenheit, die Feier zu verlassen, doch gerade als er unauffällig aus dem Saal schlüpfen wollte, kam ihm Averardo de' Medici entgegen. Cosimos Cousin erkannte ihn sofort wieder, wie das breite Grinsen verriet, das sich auf seine kantigen Züge legte.

»Schau an! Wenn das nicht Cosimos neuer Banklehrling ist! Mein Cousin scheint ja einen Narren an dir gefressen zu haben.« Mit rauer Jovialität gab er Sandro einen Klaps auf die Schulter.

»Ich weiß um die hohe Gunst, die Ser Cosimo mir damit erwiesen hat, aber ich gehöre nicht in diese vornehme Gesellschaft«, sagte Sandro verlegen. »Deshalb wollte ich jetzt auch lieber gehen.«

»Unsinn! Vornehm sind bei den meisten nur die Gewänder und das Gebaren.« Averardos Aussprache war undeutlich, offenbar hatte er dem Wein schon mehr als reichlich zugesprochen. Er winkte einen Diener heran und trug ihm auf, zwei neue Gläser zu bringen.

Sandro murmelte befangen: »Davon verstehe ich nichts.«

Der Diener brachte die Gläser und Averardo trank sogleich einen kräftigen Schluck. »Dann wollen wir das mal gleich ändern! Siehst du den alten Mann mit dem grauen Cäsarenkopf, der da drüben an der Loggia bei den Albizzi und den Strozzi steht?«, fragte er und deutete mit seinem Glas auf eine Gruppe von Männern, die Gewänder aus edelstem roten Tuch trugen. »Das ist Niccolò da Uzzano, einer der angesehensten Männer unserer Republik, ein wahrer Held der Stadt. Doch selbst er ist *gente nuova*. Weißt du, was das ist?« Ohne Sandros Antwort abzuwarten, redete er weiter: »Ein Neureicher vom südlichen Arnoufer, dessen Familie noch vor einer Generation keinen Zugang zum Priorenamt hatte. Jaja, mein Junge, du solltest dir genau merken, was du hier siehst.«

Sandro nickte gehorsam, nippte höflich an seinem Wein und überließ Cosimos Cousin das Reden, der offenbar nicht daran dachte, ihn gehen zu lassen.

»Was der Tod heute in diesem Haus zusammengeführt hat und was diesen Leichenschmaus wie eine Feier von Verwandten und Freunden des Hauses Medici aussehen lässt, ist ein Anblick, den man sich wirklich nicht entgehen lassen darf!« Averardos Stimme triefte von beißendem Spott. »Hier ist nämlich mehr Reichtum versammelt, als sich an allen Fürstenhöfen Europas zusammen finden lässt! Und hier triffst du auch jeden an, der in Florenz eine gewichtige Rolle spielt und dem der Name Medici wie bitterste Galle auf der Zunge schmeckt!«

Und dann zählte Averardo spöttisch die Namen all jener Florentiner auf, die von Geburt an oder durch immensen Reichtum zu den Magnati gehörten. »Du musst wissen: Auf jeden Freund der Medici kommen zwei Feinde, die keine

Gelegenheit auslassen, der Familie zu schaden – geschäftlich wie politisch. Alle sind sie gekommen, die adligen Donati und Buondelmonti, die Uberti, Adimari und Tornabuoni! Wie stolz und hochmütig sie sind! Dann die Cavalvanti, die Capponi und die Rucellai, die Strozzi und die Pazzi – übrigens nicht die einzigen Bankbesitzer von Florenz, die uns nicht das Schwarze unter dem Fingernagel gönnen und uns lieber heute als morgen beim Papst als dessen Bankiers verdrängen würden«, höhnte er. »Und mittendrin in diesem Reigen hochherrschaftlicher Männer macht natürlich der rüde Rinaldo degli Albizzi mit seinem nicht weniger eingebildeten Sohn Ormanno und dessen Busenfreund Niccolò Bardadori seine Runde und spielt mit seinem falschen Lächeln den Wolf im Schafspelz. Nicht einmal den Alberti, mit denen die Albizzi in ewiger Fehde liegen und von denen viele in der Verbannung leben, zeigt er die kalte Schulter.«

Sandro nickte. Es war nicht lange her, da hatte er mit seinen Freunden Matteo und Tommaso über Rinaldo degli Albizzi und dessen Plan gesprochen, die Stadt gegen Lucca in den Krieg zu führen. Doch über Politik mit einem Medici zu diskutieren, das war doch etwas ganz anderes, als mit Freunden in einer Schenke zu sitzen. »Ich glaube, ich sollte jetzt wirklich gehen, Ser Averardo«, versuchte Sandro es noch einmal vorsichtig.

»Neinnein, das musst du auskosten, junger Freund!« Averardo leerte sein Glas in einem Zug. »Solch eine Gelegenheit bietet sich so schnell nicht wieder.« Er ließ sich ein neues Glas Wein bringen und trank gleich einen großen Schluck. »Der Rang einer Familie liegt niemals auf Dauer fest, lass dir das gesagt sein! Er hängt aber nicht nur von ihrem Reichtum, ihrer politischen Macht und ihrem Geschick ab, sich durch vorteilhafte Ehen mit anderen einflussreichen Familien zu verbinden, sondern zu einem wesentlichen Teil auch vom Rückhalt, den sie beim Volk hat.« Averardo sprach immer undeutlicher. »Die Wasser des Arno sind tückisch und dunkel! Aber für jeden, der sich darauf versteht, im Trüben zu fischen, bietet Florenz ausgezeichnete Möglichkeiten!«

Sandro versuchte, Interesse zu heucheln, obschon er wenig Lust verspürte, noch weiter dem Geschwätz eines Betrunkenen zu lauschen. Doch es gelang ihm erst, sich Averardo und dessen weinseliger Beredsamkeit zu entziehen, als Lorenzo zu ihnen trat.

Hastig nutzte Sandro die Gelegenheit, sich zu verabschieden.

Doch noch im Hinausgehen schnappte er ein Gespräch auf, das ihm lange im Gedächtnis bleiben sollte.

Es war Cosimo de' Medici selbst, der da zu Sandros Verblüffung mit dem fanatischen Rinaldo degli Albizzi zusammenstand, den Averardo als Wolf im Schafspelz bezeichnet hatte. Und tatsächlich versuchte Albizzi, Sandros obersten Dienstherr mit viel falscher Freundlichkeit und Schmeichelei von der Notwendigkeit eines Eroberungsfeldzugs gegen die Stadt Lucca zu überzeugen.

Cosimo widersprach ruhig und besonnen. Er schien sicher zu sein, dass ein solcher Krieg den Argwohn Sienas erregen könne, als nächste Stadt von Florenz angegriffen zu werden. Was dann womöglich zur Folge hätte, dass Siena oder Lucca sich um Beistand an den Herzog von Mailand wandten und dieser dann die Gelegenheit ergreifen würde, zu seinem eigenen Nutzen in diesen Krieg einzugreifen.

Selbst ein so erfahrener Staatsmann wie Niccolò da Uzzano hatte sich mehrfach gegen ein solch gewagtes Unternehmen ausgesprochen.

Der Streit dauerte an und Sandro wollte gerade durch die Tür schlüpfen, als sich Cosimos Stimme plötzlich erhob. »Mir erscheint es nur gerecht und ehrenhaft zu sein, dass ich den guten Namen und die Ehre meines Hauses dem Euren vorziehe und dass ich für meine Interessen arbeite, anstatt für die Euren!«, kanzelte er Rinaldo kurzerhand ab. »So werden Ihr und ich uns denn wohl so klug verhalten wie zwei große Hunde, die sich beschnuppern, wenn sie sich begegnen, und dann, weil sie beide scharfe Zähne haben, ihrer Wege gehen. Weshalb Ihr Euch nun Euren Angelegenheiten widmen könnt und ich den meinen!«

Kurz darauf stürmte der mächtige Rinaldo degli Albizzi an dem verblüfften Sandro vorbei zu einem Vertrauten. »Der alte Giovanni liegt in seinem Grab und nun haben wir es mit Cosimo zu tun«, keifte er. »Lasst es euch gesagt sein, dass von diesem Tag an eine neue Zeitrechnung für uns und Florenz beginnt. Doch der Teufel soll mich holen, wenn ich zulasse, dass die Uhr nun nach dem Takt der Medici schlagen wird!«

Wutentbrannt verließ er mit seinen Anhängern den Palazzo der Medici, gefolgt von Cosimos nachdenklichen Blicken und einem noch immer aufgewühlten Sandro, der sich nun endlich selbst auf den Weg machte.

DRITTER TEIL

September 1429 bis April 1433

»Es ist unklug, immer den Sieg davontragen zu wollen.«

Niccolò Machiavelli

Während in den ersten Septembertagen des Jahres 1429 die drückende Hitze des langen Sommers allmählich zu weichen begann, fieberte Fiametta mit nervöser Erregung der Stunde ihrer Niederkunft entgegen. Launische Gereiztheit wechselte mit angstvoller Unruhe ob der zu erwartenden Schmerzen und überschwänglicher Vorfreude, dass sie nun bald ihren ersten Sohn zur Welt bringen und damit ihre Stellung im Hause Vasetti endgültig festigen würde.

Es war für Tessa eine schwere Zeit, insbesondere die Monate, die sie mit ihr auf dem kleinen Landgut der Vasetti im Südosten der Stadt verbrachte. Denn damit blieben ihr für einen Großteil des Sommers die kostbaren sonntäglichen Lichtblicke verwehrt, Sandro zu sehen und mit ihm zu reden, während die Vasetti nach der Messe noch eine Weile vor der Kirche mit ihren Freunden und Nachbarn zusammenstanden. Und neuerdings nahm sich Fiamettas Ehemann viel Zeit dafür.

Lionetto Vasetti war im Frühjahr in eine einflussreiche Kommission gewählt worden, die für die Instandhaltung der

Stadtmauern, Wehrtürme und Straßen verantwortlich war. Seitdem sonnte er sich in den Gunstbezeugungen, die man ihm entgegenbrachte.

Denn dieses Amt war ein Sprungbrett zu noch höheren Ehren. Lionetto Vasetti war ein Mann, mit dem man fortan auch bei der Verteilung der höchsten Staatsämter rechnen musste.

Zu Beginn der zweiten Septemberwoche setzten schließlich kurz nach Mitternacht die Wehen bei Fiametta ein und ein rasch ausgesandter Bote benachrichtigte die Hebamme, deren Dienste sich die Vasetti versichert hatten. Die ebenso stämmige wie kratzbürstige Person ließ sich jedoch viel Zeit, bevor sie sich zum Palazzo der Vasetti begab. Sie verbat sich die Gegenwart von Tessa im Gemach ihrer Herrin, hielt sie jedoch mit herrischem Gehabe auf Trab. Ständig rief sie nach ihr, damit sie frische Tücher, Wasser, Gewürzwein und vieles andere brachte, was sie für sich und für Fiamettas Niederkunft benötigte.

Acht Stunden später drang das kräftige Geschrei eines Neugeborenen durch den Palazzo. Tessa brauchte nicht erst die Hebamme oder ihre junge Herrin zu fragen, ob es denn ein Sohn oder eine Tochter geworden sei. Ihr reichte der Anblick von Lionetto Vasetti, der erzürnt aus Fiamettas Gemach herausgestürmt kam und die Tür hinter sich zuwarf.

»Nicht einmal dazu taugt sie!«, stieß er hervor und warf Tessa einen hasserfüllten Blick zu, als er sie vor sich erblickte. Dann wandte er sich abrupt um, polterte die Treppe hinunter, brüllte seinen alten Diener Rutino an und ward für den Rest des Tages nicht mehr gesehen.

Das Nächste, was Tessa hörte, war die schrille Stimme von Fiametta. »Nein, bring sie weg!«, kreischte sie. »Ich will sie nicht sehen! Bring sie sofort zur Amme! Was soll ich mit einem Mädchen? Ein Sohn hätte es sein sollen! Schaff mir endlich dieses Balg aus den Augen!«

Tessa zuckte bei den hässlichen Worten zusammen, mit denen Fiametta ihr Kind bedachte, und das Herz wurde ihr schwer. Innerlich wappnete sie sich gegen das, was sie erwartete. Die bisherigen Launen Fiamettas waren vermutlich lächerlich im Vergleich zu dem, was nun vor ihr lag.

»Ich wünschte, ich wäre tot! All die grässlichen Schmerzen und dann ein Mädchen! Womit habe ich diese Strafe nur verdient?«, wimmerte Fiametta unter Tränen, als Tessa sie zu trösten versuchte. »Nicht ein einziges freundliches Wort hat Lionetto für mich gehabt!«

Tessa streichelte ihre Hand. »Beruhigt Euch, Fiametta, und fasst neuen Mut! Ich verstehe ja, dass Ihr und Euer Mann jetzt enttäuscht seid. Aber das wird sich gewiss schnell geben.«

»Was redest du da?« Fiametta starrte sie mit tränenfeuchten Augen an. »Du hast doch keine Ahnung, was ich zu erleiden habe! Du bist schließlich nur eine Sklavin und deshalb wirst du nie wissen, wie es ist, wenn ein Mann und seine Familie einen Sohn von dir erwarten!«

Tessa schluckte und straffte die Schultern. Sie würde sich nicht anmerken lassen, wie sehr Fiamettas Worte sie verletzten. »Euer Mann wird rasch einsehen, dass er Euch nichts vorzuwerfen hat. Nicht Ihr, sondern Gott entscheidet, ob er Euch einen Sohn oder eine Tochter schenkt. Und was wäre die Welt denn auch ohne Mädchen? Ihr werdet noch viele Kinder bekommen und das nächste wird bestimmt ein Sohn. Seid dankbar, dass Ihr die Geburt gut überstanden habt. Und Eure Tochter werdet Ihr bestimmt rasch lieb gewinnen und nicht mehr missen wollen.«

»Nein, das werde ich nicht! Und jetzt lass mich allein!«, schluchzte Fiametta, entzog Tessa ihre Hand und verbarg das Gesicht weinend in den Kissen.

Am Nachmittag kam Fiamettas Mutter zu Besuch. Doch wie Lionetto Vasetti hatte auch sie nicht ein aufmunterndes Wort für ihre Tochter.

»Damit hast du uns wahrlich keine Ehre gemacht!«, rügte sie. »Mein erstes Kind ist natürlich ein Sohn gewesen!«

Für Tessa verstrich der Tag quälend langsam. Sie sehnte die Nacht herbei, um Fiamettas wehleidigem Gejammer endlich zu entkommen.

Es war schon spät, als Fiametta sie schließlich entließ. Völlig erschöpft begab sie sich in ihre Kammer, zog sich aus und sank auf ihr hartes Bett. Mit einem Seufzer der Erleichterung schlüpfte sie unter das dünne Leinen, dann fielen ihr auch schon die Augen zu.

Sie wusste nicht, wie lange sie geschlafen hatte, als ein merkwürdiges Knarren sie aufschreckte.

Als sie die Augen aufschlug, glaubte sie im ersten Moment, noch ein Bild aus ihren Träumen vor sich zu sehen. Doch dann hörte sie die vertrauten Glockenschläge der nahen Kirchturmuhr von San Marco, die zur zweiten Nachtstunde schlug. Und da wusste sie, dass sie wach war und nicht eine Traumgestalt sah, die da nur vier Schritte von ihr entfernt in der Tür zu ihrer Kammer stand.

Es war Lionetto Vasetti. Er hielt ein Kerzenlicht in seiner rechten Hand, sodass sein Froschgesicht und seine Gestalt deutlich aus der Dunkelheit hervorstachen. Sein Mund stand halb offen und in seinen Augen lag ein glasiger Blick. Er wankte leicht, obwohl er sich am Türrahmen festhielt.

Tessa hielt den Atem an. Die Angst stieg ihr wie ein würgender Brechreiz in die Kehle und ihr Herz begann, wild zu jagen.

Einige beklemmend lange Sekunden stand er, den Blick starr auf sie gerichtet, in der Tür. Tessa war, als könnte sie seinen Blick durch das dünne Laken hindurch wie eine Berührung auf ihrer Haut spüren.

Dann gab er plötzlich ein unwilliges Schnauben von sich, drehte sich schwankend um und verschwand. Die Tür ließ er offen stehen.

Tessa atmete auf und schickte ein stummes Dankgebet zum Himmel. Angstvoll horchte sie in die Dunkelheit hinein und lauschte den schlurfenden Schritten, die nur langsam leiser wurden.

Erst als es wieder still geworden war, wagte sie es, aufzustehen, zur Tür zu huschen und sie zu schließen.

Sie lag noch lange wach und fragte sich verstört, was sie bloß von dem beängstigenden Vorfall halten sollte. Schließlich beruhigte sie sich jedoch mit dem Gedanken, dass Lionetto wohl betrunken gewesen war. Denn dass es anders gewesen sein sollte, wollte sie einfach nicht glauben. Es hätte ihr zu viel Angst gemacht und sie nicht mehr ruhig schlafen lassen.

Was gibt es denn?«, fragte Falco Portinari unwirsch, als Matteo den Kopf zu seinem Kontorzimmer hereinsteckte und ihn mitten in einem komplizierten Bankgeschäft unterbrach, das er Sandro gerade erklären wollte.

»Entschuldigt die Störung, aber ein gewisser Francesco Copelli wünscht Euch untertänigst in einer persönlichen Angelegenheit zu sprechen. Er sagt, Ihr wüsstet schon, worum es gehe und wie dringend es für ihn sei, dass endlich etwas in der Sache Anastasio Trabone geschehe.«

Falco Portinari verzog das Gesicht. »In der Tat, der Wamsmacher liegt mir schon seit Wochen in den Ohren«, grollte er. »Das ist heute schon der dritte Bittsteller, der mir die Zeit stiehlt! Aber gut, lass ihn kommen. Er gibt ja doch keine Ruhe.«

Augenblicke später führte Matteo den Handwerker, einen mageren Mann jenseits der fünfzig mit krummem Rücken und schwieligen Händen, zu ihnen ins Zimmer. Als Copelli eintrat, zog er sich die schmutzige Kappe vom Kopf und drehte sie nervös in seinen Händen, als wüsste er nicht, wohin damit.

»Sprich«, forderte Portinari ihn auf. »Hat sich die leidige Sache mit deinem Schuldner immer noch nicht erledigt? Erst letzte Woche habe ich ihm deutlich zu verstehen gegeben, dass er eine gütliche Einigung mit dir finden soll!«

»Nicht eine Münze hat der feine Herr Trabone herausgerückt«, klagte der Mann. »Rüde angepöbelt hat er mich und mir wieder einmal an den Kopf geworfen, ich hätte schlechte Arbeit abgeliefert, was aber eine bösartige Verleumdung ist!«

»Und was soll ich jetzt tun? Etwa den Lohn für dich eintreiben, Copelli?«, fragte Falco Portinari bissig.

Der Wamsmacher schüttelte hastig den Kopf und beteuerte: »Um Gottes willen, nein! Euch das anzutragen käme mir nie in den Sinn! Da sei der Himmel vor!«

»Was dann?«

»Ich weiß mir keinen anderen Rat, als Euch gütigst darum zu bitten, meinen Fall Ser Cosimo vorzutragen. Wenn der Herr Patron bei Gelegenheit ein Wort bei dem Kaufmann für mich einlegt, wird er sich bestimmt darauf besinnen, was in dieser Sache recht und billig ist!«

Falco Portinari seufzte geplagt. »Als ob Ser Cosimo nicht genug anderes zu tun hätte! Aber nun gut, du bist ein treuer Parteigänger der Medici und deshalb werde ich sehen, was ich für dich tun kann.«

Ein Strahlen huschte über das Gesicht des Handwerkers. Mit großem Überschwang bedankte er sich und es hätte nicht viel gefehlt, dass er Falco Portinari am Schluss gar noch die

Hände geküsst hätte. »Der Herr vergelte es Euch und dem gnädigen Patron!«

Als der Wamsmacher gegangen war, griff Falco Portinari zu Feder und Papier. »Besser, ich bringe das gleich vom Tisch, sonst steht er nächste Woche schon wieder hier und raubt mir endgültig den Nerv mit seinen drei unbezahlten Wämsern«, brummte er verdrossen und setzte eine Nachricht an Cosimo auf: Bittsteller: Franceso Copelli. Beruf: Wamsmacher in der Pfarre San Tommaso. Treuer Parteigänger des Hauses M. Beklagter: Anastasio Trabone, Kaufmann in Santo Spirito. Streitpunkt: drei Wämser, deren Bezahlung obiger wg. angeblicher Mängel verweigert, die er aber auch nicht zurückgeben will. Fürsprache meinerseits erbrachte keine Beilegung des Streits.

Darunter setzte er seine Unterschrift und trug Sandro auf, die Notiz zu Ser Cosimo in die Via Larga zu bringen.

Es war nicht das erste Mal, dass Sandro solch ein Bittgesuch in der Hand hielt und es in das andere Bankhaus brachte. In der Tavola wie im Palazzo Medici fanden sich fast täglich Bittsteller aus der Stadt, aber auch aus dem Umland ein, die sich von ihrem Patron Cosimo Hilfe bei ihren Problemen erhofften.

Auf dem Weg in die Via Larga sann Sandro darüber nach, wie störend all diese Besuche der Bittsteller für das laufende Geschäft in der Tavola waren und zweifellos auch in dem anderen Bankhaus sein mussten – aber wie wichtig es zugleich für die Stellung der Medici in Florenz war, all diesen Leuten aus den Vierteln ihres Machtbereiches wie aus dem Contado nach Kräften zu helfen und sie sich damit zu verpflichten.

Vicinanza hieß das Zauberwort, Nachbarschaft, die gegenseitige Hilfe und Verlässlichkeit versprach. Denn im ständigen Kampf um die politische Vormachtstellung in Florenz kam es darauf, in kritischen Zeiten einen möglichst großen Teil des *popolo minuto*, des einfachen Volkes, auf seiner Seite zu wissen. Sandro erinnerte sich noch gut an die Worte von Averardo de' Medici beim Leichenschmaus.

Als Sandro den Medici-Palazzo in der Via Larga betrat, stieß er in der Vorhalle sogleich auf Cosimo und seinen Bruder Lorenzo, die gerade das Haus verlassen wollten.

»Ich soll Euch diese Bittschrift von Signore Portinari geben«, sagte er und händigte Cosimo das Schreiben aus.

Dieser nahm es entgegen, faltete es auseinander, warf einen kurzen Blick auf die Zeilen und reichte es an seinen Bruder weiter. »Ein Wamsmacher, der im Streit mit einem säumigen Schuldner von uns ein Machtwort wünscht! Sei so gut und kümmere du dich darum, Lorenzo. Ich habe im Augenblick keine Zeit dafür.«

Lorenzo überflog die Notiz und machte eine leicht säuerliche Miene. »Verbindlichen Dank für diesen so überaus ehrenvollen Auftrag, Bruderherz«, spottete er.

Cosimo zuckte mit den Achseln. »Es mag lästig sein, aber du weißt, dass jede Stimme zählt.«

Sandro räusperte sich. »Ser Cosimo?«

Der Medici wandte sich ihm wieder zu. »Ja? Hast du noch etwas von Portinari auszurichten?«

»Nein, das nicht. Aber wenn Ihr einen Moment Zeit habt, würde ich Euch gern einen Vorschlag unterbreiten.«

Mit hochgezogenen Brauen sah Cosimo ihn an. »Und worum handelt es sich dabei? Willst du vielleicht die Sache übernehmen?«, fragte er scherzhaft.

Sandro zögerte, doch dann sprach er aus, was ihm auf dem Weg zum Palazzo in den Sinn gekommen war. »Nein, das ist es nicht«, begann er. »Was ich Euch vorschlagen möchte, betrifft vielmehr die vielen Bittsteller, mit denen Ihr es so oft zu tun habt. Ihr habt ja selbst gerade gesagt, dass sie eine rechte Plage sein können. Ich habe mich gefragt, wie man Sorge tragen kann, dass Euch die Bittsteller nicht ständig von Euren Geschäften abhalten.«

»Und wie soll das gehen?«, fragte Cosimo skeptisch.

»Ich habe beobachtet, dass nur die wenigsten Bittsteller Euren persönlichen Beistand benötigen und dass die meisten sich durchaus ein paar Tage gedulden könnten.«

Cosimo nickte.

»Also habe ich mir überlegt, dass Ihr Euch diese vielen lästigen Störungen dadurch ersparen könntet, indem Ihr für diese Menschen regelmäßig einen festen Vorsprechtag einrichtet und Ihr nur an diesem einen Tag für Bittsteller abkömmlich seid. Das könnte zum Beispiel am Samstagnachmittag sein oder auch nur alle zwei Wochen. All diejenigen, die etwas von Euch zu erbitten haben, müssten sich zur vorgegebenen Stunde einfinden. Ihr wärt dann darauf vorbereitet, dass Ihr Euch für ein oder zwei Stunden ausschließlich diesen Angelegenheiten widmen müsst. Und man könnte im Vorhinein unterscheiden, ob ein Anliegen keinen Aufschub duldet oder ob der Bittsteller durchaus noch ein wenig warten kann.«

Cosimo de' Medici bedachte Sandro mit einem anerkennenden Nicken. »Du bist ein erstaunlich kluger Bursche, der seinen Kopf zu gebrauchen weiß. Dein Vorschlag gefällt mir ausgesprochen gut«, lobte er. »Auch wenn mich das nicht wirklich überrascht. Vom ersten Tag an habe ich geahnt, dass etwas in dir steckt.«

Sandro lächelte verlegen. »Es freut mich, wenn ich Euch damit ein wenig nützlich sein konnte«, sagte er bescheiden.

»Du kannst dich auch weiterhin für das Haus Medici nützlich machen«, erwiderte Cosimo wohlwollend. »Aber nicht nur drüben in der Tavola, sondern auch hier im Haus. Denn ich könnte mir gut vorstellen, dass du demnächst an diesen Vorsprechtagen derjenige bist, der für uns die Spreu vom Weizen unter den Bittsteller trennt.«

Sandro wusste nicht, was er sagen sollte. »Danke, Ser Cosimo . . .«, brachte er schließlich doch noch heraus. »Aber meint Ihr nicht, dass ein älterer und erfahrener Mann womöglich besser geeignet wäre für diese Aufgabe, der vertraut ist mit den Familienverhältnissen und den Geschäften der Bittsteller?«

»Das sehe ich ganz anders«, widersprach Cosimo. »Gerade weil du nicht alt und erfahren bist, scheinst du mir genau der Richtige zu sein. Du bist noch fremd in der Stadt und hast keine Verwandten hier und so wird man dich für unparteiisch halten. Und dein jugendliches Alter ist erst recht kein Hinderungsgrund, zumindest nicht in unserer Familie. Nein, es bleibt dabei.« Cosimo klopfte Sandro aufmunternd auf die Schulter, doch dann wanderte sein Blick hinüber zum Eingang, wo ein Mann die Stufen heraufkam. Es war Averardo de' Medici, der gerade den Palazzo betrat.

Cosimo runzelte die Stirn. »Geh jetzt!«, sagte er und entließ Sandro mit einer Handbewegung. »Die Einzelheiten werden wir später besprechen.«

Es war nur wenige Tage später, als Lorenzo de' Medici aufgeregt in das Gemach seines Bruders gestürmt kam. Noch immer war er wütend auf Cosimo, der ihn von der Unterredung mit Averardo ausgeschlossen hatten. Nach dem Gesichtsausdruck des Cousins zu urteilen, hatten die beiden offenkundig etwas zu besprechen gehabt, das von hoher Wichtigkeit war. Und jetzt das! Cosimo würde sich noch wundern, mit welchem Verräter er da beratschlagt hatte!

»Du wirst es nicht glauben, wer uns da plötzlich in den Rücken fällt und sich auf den Straßen und Plätzen der Stadt lauthals für einen Krieg mit Lucca starkmacht!«, rief er zornig. »Dieser verdammte wankelmütige Bursche!«

Cosimo legte gelassen die Papiere aus der Hand, die er gerade studiert hatte, und wandte sich seinem Bruder zu. »Ich vermute, du sprichst von unserem werten Cousin Averardo.«

Lorenzo sah ihn verblüfft an. »Du hast schon davon gehört?«, fragte er fassungslos. »Und dann bleibst du so ruhig?«

Cosimo nickte. »Zwar ist es richtig, dass Averardo recht wankelmütig sein kann und manchmal zu merkwürdigen Eigenmächtigkeiten neigt, aber in diesem Fall ist ihm nichts vorzuwerfen.«

Lorenzo krauste ungehalten die Stirn. »Sag nur, du hast das alles mit ihm abgesprochen – ohne mich davon zu unterrichten? Kam Averardo deshalb neulich so unvermutet in den Palazzo?«

»So ist es«, sagte Cosimo ruhig. »Ich musste so schnell wie möglich eine Entscheidung treffen. Unsere Position gegen den Krieg ist in der Stadt unhaltbar geworden.«

Lorenzo machte eine mürrische Miene. »Dann sind wir also auch dafür, Lucca anzugreifen? Da können sich die Albizzi und ihre Anhänger ja die Hände reiben, dass wir nun doch noch eingeknickt sind.«

»Wir sind nicht eingeknickt, wir haben nur eine notwendige politische Entscheidung getroffen, um Schaden vom Haus Medici abzuwenden«, erwiderte Cosimo kühl. »Wir dürfen nicht länger gegen den Strom der öffentlichen Meinung schwimmen. Und seit Fortebraccio eigenmächtig in das Herrschaftsgebiet von Lucca eingedrungen ist und einige kleinere Zitadellen eingenommen hat, ist die gesamte Bevölkerung hellauf begeistert von einem Krieg gegen die Luccheser. Diesen Umstand gilt es zu berücksichtigen. Er hat die Lage entscheidend geändert.«

»Ich bin sicher, dass Fortebraccio nicht aus freien Stücken losgezogen ist«, sagte Lorenzo wütend. »Irgendjemand muss ihn mit Versprechungen und bestimmt auch mit einem Batzen Goldflorin dazu angestiftet haben! Und wer hinter diesem perfiden Plan steckt, liegt ja wohl auf der Hand.«

Cosimo zuckte gleichmütig mit den Achseln. »Gewiss. Aber selbst wenn wir Beweise dafür hätten, was im Übrigen nicht der Fall ist, wer würde sie jetzt noch hören wollen? Und wo kein Kläger ist, da ist auch kein Richter. Außerdem ist es nun schon zu spät, um den Lauf der Dinge noch aufzuhalten. Uns bleibt nichts anderes übrig, als gute Miene zum bösen Spiel zu machen. Erinnere dich an die Worte unseres Vaters, die er uns auf dem Sterbebett ans Herz gelegt hat: *Sagt niemals in der Öffentlichkeit etwas, das dem Willen des Volkes entgegensteht!* Wir sind gut beraten, uns daran zu halten. Deshalb bin ich auch mit Averardo übereingekommen, dass wir unseren Widerstand gegen den Krieg aufgeben.«

Lorenzo verzog das Gesicht, sagte jedoch nichts. Er ließ sich auf einen dick gepolsterten Stuhl fallen und starrte mit düsterer Miene vor sich hin. »Der arrogante Schnösel Rinaldo degli Albizzi ist jetzt deutlich im Vorteil«, sagte er schließlich. »Wenn es zur Wahl des Kriegsrates und des Kriegskommissars kommt, wird niemand es wagen, ihm das Oberkommando streitig zu machen. Ich gehe davon aus, dass du dir dessen bewusst bist, Bruder.«

»Ich habe gar nicht die Absicht, ihm das Oberkommando über unsere Söldnertruppen streitig zu machen. Ganz im Gegenteil! Wir werden dafür sorgen, dass wir Medici im Kriegsrat vertreten sind, und wir werden Rinaldos Ernennung zum Kriegskommissar unterstützen.«

Lorenz sah ihn fragend an.

Cosimo lächelte hintersinnig. »Wie du ja weißt, hat ein Kriegskommissar die Aufgabe, draußen im Feldlager bei unserem Söldnerhauptmann zu sein und darauf zu achten, dass er mit seinen Truppen die richtigen Entscheidungen fällt«, sagte er. »Und das bedeutet nichts anderes, als dass Albizzi für lange Zeit fern von Florenz sein wird und sich hier kaum noch in die Politik einmischen kann. Das verschafft uns einen großen Spielraum. Und wenn der Kriegsverlauf dann doch nicht den hoch gesteckten Erwartungen entspricht, die seine Partei im Volk geweckt hat, dann wird er das bitter zu spüren bekommen! Ich bezweifle noch immer, lieber Bruder, dass Lucca sich so leicht geschlagen gibt – und dass Mailand sich heraushält. Ganz abgesehen davon, dass unser Erzfeind Siena auch nicht untätig zusehen wird.«

Lorenzos Miene entspannte sich ein wenig, als er sah, worauf sein Bruder hinauswollte. »Aber dann wird Florenz ein ernsthaftes Problem bekommen«, wandte er ein.

»Richtig, aber das wird man dann nicht uns, sondern den Albizzi und ihren Parteigängern ankreiden. Wir müssen nur zur Stelle sein, wenn der Wind sich dreht und das Volk umzuschwenken beginnt.«

Sandro konnte es im Überschwang seiner Gefühle nicht erwarten, dass der Sonntag kam und er Tessa davon erzählen konnte, dass sein Vorschlag bei den Medici nicht nur auf große Zustimmung gestoßen war, sondern dass er an diesen Vorsprechtagen eine gewichtige Rolle spielen würde. Am liebsten wäre er auf der Stelle in die Via San Gallo gelaufen und hätte versucht, sie aus dem Palazzo der Vasetti zu locken. Aber das versagte er sich, denn er wusste, dass dort täglich mit der Niederkunft ihrer Herrin gerechnet wurde, und er wollte Tessa keine Scherereien bereiten.

In der Zeit, die sie sich mittlerweile kannten, waren sie recht vertraut geworden. Zwar waren die Momente, die ihnen miteinander beschieden war, nach wie vor sehr kurz, aber Sandro staunte ein ums andere Mal, wie sehr er sich auf die Gespräche mit Tessa freute. Ihr Lob und ihre Anerkennung waren ihm sogar mehr wert, als wenn sie von Portinari kamen. Manchmal ertappte er sich dabei, wie er sich der Hoffnung hingab, dass mehr als Freundschaft daraus werden würde. Doch Tessa war und blieb eine Sklavin, mahnte er sich dann wieder zur Vernunft. Er sollte dankbar sein, sich mit dem zu begnügen, was ihm geschenkt worden war: eine Freundin, die ganz von selbst zu verstehen schien, welches Fieber ihn in seinem Leben vorwärtstrieb, und die ahnte, dass Sandro Fontana sich geschworen hatte, etwas in seinem Leben zu erreichen.

Als er vier Tage später endlich nach der Messe vor der Kirche von Santissima Annunziata mit Tessa zusammentraf, stutzte er. Das Mädchen sah bedrückt aus und so hielt er seine wunderbare Neuigkeit erst einmal zurück.

»Du wirkst niedergeschlagen«, sagte er vorsichtig. »Lastet etwas auf deiner Seele oder ist etwas mit deiner Herrin? Hat sie inzwischen ihr Kind bekommen?«

Tessa nickte. »Sie hat fest mit einem Sohn gerechnet, aber leider ist es ein Mädchen geworden und nun ist sie todunglücklich. Sie schließt sich in ihr Zimmer ein und weint den ganzen Tag lang. Nur ich darf noch ihr Gemach betreten. Sogar die Mahlzeiten lässt sie sich nach oben bringen. Und Lionetto Vasetti läuft mit finsterer Miene durchs Haus und denkt nicht daran, ihr ein wenig Trost zu schenken, ganz im Gegenteil.«

»Was ist denn gegen Mädchen einzuwenden?«, fragte Sandro scherzhaft. »Ich mag Mädchen und eines ganz besonders.«

Eine leichte Röte färbte Tessas Wangen. Sie lächelte, doch rasch wurde ihre Miene wieder ernst. »Stell dir vor, Fiametta hat ihre Tochter nicht einmal sehen, geschweige denn stillen wollen. Sie hat es sofort zur Amme aufs Land geschickt, wo es die ersten Jahre bleiben wird. Ich weiß, das wird mit den Söhnen auch so gemacht. Aber dass sie ihr Kind nicht wenigstens ein paar Tage bei sich behalten hat, verstehe ich nicht. Manchmal wünschte ich, ich könnte sie schütteln und ihr einmal gehörig die Meinung sagen. Aber das würde mich teuer zu stehen kommen, so unleidlich, wie sie mal wieder ist!«

»Es tut mir leid, dass du es so schwer bei ihr hast«, sagte Sandro mitfühlend.

Sie zuckte mit den Achseln. »Was hilft es? Ich bin nun mal ihre Zofe und muss mit ihr auskommen. Solange es dabei bleibt und . . .«, sie zögerte kurz, bevor sie schnell fortfuhr, ». . . und es nicht noch ein Unglück gibt, will ich mich nicht weiter beklagen.«

Sandro stutzte. »Was meinst du damit? Noch ein Unglück?«

»Ach, nichts. Das war einfach nur so dahergesagt.« Sie wich seinem forschenden Blick aus. »Ich dachte nur an das Sprichwort, dass ein Unglück selten allein kommt. Aber genug davon, Sandro. Wir haben immer nur so wenig Zeit füreinander, da sollten wir sie nicht mit solchen Kümmernissen verschwenden. Erzähl mir lieber, was es Neues gibt bei dir.«

Nur zu gern berichtete Sandro ihr, wie begeistert Cosimo de' Medici seinen Vorschlag mit den Bittstellern aufgenommen hatte.

»Das ist ja wunderbar!« Mit einem Mal war Tessas Niedergeschlagenheit wie weggewischt. Sie verstand sofort, worum es ging. »Jetzt bist du also nicht mehr nur ein Banklehrling, sondern du wirst bald auch alle Bittgesuche entgegennehmen! Die Medici müssen wirklich große Stücke auf dich halten, dass sie dir eine so verantwortungsvolle Aufgabe übertragen! Aber dafür haben sie ja auch allen Grund.«

Sandro grinste stolz, wiegelte jedoch ab: »Warten wir erst einmal ab. Man soll den Tag nicht vor dem Abend loben.«

Tessa lächelte ihn sanft an. »Du wirst es bei den Medici bestimmt noch weit bringen«, sagte sie leise. »Denk an meine Worte.«

Bevor Sandro etwas erwidern konnte, kam von der anderen Seite des Kirchenportals der barsche Zuruf von Fiamettas Ehemann, dass sie gefälligst das Schwatzen beenden und sich auf den Heimweg machen solle.

»Ich wünsche dir viel Glück, Sandro«, flüsterte Tessa ihm hastig zu. »Hoffentlich bis zum nächsten Sonntag!« Damit hastete sie auch schon davon.

Wehmütig sah er hinter ihr her. Als er sich umwandte und über die Piazza in Richtung Mercato Nuovo davongehen wollte, sah er Jacopo Paco auf sich zukommen. Ein breites Grinsen lag auf dem hasenschartigen Gesicht des ehemaligen Bettlers.

»Jetzt weiß ich endlich, warum du dir nur dann und wann einmal meinen Wein schmecken lässt und mit meinen Mädchen nichts zu tun haben willst, nicht einmal zum Vorzugspreis! Verrätst du mir, wer deine hübsche Kleine ist? Hat sie auch einen Namen?«

»Sie heißt Tessa und sie ist nicht meine Kleine, auch wenn sie wirklich hübsch ist. Sie ist nur eine gute Freundin, Jacopo.«

Jacopo legte den Kopf schief und bedachte ihn mit einem spöttischen Blick. »Was du nicht sagst! Und das soll ich dir glauben?«

»Es ist aber so.« Er schluckte. »Du musst wissen, Tessa ist eine Sklavin.«

»Und?«

»Was *und?*«

»Wenn sie dir wirklich etwas bedeutet und auch einen hübschen Batzen Goldstücke wert ist, kannst du sie ja ihrem Besitzer abkaufen. Du musst ihm nur einen guten Preis machen. Kein Florentiner schlägt ein lukratives Geschäft aus.«

Sandro schüttelte den Kopf. »Tessa ist eine tüchtige Zofe und die sind unter fünfzig, sechzig Florin nicht zu haben. Aber selbst wenn ich so viel Geld hätte und in der Lage wäre, eine Familie zu ernähren, würde mir das nichts nützen. Denn ihre Herrin wird sie nie verkaufen, das weiß ich mittlerweile. Die hängt wie eine Klette an ihr, und jetzt mehr denn je.«

Jacopo kratzte sich am stoppelbärtigen Kinn. »Mhm, das macht die Sache natürlich etwas schwieriger, aber nicht unlösbar. Damit bleiben dir noch zwei Möglichkeiten, deine Tessa freizubekommen.«

»Und die wären?«, fragte Sandro niedergeschlagen. Warum ließ er sich überhaupt auf solch ein Gespräch ein? Das führte doch zu nichts. Manche Dinge waren einfach nicht zu ändern. Und Tessas Schicksal gehörte leider dazu.

»Also, die erste Möglichkeit wäre, dass du mit deiner Tessa einfach durchbrennst, was aber reichlich dumm wäre, wo du bei den Medici doch so prächtig in Lohn und Brot stehst. Und es besteht die Gefahr, dass ihr aufgegriffen werdet und womöglich am Galgen endet«, sagte Jacopo. »Die zweite und buchstäblich todsichere Möglichkeit wäre, ihrer Herrin mittels einer Prise Gift oder sonst wie einen unverhofft schnellen Abgang aus diesem irdischen Jammertal und einen Platz im Himmel zu verschaffen, sofern sie diesen denn zu erwarten hat und nicht schon in der Hölle erwartet wird. Ich könnte dir ein paar sehr hilfreiche . . .«

»Hör auf, Jacopo!«, fiel Sandro ihm ins Wort. Er sah sich ängstlich um, ob vielleicht jemand gelauscht haben könnte. »Du hast ja wohl den Verstand verloren!«

»Schon gut! War ja nur ein Scherz!«, versicherte Jacopo.

Sandro bezweifelte das, ließ es jedoch dabei bewenden. »Ich muss jetzt weiter«, sagte er hastig. »Man sieht sich, Jacopo! Aber gib du bloß acht, dass du mit deinen krummen Geschäften und deinen abenteuerlichen Einfällen nicht irgendwann einmal selbst an den Galgen kommst.«

»Keine Sorge, ich pass schon auf meinen hübschen Hals auf!« Jacopo lachte laut. »Komm bald mal wieder auf einen Wein bei mir vorbei. Dann kannst du mir mehr von deiner süßen Tessa erzählen. Ich habe eine Schwäche für Geschichten, die so richtig zu Herzen gehen!«

Sandro winkte ab und machte sich auf den Weg in Richtung Mercato Nuovo. Doch während er durch die Gassen ging, grübelte er darüber nach, welcher Art die Gefühle waren, die er für Tessa hegte. Und er fragte sich zum ersten Mal, ob es nicht langsam an der Zeit war, sich offen einzugestehen, dass er weit mehr für sie empfand als nur Freundschaft.

Der Krieg gegen Lucca war in den folgenden Monaten auf den Straßen und in den Häusern von Florenz das alles beherrschende Thema. Die Bewohner im Palazzo der Vasetti machten da keine Ausnahme. Jede neue Nachricht, die von den Kriegsschauplätzen eintraf, wurde ebenso von der Dienerschaft wie von den Herrschaften lang und breit diskutiert.

Das angegriffene Lucca hatte sich, wie von Cosimo erwartet, um Beistand an den Herzog von Mailand gewandt. Sofort war der Graf Francesco Sforza mit seinem Söldnerheer losgeschickt worden. Angesichts der drohenden Gefahr griff die Signoria zu der in solchen Konflikten beliebten Waffe der Bestechung und schickte dem Mailänder und seinem Heer geheime Unterhändler entgegen. Und so schafften sie es, dass Sforza noch einmal von der Bühne des kriegerischen Geschehens abtrat – um fünfzigtausend Goldflorin aus der Staatskasse von Florenz reicher.

Unterdessen bekam Rinaldo degli Albizzi Probleme in den eigenen Reihen, verstand er sich doch nicht mit seinem eigenen Söldnerhauptmann Fortebraccio, den er nicht davon abhalten konnte, mit seinen Truppen auf ganz üble Weise brandschatzend und plündernd durch das Umland von Lucca zu ziehen. Das schaffte viel böses Blut, selbst bei den Befürwortern des Kriegs. Denn um die Stadt von jedem Nachschub abzuschneiden und sie auszuhungern, hätte es dieser Grausamkeiten nicht bedurft.

Fiamettas Ehemann Lionetto brüstete sich in dieser Zeit damit, dass er zu jenem kleinen Kreis von hochrangigen Regierungsbeamten gehörte, die früher als alle anderen über die neuesten Entwicklungen des Feldzugs informiert wurden. Denn er hatte inzwischen eine weitere bedeutsame Stufe auf der Leiter der Ehren erklommen, die ihn mit ein wenig Glück vielleicht schon bald in das Amt eines Priors führen würde, wie er nicht müde wurde zu betonen.

Im Dezember, als die Signoria Lucca den Krieg erklärt, den Rat der Zehn gewählt und Rinaldo degli Albizzi zum Kriegskommissar ernannt hatte, war er in die *otto di guardia* – die Acht von der Wache – berufen worden. Damit war er einer der acht Polizeioberen von Florenz.

Dass ihr Mann auf dem besten Weg war, in den innersten Kreis von Macht und Ehren vorzudringen, versöhnte Fiametta ein wenig mit seinem eiskalten Verhalten, das er ihr gegenüber nach der Geburt ihrer Tochter wochenlang an den Tag gelegt hatte. Sie trug es mittlerweile auch mit stoischer Fassung, dass Lionetto schon bald danach wieder seine nächtlichen Besuche in ihrem Schlafgemach aufgenommen hatte. Sosehr ihr die ehelichen Pflichten auch ein Gräuel blieben, so sehr drängte es sie auch, wieder schwanger zu werden und durch die Geburt eines Stammhalters in der Achtung ihres Mannes und seiner Familie zu steigen.

»Wenn ich ihm erst einmal ein, zwei Söhne geschenkt habe, wird er mich in Ruhe lassen und bestimmt den Anstand haben, mir diese Zumutungen zu ersparen, und sich eine Geliebte nehmen, so wie mein Vater«, sagte sie immer wieder zu Tessa.

Tessa fand es bestürzend, dass Fiametta so dachte, aber noch viel trauriger stimmte es sie, dass Fiametta nicht das geringste Interesse an ihrer Tochter zeigte. All ihre Versuche, sie zu einem Besuch ihres Kindes bei der Amme auf dem Land zu überreden, hatte Fiametta schon nach den ersten vorsichtigen Worten empört abgewehrt.

Was nun den Krieg betraf, so plapperte Fiametta nur all das nach, was sie darüber von Lionetto erfuhr, der im Übrigen ein begeisterter Anhänger der Albizzi war. Tessa hütete sich, alles für bare Münze zu nehmen.

Da hielt sie sich doch lieber an Sandro, von dem sie ein viel genaueres Bild über den Feldzug gegen Lucca erhielt. Ihr Freund hatte mittlerweile seine Arbeit an den samstäglichen Vorsprechtagen im Palazzo der Medici in der Via Larga aufgenommen. Und dabei kam ihm durch seine direkte Nähe zu Cosimo, Lorenzo und Averardo so manches schon früh zu Ohren, was erst viel später die Runde durch Florenz machte.

»Ser Cosimo ist überzeugt davon, dass der Krieg gegen Lucca in einer Katastrophe enden wird. Und da er jetzt zum

Rat der Zehn gehört, weiß er, wovon er redet«, hatte ihr Sandro an einem der Sonntage gesagt. Und Tessa sollte später noch oft daran denken, wie treffend Sandros Herr die Lage eingeschätzt hatte und in welchem Umfang sich seine Worte bewahrheiten sollten.

Jetzt darf Albizzi ernten, was er gesät hat!«, höhnte Averardo, der zum Palazzo der Medici gekommen war, um mit seinem Cousin Cosimo die jüngste Entwicklung der Lage zu erörtern.

Sandro Fontana saß als stiller Beobachter bei ihnen und blickte von einem zum anderen. Diesmal hörte er nicht als heimlicher oder zufälliger Lauscher zu, wie sich die beiden Cousins offen über das Scheitern von Albizzi austauschten. Cosimo persönlich hatte ihn eingeladen, sich zu ihnen zu gesellen. Längst war er sich der Loyalität und Verschwiegenheit von Sandro sicher.

Das Oberhaupt der mächtigen Familie Medici hatte tatsächlich in jedem Punkt recht behalten, was den Kriegsfeldzug gegen Lucca betraf, der, das konnte man mit Fug und Recht behaupten, auf ganzer Linie gescheitert war.

Auch nach der erfolgreichen Bestechungsaktion des Mailänder Gegners war es nicht zum Frieden mit Lucca gekommen, denn Siena, der Erzfeind von Florenz, hatte die Gelegenheit genutzt und unternahm Überfälle auf Dörfer und

Landgüter, die zum Herrschaftsgebiet von Florenz gehörten. Zu allem Übel verbündeten sich Genua und der Papst mit Mailand und der Herzog schickte einen neuen Condottiere in den Krieg, der sich als unbestechlich erwies. Ein nächtlicher Sturmangriff der Florentiner Truppen gegen Lucca endete in einer Katastrophe, da die Luccheser die Ebene rund um die Stadt fluteten und die Söldnertruppen fliehen mussten. Rinaldo degli Albizzi, der durch den Feldzug gegen Lucca seine Macht in Florenz ausbauen wollte, scheiterte kläglich und gab schließlich zermürbt und verbittert auf, was ihm unzählige Vorwürfe einbrachte. Er wurde nicht müde, die Medici anzuklagen und sie zu bezichtigen, gegen ihn intrigiert zu haben. Aber da die Medici inzwischen die finanzielle Hauptlast des Krieges trugen, fanden diese Beschuldigungen keine Nahrung, schon gar nicht beim einfachen Volk.

»Albizzis Niederlage spielt uns jedenfalls trefflich in die Hände«, sagte Averardo und grinste breit.

Nachdenklich blickte Cosimo seinen Cousin an. »Es ist zwar richtig, dass Albizzi am Boden liegt.« Er rieb sich die hohe Stirn. »Aber das sollte uns nicht zu der Torheit verleiten, in aller Öffentlichkeit gegen ihn und seine immer noch starke Anhängerschaft Stimmung zu machen und Salz in die offene Wunde zu reiben«, sagte er. »Albizzi mag zwar angeschossen sein, aber tödlich getroffen ist er noch lange nicht.«

Averardo zog spöttisch die Augenbrauen hoch. »Täusche ich mich oder hast du gerade *in aller Öffentlichkeit* gesagt?«

Ein ironisches Lächeln umspielte Cosimos Mundwinkel.

»Nein, du hast dich nicht getäuscht. Die erfolgreichste Politik ist die der leisen Töne, nicht die des gellenden Marktgeschreis.«

Sandro nahm begierig jedes Wort auf. Manchmal fragte ihn Cosimo inzwischen sogar, was er von dieser oder jener Angelegenheit halte und was ihm aus dem Volk zu Ohren gekommen sei.

Sandro fühlte sich geehrt, dass Cosimo seine Meinung so sehr schätzte. Aber natürlich wusste er auch, dass es viele Gespräche gab, die nicht für seine Ohren bestimmt waren.

Ebenso wenig ließ er sich von dem betont bescheidenen und allseits umgänglichen Auftreten Cosimos in der Öffentlichkeit darüber hinwegtäuschen, dass sich dahinter der harte Kern eines machtbewussten und oftmals kaltblütig berechnenden Mannes verbarg, der in der Wahl seiner Mittel alles andere als zimperlich war. Cosimo wusste Intrigen nicht weniger gut zu spinnen als die anderen mächtigen Männer, mit denen er im Widerstreit um die führende Rolle in der Republik lag. Er war vielleicht noch ein wenig geschickter in der Wahl seiner Mittel. Und wenn es seinen Zielen und Zwecken diente, schreckte er auch vor drastischen Maßnahmen nicht zurück – wobei sehr oft sein Cousin Averardo ins Spiel kam.

Nie würde Sandro die Sache mit Meister Vieri vergessen. Er erinnerte sich noch sehr genau, dass er dessen Goldring mit dem schwarzen Stein ein knappes Jahr nach dem Vorfall in der Bottega an der Hand von Cosimos ältestem Sohn Piero gesehen hatte. Piero hatte ihm sogar freimütig erzählt, dass Averardo de' Medici ihm den Ring zu seinem fünfzehnten Geburtstag geschenkt hatte. An jenem Tag hatte Sandro Gewissheit gehabt, dass Vieri und sein Bruder ihre Betrügereien nicht mit Prügel und ein paar gebrochenen Knochen bezahlt hatten, sondern mit dem Leben.

Diese verborgene Seite der Medici beunruhigte Sandro mitunter, sie ließ ihn aber nicht wankelmütig werden in seiner Loyalität zu ihnen. Wer in Florenz etwas werden wollte, der musste sich unter das Banner einer der tonangebenden Familien stellen und sich ihr mit Haut und Haaren verschreiben. Und er gehörte nun mal zum Banner der sechs roten Kugeln auf goldenem Grund. Auf Gedeih und Verderb!

Das Vertrauen, das Cosimo in ihn und in seine Verschwiegenheit setzte, verletzte Sandro auch nicht, wenn er mit Tessa oder seinen Freunden Tommaso und Matteo zusammen war. Stets überlegte er sich sehr genau, was er sagen durfte und was er für sich behalten musste. Worüber er jedoch ganz offen reden konnte, war seine Bewunderung für Cosimos diplomatisches Geschick.

»Wie klug es doch von ihm gewesen ist, den Kriegsrat der Zehn schon frühzeitig zu verlassen, als andere noch eine Wende im Krieg mit Lucca für möglich hielten, er aber schon das Scheitern kommen sah.«

Zusammen mit Tessa, Tommaso, Matteo und dessen Freundin Ippolita saß Sandro in einer Schenke bei einem Becher Wein.

»Ja, Ser Cosimo ist ein schlauer Fuchs«, pflichtete Matteo ihm bei. Er hatte den Arm voller Besitzerstolz um die Schulter seiner Liebsten gelegt. Seit er sich beim letztjährigen Palio in die inzwischen siebzehnjährige Ippolita verliebt hatte, fand er keinen Gefallen mehr an den Tavernen und Freudenhäusern der einfachen Arbeiterviertel, in die Tommaso ihn einst geschleppt hatte. Ippolita war die Tochter eines kleinen Krämers aus San Giovanni und die beiden gedachten im neuen Jahr zu heiraten.

Es war der Abend des 24. März 1432. An diesem Tag feierte Florenz nicht nur das Fest Mariä Verkündigung, sondern auch den Beginn des neuen Jahres. Es war einer der wenigen Tage, an denen Tessa von ihrer Herrschaft nach der morgendlichen Prozession und dem mittäglichen Festmahl bis zum Abend freibekam.

»Und dass Cosimo seinen Bruder Lorenzo als Botschafter zu Verhandlungen nach Mailand geschickt hat und er auch selbst viel unterwegs gewesen ist, um die drohende Katastrophe abzuwenden, war nicht weniger geschickt«, fügte Sandro hinzu.

»Was aber nichts daran ändert, dass weder der eine noch der andere viel erreicht hat«, meinte Tommaso mürrisch, dem es nicht schmeckte, dass Sandro und Matteo an diesem Abend wegen Tessa und Ippolita auf dem Besuch von ehrbaren Schenken bestanden hatten. Ihn zog es wie üblich hinüber ins Borgo San Frediano.

»Aber sie haben sich mit einem Haufen Geld und zeitraubender Diplomatie tatkräftig zum Wohl der Kommune eingesetzt«, hielt Sandro ihm entgegen. Aus den Augenwinkeln beobachtete er Matteo und seine Ippolita und registrierte sehr wohl ihre verliebten Blicke. Wie sehr wünschte er sich, er könnte auch einfach den Arm um Tessa legen und sie an sich ziehen.

Aber Tessa, die in seinen Augen in den vergangenen Jahren zu einer anmutigen Frau herangereift war und mittlerweile um die achtzehn Jahre alt sein musste, war in letzter Zeit auffällig darauf bedacht, ihm nicht zu nah zu kommen, was geheime Hoffnungen, aber auch Befürchtungen in ihm weckte.

Matteo nickte. »Und das ist mehr, als die Albizzi für sich ins Feld führen können. Die stehen jetzt ganz schön belämmert da.«

Tommaso winkte unwirsch ab. »Jetzt hört endlich auf mit der Politik! Lasst uns lieber über das Reiterturnier und das Lanzenstechen sprechen, das bald auf der Piazza Santa Croce stattfinden wird. Oder über schöne Mädchen ...«, fügte er grinsend hinzu und zwinkerte Ippolita und Tessa zu.

Allzu schnell verstrich die Zeit. Als die Kirchenglocken die zehnte Stunde verkündeten, drängte Ippolita zum Aufbruch.

Tessa stand auf. »Auch für mich wird es höchste Zeit. Ich mache mich jetzt lieber auf den Heimweg, bevor ich mir wieder Fiamettas Vorwürfe anhören muss.«

»Ich begleite dich nach Hause«, sagte Sandro sofort. »Das ist um diese Nachtstunde sicherer so.« Aber wenn er ehrlich war, war es nicht allein die Sorge, eine so hübsche und junge Frau wie Tessa könnte ohne männliche Begleitung auf ihrem Weg durch die dunklen Gassen und Straßen von betrunkenen Männern und anderem Gesindel belästigt werden. Sandro wollte nicht eine Minute verschenken, die er mit ihr zusammen sein konnte, sahen sie sich doch viel zu selten und immer viel zu kurz.

»Sieh an, sieh an!« Tommaso gab seinem alten Freund einen freundschaftlichen Hieb in die Seite. »Ich jedenfalls werde noch nicht nach Hause gehen. Und dreimal dürft ihr raten, wohin mich meine Schritte lenken werden.« Er grinste ihnen anzüglich zu und Sandro verdrehte die Augen. Tommaso war wirklich unverbesserlich.

Schweigend machte er sich schließlich mit Tessa auf den Weg in die Via San Gallo. Sandro spürte sein Herz plötzlich schneller schlagen, denn er spürte, dass dieses Schweigen ihre Gefühle füreinander in dieser Nachtstunde viel intensiver zum Ausdruck brachte, als Worte es vermocht hätten. Gefühle, die sie seit Langem füreinander hegten, über die sie aber noch immer nicht zu sprechen wagten.

Als sie hinter der Kirche San Lorenzo aus einer Seitengasse in die breite Via San Gallo einbogen, kam ihnen ein grobschlächtiger Mann entgegengetorkelt. Johlend schwenkte er eine rote Wollkappe.

Gerade noch rechtzeitig, bevor der Betrunkene Tessa umrennen konnte, griff Sandro nach ihrem Arm und zog sie an sich. Schützend legte er die Arme um sie. Der Zecher zog lallend an ihnen vorbei.

Noch nie zuvor hatte Sandro sie so nahe gespürt, hielt er sie doch endlich in seinen Armen. Wie oft hatte er es sich gewünscht und davon geträumt, dass es einmal so kommen möge, aber dann hatte er doch nie den Mut gehabt, den ersten

Schritt zu wagen. Und nun hatte der Zufall seinen geheimsten Wunsch Wirklichkeit werden lassen.

Tessa hob den Kopf und blickte ihn stumm an.

Sandro las in ihren Augen, was er schon lange Zeit wusste. Und in diesem Moment erfasste ihn eine Woge unendlicher Sehnsucht, ihr endlich seine Liebe zu gestehen. Sein Verlangen nach Zärtlichkeit wurde übermächtig. Er konnte nicht länger widerstehen. Und so nahm er ihr Gesicht in seine Hände und küsste sie.

Ihm war, als hätte auch Tessa geahnt, dass es so kommen würde. Denn kaum spürte er ihre warmen Lippen, da erwiderte sie auch schon den sanften Druck. Sie schlang ihre Arme um seinen Nacken und schmiegte sich an ihn.

Sandro wusste später nicht zu sagen, wie lange sie so auf der nächtlichen Straße gestanden hatten. Für eine kleine Ewigkeit gab es nichts anderes auf dieser Welt als das, was ihre Lippen und ihre Hände einander sagten.

Doch dann war der kostbare und so unendlich süße Moment verstrichen. Denn plötzlich entrang sich Tessas Kehle ein gequälter Laut. Sie löste sich aus Sandros Umarmung und legte ihm die Hände wie abwehrend auf die Brust.

»Das . . . Das hätten wir nicht tun dürfen!«, flüsterte sie verstört.

»Aber warum nicht? Ich liebe dich, Tessa! Und ich weiß, dass auch du mich liebst!«, stieß Sandro hervor und wollte sie wieder in seine Arme ziehen. »Wir haben schon viel zu lange gewartet, bis wir es uns endlich eingestanden haben!«

Sanft, aber zugleich entschlossen wehrte sie ihn ab. »Bitte, tu das nicht, Sandro!«, flehte sie ihn an. »Mach es uns nicht noch schwerer, als es auch so schon ist.«

»Tessa, du darfst mich nicht zurückweisen!«, beschwor er sie. »Ich habe doch gerade gespürt, wie sehr auch du dich danach gesehnt hast.«

Sie nickte, doch ein Ausdruck quälenden Schmerzes trat auf ihr Gesicht. »Ja, das habe ich, Sandro, mehr als ich es beschreiben könnte. Von dir gehalten und geküsst zu werden, war noch viel schöner, als ich es mir in meinen Träumen vorgestellt habe«, gestand sie mit zitternder Stimme. »Aber das ändert nichts daran, dass wir unserem Verlangen nicht hätten nachgeben dürfen, weil es alles nur noch schwerer macht. Oder hast du vergessen, dass ich eine Sklavin bin? Ich kann nie zu dir gehören!«

Sandro schüttelte heftig den Kopf. »Und wennschon! Ich werde dich freikaufen, Tessa! Ich habe Geld gespart, mehr als genug, um dich bei den Vasetti auszulösen!«

Ein trauriges Lächeln huschte über ihr Gesicht. »Ach, Sandro. Dass du das tun würdest . . .« Ihre Stimme brach. »Aber du verschließt die Augen vor den Tatsachen. Fiametta wird mich nicht gehen lassen, auch dann nicht, wenn du ihr anbieten würdest, mich in Gold aufzuwiegen. Sie ist so unglücklich in ihrer Ehe mit Lionetto, auch weil das zweite Kind noch immer auf sich warten lässt. Sie will mich mehr denn je um sich haben.«

»Dann gibt es nur eine Möglichkeit«, sagte Sandro mit

grimmiger Entschlossenheit. »Wir verlassen heimlich die Stadt und fangen irgendwo im Norden ein neues Leben an, wo niemand uns kennt! Mein Erspartes wird ausreichen, damit wir neu Fuß fassen können. Keiner wird je erfahren, dass du eine entlaufene Sklavin bist.«

Zärtlich strich Tessa mit der Fingerspitze über seine Nase bis zu seinen Lippen. Tränen schimmerten in ihren Augen. »Dass du das gesagt hast, werde ich dir nie vergessen«, sagte sie mit erstickter Stimme. »Aber ich kann und werde nicht als entlaufene Sklavin mit dir in irgendeine fremde Stadt gehen. Niemals.«

Verständnislos sah er sie an. »Aber warum denn nicht? Ich schwöre dir, dass wir ganz bestimmt nicht . . .«

»Ich kann es nicht tun, Sandro. Weil ich dich viel zu sehr liebe. Ich weiß, wie viel dir alles bedeutet, was du dir hier erarbeitet hast. Es ist dein Verdienst, dass die Medici dir eine wunderbare Möglichkeit für den Aufstieg geboten haben. Es darf nicht alles umsonst gewesen sein.«

Sandro starrte sie sprachlos an. Niemals hatte er jemandem anvertraut, wie viel ihm seine Stellung bei den Medici bedeutete, nicht einmal Tessa. Doch offenbar hatte sie gespürt, was in ihm vorging.

»Das ist mir nicht wichtig!«, sagte er trotzdem. »Wir schlagen uns schon durch. Ich scheue weder harte noch einfache Arbeit!«, beteuerte er und griff nach ihrer Hand. »Solange wir nur zusammen sind!«

»Das mag jetzt so sein. Aber eines Tages wirst du anders

darüber denken und nicht mehr begreifen, warum du diese blendende Zukunft, die du bei den Medici hättest haben können, meinetwegen aufgegeben hast. Und dann werde ich deine Liebe verlieren, womöglich wirst du mich sogar hassen. Und was passieren könnte, wenn man doch entdecken würde, dass ich eine entlaufene Sklavin bin, daran mag ich gar nicht denken. Du würdest in den Kerker kommen!«

Er wollte heftig protestieren, doch da legte sie ihm sanft ihren Finger auf die Lippen.

»Ich werde es unter keinen Umständen tun«, flüsterte sie, »wie sehr du mich auch zu überreden versuchst, Sandro! Und wenn du mich so liebst, so wie ich dich, wirst du auch nie wieder davon anfangen und mich damit quälen.« Sie schluckte. »Damit wirst du uns nichts weiter als unnötigen Schmerz zufügen.«

»Tessa! Bitte!« Sandro hörte selbst, wie seine Stimme brach. »Das kann unmöglich dein letztes . . .«

»Doch, es ist mein letztes Wort«, sagte sie bestimmt. »Nimm Vernunft an und gib dich nicht irgendwelchen Hoffnungen hin, die sich nie erfüllen werden. Lass uns lieber dankbar sein für das, was wir haben.«

»Und was haben wir?«, fragte er bitter.

»Wir haben unsere Freundschaft, und das ist das Kostbarste, was ich besitze.« Hastig gab sie ihm einen letzten Kuss auf die Wange, wand sich aus seinen Armen und lief mit eiligen Schritten davon.

Erst wollte er ihr nachsetzen, doch dann besann er sich

und blieb, wo er war. Mit einem wilden Schmerz in der Brust blickte er auf die schmale Gestalt, die sich fast fluchtartig von ihm entfernte. Denn er wusste, dass Tessa jedes Wort so meinte, wie sie es gesagt hatte. Und auf den kurzen Moment des vollkommenen Glücks, den sie gemeinsam erlebt hatten und der seine Träume beflügelt hatte, folgte nun der Sturz in eine abgrundtiefe Verzweiflung.

In dieser Nacht weinte Sandro Fontana, wie er noch nie zuvor in seinem Leben geweint hatte.

In den folgenden Wochen war Tessa geradezu dankbar dafür, dass Fiametta sie mit ihren eigenen kleinen wie großen Nöten und der üblichen täglichen Flut von ungeduldig eingeforderten Zofendiensten von morgens bis abends in Beschlag nahm. Nur so gelang es ihr, den brennenden Schmerz in ihrem Innern und die Hoffnungslosigkeit, die sich wie ein viel zu enger Ring um ihre Brust gelegt hatte, zu beherrschen.

Die tränenreichen Ausbrüche, mit denen Fiametta ihre Klagen über ihr abscheuliches und bitteres Eheschicksal regelmäßig begleitete, gaben Tessa Gelegenheit, ihren eigenen Tränen freien Lauf zu lassen, auch wenn niemand wusste, weshalb sie wirklich weinte.

Die Erinnerung an die wunderbaren Momente in Sandros Armen und seine leidenschaftlichen Küsse wollte Tessa um keinen Preis der Welt missen, auch wenn diese ihr Leiden für lange Zeit so wachhielt wie eine Wunde, die einfach nicht verheilen wollte. Erst nach zwei Wochen brachte sie den Mut auf und hatte genug innere Gefasstheit gewonnen, um Sandro bei der morgendlichen Sonntagsmesse unter die Augen zu treten.

Es waren für sie beide schwere Momente, dort vor der Kirche einander gegenüberzustehen, den Schmerz und das Verlangen im Gesicht des anderen zu sehen, ohne einander Trost spenden zu können.

Und so gingen sie bei ihrem ersten Wiedersehen schnell auseinander, sprachlos und wortlos angesichts der Macht der Gefühle.

Am folgenden Sonntagmorgen hatten sie sich schon besser unter Kontrolle, doch schwer blieb es dennoch.

»Wie geht es dir?«, fragte Tessa leise, als sie aufeinandertrafen.

»Musst du das wirklich fragen?« In Sandros Blick lag etwas, das Tessa zusammenzucken ließ.

»Man sagt, die Zeit heilt alle Wunden.«

»Diese Wunde heilt sie nicht«, erwiderte er bitter, senkte den Kopf und ging davon.

Tessa fürchtete, sie würde am nächsten Sonntag vergeblich vor der Kirche auf ihn warten. Doch ihre Angst, er könnte fortan ihre Nähe meiden, weil er die Hoffnungslosigkeit nicht mehr ertrug, erwies sich zu ihrer Erleichterung als unbegründet. Denn ihn ganz aus ihrem Leben zu verlieren hätte sie nicht ertragen, das wusste sie.

Es dauerte jedoch bis in den späten Mai hinein, bis Sandro und Tessa sich endlich so weit gefangen und mit der ausweglosen Situation abgefunden hatten, dass sie wieder zu einem normalen Gespräch und schließlich auch wieder zu Scherzen und zu einem gelegentlichen Lachen fähig waren.

Im Mai nahm Matteo seine Ippolita zur Frau und zog mit ihr in eine Wohnung, die sich in einem Palazzo befand, der einst der adligen Familie Amieri gehört hatte. Ein reicher, geschäftstüchtiger Einwanderer aus Pisa namens Alessandro Borromei hatte dieses Gebäude aufgekauft, in viele eigenständige Einheiten unterteilt und vermietete die Räume im Erdgeschoss an Handwerker und Händler und die Zimmer in den oberen Stockwerken als Wohnungen. Diese Methode, alte Palazzi derart zu Mietshäusern umzufunktionieren, sollte schon bald eifrige Nachahmer finden, als bekannt wurde, wie unglaublich profitabel dieses Geschäft war. Es hieß, Borromei erzielte mit dem Palazzo einen jährlichen Mietzins von fast tausend Florin.

Matteo ließ sich seine Hochzeit einiges kosten. Tessa gehörte jedoch nicht zu den Gästen, obwohl auch sie eingeladen war. Selbst wenn Fiametta ihr die Erlaubnis gegeben hätte, an der Hochzeitsfeier teilzunehmen, hätte sie es nicht ertragen, an Sandros Seite Zeugin des strahlenden Glücks der beiden zu werden. So wünschte sie Matteo und Ippolita aus der Ferne alles nur denkbar Gute.

Als Tessa und Sandro sich zum letzten Mal vor der Kirche sahen, bevor die Medici und die Vasetti sich genau wie alle anderen reichen Familien aus Florenz für den Sommer auf ihre Landgüter zurückzogen, berichtete Sandro, dass er seine Lehrjahre in der Tavola am Mercato Nuovo nun bald beenden würde. Cosimo de' Medici wolle ihm neue, verantwortungsvollere Aufgaben übertragen, jedoch nicht in der lokalen Wechselbank, sondern in seinem Palazzo in der Via Larga. In diesem Jahr würde er zum ersten Mal in das Gefolge aus Verwandten, Geschäftspartnern und gelehrten Freunden aufgenommen werden, mit dem Cosimo de' Medici auf seinen Landsitz im Mugello reiste. Das war eine große Ehre, auf die er sehr stolz war.

Auch Tessa würde die Stadt verlassen. Das Familienlandgut der Vasetti, das sich Cosenza nannte, benannt nach der gleichnamigen Heimatstadt von Lionetto Vasettis Großmutter in Kalabrien, lag im Süden der Stadt.

»Die Zeit ohne dich wird mir furchtbar lang werden«, sagte Sandro und seine Stimme klang auf einmal wieder zaghaft und mutlos.

Tessa versuchte zu lächeln. »Der Herbst kommt wie im Flug, du wirst schon sehen«, sagte sie so leichthin wie möglich, obschon ihr ein Kloß in der Kehle saß.

Mit diesen Worten drehte sie sich um und eilte davon, um ihre Tränen zu verbergen, die brennend in ihre Augen stiegen.

Das eintönige Leben auf dem Landgut im Dienst der ewig nörgelnden und jammernden Fiametta wurde erst Ende August unterbrochen, als Tessas Herrin neue Hoffnung schöpfte, dass ihr Leben und ihre Ehe schon bald eine Wendung zum Besseren nehmen würden. Endlich war sie wieder in anderen Umständen.

»Diesmal wird es ganz bestimmt ein Sohn«, sagte sie immer wieder, als wollte sie dem Schicksal ihren Willen aufzwingen.

Sie bat ihren Ehemann, ihr zu erlauben, für ihr noch ungeborenes Kind zweimal in der Woche eine Messe lesen zu lassen. Erst wollte ihr Ehemann nichts davon wissen, aber schließlich gab er ihrem Drängen nach. Zu lange hatte er auf eine zweite Schwangerschaft seiner Frau gewartet, die ihn hoffen lassen durfte, nun endlich einen Stammhalter zu bekommen. Und deshalb sah er auch von wütenden Vorhaltungen ab, als sie sich entschloss, bei einem Bildermacher teure Wachspuppen in Auftrag zu geben, um sie in der Kirche vor dem Marienaltar aufzustellen und die Muttergottes mit diesen Opfergaben gnädig zu stimmen.

Trotzdem fürchtete Fiametta insgeheim, dass sie wieder eine Tochter zur Welt bringen würde. Wie sollte sie sonst die grässlichen Albträume erklären, die sie seit Kurzem quälten? Tessa musste oft bis tief in die Nacht bei ihr am Bett sitzen bleiben, ihre Hand halten, mit ihr beten und ihr Geschichten erzählen, weil sie Angst vor dem Einschlafen hatte. Sie nahm es gern auf sich, auch wenn es sie kostbare Stunden des Schlafes kostete. Jedoch nicht allein, weil Fiametta ihr in ihrer beklemmenden Angst vor einem zweiten Versagen leidtat, sondern weil mit der Schwangerschaft ihrer Herrin auch bei ihr die Angst zurückkehrte.

Es war die Angst, Lionetto Vasetti könnte nun, da ihm der eheliche Beischlaf im Bett seiner Frau bis lange nach der

Geburt versagt war, plötzlich wieder in ihrer Kammer stehen. Die lüsternen Blicke, die sie gelegentlich von ihm auffing, wenn sie sich im Haus kurz irgendwo allein begegneten, gaben ihr allen Grund, das Schlimmste zu befürchten. Und diese Befürchtung sollte sich schon sehr bald als begründet herausstellen.

Es geschah in einer kühlen, mondhellen Novembernacht, in der Tessa wieder einmal lange an Fiamettas Bett ausgeharrt hatte. Die Vasetti waren in der Zwischenzeit in die Stadt zurückgekehrt und der Sommer mit seiner brütenden Hitze war längst vergessen. Tessa lag in ihrer Kammer unter ihren warmen Decken, als sie draußen auf dem Gang leise Schritte vernahm. Schon im nächsten Moment schwang ihre Tür auf. Im schwachen Schein des Mondlichtes, das durch die schmale Fensterluke in ihre Kammer fiel, sah sie nicht mehr als die dunkle, schattenhafte Gestalt eines Mannes in einem weiten Nachtgewand, die schnell die Tür wieder hinter sich schloss. Sie wusste jedoch sofort, dass es Lionetto war.

Entsetzt richtete sie sich in ihrem Bett auf. »Geht aus meiner Kammer!«, stieß sie mit gepresster Stimme hervor. »Bitte! Tut mir nichts!«

»Halt deinen dreckigen Mund, du verdammtes Sklavenweib!«, zischte Vasetti. Das Lallen in seiner Stimme verriet, dass er angetrunken war, wie so oft. Mit zwei schwankenden

Schritten war er bei ihr und schlug ihr mit dem Handrücken ins Gesicht.

Ihr Kopf prallte gegen die Wand. Ein brennender Schmerz jagte quer über ihr Gesicht. Benommen versuchte Tessa, wieder hochzukommen, doch da war er auch schon über ihr. Mit der einen Hand griff er nach ihrer Brust, mit der anderen schob er die Decken nach unten und zerrte ihr dünnes Nachthemd hoch.

Tessa schrie auf. »Nein! Bitte! Nicht das! Und wenn Ihr mich totschlagt!« Verzweifelt versuchte sie, ihn wegzustoßen.

»Du kannst schreien, so laut du willst! Glaubst du, irgendwer wird kommen und dir helfen? Dir, einer Sklavin?«

Er lachte. Schweiß tropfte von seiner Stirn auf ihr Gesicht.

»Dir werde ich es zeigen, dich wie eine Jungfer zu zieren!« Abermals schlug er ihr mit der geballten Faust ins Gesicht und legte ihr rasch eine Hand auf den Mund, damit ihr Schreien nicht aus der Kammer drang.

Panik erfasste Tessa, als sie abermals sein Gewicht spürte. Sie wusste, dass sie verloren war, wenn sie nicht handelte.

In diesem Moment kümmerte es sie nicht mehr, dass sie eine Sklavin war und dass sie ihrem Herrn zu Dienst sein musste, egal, was er verlangte.

Sie machte sich keine Gedanken über die Folgen ihres Tuns.

In ihrer Not zog sie mit einem Ruck die Knie an und rammte sie ihm mit aller Kraft zwischen die Beine.

Lionetto krümmte sich über ihr und gab einen röchelnden Laut von sich, als könnte er plötzlich keine Luft mehr bekommen. Schnell wand sich Tessa unter ihm hervor, hastete durch die Kammer und zog die Tür zum Flur auf.

»Du Miststück! Du hast mir zu gehorchen! Ich lasse dich bis aufs Blut auspeitschen und dann verkaufe ich dich an einen Zuhälter! Hast du das verstanden, du Tscherkessendreck?«, rief er mit schmerzerstickter Stimme hinter ihr her.

Tessa irrte durch das dunkle Haus. Niemand schien etwas gehört zu haben. Wo sollte sie sich verstecken? Trotz der Wärme fror sie entsetzlich. Warmes Blut drang aus den aufgeplatzten Lippen und rann über ihr Kinn. Ihr Unterkiefer schmerzte entsetzlich. Aber noch viel schlimmer war die Demütigung und Erniedrigung, die sie in jeder Faser ihres Körpers spürte.

Es ging schon gegen Morgen, als sie endlich die Kraft fand, in die Wirtschaftsräume zu schleichen. Dort wusch sie sich das Blut aus dem Gesicht und presste die kalten Schneiden der großen Schlachtmesser auf die schmerzenden Schwellungen, um sie zu kühlen. Dann erst wagte sie sich in ihre Kammer zurück.

Als sie wieder in ihrem Bett lag, überlegte sie lange, was sie Fiametta antworten sollte, wenn ihre Herrin sie so zugerichtet sah und wissen wollte, wobei sie sich die Verletzung im Gesicht zugezogen hatte. Die Wahrheit zu sagen verbot sich von selbst, auch wenn Lionetto ihr nicht mit Auspeitschung und Verkauf an einen Zuhälter gedroht hätte. Fiametta würde ihr niemals glauben oder doch zumindest nicht glauben wollen, was in dem Fall wohl ein und dasselbe war.

Und während die heißen Tränen über ihre zerschundenen Wangen liefen, fragte sich Tessa ein ums andere Mal, ob sie wirklich gut daran getan hatte, Sandros Aufforderung so kategorisch von sich zu weisen, heimlich mit ihm aus Florenz zu verschwinden.

Tatsächlich erschrak Fiametta über alle Maßen, als Tessa am nächsten Morgen zu ihr ins Gemach trat. »Um Gottes willen, du siehst ja entsetzlich aus! Wie ist das bloß passiert? Sag nur, du bist wieder mit dieser frechen neuen Küchenhilfe Dorina aneinandergeraten«, stieß sie hervor.

Tessa schüttelte den Kopf und versuchte ein schwaches Lächeln, zuckte jedoch sofort zusammen, weil ihre Lippen wie Feuer brannten. »Nein, Dorina hat damit nichts zu schaffen. Es war meine eigene Dummheit. Es ist heute Nacht passiert, als ich auf den Abort musste, weil ich meinen Nachttopf nicht finden konnte«, log sie. »Ich war noch halb im Schlaf und bin auf der Treppe zu meinem Pech auf mein Nachthemd getreten. Und dann ist es eben passiert. Zum Glück habe ich mir bei dem Sturz nichts gebrochen. Außerdem sieht es viel schlimmer aus, als es ist.«

Dass sie ihre Verletzungen so herunterspielte, sollte sich drei Tage später als unklug erweisen, als sie sich am Sonntagmorgen vor der Messe und vor Sandros Blicken drücken wollte. Fiametta bestand aber darauf, sie an ihrer Seite zu haben.

»Ich kann doch so grün und blau geschlagen nicht unter Menschen gehen, Fiametta!«

»Ach was, das überdecken wir mit ein wenig Puder und du darfst dir eine meiner alten Hauben mit einem dichten Schleier nehmen! Das wird reichen, um dich vor neugierigen Blicken zu schützen«, erwiderte Fiametta bestimmt. »Also stell dich nicht so an! Du bist doch hier im Haus auch unter Menschen. Außerdem gehe ich in meinem Zustand nicht ohne meine Zofe aus dem Haus. Du hast mir Beistand zu leisten, sollte ich bei all dem Weihrauch wieder einmal einen Schwächeanfall während der Messe erleiden. Und zur Messe müssen wir, schon weil ich die neue Wachspuppe meines Sohnes aufstellen muss!«

Tessa blieb nichts anderes übrig, als sich dem Willen ihrer Herrin zu beugen, und ihr sank das Herz, als sie an Sandro dachte. Sie bangte, ob sie ihre Verletzung vor ihm verborgen halten konnte. Und falls ihr das nicht gelingen sollte, würde er ihr dann ihre Lügengeschichte abnehmen?

Sandro spürte sofort, dass mit Tessa irgendetwas nicht stimmte. Dafür reichte ein Blick, als er sie nach der Messe mit einer aufwendigen Haube auf dem Kopf sowie mit einem dichten Spitzenschleier vor dem Gesicht seitlich von der Kirche und abseits von ihrer Herrin und den anderen Vasetti stehen sah. Augenblicklich vergaß er, was er ihr an Neuigkeiten hatte mitteilen wollen. In dem Haus, in dem Matteo und Ippolita wohnten, waren zwei schöne Zimmer frei geworden, und er gedachte, dort in den nächsten Tagen einzuziehen.

Er hätte sich schon längst eine eigene Unterkunft, ja sogar ein nettes kleines Häuschen leisten können. Aber aus Sparsamkeit und Bequemlichkeitsgründen hatte er bislang sein Zimmer im Palazzo der Tavola behalten und sich dort von der Haushälterin für ein geringes Entgelt verköstigen lassen. Und wozu hätte er auch allein in einem Haus leben sollen? Doch seit er in der Hauptbank der Medici eine feste Anstellung erhalten hatte und nun einen jährlichen Lohn von fünfzig Florin erhielt, machte es keinen guten Eindruck mehr, weiterhin an dieser ebenso bequemen wie preiswerten Lösung festzuhalten.

Voller Sorge ging er auf Tessa zu. »Was ist mit dir?«, fragte er vorsichtig. »Warum stehst du hier so abseits? Und seit wann gehst du wie eine vornehme Frau mit Haube und Spitzenschleier zur Messe?«

Tessa wandte sich verlegen ab. »Ach, meine Herrin hat mir eine ihrer alten Hauben und den Schleier geliehen. Sie hat eine ganze Truhe voll davon. Ich trage sie auch nur heute.«

Sandro zögerte. Irgendetwas stimmte mit Tessa nicht, aber er wusste nicht, was genau sie umtrieb.

»Und warum trägst du sie?«

Tessa druckste herum und wollte das Thema wechseln. Doch das machte Sandro erst recht stutzig und er wollte nun mehr denn je wissen, was es mit ihrem absonderlichen Aufzug auf sich hatte.

»Weich mir nicht aus, Tessa. Sag die Wahrheit. Warum trägst du diesen Schleier vor dem Gesicht?«

Er konnte ihre Augen nicht sehen, was ihn umso mehr verunsicherte. »Es ist nichts Schlimmes«, sagte sie leichthin, doch er hörte deutlich, wie ihre Stimme zitterte. »Mir ist ein Missgeschick geschehen. Ich bin gestolpert und die Treppe hinuntergestürzt. Dabei habe ich mir im Gesicht wehgetan. Und mit den hässlichen Prellungen habe ich mich nicht unter Menschen gewagt, weswegen Fiametta mir Haube und Schleier ausgeliehen hat.«

»Wie schlimm ist es denn?«, fragte er besorgt. »Lass mich mal sehen ...«

»Nein, das möchte ich nicht!«, stieß sie ängstlich und ein wenig zu hastig hervor.

Sandro wusste nicht, woher er den Mut nahm, aber bevor sie es verhindern konnte, griff er nach ihrem Schleier und schlug ihn zurück.

Entsetzt riss er die Augen auf, als er die verkrustete Wunde an ihrem Mund und die grüngelben Flecken auf ihrem Gesicht sah.

»Großer Gott, Tessa!«, stieß er erschrocken hervor. »Das sind die Spuren von ganz gemeinen Schlägen!«

Erschrocken zog sie den Schleier wieder vor ihr Gesicht. »Nein, sind sie nicht! Das hättest du nicht tun dürfen!« Ihre Stimme bebte.

»Erzähl mir doch nichts! Jemand hat dich geschlagen! Ich habe genug Prügeleien in meinem Leben gesehen und weiß, welche Art von Spuren sie auf einem Gesicht hinterlassen.«

Er schluckte. »Bitte, Tessa, du musst mir die Wahrheit sagen! Wer hat dich so gemein zugerichtet?«

Sie senkte den Kopf. »Sandro, bei unserer Freundschaft, frag nicht weiter. Ich ... Ich will nicht darüber reden.«

Ihre Worte trafen Sandro direkt ins Herz.

»Tessa«, flüsterte er bestürzt. »Bedeute ich dir denn gar nichts mehr, dass du mich so ausschließt aus deinem Leben? Hast du kein Vertrauen zu mir? Auch wenn wir nicht zusammen sein dürfen, so ist meine Liebe zu dir doch nicht weniger geworden.«

Tessa wusste nicht, was sie tun sollte. Eine Träne tropfte unter ihrem Schleier zu Boden.

»Also gut, ich werde es dir erzählen«, sagte sie so leise, dass er sich vorbeugen musste, um ihre Worte zu verstehen. »Aber zuerst musst du mir schwören, dass du ... dass du Ruhe bewahrst und nichts Unvernünftiges tust! Schwöre es, Sandro! Bei allem, was dir heilig ist.«

Was meinte sie? Sandro spürte auf einmal einen dicken Kloß im Hals. Jeder Muskel in seinem Körper spannte sich an, als rechnete er damit, im nächsten Augenblick von einem Schlag getroffen zu werden.

»Ich schwöre es!«, stieß er mit belegter Stimme hervor.

»Lionetto!« Sie hauchte den Namen mehr, als dass sie ihn aussprach. Und fast unhörbar fügte sie dann noch hinzu: »Er war betrunken, als er in der Nacht in meine Kammer kam und mich ... mich gegen meinen Willen nehmen wollte.«

Sandro spürte, wie ihm alle Farbe aus dem Gesicht wich. »Dieses Schwein!«, stieß er hervor. Seine Hände ballten sich wie von selbst zu Fäusten. Ihm wurde übel. »Dieser verfluchte Schweinehund!«

»Ich habe mich mit aller Kraft gewehrt und so hat er es nicht geschafft, mich ... zu schänden«, sagte sie schnell. »Und deshalb hat er mich geschlagen. Aber das ist jetzt nicht mehr wichtig. Er wird es bestimmt nicht wieder versuchen, glaub mir!«

»Nicht mehr wichtig?« Sandro blickte hasserfüllt zu Lionetto Vasetti hinüber, der sich in der Aufmerksamkeit von weniger hochgestellten Nachbarn sonnte und gerade über irgendetwas lachte. »Ich werde . . .«

»Nichts wirst du tun!«, fiel Tessa ihm beschwörend ins Wort. »Du wirst vernünftig sein! Du hast es mir hoch und heilig versprochen!«

»Aber ich konnte ja nicht ahnen . . .«

»Mein Gott, Sandro!«, unterbrach Tessa ihn und nun trat Angst in ihre Stimme. »Er ist ein mächtiger Mann! Du wirst doch wohl nicht so einfältig sein und dich mit ihm anlegen! Damit würdest du nicht nur dich in große Gefahr bringen, sondern auch mich. Also finde dich damit ab, dass es klüger ist, die Angelegenheit auf sich beruhen zu lassen.«

»Tessa!«

Fiamettas nörgelnde Stimme ließ sie aufsehen. Ungeduldig winkte ihre Herrin.

»Ich muss jetzt gehen«, sagte Tessa hastig. »Sandro, wirst du daran denken, was du mir versprochen hast?«

Sie hob ihren Schleier und er erschrak abermals, wie sehr ihr Gesicht zugerichtet war. Doch ihre schönen Augen sahen ihn flehentlich an und so konnte er nicht anders als nicken.

Doch seine ohnmächtige Wut auf ihren Dienstherrn war um keinen Grad abgekühlt. Wenn Blicke hätten töten können, wäre Lionetto Vasetti auf der Stelle leblos in den Staub der Piazza gestürzt. Das Wissen, dass er Tessa nicht beistehen und den Mann für seine Tat nicht zur Verantwortung ziehen konnte, brachte Sandro fast um den Verstand.

Aber musste er sich wirklich mit seiner Ohnmacht abfinden? Gab es vielleicht nicht doch etwas, was er zu ihrem Schutz unternehmen konnte, ohne sein heiliges Versprechen zu brechen? Was war, wenn Tessa sich in ihrer Einschätzung irrte und Lionetto Vasetti doch noch in irgendeiner der nächsten Nächte das erzwang, was ihm bei seinem ersten Versuch nicht gelungen war? Durfte er es darauf ankommen lassen?

Sandro zermarterte sich das Gehirn, was er bloß tun konnte, um Tessa davor zu bewahren, während er stundenlang und ohne rechtes Ziel durch die Stadt lief. Er fühlte sich elend vor quälender Ratlosigkeit und hilflosem Zorn.

Ohne dass er es bewusst darauf angelegt hätte, führte ihn sein zielloses Herumstreifen hinüber nach Santo Spirito und vor die Tür von Jacopos Taverne Lombrico. Er zögerte nur ganz kurz und trat dann ein. Noch nie zuvor hatte er ein so heftiges Verlangen verspürt, sich sinnlos zu betrinken.

Jawohl, dachte er bei sich selbst, das war jetzt genau das Richtige. Er würde seinen Kummer im Wein ertränken, auch wenn das sonst so ganz und gar nicht seinen Gewohnheiten entsprach.

Die Luft im Schankraum stank nach altem Schweiß, verschüttetem Wein, kalter Asche und Essensresten. Eine dicke Frau kehrte den Schmutz der vergangenen Nacht zusammen und wischte über die klebrigen Tische. Nur zwei heruntergekommene Gestalten saßen zu dieser frühen Stunde zusammen.

In diesem Augenblick kam Jacopo aus dem Hinterzimmer herein. »Welch seltener Besuch in meiner bescheidenen Hütte!«, rief er staunend aus.

Sandro nickte nur und setzte sich an den erstbesten Tisch. »Bring mir Wein. Am besten gleich ein ganzes Fass!«

»Nun mal langsam.« Jacopo beugte sich zu ihm. »Scheint nicht dein bester Tag zu sein heute, stimmt's?«

»Lass mich bloß in Ruhe!« Sandro stützte den Kopf in die Hände.

Jacopo humpelte auf seinen kurzen Beinen hinter den Schanktresen. Mit einem großen, randvoll gefüllten Krug und zwei Bechern kam er zurück zu Sandro und setzte sich ihm gegenüber an den blanken Holztisch. »So, und nun erzähl mal, was los ist!«

Sandro griff zu einem Becher, füllte ihn und trank ihn in einem Zug leer. Für den zweiten Becher brauchte er nicht viel länger. Und dann brach alles aus ihm heraus.

»Zu dumm, dass du dich ausgerechnet in eine Sklavin verliebt hast«, sagte Jacopo, als Sandro geendet hatte. »Ich habe dir doch schon mal vorgeschlagen, dass du sie diesem Vasetti abkaufen sollst.«

Sandro schüttelte verzweifelt den Kopf.

Jacopo runzelte die Stirn. »Heißt das, du hast noch gar nicht mit ihm über einen Freikauf gesprochen?«

»Nein, habe ich nicht. Warum denn auch?«, fragte Sandro

bedrückt zurück und goss sich Wein nach. »Ich hab dir doch gesagt, dass Fiametta nie zulassen . . .«

Jacopo fiel ihm ins Wort. »Vergiss doch dieses aufgeblasene Weib! Dieser Vasetti macht Geschäfte und er wird sich keinen lukrativen Handel entgehen lassen. Von seinem Weibsbild wird sich ein ausgemachter Geizhals wie er ganz bestimmt nichts sagen lassen! Du musst ihm nur ein verlockendes Angebot machen. Für ihn ist Tessa nur irgendeine Sklavin, die man leicht durch eine andere ersetzen kann.«

Verblüffung trat auf Sandros Gesicht. »Meinst du wirklich, dass er sich darauf einlassen könnte?«

»Jedenfalls ist es einen Versuch wert. Du machst bei den Medici gutes Geld. Wenn du es dir leisten kannst und Tessa es dir wert ist, biete ihm doch einfach das Doppelte von dem, was jemand wie sie auf dem Sklavenmarkt kostet«, schlug Jacopo ihm vor. »Dann wirst du ja sehen, ob ihm ein dicker Batzen Goldflorin mehr bedeutet als der Ärger mit seiner Frau! Und was hast du schon groß zu verlieren? Im schlimmsten Fall wird er dir eine Absage erteilen. Aber mit ein bisschen Glück und einem verlockend hohen Angebot kriegst du ihn womöglich rum – und deine Tessa ist frei!«

Ein Funken neuer Hoffnung glomm in Sandro auf und ließ seine Augen aufleuchten. »Natürlich! Du hast recht! Das hätte ich schon längst versuchen sollen!«, stieß er aufgeregt hervor. Warum hatte er überhaupt gezögert? Es war höchste Zeit, dass Jacopo ihn wachgerüttelt hatte! Gleich morgen würde er Lionetto Vasetti ein Angebot machen. Und auch wenn er ihm sein schreckliches Tun am liebsten mit den bloßen Fäusten vergolten hätte, so würde er doch nicht eine Sekunde zögern, ihm für Tessas Freiheit jeden Preis zu zahlen, den dieser von ihm verlangte!

11

Gleich am nächsten Tag, noch vor Sonnenaufgang, begab Sandro sich in die Via San Gallo. Von Tessa wusste er, dass Lionetto Vasetti gewöhnlich in aller Frühe aus dem Haus ging, und Sandro wollte ihn abpassen, wenn er aus seinem Palazzo kam.

Er hatte seine beste Kleidung angezogen, damit er einen guten Eindruck machte und Vasetti ihn nicht für einen dahergelaufenen Bittsteller hielt.

Schräg gegenüber vom Palazzo, im Schatten eines anderen Hauses, bezog er Position und wartete voller Ungeduld, dass der Hausherr endlich aus dem Tor trat. Seine Nerven wurden auf eine harte und lange Probe gestellt.

Jedes Mal wenn sich die Tür öffnete, zuckte er zusammen. Gleich würde er dem Mann gegenüberstehen, den er zutiefst verachtete, dem er aber dennoch alles zu geben bereit war, was er in den vergangenen Jahren von seinem Lohn gespart hatte. Doch immer wieder sah er sich enttäuscht, traten doch zuerst ein älterer Knecht mit einem schweren Bündel auf der

Schulter und beim nächsten Öffnen der Tür zwei Bedienstete auf die Straße.

Sandro befürchtete schon, umsonst gekommen zu sein, als endlich Lionetto erschien, gekleidet in das rote Tuch des reichen und vornehmen Florentiner Bürgers.

Er blickte kurz zum Himmel, zupfte affektiert am herabhängenden Schulterband seiner Seidenkappe und wandte sich dann nach links in Richtung des Doms und der Piazza della Signoria.

Sandro hatte ihn rasch eingeholt. »Entschuldigt, dass ich Euch störe, Ser Lionetto«, sprach er ihn betont respektvoll an. »Aber ich habe ein dringendes Anliegen, das ich gern mit Euch besprechen möchte. Bitte habt die Güte und schenkt mir auf Eurem Gang in die Stadt einen Augenblick Gehör.«

Vasetti blieb verdutzt stehen. Er furchte die Stirn und musterte Sandro mit unfreundlichem Blick. »Bist du nicht der Bursche, der nach der Sonntagsmesse immer mit der Zofe meiner Frau schwatzt?«, fragte er barsch und ging weiter.

Sandro nickte und folgte ihm. »Tessa bedeutet mir sehr viel, Ser Lionetto. Mein Name ist Sandro Fontana und ich ...«

»Was kümmert mich, wer du bist und wie du heißt!«, fuhr Lionetto ihm schroff über den Mund. »Und ich wüsste nicht, was ich mit dir zu bereden hätte!«

»Bitte hört mich an. Ich möchte Euch Tessa abkaufen!«

»Was willst du?« Wieder blieb Vasetti stehen und musterte ihn von oben bis unten. »Du weißt wohl nicht, wovon du redest, Bursche! Die Zofe meiner Frau steht nicht zum Verkauf. Und nun geh mir aus den Augen!« Dann eilte er weiter.

Doch Sandro dachte gar nicht daran, die Hoffnung aufzugeben, auch wenn sein Herz sank. »Es ist mir sehr ernst damit! Und es soll Euer Schaden nicht sein. Ich zahle Euch mehr, als zwei Sklavinnen kosten, Ser Lionetto!«, stieß er hastig hervor. »Hundertzwanzig Florin biete ich Euch.«

»Hundertzwanzig Florin? Was du nicht sagst!« Für einen kurzen Moment zeigte sich so etwas wie Interesse auf dem Gesicht des reichen Mannes. Doch dann legte sich ein hämisches Grinsen auf seine Züge. »Das mag ja für einen Niemand, wie du es bist, eine Menge Geld sein, aber mich kannst du damit nicht beeindrucken.«

»Dann sagt mir, wie viel Ihr für Tessa haben wollt! Ich zahle Euch auch hundertfünfzig oder gar zweihundert Florin!«

Vasetti lachte geringschätzig auf. »So? Zweihundert Florin willst du für dieses dumme Tscherkessenmädchen zahlen?«

»Wenn das der Preis ist, den Ihr verlangt, werde ich nicht zögern«, versicherte Sandro.

»Und woher willst du so viel Geld nehmen? Willst du vielleicht jemanden ausrauben?«, spottete der Mann.

»Hundertzwanzig Florin habe ich schon gespart und bestimmt wird mir Ser Cosimo, in dessen Bank in der Via Larga ich mich einer festen und vertrauensvollen Anstellung erfreue, für den Rest der Summe einen Kredit gewähren«, sprudelte es aus Sandro hervor und im gleichen Moment hätte er sich am liebsten auf die Lippen gebissen. Wie konnte er nur so dumm sein und den Namen von Ser Cosimo erwähnen! Er wusste doch, dass Vasetti zur treuen Anhängerschaft der Albizzi gehörte und alles verabscheute, was mit dem Namen Medici in Verbindung stand!

»Verschwinde, aber schnell!«, blaffte Vasetti auch prompt. »Mit einem, der im Lohn dieses hinterhältigen Intriganten steht, vergeude ich keine Zeit. Der Medici lässt nichts unversucht, damit der Krieg gegen Lucca kein gutes Ende nimmt, und sorgt dafür, dass der gute Ruf ehrenwerter Männer durch übelste Verleumdungen in den Dreck gezogen wird!«

Sandro verfluchte sich im Stillen für seine unbedachten Worte. Aber noch wollte er nicht aufgeben. Das war er Tessa und sich selbst schuldig.

»Ich flehe Euch an, geht mit mir nicht so hart zu Gericht! Ich verdiene mein Brot mit rechtschaffener Arbeit und habe mit den Belangen der hohen Herren nichts zu schaffen! Bitte, nehmt mein Geld und verkauft mir Tessa! In Gottes heiligem Namen!«

Doch Vasetti ließ sich nicht erweichen. »Mit Parteigängern der Medici mache ich keine Geschäfte. Ich werde dir die Sklavin nicht verkaufen. Das ist mein letztes Wort! Und jetzt geh mir endlich aus den Augen! Du hast mich schon lange genug belästigt mit deinem einfältigen Geschwätz!«

Mit diesen Worten ließ er den Jungen einfach stehen.

Und in seiner unbändigen Wut, die seine Vernunft wie eine finstere Sturmwolke vernebelte, verlor Sandro für einen Moment jede Selbstbeherrschung.

»Ihr mögt Euch weigern, mir Tessa zu verkaufen, und Ihr mögt auch das Recht auf Eurer Seite haben!«, rief er ihm wutentbrannt hinterher. »Aber glaubt ja nicht, dass Ihr deshalb ungestraft mit ihr tun könnt, wonach Euch der Sinn steht!«

Vasetti blieb abrupt stehen und drehte sich um. »Wovon redest du, Bursche?«, zischte er und seine Augen verengten sich zu schmalen Schlitzen.

»Ihr wisst genau, was ich Euch sagen will!«, antwortete Sandro leise und sah Vasetti herausfordernd an. »Ihr irrt Euch, wenn Ihr glaubt, dass niemand Euch für Euer schändliches Treiben zur Rechenschaft ziehen wird, mein Herr!«

Vasetti trat ganz nah an Sandro heran, funkelte ihn mit eisigem Blick an und stieß ihm den Zeigefinger mehrmals hart auf die Brust. »Du kleiner Wurm, du unbedeutender Medici-Laufbursche, du wagst es, mir zu drohen?«

»Nichts liegt mir ferner, als Euch zu drohen, sofern Ihr Tessa nichts antut«, erwiderte Sandro. Er bemühte sich, dass seine Stimme fest und hart klang. »Aber wenn Ihr sie noch einmal anrührt, werdet Ihr bekommen, was Ihr verdient, das schwöre ich Euch! Ein Armbrustbolzen findet auch bei Dunkelheit sein Ziel!«

Damit stieß er Vasettis Hand zur Seite, drehte sich um und rannte davon, so schnell er konnte.

Doch schon nach wenigen Schritten überlief ihn ein Schauer. Der Schleier der Wut lichtete sich vor seinen Augen und ihm wurde bewusst, was er da getan hatte. Bestürzt fragte er sich, was bloß in ihn gefahren war, dass er sich zu dieser geradezu wahnwitzigen Drohung hatte hinreißen lassen – und das gegenüber einem Mann, der zu den Acht von der Wache gehörte! Hatte er denn den Verstand verloren?

Er hatte gerade die Via Larga erreicht und war schon in Sichtweite der Medici-Bank, als er erfahren sollte, welches Schicksal er mit seiner Drohung herausgefordert hatte.

»Da ist der Hund, der mir zu drohen gewagt hat!«, hörte er eine wütende Stimme keifen. »Packt ihn, Männer, und werft ihn ins Gefängnis!«

Sandro wandte sich um und sah Lionetto Vasetti, der mit ausgestrecktem Arm auf ihn zeigte.

Sandro leistete keinen Widerstand, als die beiden muskelbepackten Büttel auf ihn zustürzten und ihn ergriffen. Er wusste, wie sinnlos es war, sich seiner Verhaftung zu entziehen, ja, ihn überkam in diesem Moment eine seltsame Benommenheit. Fast erschien es ihm unwirklich, dass man ihn gleich im Stadtgefängnis in ein finsteres Kerkerloch werfen würde, wo ihn zweifellos die Folter erwartete. Ihm war, als erlebte nicht er diesen Albtraum, sondern sein zweites Ich, das sich von ihm gelöst hatte, während er wie betäubt danebenstand.

Lionetto bedachte ihn mit einem bösartigen, rachsüchtigen Blick, als die Büttel ihn abführten. »Ich werde dafür sorgen, dass du am Galgen endest!« Er spie Sandro die Worte ins Gesicht. »Aber so schnell wirst du dein Leben nicht aushauchen! Erst wird Vicenzo Moravi sich deiner annehmen und der versteht sein grausames Handwerk!«

Sandro Fontana riss die Augen auf. Er durfte jetzt nicht einschlafen! Aber er war so müde. Nicht weil er kraftlos war, sondern weil er sich fürchtete. Er war müde vor Angst. Wieder fielen ihm die Augen zu und sofort waren sie da, die schrecklichen Bilder ... Er lag auf einer Streckbank, seine Arme und Beine waren zum Zerreißen gespannt, ein höllischer Schmerz raubte ihm die Sinne. Wie durch einen Nebel sah er, dass Lionetto Vasetti sich über ihn beugte. Ein zahnloser Mund öffnete sich zu einem Grinsen und Speichel tropfte auf Sandros Gesicht ...

Ein gellender Schrei drang durch die dunklen Verliese des Gefängnisses. Sandro riss die Augen auf. Was war das für ein Schrei? Hatte er selbst geschrien?

Der schwache Lichtschein einer Ölleuchte auf dem Gang drang durch das kleine Zellengitter und warf ein düsteres Flackern auf die mit Schimmel bedeckten Steinwände. Sandro kauerte neben der Tür. Er zitterte am ganzen Körper. Der durchdringende Gestank nach Moder, Urin und verrottetem Stroh nahm ihm beinahe den Atem.

Warum hatte er es nur so weit kommen lassen? Er hätte doch wissen müssen, dass Lionetto Vasetti sich rächen würde und ihn dem Foltermeister Vicenzo Moravi übergeben würde! Wie hatte er nur so dumm sein können zu glauben, er könne es mit diesem einflussreichen Mann aufnehmen? Warum hatte er nicht einfach klein beigegeben und darüber nachgedacht, ob es nicht doch noch eine andere Möglichkeit gab, Tessa zu retten?

Tessa ... Er würde sie niemals wiedersehen. Dafür würde Vasetti sorgen. Tränen traten ihm in die Augen und rannen über seine Wangen.

Wie lange mochte er schon hier in diesem dunklen Verlies sein? Einen Tag? Zwei Tage? Er horchte in die Dunkelheit hinein. Nichts. Alles blieb still. Als wäre er der einzige Mensch auf der Welt. Er lehnte seinen Kopf gegen die Wand und wieder fielen ihm die Augen zu. Und abermals kamen die schrecklichen Bilder. Doch er hatte nicht mehr die Kraft, die Augen zu öffnen.

Plötzlich schreckte er hoch. Was war das? Ein Eisengitter quietschte, dann wurden Stimmen laut. Eine erkannte er sofort wieder: die von Lionetto Vasetti!

Sie kamen, um ihn zu holen! Todesangst packte ihn wie ein Raubtier, das ihn ansprang und ihm unbarmherzig die Krallen in die Brust schlug. Er kroch in die hinterste Ecke des Kerkers und drückte sich gegen die Wand.

Das flackernde Licht wurde immer heller. Ein Schlüsselbund rasselte, ein Schlüssel drehte sich im Schloss, dann öffnete sich die Tür. Mehrere Männer traten in Sandros Verlies, an der Spitze der Kerkermeister Vicenzo Moravi, ein großer, bulliger Mann mit einem narbenübersäten Gesicht und prankenartigen Händen. An seiner Lederschürze klebte getrocknetes Blut.

»Los, hoch mit dir!«

Sandro konnte sich nicht rühren.

Hinter dem Kerkermeister trat ein Mann hervor. Lionetto Vasetti.

»Ich hoffe, wir haben dich nicht zu lange warten lassen«, sagte er und lächelte kalt. »Ich bin sicher, du bist schon neugierig, wie es sein wird, wenn Meister Vicenzo sich deiner annimmt und dir zeigt, wie gut er sein Handwerk versteht.« Er trat näher und hielt Sandro seine Fackel vors Gesicht. »Was sehe ich? Hast du etwa Angst? Wo ist denn dein Mut geblieben, Sandro Fontana?«

Zwei Büttel traten vor und griffen Sandro an den Armen. Zuerst wehrte er sich noch, zerrte und trat mit den Füßen nach den Männern, doch dann gab er auf.

Für einen Moment schloss er die Augen, um innere Kraft zu schöpfen. Lionetto täuschte sich gewaltig in ihm. Auch wenn die Angst die Krallen nach ihm ausgefahren hatte, so half ihm ausgerechnet die Wut auf diesen Schurken, seinen Mut wiederzufinden. Er würde es ihm zeigen, dass man Sandro Fontana mit keiner Folter der Welt brechen konnte. Das war er Tessa schuldig!

Vasetti wandte sich dem Kerkermeister zu. »Lasst ihn in

die Folterkammer schaffen, Meister Vicenzo, damit wir mit der Arbeit beginnen können.«

Doch in dem Moment meldete sich auf dem Gang eine heiser kratzige Stimme, die Sandro sofort erkannte. »Daraus wird wohl nichts, meine Herren! Diese Arbeit, der Ihr Euch zweifellos nur sehr widerwillig und allein aus ehrenwertem Pflichtgefühl unterziehen wolltet, weiß ich Euch zu ersparen!«

Fassungslos starrte Sandro auf Averardo de' Medici, der mit wehendem scharlachroten Umhang und in Begleitung eines jungen Wärters im Kerker auftauchte. Dabei wedelte er mit einem Schreiben.

»Was habt Ihr hier zu suchen, Averardo? Diese Sache geht Euch nichts an!«, stieß Lionetto sofort hervor. Seine Miene verfinsterte sich. »Sie liegt in den Händen des Gerichtes und gleich in denen des Kerkermeisters!«

»Da irrt Ihr Euch, mein werter Lionetto«, erwiderte Averardo und lächelte übers ganze Gesicht. »Die Anklage gegen Sandro Fontana ist fallen gelassen worden und man hat den Befehl erteilt, ihn auf der Stelle wieder auf freien Fuß zu setzen!«

»So, auf wessen Befehl denn? Vielleicht auf den des Hauses Medici?«, fragte Lionetto abfällig. »So weit reicht die Macht Eures Goldes noch nicht! Und gottlob gibt es Kräfte in der Stadt, die das auch in der Zukunft zu verhindern und Euch Emporkömmlinge in Schach zu halten wissen!«

»Auf Befehl der Signoria, die ein dementsprechendes *bol-*

lettino ausgestellt hat«, teilte Averardo ihm kühl mit. »Hier, lest selber!« Und damit schlug er ihm das Schreiben vor die Brust.

Lionetto griff nach dem Schriftstück, hielt es ins Licht der nächsten Fackel und machte erst ein ungläubiges, dann ein wutentbranntes Gesicht. »Das ... Das kann unmöglich mit rechten Dingen zugegangen sein!«, empörte er sich.

Averardo kniff die Augen zusammen und reckte angriffslustig sein Kinn vor. »Wollt Ihr vielleicht die Autorität der Signoria infrage stellen?«, fragte er scharf. »Dieses Schreiben hebt die Strafverfolgung von Sandro Fontana mit sofortiger Wirkung auf.«

Sandro schnappte nach Luft. Konnte es wirklich wahr sein, was er da hörte?

»Ihr gestattet?« Der Kerkermeister nahm dem wutschnaubenden Lionetto das Bollettino aus der Hand und studierte sorgfältig das Schreiben wie auch die Siegel, mit denen es versehen war. Dann zuckte er mit den Achseln. »Es hat alles seine Richtigkeit. Das Bollettino ist von der Signoria und bestimmt die Aussetzung der Strafverfolgung sowie die sofortige Freilassung des Beschuldigten Sandro Fontana. Daran gibt es nichts zu rütteln!«

Er gab das Schreiben an drei Männer weiter, die sich bisher im Hintergrund aufgehalten hatten und die Sandro in seiner Panik noch gar nicht aufgefallen waren. Es waren die Gerichtsvertreter, die nun ihrerseits das Schreiben prüften.

»Komm, lass uns gehen«, wandte sich Averardo währenddessen an Sandro und fasste ihn am Arm. »Hier ist gesagt, was es zu der Sache zu sagen gab. Sehen wir zu, dass wir diesen unerfreulichen Ort mit seiner nicht weniger unerquicklichen Gesellschaft verlassen.«

Damit drehte er sich zur Tür und ließ Lionetto ohnmächtig vor Zorn an der Seite des Kerkermeisters zurück.

Wie in Trance folgte Sandro dem Medici und dem jungen Wärter über die Treppen und durch die dunklen Gänge des Gefängnisses. Noch immer konnte er nicht fassen, was soeben geschehen war. Doch dann lagen die schauerlichen Katakomben und verschlungenen Gänge des festungsartigen Kerkerbaus hinter ihm, ein schweres Tor öffnete sich und er blinzelte in das schmerzhaft helle Sonnenlicht des Tages. Überwältigt von unsäglicher Erlösung und Dankbarkeit schossen ihm Tränen in die Augen.

Das Leben, vor wenigen Minuten noch verwirkt geglaubt, hatte ihn wieder!

Sie saßen in einer Schenke, an einem Tisch in der hintersten Ecke, wo niemand hören konnte, was sie zu bereden hatten.

Averardo hatte Wein bestellt und musterte nun mit missmutiger Miene, wie Sandro nach seinem Becher griff und ihn langsam zum Mund führte. Er verschluckte sich und hustete.

»Was, in Gottes Namen, hat dich Einfaltspinsel bloß geritten, Lionetto Vasetti auf offener Straße zu drohen?«, begann Averardo unheilschwanger. »Einem Mann, der zu den Mächtigsten der Stadt gehört und dann auch noch zu den Parteigängern der Albizzi-Brut! Du kannst von Glück sagen und all deinen Schutzheiligen auf Knien danken, dass Matteo Trofaldo zufällig mitbekommen hat, wie du verhaftet worden bist. Und wenn er das nicht auf der Stelle Cosimo gemeldet hätte und wenn mein Cousin nicht unverzüglich mich damit beauftragt hätte, bei einigen Prioren ausstehende Gefälligkeiten einzufordern und von ihnen in Windeseile einen Bollettino für dich zu erwirken, würdest du jetzt auf der Folterbank liegen und einen verteufelt guten Vorgeschmack auf die Qualen der Hölle bekommen! Himmel, wie konntest du dich bloß so tief in die Scheiße reiten, dass dir ohne Cosimos Eingreifen der Galgen sicher gewesen wäre?«

»Ich ... Ich ... verstehe selbst nicht, wie ich ... eine solche Dummheit machen konnte«, stammelte Sandro und senkte schuldbewusst den Blick.

Averardo grunzte ungehalten und leerte seinen Becher in einem Zug. »Also gut«, sagte er unwirsch. »Wir fangen ganz von vorn an. Du erzählst mir jetzt alles und lässt dabei keine Silbe aus, hörst du?«

Stockend begann Sandro seinen Bericht.

»Zum Teufel noch mal, ich hätte dich für klüger gehalten!«, fluchte Averardo, als der junge Mann geendet hatte, und hieb mit der Faust auf den Tisch. Doch sein Gesicht sah nicht mehr ganz so zornig aus und manchmal während Sandros Erzählung hatte er sogar mitleidig sein Gesicht verzogen. Er beugte sich vor. »Merk dir eins, Sandro Fontana.« Er schüttelte den Kopf. »Einen Mord kündigt man nicht an. Man führt ihn verschwiegen und heimlich aus, und damit basta!«

»Ich weiß, es war verrückt, und ich begreife es ja selbst nicht, dass ich so eine ... eine hirnlose Dummheit begangen habe«, murmelte Sandro zerknirscht. »Ich werde es Euch und Ser Cosimo niemals vergessen und mein Leben lang in Eurer Schuld stehen, dass Ihr mich vor der Folter und dem Galgen bewahrt habt.«

Averardo lachte trocken auf. »Keine Sorge, du wirst schon

noch Gelegenheit bekommen, dich dafür erkenntlich zu zeigen.« Er griff zum Krug, um Wein nachzuschenken. Plötzlich war seine schlechte Laune wie weggeblasen. »So, die Kleine ist dir also zweihundert Goldflorin wert, ja?«, schmunzelte er.

Sandro nickte. »Und wenn es sein muss, sogar noch mehr.«

Der Medici verzog das Gesicht zu einer spöttischen Miene. »Nun, das viele Geld wirst du offenbar sparen können, da du dir ihren Freikauf jetzt ja wohl ein für alle Mal aus dem Kopf schlagen kannst.«

Sandro schluckte und biss sich auf die Lippen.

Averardo seufzte bei seinem Anblick. »Sandro, du wirst dich wohl oder übel damit abfinden müssen, dass deine Tessa Sklavin bei den Vasetti bleibt. Aber . . .«, er zögerte kurz und zog nachdenklich die Unterlippe zwischen die Zähne, ». . . das bedeutet nicht, dass wir diesem Schweinehund Vasetti freie Hand bei ihr lassen müssen. Allein schon die dreiste Beleidigung des Hauses Medici, zu der er sich im Kerker verstiegen hat, verlangt nach einer gebührenden Antwort.«

Sandro runzelte die Stirn. »Wir? Wie meint Ihr das?«

»Das Haus Medici beleidigt man nicht ungestraft! Aber wie ich eben schon gesagt habe: Heute macht man das heimlich, still und leise.« Er strich sich über den Mund. »Es gibt viel feinere Mittel, um diese Krämerseele Lionetto Vasetti in die Schranken zu weisen und zugleich dafür zu sorgen, dass er seine dreckigen Hände von deiner Tessa lässt.«

»Und wie soll das geschehen?«

Averardo lächelte hintergründig. »Das lass mal meine Sorge sein. Ich weiß auch schon, was zu tun ist«, sagte er vage. »Wir werden Lionetto Vasetti ein Geschenk machen!« Er hob seinen Becher und nickte Sandro zu.

»Ein Geschenk?« Sandro verstand kein Wort.

»Ein ganz besonderes Geschenk.« Er beugte sich vor. »Also pass auf, mein Junge, jetzt erkläre ich dir mal, wie wir Medici so eine Sache angehen.«

Es war eine ganze Weile später, als sich Averardo in seinem Stuhl zurücklehnte. Sandro war noch immer ganz erfüllt von dem, was er eben gehört hatte.

»Ich brauche dir wohl nicht zu sagen, dass dieses Gespräch unser Geheimnis bleiben muss, oder?«, raunte Averardo. »Du wirst niemandem davon erzählen, auch deiner Tessa nicht! Haben wir uns verstanden?«

»Ihr könnt Euch auf mich verlassen!«, versicherte Sandro schnell.

»Das will ich auch hoffen! Deinem Freund Matteo habe ich schon deutlich zu verstehen gegeben, dass er den Mund zu halten hat. Die Sache darf nicht nach außen dringen. Es gibt auch so schon genug böses Blut zwischen uns Medici und dem Lager der Albizzi!«

Sandro nickte hastig.

»Gut. Nun, dann sieh jetzt zu, dass du zurück in die Bank kommst und dir anhörst, was Cosimo dazu zu sagen hat. Mein Cousin erwartet dich bereits.«

Im Palazzo in der Via Larga eingetroffen, bat Sandro um ein Gespräch mit Cosimo und wurde unverzüglich zu ihm ins Kontor vorgelassen. Sandro fürchtete, dass Cosimo von ihm zutiefst enttäuscht sein würde. Bestimmt würde er hart mit ihm ins Gericht gehen und ihm zu alledem noch sein Vertrauen entziehen.

Er trat ein und wollte sich gerade voller Scham und Reue entschuldigen, als Cosimo ihm mit einer Handbewegung den Mund verbot.

Lange Sekunden verstrichen, in denen Cosimo nicht einen Ton von sich gab, reglos in seinem Armstuhl saß und ihn unverwandt anblickte, als suchte er etwas in seinen Gesichtszügen. Nach über einer halben Minute beharrlichen Schweigens meinte Sandro, es nicht länger aushalten zu können.

Behutsam wählte er seine Worte. »Ich schulde Euch mein Leben«, sagte er schlicht. »Und dafür möchte ich Euch, Ser Cosimo, von ganzem Herzen danken und mich mit allem gebührenden Respekt entschuldigen.«

Ein Ausdruck, den Sandro nicht richtig deuten konnte, trat auf die kräftigen Züge des Medici.

»Auch ich schulde dir mein Leben, Sandro Fontana«, sagte er schließlich. »Es ist immer gut, wenn man weiß, was man einem anderen schuldig ist. Fehler zu machen und seine Schuld einzugestehen gehören untrennbar zusammen. Jeder macht Fehler. Aber es gibt Fehler, die begeht man nur ein einziges Mal im Leben.«

Sandro nickte und senkte den Kopf.

»Ich hätte es allerdings sehr bedauert«, fuhr Cosimo trocken fort, »wenn du diesen Fehler nicht überlebt hättest. Denn dann hätte ich einen tüchtigen Mann verloren, der es weit hätte bringen können. Zudem hätte ich mich der überaus lästigen Mühe unterziehen müssen, einen ebenso verlässlichen wie vertrauenswürdigen Nachfolger für die wöchentlichen Vorsprechtage zu suchen. Und das hätte ich dir schwerlich verzeihen können.«

Sandro blinzelte. Er konnte sein Gegenüber nicht richtig einschätzen, denn Cosimo verzog noch immer keine Miene. Hatte er ihm wirklich verziehen? Oder war er immer noch zornig?

»Du kannst jetzt gehen«, entließ Cosimo ihn mit einer ungeduldigen Handbewegung. »Auf dich wartet eine Menge Arbeit.«

Sandro holte tief Luft, bedankte sich noch ein weiteres Mal und wandte sich zur Tür. Doch als er sich dort noch einmal umdrehte, sah er, dass es in den Augen des Medici vergnügt blitzte und um seine Mundwinkel zuckte.

Ja, ganz eindeutig. Cosimo de' Medici lächelte.

Am selben Abend noch lieferte ein Bote ein Päckchen im Palazzo der Vasetti ab. Dem ergrauten Hausdiener Rutino, der es an der Tür entgegennahm, teilte der Bote mit, dass er das Geschenk unverzüglich seinem Herrn Lionetto Vasetti und niemandem sonst bringen müsse, da es sich bei der Sendung um etwas von höchster Dringlichkeit handele. Der Diener versicherte, dass er das tun werde, und der Bote verschwand wieder in der Dunkelheit.

Tessa hatte ihrer Herrin an diesem Abend wieder einmal die Mahlzeit aufs Zimmer bringen müssen, weil Fiametta sich angeblich nicht wohl genug gefühlt hatte, um ihrem Mann und ihrem Schwiegervater am Tisch des Speisezimmers Gesellschaft zu leisten. Über mangelnden Appetit hatte sie jedoch nicht klagen können, sondern von einigen ihrer bevorzugten Süßspeisen sogar noch eine zweite Portion verlangt. Dass sich ihre schon vorher üppigen Rundungen allmählich in ausgewachsene Fettpolster verwandelten, schien sie nicht weiter zu bekümmern.

Tessa trat gerade mit dem Geschirr aus Fiamettas Gemach, als sie Lionetto Vasetti und dessen Diener Rutino unten im Innenhof stehen sah. Rasch verbarg sie sich hinter einer Säule.

Die Angst, dass Lionetto eines Nachts noch einmal über sie herzufallen versuchen würde, verließ sie keinen Moment. Jeden Abend schlief sie unruhig ein und wurde oft von Albträumen gequält, in denen sie sich Lionetto wehrlos ausgeliefert sah. Bei jedem Geräusch schreckte sie auf und lauschte mit jagendem Herzen angsterfüllt in die Dunkelheit, ob sich jemand ihrer Kammer näherte. Aber ihre Befürchtungen stellten sich gottlob jedes Mal als unbegründet heraus. Bis jetzt jedenfalls. Deswegen vermied sie es auch tunlichst, tagsüber Lionetto unter die Augen zu treten, denn schon mehr als einmal hatte sie geglaubt, in seinem Gesicht eine stumme Drohung zu lesen.

»Gut, dass ich Euch noch vor Eurem Weggehen antreffe, Herr«, hörte sie, wie der alte Diener Rutino seinen Dienstherrn aufhielt. »Soeben hat nämlich ein Bote dies hier für Euch abgegeben. Ich soll es Euch sofort aushändigen.«

»Was soll es sein, Rutino? Und von wem ist es?«, fragte Lionetto mit seiner unangenehmen Stimme, in der immer ein Hauch von Barschheit mitschwang.

»Ich kann Euch leider nicht mit einer Antwort dienen, denn der Bote hat sich nicht dazu geäußert.« Der Diener zuckte mit den Schultern.

»Schon gut«, sagte Lionetto und winkte Rutino, sich zu entfernen.

Mehr ungeduldig als neugierig spähte Tessa hinter der Säule hervor. Sie hatte Lionetto gut im Blick und sah im nächsten Moment, dass er ein rechteckiges, etwa unterarmlanges und handbreites Päckchen in der Hand hielt und von allen Seiten betrachtete. Es war mit grobem dunkelbraunen Tuch umwickelt, das Lionetto nun entfernte. Doch noch immer war der Inhalt des Päckchens nicht zu erkennen. Er war ein zweites Mal eingepackt, diesmal in ein kostbar aussehendes goldfarbenes Tuch mit einer schillernden roten Schleife.

»Herrlich!«, stieß Vasetti überrascht hervor und stellte das Päckchen auf ein kleines Tischchen. »Das scheint mir ein Geschenk der besonderen Art zu sein. Irgendwer wird mir seinen Dank erweisen wollen . . .«

Erwartungsvoll löste er die Schleife und schob das Tuch zur Seite. Doch dann trat er erschrocken einen Schritt zurück und gab den Blick frei auf das, was er gesehen hatte.

Tessa hielt sich entsetzt die Hand vor den Mund, damit sie nicht aufschrie. Zum Vorschein gekommen war eine kostbar aussehende dunkel glänzende Schatulle mit einer Vertiefung im Deckel. Und in dieser Vertiefung waren, aufgespießt auf Nägel, ein abgetrennter Fischkopf und rundherum – sie musste an sich halten, um nicht zu würgen – sechs Augen befestigt!

Vasetti rührte sich nicht. Er schien zu überlegen, was er tun sollte. Dann trat er wieder vor und legte die Finger vorsichtig auf den Verschluss der Schatulle. Wieder wartete er, doch schließlich drückte er auf den Schließmechanismus, und der Deckel sprang auf. Einen winzigen Augenblick lang sah Tessa etwas Längliches von weißgrauer Farbe – und dann war plötzlich alles voller Blut.

Jetzt konnte Tessa nicht mehr an sich halten. Ein Schreckensruf entfuhr ihr, doch da Lionetto Vasetti selbst wie am Spieß brüllte, hörte er sie nicht. Stattdessen starrte er, während das Blut von seinen Händen auf die Steinplatten tropfte, mit weit aufgerissenen Augen auf das, was die Schatulle neben dem Blut und dem in sich zusammengefallenen grauweißlichen Etwas noch enthielt. Dann stützte er sich gegen eine der Säulen des Innenhofs und erbrach den Wein und das Essen, das er erst vor Kurzem zu sich genommen hatte. Aufgeschreckt lief die Dienerschaft aus den Wirtschaftsräumen zusammen. Auch Rutino war unter ihnen.

»Nimm die Schatulle und wirf sie ins Feuer, Rutino!«, stieß Lionetto keuchend hervor, während er fortwankte. Wie von Sinnen versuchte er, das Blut von Gesicht und Händen zu wischen. »Ins Feuer damit, hörst du! Und wage ja nicht, einen Blick auf ihren Inhalt zu werfen. Sie soll verbrennen! Nur Asche soll übrig bleiben von ihr!«

»Allmächtiger! Und du hast alles mit angesehen?«, stieß Sandro hervor, als er Tessa wenige Tage später nach dem Kirchgang wiedersah. Sie hatte ihm von dem Vorfall im Palazzo der Vasetti berichtet. Sandro achtete peinlichst darauf, dass sie in der Menschenmenge untertauchten, durfte er doch nicht riskieren, dass Lionetto sie zusammen sah. »Aber das geschieht diesem Schweinehund recht!«

»Mir geht dieser Fischkopf nicht aus dem Kopf. Und dann diese sechs Augen! Schauerlich! Weißt du, was das bedeuten könnte?«, fragte sie mit zitternder Stimme. Der Winter war kalt geworden und ein böiger Wind fegte über den Platz vor der Kirche.

Sandro schüttelte den Kopf. »Ich kann mir keinen Reim darauf machen.«

»Vielleicht gibt es eine Fehde zwischen den Vasetti und einer anderen angesehenen Familie? Findest du nicht auch, dass es wie ein Racheakt aussieht?«

Sandro zuckte mit den Achseln. »Hat Vasetti eigentlich wieder versucht, dir nachzustellen?«, erkundigte er sich wie nebenbei.

»Gottlob nein! Ich habe seit einigen Tagen sogar das Gefühl, dass er mir aus dem Weg geht.«

»Ich bin sicher, du hast nichts mehr von ihm zu befürchten.« Sandro lächelte sie an.

»Woher willst du das wissen?«, fragte Tessa.

»Ach, das ist nur so ein Gefühl«, sagte er hastig und senkte den Blick.

Plötzlich kam er sich schäbig vor. Es war das erste Mal, dass er Tessa belügen musste. Doch es war undenkbar, sie in das einzuweihen, was in der Zwischenzeit alles geschehen war. Dass er ihretwegen im Kerker gesessen hatte und dass er um ein Haar sein Leben verloren hätte, durfte sie genauso wenig erfahren wie die Tatsache, dass hinter Lionettos Geschenk niemand anders als Cosimos Cousin stand, der Vasetti damit eine Drohung gesandt hatte, die dieser so schnell nicht vergessen würde.

Noch immer hörte Sandro das »Palle, palle!«, den Schlachtruf der Medici, den Averardo ihm zugeraunt hatte, als er ihm die Schatulle gezeigt hatte. Er hatte die mit Blut gefüllte Schweinsblase behutsam in ihr Bett gelegt und die Schatulle zugeklappt. Dann hatte er an der rechten Seite des Deckels einen kleinen, daumennagelweit hervorstehenden Holzstift gedrückt, den Sandro gar nicht bemerkt hatte, und ihn in den geheimen Mechanismus eingeweiht, der sich beim nächsten Öffnen des Kastens in Gang setzen würde.

Und es war bei Gott kein Zufall gewesen, dass ausgerechnet sechs Augäpfel ähnlich wie die sechs Kugeln im Medici-Wappen um den Fischkopf angeordnet gewesen waren.

Hastig sah er sich um, als sich die Gottesdienstbesucher um sie herum langsam zu zerstreuen begannen. Nicht weit von ihnen entdeckte er Lionetto, der wild gestikulierte und auf einen Vertrauten einsprach. »Wir sehen uns nächsten Sonntag«, raunte er Tessa noch zu, bevor er sich davonmachte. Ihre Enttäuschung, dass er sie so unversehens stehen ließ, spürte er fast körperlich, doch er hatte keine andere Wahl, als das in Kauf zu nehmen, auch wenn er sich sehnlichst wünschte, dass sie ihn verstehen würde.

Die Sache mit der Schatulle sollte nicht das einzige Unheil bleiben, das die Familie Vasetti in diesen Wochen heimsuchte. Denn bald darauf setzten bei Fiametta die Wehen ein, fast zwei Monate vor ihrer Zeit. Ihre Schreie hilfloser Verzweiflung drangen durch den ganzen Palazzo und sie flehte die Hebamme an, irgendetwas zu unternehmen, um die viel zu frühe Geburt ihres Kindes zu verhindern. Aber ihr Körper widersetzte sich allen Versuchen und presste das Kind aus ihrem Leib. Es war wieder ein Mädchen und es kam tot zur Welt. Niemand von der Dienerschaft hatte Lionetto jemals so in Rage gesehen wie an diesem Tag. Nicht einmal Rutino, der schon als junger Mann in seine Dienste getreten war. Doch schlimmer noch als sein wüstes Gebrüll und die Dinge, die er in seinem Tobsuchtsanfall zertrümmerte, waren die Worte, die er seiner wimmernden Frau ins Gesicht schleuderte.

»Du taugst nicht einmal zum Kinderkriegen!«, schrie er sie an, sodass Tessa ihn bis draußen auf dem Gang hörte. »Verflucht sei der Tag, an dem ich den Namen Fiametta Panella zum ersten Mal gehört habe!«

All dies geschah in den ersten Wochen des Jahres 1433, als endlich auch der so kostspielige und dennoch misslungene Eroberungsfeldzug gegen Lucca zu einem Ende kam. Nach langen, zähen Verhandlungen schloss Florenz einen Friedensvertrag mit Lucca und dessen Verbündeten. Sowohl Florenz als auch Lucca und Siena mussten die Eroberungen, die sie auf Kosten des Feindes gemacht hatten, wieder zurückgeben und sich auf die Grenzen zurückziehen, die vor Ausbruch der Kriegszüge gegolten hatten. So hatte Florenz nach fast drei Jahren Krieg seinem Machtbereich nicht eine einzige vorgeschobene Zitadelle, ja nicht einmal ein unbedeutendes Dorf einverleiben können, wohl aber Unsummen für Söldnerheere und Bestechungsgelder ausgegeben, sodass die Stadt nun vor leeren Schatztruhen stand.

In den Augen der stolzen Florentiner war es ein höchst unehrenhafter Friede und die Suche nach den Schuldigen für das beschämende Scheitern des Eroberungsfeldzuges offenbarte einen tiefen Riss quer durch die Bürgerschaft. Zwischen den Parteigängern der Albizzi und denen der Medici brach ein erbitterter Kampf aus. Die Albizzi warfen den Medici vor, den Krieg hintertrieben und mit der Macht ihres Geldes vorsätzlich in die Länge gezogen zu haben. Die Medici gaben Rinaldo degli Albizzi die alleinige Schuld. Er habe aus persönlicher Ruhm- und Machtsucht mit seinen Getreuen einen Krieg vom Zaun gebrochen, der zwangsläufig die Erzfeinde Mailand und Siena auf den Plan rufen musste. Zudem habe er sich als Kriegskommissar im Feld als unfähig erwiesen und durch sein Unvermögen den Boden für die Katastrophe bereitet.

Auffällig war, dass Cosimo de' Medici sich mit öffentlichen Beschuldigungen zurückhielt und die Bühne seinem Cousin Averardo überließ. Dieser nutzte dann auch jede Gelegenheit, um Rinaldo degli Albizzi als Versager und Hauptschuldigen der Niederlage hinzustellen.

Jede noch so unbedeutende Gesetzesvorlage scheiterte am Streit der beiden verfeindeten Parteien. Niccolò da Uzzano, der Einzige, der schlichtend hätte eingreifen können, war schon 1431, im zweiten Kriegsjahr gestorben. So prallten die beiden Lager ungehindert aufeinander und setzten ein Unheil in Gang, das die Stadt schon bald bis in ihre Grundfesten erschüttern sollte.

VIERTER TEIL

Mai 1433 bis Oktober 1434

»Mächtige darf man entweder nicht anrühren
oder muss sie, wenn man sie einmal
angetastet hat, aus dem Weg räumen.«

Niccolò Machiavelli

Der Mai des Jahres 1433 war ungewöhnlich heiß. Auch am letzten Samstagabend des Monats wollte die Hitze nicht weichen. Nachdem die Bittsteller den Palazzo in der Via Larga verlassen hatten, betrat Sandro das Kontor von Cosimo de' Medici und legte ihm die Liste mit den Hilfsgesuchen jener Personen vor, die er nicht vorgelassen, sondern deren Anliegen er mit respektvollem Interesse notiert hatte, um sie dann mit der Zusicherung wegzuschicken, dass man sich nach besten Kräften um die Sache kümmern werde.

Einen Augenblick später betrat auch Averardo de' Medici das Kontor und ließ sich mit der ihm eigenen Unverfrorenheit unaufgefordert in einen gepolsterten Lehnstuhl fallen. »Ich sehe, ihr seid mal wieder dabei, euch gegen die Flut der Ungerechtigkeiten und Kränkungen dieser Welt zu stemmen und das Medici-Konto der Gefälligkeiten zu mehren«, sagte er spöttisch, zog ein Taschentuch hervor und wischte sich über das verschwitzte Gesicht. »Mir scheint, selbst der tapfere Sisyphos würde an dieser Aufgabe verzweifeln. Umso bewunderungswürdiger ist es, dass du so beharrlich daran festhältst und so viel Zeit und Geld darauf verschwendest.«

»Wohl kaum aus Zeitvertreib, sondern aus Verpflichtung unseren Schutzbefohlenen gegenüber und nicht zuletzt auch aus purer Notwendigkeit«, erwiderte Cosimo trocken.

Averardo grinste. »Jaja. Freunde und Gefolgsleute sollte man stets bei der Stange halten, nicht wahr?«

»So ist es. Das ist heutzutage wichtiger denn je. Du weißt doch selbst, wie kritisch die Lage ist, und da kommt es im Volk auf jede Stimme an, die sich zum Banner der Medici bekennt.«

Der muntere Ausdruck verschwand aus Averardos Gesicht. »Das ist leider nur zu wahr. Wir haben zurzeit einen schlechten Stand. Die üblen Kampagnen gegen uns zeigen allmählich Wirkung.«

Cosimo nickte. »So mancher scheint vergessen zu haben, dass wir Medici es gewesen sind, die der Stadt mit immer neuen Krediten zur Seite gesprungen sind, als alle anderen Bankhäuser schon längst keinen Florin mehr zu geben bereit waren!«

Averardo schnaubte. »Das Volk ist ein launischer Esel, dem Dankbarkeit fremd ist. Es schätzt wahrlich keine gute Tat«, grollte er. »Aber darum verstehe ich nicht, dass du Florenz schon nächste Woche verlassen und dich nach Cafaggiolo zurückziehen willst. Ich habe gerade Lorenzo auf dem Domplatz getroffen, der mir von deinem Entschluss berichtet hat. Sag, hältst du es wirklich für eine so gute Idee, jetzt schon das Feld zu räumen und den Albizzi, Peruzzi und Barbadori bei ihren perfiden Intrigen gegen uns freie Hand zu lassen?«

»Es ist nur vernünftig, den Kopf unten zu halten, wenn die Alternative darin besteht, dass er einem abgeschlagen wird«, sagte Cosimo sarkastisch.

»Das kann doch nicht dein Ernst sein!«

»Natürlich nicht, aber manchmal ist es klüger, den Sieg nicht erzwingen zu wollen, sondern seine Truppen zurückzuziehen und aus sicherer Entfernung abzuwarten, wie die Dinge sich entwickeln. Vielleicht wird Rinaldo aus Ärger über die verpatzte Gelegenheit, sich als Eroberer von Lucca in das Ruhmesblatt der Geschichte einzutragen, ein anderes Ziel wählen als uns.«

Sandro räusperte sich. »Soll ich wegen der Listen später noch einmal wiederkommen, Ser Cosimo?«

Cosimo winkte ab. »Nein, bleib nur. Wir haben nichts zu bereden, was du nicht mithören könntest«, sagte er und fügte mit einem feinen Lächeln hinzu: »Zumal du mittlerweile schon einen viel tieferen Einblick in die Geschäfte unseres Hauses bekommen hast als die meisten anderen meiner Angestellten.«

Sandro nickte nur. Er wollte sich nicht anmerken lassen, wie stolz er darauf war, dass er mit der Zeit in die vertrauensvolle Position eines persönlichen Sekretärs von Cosimo de' Medici hineingewachsen war. Wenn er zurückdachte, hatte eigentlich alles damit begonnen, dass er die üblen Machenschaften des Vieri di Armando aufgedeckt hatte. Als Folge davon hatte Cosimo ihn nach und nach ins Vertrauen gezogen und ihm allmählich immer tiefere Einblicke in die Geschäfte des Hauses Medici gewährt, auch in die, die unter allen Umständen geheim bleiben mussten.

»Die Stadt ist ein einziges Tollhaus, Cosimo, in dem Rinaldo und seine Brut immer mehr den Ton angeben!«, rief Averardo erregt. »Die Wahlen der Prioren und des Gonfaloniere sind längst nicht mehr geheim. Die Spatzen pfeifen es doch schon von den Dächern, welche Namen in die Wahlbeutel kommen und welche gezogen werden. Die Posten werden geradezu offen auf dem Markt gehandelt!«

»Das ist mir nicht neu, werter Cousin. Aber nenne mir doch bitte nur einen Prior oder einen Gonfaloniere, der in letzter Zeit in Amt und Würden gekommen ist und der nicht als Schuldner in meinen Büchern steht.«

»Das mag jetzt so sein, aber eine Garantie für die Zukunft ist es nicht«, gab Averardo zu bedenken. »Deine Schuldner könnten vielleicht froh sein, wenn sie mit einem Schlag ihre Schulden bei dir los sind.«

Cosimo sah nun regelrecht belustigt aus. »Du wirst mich doch hoffentlich nicht für vertrottelt oder einfältig halten, dass ich das nicht bedacht hätte. Natürlich habe ich Vorsorge getroffen. Hier in der Bank ist mittlerweile fast so wenig zu holen wie in einer leeren Nuss!«

Averardos buschige Augenbrauen fuhren in die Höhe. »Du hast größere Summen abgezogen?«

Ein selbstzufriedenes Lächeln huschte über Cosimos Gesicht. »Sagen wir es mal so: Ich habe meine Einlagen in unseren Bankniederlassungen in Rom und Venedig erheblich aufgestockt und einige größere Summen unter den verlässlichen Schutz frommer Männer gestellt«, antwortete er ausweichend.

Sandro wusste, wovon Cosimo gegenüber seinem Cousin nur in Andeutungen sprach. Das Oberhaupt der Medici hatte die Voraussicht besessen, rechtzeitig fünfzehntausend Florin auf die Medici-Bank in Venedig zu übertragen, der Filiale in Rom Staatsanleihen in Höhe von zehntausend Florin zu verkaufen, dreitausend Goldstücke in die Obhut der benediktinischen Einsiedlermönche des Klosters San Miniato al Monte vor der Stadt zu geben und dem Oberen der Dominikaner von San Marco, von wo er die Silvestriner hatte vertreiben lassen, in Florenz weitere sechstausend Florin zur verschwiegenen Aufbewahrung anzuvertrauen. Und bei dem heimlichen Transport der Gelder in die beiden Klöster war er, Sandro, der unauffällige Überbringer gewesen. All diese aus der Bank abgezogenen Gelder stellten einen beachtlichen Teil von Cosimos Barvermögen dar, das bei einer gefährlichen Zuspitzung der Lage dem Zugriff anderer entzogen war, auf das er selbst jedoch jederzeit zugreifen konnte.

»Glaub mir, das Gold der Medici wird auch weiterhin ungehindert dahin fließen, wo es zum Wohl unseres Hauses benötigt wird«, sagte Cosimo. »Und wo das Gold ist, mein werter Cousin, da ist letztlich auch die Macht.«

»Teufel, du erweist dich immer wieder als weitaus gerissener als gedacht!« Averardo lachte.

»Kein Plan ist besser als der, der dem Feind verborgen bleibt, bis du ihn ausgeführt hast«, erwiderte Cosimo.

Doch plötzlich wurde Averardos Miene düster. »Da du mich ja wohl kaum zu deinen Feinden zählst, wäre es aber doch wohl angebracht gewesen, mir einen Wink zu geben, dass auch ich besser daran tue, einiges Geld in Sicherheit zu bringen.«

»Ich glaube nicht, dass du um dein Kapital fürchten musst. Wer den Löwen erlegen will, wird sich nicht mit der Jagd auf ein Stück Rotwild aufhalten«, gab Cosimo spöttisch zurück.

Averardo zog die Stirn in Falten.

»Ich wollte dich nicht kränken, lieber Cousin«, sagte Cosimo schnell. »Dir bleibt noch genügend Zeit, um das nachzuholen, was ich schon längst getan habe. Und von Cafaggiolo aus werden wir beobachten, wie die Dinge in der Stadt sich entwickeln. Ich möchte übrigens, dass du diesmal mit uns hinausfährst.«

»Warum? Ich könnte hier . . .«

»Ich weiß, was du hier könntest. Ein bisschen für Aufruhr sorgen, nicht wahr? Nein, diesmal werden wir in Ruhe abwarten.«

»Und da ist es dir lieber, wenn du mich unter Kontrolle hast«, knurrte Averardo verärgert.

Cosimo schmunzelte. »Wie recht du hast. Und du, Sandro, wirst auch mit hinausfahren.«

Sandro erstarrte. »Könnte ich nicht in diesem Jahr ausnahmsweise hierbleiben?«, fragte er vorsichtig. »Ich könnte in der Bank mithelfen.« Den wirklichen Grund nannte er nicht.

Vor wenigen Wochen hatte Tessa ihm erzählt, dass Lionetto Vasetti das Familiengut Cosenza im Frühjahr verkauft hatte, um ein bedeutend größeres Anwesen zu erwerben. Doch bisher hatte er noch kein Gut gefunden, das ihm zusagte. Und so würde die Familie wohl diesen Sommer über in der Stadt bleiben.

Cosimo schüttelte den Kopf. »Es reicht, wenn Ilarione mit ein paar Mitarbeitern den Sommer über in der Bank die Stellung hält. Du bist mir auf Cafaggiolo nützlicher als hier. Es bleibt dabei, du kommst mit.«

Dann wandte er sich wieder seinem Cousin zu und wechselte das Thema. »Hast du, wie versprochen, Vorbereitungen getroffen, damit wir die leidige Geschichte, die Pasquale Rovantini uns aufgebürdet hat, endlich zu einem Ende bringen können? Es ist wichtig, dass er sich in unserer Schuld weiß.«

Der Name Pasquale Rovantini war Sandro nicht unbekannt und er erinnerte sich sofort daran, dass der Kaufmann vor zwei Wochen unter den Bittstellern gewesen war. Der Wollhändler hatte darauf bestanden, sofort vorgelassen zu werden, was auch geschehen war. Denn Sandro hatte ein sicheres Auge und Gespür dafür entwickelt, wen er vorlassen musste und wer zufrieden mit der Versicherung war, dass der Medici sich bei nächstmöglicher Gelegenheit für ihn einsetzen werde.

Es ging um die Rückzahlung einer Mitgift, die Rovantini von Manetto di Scalessi forderte, so viel hatte er mitbekommen.

»Es ist ärgerlich, dass es keine Einigung zwischen den beiden gibt«, sagte Cosimo und seine missmutige Miene verriet, wie lästig es ihm war, sich mit diesem Fall beschäftigen zu müssen.

»Scalessi denkt überhaupt nicht daran, der Aufforderung von Rovantini Folge zu leisten. Er versteift sich darauf, dass dieser nichts Schriftliches vorzuweisen hat. Vermutlich hat Scalessi einen von Rovantinis Dienern bestochen, den Notarsvertrag zwischen ihnen zu stehlen«, berichtete Averardo. »Dafür spricht auch, dass sich dieser Diener, ein gewisser Salito, aus dem Staub gemacht hat, ohne sich vorher noch seinen restlichen Lohn auszahlen zu lassen.«

»Was Scalessi vermutlich abstreitet«, warf Sandro ein.

»So ist es.«

»Und der Notar? Kann der nicht als Zeuge zugunsten von Rovantini aussagen?«

»Wenn er noch leben würde«, sagte Averardo. »Der Mann ist vor zwei Jahren gestorben. Rechtlich ist Scalessi also nicht beizukommen. Und deshalb werden wir die Angelegenheit wohl oder übel auf unkonventionelle Weise regeln müssen, damit Rovantini zu seinem Recht kommt.«

Cosimo nickte nur.

»Wir werden diesem Manetto di Scalessi ein Angebot machen, das er nicht ausschlagen kann«, sagte Averardo und ein sarkastisches Lächeln begleitete seine Worte. »Bei einem derart störrischen und skrupellosen Zeitgenossen wirkt oft schon ein kleiner Fingerzeig wahre Wunder.«

Averardo sah Cosimo an und machte eine kaum merkliche Kopfbewegung in Sandros Richtung.

Cosimo nickte. »Ja, nimm ihn mit. Das ist eine gute Gelegenheit für ihn, sich auch in dieser Art der Verhandlungsführung die ersten Meriten zu verdienen.«

Averardo grinste breit. »Ja, ich denke auch, dass es höchste Zeit wird.«

Sandro zog die Stirn in Falten und blickte von einem zum andern. »Darf ich fragen, worum es dabei geht?« Ihm war plötzlich nicht wohl in seiner Haut.

»Averardo wird es dir erklären«, antwortete Cosimo mit ausdrucksloser Miene.

»Alles zu seiner Zeit«, sagte dieser geheimnisvoll. »Nimm dir für heute Nacht nichts vor. Wir treffen uns um elf vor der Kirche Santissimi Apostoli unten am Arno. Und zieh dir alte Sachen an. Es kann nämlich sein, dass sie dreckig werden.« Sein Blick fiel auf Sandros beunruhigte Miene.

»Mach nicht so ein erschrockenes Gesicht«, sagte er und zwinkerte ihm verschwörerisch zu. »Ich bin sicher, dass du uns nicht enttäuschen wirst.«

Ein warmer Südwind war bei Einbruch der Dunkelheit aufgekommen und trieb seitdem eine nicht abreißende Zahl von sich auftürmenden aschegrauen Wolkenfeldern wie eine geisterhafte Armee über den Himmel.

Nur wenig Mondlicht fiel durch die Lücken der dahingleitenden Wolken auf die Stadt herab und verlor seine kümmerliche Kraft schon, kaum dass es die Turmspitzen der Kirchen und die Ziegeldächer der höchsten Gebäude erreicht hatte. Nicht ein einziger schwacher Schimmer gelangte in die stickige Finsternis der verwinkelten Gassen.

Sandro fluchte leise, als er in etwas Glitschiges trat. Was das Ekelige sein mochte, das ihn fast zu Fall gebracht hätte, darüber wollte er sich lieber erst gar keine Gedanken machen.

Er wünschte, er hätte auf seinem nächtlichen Weg zur Kirche Santissimi Apostoli eine Laterne mitgenommen. Auf den breiten Straßen und Plätzen im Herzen der Stadt hatten ihm die Fackeln vor den Schenken oder das eine oder andere Torlicht eines Palazzo den Weg gewiesen und ihn rechtzeitig vor dem Unrat auf den Straßen gewarnt. Aber seit er den Ponte Rubaconte im Südosten der Stadt überquert hatte und ins Viertel Santa Croce eingetaucht war, konnte er in manchen Gassen kaum noch die Hand vor Augen sehen. Schäbige Hütten und einfache, schmalbrüstige Mietshäuser wechselten sich ab mit den hölzernen Hallen der Färbereien, die das Flussufer von Santa Croce säumten und die fast genauso viel Gestank verbreiteten wie die Gerbereien am Stadtrand. Um diese Zeit brannte in den Häusern nirgendwo mehr ein Licht, denn die Arbeiter, ermüdet von ihrem schweren Tagwerk, lagen schon längst in tiefem Schlaf.

Aber mehr noch als der Unrat, durch den er stapfte, machte Sandro die Ungewissheit zu schaffen, warum Averardo ihn ausgerechnet zu dieser nachtschlafenden Zeit zur Kirche Santissimi Apostoli bestellt hatte – und welche Rolle er bei dieser beunruhigend geheimnisvollen Unternehmung spielen sollte, damit Pasquale Rovantini zu seinem Recht kam.

Wer führte im dreckigen und stinkenden Viertel der Färber mitten in der Nacht Verhandlungen? Wer ließ sich klaren Verstandes auf so etwas ein? Und was hatte es mit dem Angebot auf sich, das Averardo diesem Manetto di Scalessi machen sollte und von dem Cosimo überzeugt war, dass Scalessi es nicht würde ausschlagen können?

Sosehr Sandro darauf brannte, Antworten auf all diese Fragen zu bekommen, sosehr fürchtete er sich auch davor. Aber Cosimo hatte gewollt, dass er Averado dabei begleitete, und dem hatte er sich nicht widersetzen können.

Einige Minuten vor der verabredeten Zeit traf er vor der Kirche Santissimi Apostoli ein. Wie ein bedrohlicher schwarzer Klotz ragte das imposante Gebäude vor ihm auf. Der Vorplatz, von einfachen Wohnhäusern dicht gesäumt, lag wie ausgestorben da. Unruhig ging er vor dem Kirchenportal auf und ab, lauschte auf Schritte und spähte in die Richtung, aus der Averardo kommen musste.

Er wusste nicht, wie lange er schon gewartet hatte, als plötzlich aus einer der Gassen eine Gestalt auftauchte, die fast eins zu sein schien mit der Dunkelheit. Das musste Averardo sein!

Schon wollte er ihm entgegengehen, doch dann blieb er stehen, weil er erkannte, dass es sich um einen Mönch in schwarzer Kutte handelte, der mit gesenktem Kopf und hochgeschlagener Kapuze über den Platz eilte. Unter dem rechten Arm trug er ein Bündel.

Erst als der Mann nur noch zwei Schritte von ihm entfernt war und mit leicht kratziger Stimme spöttisch fragte: »Ist das nicht eine Nacht, wie geschaffen für ein kleines aufregendes Abenteuer? Im Gedärm einer Kuh kann es kaum dunkler sein«, da erkannte Sandro, dass es sich tatsächlich um Averardo handelte.

Sandro sah ihn entgeistert an. »Mein Verlangen nach nächtlichen Abenteuern hat sich schon immer sehr in Grenzen gehalten«, antwortete er. »Aber sagt mir lieber, wieso Ihr Euch als Mönch verkleidet habt.«

»Weil uns die Kutte dazu verhilft, unerkannt zu bleiben.«

»Uns?«

»Deine Kutte habe ich hier.« Averardo klopfte auf das Bündel, das er unter dem rechten Arm trug. »Und jetzt lass uns in die Kirche gehen, damit auch du dir rasch deinen Habit überwerfen und einen Strick um die Hüften binden kannst.«

Im stockfinsteren Vorraum des Gotteshauses zog Sandro sich um. Der grobe Stoff der Kutte roch muffig.

Als sie die Kirche verließen, verlangte er mit grimmiger Stimme nach einer Erklärung. »Ich werde mich nicht länger von Euch hinhalten lassen! Entweder Ihr schenkt mir reinen Wein ein oder Ihr müsst bei Eurem ... Eurem nächtlichen Abenteuer auf mich verzichten!«

Cosimos Cousin lenkte seine Schritte in Richtung der Färberwerkstätten und Trockenhallen am Flussufer. »Wir haben eine Verabredung mit Manetto di Scalessi«, sagte Averardo schlicht.

»Um diese Zeit und an diesem Ort?«, fragte Sandro ungläubig.

Der Medici lachte leise auf. »Nun ja, genau genommen glaubt Scalessi nach der erpresserischen Botschaft, die ich ihm habe zukommen lassen, dass er hier unten am Arno zur elften Stunde mit seinem ehemaligen Diener Salito verabredet ist, um ihm zehn Florin zu bringen, damit der Dieb auch weiterhin den Mund hält.«

»Zur elften Stunde?«, fragte Sandro verwirrt. »Aber das ist doch schon lange her! Selbst wenn Scalessi auf Eure falsche Botschaft hereingefallen ist, wird er kaum so lange warten.«

»Oh doch, Scalessi hat gewartet, sogar mit wachsender Ungeduld, das kannst du mir glauben«, erwiderte Averardo spöttisch. »Lass dich einfach überraschen.«

Sandro spürte, dass er Averardo nicht mehr entlocken würde, und so bohrte er nicht weiter nach. »Um wie viel Geld geht es bei dem Streit überhaupt?«

»Um die stolze Summe von achthundert Florin. So hoch war nämlich die Mitgift, die Rovantini gezahlt hat, als seine Tochter Alessandra vor vier Jahren Taddeo, den jüngeren Bruder von Scalessi, geheiratet hat.«

»Und?«

»Bedauerlicherweise ist Taddeo vor acht Wochen bei einem schweren Reitunfall gestorben. Als Witwe hat Alessandra, die inzwischen Mutter von zwei kleinen Kindern ist, Anspruch darauf, dass die Mitgift zurückgezahlt wird. Aber Scalessi weigert sich, das Geld herauszurücken. Und Rovantini braucht das Geld, weil er es sich nicht leisten kann, noch einmal eine so stattliche Mitgift zu zahlen, um seine Tochter wieder unter die Haube zu bringen. Ich denke, du verstehst, warum Rovantini auf raschen Beistand angewiesen ist«, sagte Averardo.

Sandro nickte.

Inzwischen hatten sie sich einem *tiratoio*, einer hohen, lang gezogenen Holzhalle genähert, in der Tuche gefärbt und unter dem Dach zum Trocknen aufgehängt wurden.

»Aber wie wollt Ihr diesen Scalessi . . .«

»Still!«, fiel Averardo ihm ins Wort. In diesem Augenblick löste sich eine Gestalt vor ihnen aus dem tiefen Schlagschatten und trat ihnen entgegen.

»Ist alles bereit, Pigello?«, fragte der Medici leise.

»Ja, Herr. Wie Ihr es angeordnet habt«, gab der Fremde mit gedämpfter Stimme zurück. »Nicolas ist bei ihm und hilft ihm. Ich glaube nicht, dass er noch lange durchhält.«

Averardo lachte kurz und trocken auf. »Umso besser. Ich schicke ihn gleich hinaus zu dir. Haltet Augen und Ohren offen, bis wir mit ihm fertig sind.«

Es war zu dunkel, um Einzelheiten zu erkennen, doch Sandro sah, dass Averardo dem Mann, der auf den Namen Pigello hörte, etwas zusteckte. Er nahm an, dass es sich um einen Geldbeutel handelte. Beklemmung erfasste ihn und er musste ein paarmal tief durchatmen.

»Ihr könnt Euch wie immer auf uns verlassen, Herr«, versicherte Pigello, trat zurück und öffnete eine Tür. Ein schwacher Lichtschein fiel aus dem Innern zu ihnen in die Nacht.

Averardo gab Sandro einen Wink, ihm in die Färberhalle zu folgen, während Pigello leise hinter ihnen die Tür schloss.

Sandro sah als Erstes lange Tücher, die von Stangengerüsten unter der Decke der Halle herabhingen und die mithilfe eines Seilzuges hochgezogen und wieder heruntergelassen werden konnten. Dahinter zeichneten sich die Umrisse von großen Holzbottichen ab, in denen die Stoffe eingefärbt wurden. Es roch stark nach *guado*, dem indigoblauen Färberwaid, und nach *robbia,* das dem Tuch seine rote Farbe gab. Am hinteren Ende der Bottichreihe war ein Lichtschein zu erkennen und erstickte Laute und eine höhnisch klingende Stimme, deren Worte jedoch nicht zu verstehen waren, drangen zu ihnen herüber.

Sandros Unruhe wuchs.

Averardo griff in einen Beutel und holte etwas hervor. »Hier, schieb dir das zwischen Wangen und Unterkiefer und die Holzklemme steckst du dir auf die Nase«, forderte er Sandro auf und drückte ihm zwei flache Kieselsteine und ein kleines u-förmiges Stück Holz in die Hand.

Sandro schluckte. »Und wozu soll das gut sein?«, raunte er, obwohl er schon ahnte, was Averardo damit bezweckte.

»Es ist zu deiner eigenen Sicherheit. Mit den Kieseln im Mund und der Klemme auf der Nase würde nicht einmal deine eigene Mutter deine Stimme wiedererkennen.«

»Aber mein Gesicht . . .«

». . . wird der gemeine Betrüger dank dieser hübschen venezianischen Karnevalsmasken ebenso wenig zu sehen bekommen wie mein anmutiges Antlitz«, fiel Averardo ihm ins Wort, während er zwei Seidenmasken zum Vorschein brachte, die das hämische Grinsen eines abstoßend teuflischen Gesichtes zeigten.

Sandro zögerte.

»Was ist? Bist du dir auf einmal nicht mehr sicher, ob du bedingungslos zum Haus Medici gehören willst?«, fragte Averardo leise.

»Natürlich bin ich mir dessen sicher!«, sagte Sandro schnell. »Nur . . .«

»Nur *was?*«

Sandro schluckte schwer. »Ich weiß nicht, ob ich der richtige Mann bin für das, was Ihr mit diesem Scalessi zu tun beabsichtigt.«

»Hör zu, ich habe nicht vor, diesem dreckigen Betrüger die Kehle durchzuschneiden, falls du das befürchten solltest, auch wenn er es verdient hätte. Ein toter Scalessi kann ja wohl kaum die Mitgift herausrücken, die er Rovantinis Tochter schuldet«, sagte Averardo barsch. »Aber überzeugen muss ich ihn schon, dass er gut daran tut, die achthundert Florin zurückzuzahlen, und das werde ich wohl kaum schaffen, wenn ich ihm freundlich ins Gewissen rede. Merk dir eins: Den Freund eines Medici zu betrügen ist nichts anderes, als einen Medici selbst zu betrügen! Ich denke, das siehst du ein.«

Sandro nickte beklommen.

»Gut, dann wirst du wohl auch verstehen, dass man nicht immer nur auf der Sonnenseite des Hauses Medici stehen und sich drücken kann, wenn einmal unangenehmere Aufgaben zu erledigen sind«, fuhr Averardo kühl fort. »Cosimo hat es an außergewöhnlichen Gunstbeweisen für dich wahrlich nicht mangeln lassen. Ganz zu schweigen, was er für dich getan hat, als dir im Kerker Folter und Tod drohten! Er setzt großes Vertrauen in dich. Aber jede Münze hat zwei Seiten, Sandro. Oder wie der alte Giovanni di' Bicci gern zu sagen pflegte: ›Man kann nicht eine betrunkene Frau und gleichzeitig ein volles Weinfass haben!‹ Du musst dich entscheiden, ob du uns weiterhin loyal zur Seite stehen wirst, einerlei, was geschieht, oder ob du wieder ins zweite Glied zurücktreten willst und fortan nur einer von Cosimos Bankangestellten sein möchtest. Wenn dir das lieber ist, dann gehst du jetzt besser und vergisst alles, was du bisher gesehen und gehört hast.«

Averardo funkelte ihn an.

Sandro wusste, dass er nun an einem Scheideweg stand. Wofür er sich auch entschloss, es würde für seine weitere Zukunft zweifellos schwerwiegende Konsequenzen haben.

Für einen langen Moment rang er stumm mit sich. Dann traf er seine Entscheidung.

Ohne ein Wort zu sagen, steckte er sich die Kieselsteine in den Mund, setzte sich die Holzklemme auf die Nase und schob die Kapuze der Kutte zurück, um sich die Teufelsmaske vor das Gesicht zu binden.

Ein zufriedenes Lächeln huschte über Averardos Gesicht. »Ich wusste, dass du uns nicht enttäuschen würdest«, sagte er zufrieden. »Also, dann bringen wir die Sache hinter uns.«

Augenblicke später traten sie hinter dem tropfenden Vorhang aus herabhängenden Tüchern hervor und gelangten zu den großen Färberbottichen.

Sofort fiel Sandros Blick auf den Mann, den Averardo an diesen Ort gelockt hatte und der von seinen beiden Handlangern überwältigt worden war. Geknebelt, die Augen verbunden, die Hände auf dem Rücken gefesselt und mit einer Galgenschlinge um den Hals, so hing Manetto di Scalessi im gelblichen Lichtkreis einer Öllampe an einem straff gespannten Seil, das an einem Querbalken über ihm befestigt war. Er konnte gerade noch mit den Fußspitzen den Holzball berühren, den Averardos Männer ihm unter die Füße geschoben hatten. Keuchend und mit von Todesangst gezeichnetem, schweißtriefendem Gesicht kämpfte er verzweifelt darum, das Gleichgewicht auf der Holzkugel nicht zu verlieren. Denn dann würde der Strick sich unweigerlich zuziehen.

Averardo gab seinem Mann ein Zeichen, sich zu entfernen, dann zog er unter der Kutte einen Dolch mit schmaler Klinge hervor. Sandro erschauerte, als hätte ihn ein eisiger Windhauch getroffen. Aber nun war es zu spät, um sich noch anders zu besinnen.

Was in jener Nacht geschah, lastete wochenlang auf Sandros Seele. Die Medici und ihr Gefolge führten schon längst ein beschauliches Leben auf dem Landgut Cafaggiolo und noch immer durchlebte er in seinen Träumen den entsetzlichen Augenblick, als die Klinge des Dolches auf dem Rand eines Färberbottichs das vordere Glied des kleinen Fingers von Manetto di Scalessis linker Hand abtrennte und das Blut aus dem Fingerstumpf spritzte.

Vorher hatte Averardo den Strick durchgeschnitten und gemeinsam hatten sie den wimmernden Scalessi zu einem Bottich mit klarem Wasser gezerrt und dessen Kopf immer wieder untergetaucht, bis er keine Luft mehr bekam und zusammenbrach.

In Sandro hatte sich alles gesträubt, Averardo bei diesem schmutzigen Geschäft zur Hand gehen zu müssen. Die ganze Zeit hatte er Tessa vor Augen, wie sie damals vor nunmehr sechs Jahren im Teich dieser schrecklichen Tortur ausgesetzt gewesen war. Aber Averardo ließ nicht zu, dass er sich drückte.

Dann hatte Averardo Scalessis linke Hand auf den Rand des Bottichs gepresst und Sandro den Dolch in die Hand gedrückt.

»Für jeden Tag, den Ihr Pasquale Rovantini und seine Tochter von nun an auf die ihnen zustehenden achthundert Florin warten lasst, werdet Ihr bluten, Manetto di Scalessi! Heute ist es nur ein kleines Stückchen Eures Fingers«, drohte Averardo mit dumpfer Stimme. »Morgen ist es dann schon ein ganzer Finger und übermorgen . . .«

Scalessi krümmte sich wimmernd, er hatte keine Kraft mehr, sich zu wehren.

»Nun mach schon!«, forderte Averardo mit einem Seitenblick auf Sandro, und als dieser zögerte, legte sich die Pranke des Medici wie eine eiserne Klaue um seine Hand und zog die scharfe Klinge mit aller Kraft durch den Finger.

In jenen heißen, trügerisch ruhigen Sommermonaten auf Cafaggiolo grübelte Sandro lange darüber nach, was er getan hatte, auch dann noch, als die Albträume allmählich seltener wurden. Aber es waren nicht nur die Gewissensbisse, die ihn plagten, er sann auch immer wieder über die Frage nach, warum es den beiden Medici so wichtig gewesen war, dass er bei der Bestrafung von Manetto di Scalessi nicht nur dabei gewesen war, sondern dass er auch daran teilgenommen hatte.

Schließlich kam er zu dem Schluss, dass es Averardo und Cosimo darum gegangen war, ihm auf drastische Weise nachdrücklich vor Augen zu führen, dass es seinen Preis hatte, wenn man zum auserwählten inneren Kreis der Medici gehören wollte. Es reichte nicht, sich als verlässlich und vertrauensvoll zu erweisen. Man musste auch unter Beweis stellen, dass die Loyalität vorbehaltlos galt und dass man sich dem Haus Medici buchstäblich mit Leib und Seele verschrieb.

Das war nun geschehen und damit war Sandros Schicksal enger denn je mit dem der Medici verbunden. Manchmal regte sich in ihm ein Unbehagen, wenn er darüber nachdachte und sich fragte, wie viel von seiner persönlichen Freiheit er aufgegeben hatte und womöglich noch aufgeben musste, um seinen Aufstieg als Vertrauter von Cosimo de' Medici fortzusetzen.

Aber dann machte er sich zu seiner eigenen Beruhigung jedes Mal bewusst, dass Freiheit zwar ein sehr hehres, nobles Wort war, das sich jedoch in der rauen Wirklichkeit des alltäglichen Lebens als ein überaus schwammiger, nebulöser Begriff erwies. Wer war denn schon wirklich frei und konnte sagen, dass er in keines anderen Mannes Abhängigkeit stand? Bauern, Tagelöhner und andere aus dem einfachen Volk, die in bedrückender Armut lebten, schon gar nicht. Aber nicht einmal die reichen Kaufleute, die sich in das edelste Tuch kleideten und prächtige Palazzi bewohnten, waren frei vom Zwang, sich zu einer der mächtigen Parteien zu bekennen und sich unter ihren Schutz zu stellen. Selbst Fürsten mussten sich dem Willen noch mächtigerer gekrönter Häupter beugen.

Nein, es war die richtige Entscheidung gewesen, die er damals in der Färberei getroffen hatte. Er brauchte nur daran zu denken, was für ein elendes Leben er geführt hatte, bevor ihn das Schicksal vor sechs Jahren zum ersten Mal nach Cafaggiolo geführt hatte. Jeder musste irgendwann einmal klar Stellung beziehen und akzeptieren, dass es dort, wo die Sonne schien, auch Schatten gab.

Es störte ihn auch nicht, dass sich auf dem Bild, das er sich von Cosimo de' Medici gemacht hatte, mittlerweile dunkle Flecken gebildet hatten. Er hatte immer geahnt, dass Cosimo einen vielschichtigen Charakter besaß und dass er es vorzüglich verstand, in der Öffentlichkeit die weniger freundlichen Seiten seines Wesens hinter der Maske des allzeit wohlmeinenden und gleichmütigen Geschäftsmanns zu verbergen. Wie hieß es doch: Stille Wasser sind tief, und wer ohne Sünde ist, der werfe den ersten Stein. Von Sandros Hand würde er jedoch nicht kommen.

Und Tessa? Die Monate der Trennung von ihr fielen ihm wieder einmal schwer und ließen ihn schmerzlich spüren, dass die Sehnsucht nach ihr stärker denn je in ihm brannte. Sein Verstand konnte ihm tausend Mal vorhalten, dass er sich damit abfinden musste, sie wohl nie freikaufen zu können; sein Herz wollte einfach nichts davon wissen.

Mitunter drängte sich jedoch ein dunkler, unerwünschter Gedanke in seine Wünsche und Hoffnungen und dann spürte er, wie ihm ein eisiger Schauer über den Rücken lief. War er überhaupt noch der, den Tessa kannte und liebte? Oder hatte er sich schon zu sehr verändert?

Als der August 1433 in die dritte Woche ging, tauchte Poggio Bracciolini auf Cafaggiolo auf. Er brachte keine guten Nachrichten aus Florenz.

»Die Wahl der neuen Prioren und des Gonfaloniere für die Monate September und Oktober ist eine üble Farce gewesen!«, rief er empört aus, als er sich zu Cosimo, Lorenzo und Averardo in den kühlen Schatten der Loggia setzte. Sandro zog sich leise in den Hintergrund zurück. »Ich habe noch nie eine Wahl erlebt, die von Anfang an so offensichtlich manipuliert und von so schamlosen Bestechungen gekennzeichnet war wie diese!«

Cosimo schien das nicht weiter zu beunruhigen. »Damit mussten wir rechnen, Poggio«, sagte er gelassen. »Für uns dürfte weitaus interessanter sein, welche Namen die Albizzi aus den Wahlbeuteln haben ziehen lassen.«

Poggio Bracciolini zählte die Namen der neuen Prioren auf.

»Nun, Bartolomeo Spini und Jacopo Berlinghieri stehen ohne jeden Zweifel auf unserer Seite«, erwiderte Cosimo nachdenklich, als er geendet hatte. »Und die anderen sechs schulden mir allesamt eine Menge Geld.«

»Sie als unsere Schuldner zu wissen kann in diesem Fall auch von Nachteil sein.« Lorenzos Miene verzog sich besorgt, doch Cosimo winkte nur ab. »Und wer ist zum Gonfaloniere ernannt worden?«, erkundigte er sich stattdessen.

»Die Marionette der Albizzi heißt Bernardo Guadagni. Rinaldo war mit dessen Vater eng befreundet, wie ihr euch vermutlich noch erinnert.«

Averardo runzelte die Stirn. »Aber der hatte doch einige Hundert Florin Steuerschulden! Man hätte ihn gar nicht erst zur Wahl zulassen dürfen.«

Poggio lachte freudlos auf. »Richtig und dreimal dürft ihr raten, wer rechtzeitig vor der Wahl die Steuerschuld für Guadagni bezahlt hat.« Er gab die Antwort gleich selbst. »Rinaldo hat noch nicht einmal den Versuch unternommen, die Bestechung geheim zu halten! Wie schon der weise Alkaios sagte: *An der Klaue erkennt man den Löwen!* Doch in diesem Fall muss man den Löwen durch eine Hyäne ersetzen!«

»Rinaldo scheint nervös zu werden«, sagte Cosimo. Noch immer hatte seine Stimme sich nicht gehoben. Er lehnte sich in seinem Stuhl zurück und schlug die Beine übereinander. »Und wer nervös wird und den Kopf verliert, der macht leicht Fehler, die nicht wiedergutzumachen sind.«

Averardo schien seine Einschätzung ebenso wenig zu teilen wie Lorenzo. Er sprang auf und ging erregt hin und her. »Mir sieht das eher danach aus, dass Rinaldo die Signoria für die nächsten beiden Monate unter seine Kontrolle gebracht hat, damit er endlich offen gegen uns losschlagen und sich seines Sieges sicher sein kann.«

Lorenzo nickte. »Es geht jetzt nicht länger nur um eine üble Kampagne gegen uns, wie er und seine Busenfreunde Ridolfo Peruzzi und Niccolò Barbadori sie bisher gegen uns betrieben haben. Jetzt hat er die Signoria hinter sich und kann deren Macht als Waffe gegen uns richten, Cosimo!«, sagte er beschwörend.

»So sehe ich das auch.« Averardo konnte immer noch nicht stillstehen. »Ich mache jede Wette, dass Rinaldo zu einem vernichtenden Schlag gegen uns ausholt, sobald die neuen Prioren und Bernardo Guadagni ihre Ämter im Palazzo Vecchio angetreten haben.« Er ging zu Cosimo und beugte sich zu ihm vor. »Wir sollten sofort etwas unternehmen! Auf jeden Fall müssen wir schnellstens nach Florenz zurückkehren. Die Lage in der Stadt ist brandgefährlich!«

Cosimo schüttelte bedächtig den Kopf. »Rinaldo mag glauben, dass er jetzt das Ruder in der Hand hält, aber das wird sich als Irrtum erweisen«, widersprach er mit ruhiger, aber energischer Stimme. »Die Albizzi sind reiche Großgrundbesitzer, das mag sein, aber sie verstehen nicht, dass die wahre Macht längst in den Händen einer neuen Generation liegt – und zwar in denen von Bankiers wie uns Medici, deren Geld Grenzen überwindet und eine Sprache spricht, die alle verstehen. Nein, wir werden nichts unternehmen, sondern uns weiterhin still verhalten. Denn wer in diesem gefährlichen Spiel den ersten Zug macht, der wird verlieren – und vermutlich nicht nur seine Macht und sein Geld, sondern höchstwahrscheinlich auch seinen Kopf auf dem Schafott.«

Diese letzten Augusttage sollten Sandro für immer als die sprichwörtlich trügerische Ruhe vor dem Sturm in Erinnerung bleiben. Bis auf Cosimo de' Medici, der eine unerschütterliche Ruhe an den Tag legte und damit seinen Cousin Averardo fast zur Weißglut brachte, litten alle unter Rastlosigkeit, nervöser Anspannung und unruhigem Schlaf. Niemand wusste, was geschehen würde, wenn die neue Regierung in den Palazzo Vecchio einzog und ihre Geschäfte aufnahm, doch jeder ahnte, dass die Folgen schwerwiegend sein würden. Das Unheil kündigte sich schließlich durch einen Boten der Signoria an. Dieser traf am 2. September 1433, genau einen Tag nach der Vereidigung der neuen Regierung, auf dem Landsitz im Mugello ein. Er überbrachte ein Schreiben, das von mehreren Prioren und dem Gonfaloniere Guadagni unterschrieben war. Es war an Cosimo de' Medici gerichtet. Darin baten die Prioren in höchst ehrerbietigen Formulierungen, der berühmte Cosimo de' Medici möge doch der Signoria die große Güte erweisen, der Eröffnungssitzung eines neu gegründeten Komitees beizuwohnen, die für den Vormittag des 7. September anberaumt sei. Man berate wichtige Staatsgeschäfte zum Wohl der bedrängten Kommune und die Signoria halte seinen Rat für unverzichtbar.

Cosimo setzte ein kurzes Antwortschreiben auf, in dem er seine Teilnahme an der Sitzung zusagte, und schickte den Boten damit zurück nach Florenz.

Kaum hatte der Reiter das Gut verlassen, bestürmten die Verwandten und Freunde das Oberhaupt der Familie. Er dürfe dem Wunsch der Signoria seinem Schreiben zum Trotz auf keinen Fall nachkommen!

»Das kann eine Falle sein«, warnte Averardo. »Zum Teufel, das ist eine Falle!«

Das vermutete auch Lorenzo. »Dieses Schreiben ist doch bloß eine zuckersüß verklausulierte Vorladung, Cosimo! Wenn du ihr Folge leistest, begibst du dich in die Höhle des Löwen und bringst dein Leben in Gefahr!«

»Ihr alle übertreibt maßlos«, erwiderte Cosimo mit einer Ruhe, die den anderen unverständlich war.

»Ganz und gar nicht«, beharrte sein Bruder. »Selbst wenn es keine Falle ist, wäre es höchst unklug von dir, zu dieser Sitzung zu erscheinen. Rinaldo wird dich vor der Signoria angreifen, weil wir angeblich den Lucca-Feldzug hintertrieben haben. Er wird dich im Verlauf der Debatte zum Hauptschuldigen an der Katastrophe stempeln! Rinaldos Speichellecker Peruzzi und Barbadori verbreiten diese bösartigen Gerüchte ja schon seit einiger Zeit.«

Poggio Bracciolini nickte. »Man munkelt sogar, dass die Partei der Albizzi einen Umsturz plant und die Macht offen an sich reißen will. Aber auch wenn das nicht der Fall sein sollte, wird es für Rinaldo ein Leichtes sein, den Eindruck zu erwecken, als wäre deine Schuld an der prekären Lage der Kommune so gut wie bewiesen! Auf so eine Gelegenheit hat dieser Hund doch nur gewartet!«

Cosimo lächelte in die Runde. »Eure Sorge ehrt euch, aber ich habe mir nichts vorzuwerfen. Deshalb brauche ich auch keine Untersuchung zu fürchten, wenn es denn überhaupt dazu kommen sollte. Zudem wäre es ein Zeichen von Schwäche, ja, es käme fast einem Schuldeingeständnis gleich, wenn ich nicht erscheinen würde. Denn damit würde ich Rinaldo den Trumpf in die Hände spielen, der ihm jetzt noch fehlt. Schon Seneca hat gesagt, dass die Haltung den Edelmann macht, nicht die Abstammung.«

»Was nichts daran ändert, dass dich diese noble Haltung den Kopf kosten kann!«, sagte Averardo grimmig.

Doch Cosimo ließ sich nicht beirren. »Nein, ich habe mein Wort gegeben, dass ich der Aufforderung der Signoria Folge leisten werde, und ein Medici bricht sein Wort nicht!«

Cosimo ließ noch zwei Tage verstreichen, bevor er mit wenigen Getreuen nach Florenz zurückkehrte. Vorher traf er einige Entscheidungen für den Fall, dass sich die Einladung zur Eröffnungssitzung des neuen Ausschusses doch als Falle herausstellen sollte. Er schickte Lorenzo mit seinen beiden Söhnen Piero und Giovanni und mit einigen anderen Verwandten nach Venedig.

Für Sandro hatte er eine andere Aufgabe. Er rief nach ihm und beauftragte ihn damit, nach Pisa zu reiten und dem Söldnerführer Niccolò da Tolentino eine Botschaft zu überbringen. Tolentino war der einzige namhafte Condottiere, der zurzeit im Sold der Stadt stand, diesen aber nicht von der Kommune, sondern von Cosimo ausgezahlt bekam. Sandro sollte ihm ausrichten, dass er seine Landsknechte sammeln und sich mit ihnen in die Nähe von Florenz begeben sollte. Ohne ausdrücklichen Befehl von Cosimo sollte Tolentino jedoch auf keinen Fall etwas unternehmen.

»Mach ihm klar, dass es katastrophale Folgen für uns haben kann, wenn auch nur der Verdacht aufkommt, wir würden mithilfe von Tolentino einen gewaltsamen Umsturz planen«, trug er Sandro auf. »Er soll sein Lager weit genug von der Stadt entfernt aufschlagen, damit sein Abzug aus Pisa und der Vormarsch in Richtung Florenz nicht wie eine Bedrohung aussehen.«

Sandro nickte und wollte sich schon eilig verabschieden, um Vorbereitungen für seine Reise zu treffen, als Cosimo ihn noch einmal zurückhielt. »Du kehrst auf jeden Fall nach Cafaggiolo zurück. Averardo bleibt hier und wird alles Weitere entscheiden, je nachdem, wie sich die Lage entwickelt. Erst danach machst du dich auf den Weg nach Florenz. Aber geh auf keinen Fall in unsere Bank. Halte dich an deinen Freund

Matteo. Er muss wissen, wo du bist, damit ich dich über ihn erreichen kann.«

Wenig später galoppierte Sandro mit zwiespältigen Gefühlen vom Gut. Er wusste, wie viel an seiner Aufgabe hing, und er war sich ihrer Bedeutung nur zu gewiss. Doch wenn er die Wahl gehabt hätte, wäre er lieber mit Cosimo nach Florenz zurückgekehrt. Allein schon wegen Tessa, aber auch weil er sich sorgte, was in den Tagen passieren mochte, die er brauchte, um nach Pisa und wieder zurück zu gelangen. Welche Lage würde er dann antreffen?

Am Abend des 4. September 1433 traf Cosimo mit seinem kleinen Tross aus Dienerschaft und Freunden in Florenz ein. Er begab sich in seinen Palazzo und ließ der Signoria per Boten übermitteln, dass er wieder in der Stadt sei und zur Verfügung stehe.

Drei Tage später wurde er in den Palazzo Vecchio gerufen. Noch auf dem Weg zum Regierungspalast schlug er letzte Warnungen von Freunden in den Wind.

»Wenn die Signoria ruft, hat jeder Bürger Folge zu leisten«, erklärte er stoisch und ging mit festem Schritt weiter.

Als er zur festgesetzten Zeit den prunkvollen Sitzungssaal mit seinen herrlichen Wandfresken betrat, hatten sich dort schon der Gonfaloniere und die Mehrzahl der Prioren versammelt. Alle waren in feinstes rotes Tuch gehüllt, auf das kein Mitglied der Signoria verzichtete.

Die leisen Gespräche verstummten, als Cosimo mit freundlichem Blick auf die Männer zuschritt. Wie üblich trug er einen schlichten Lucco aus lichtgrauem Stoff, auf dem Kopf saß die dazu passende Kappe.

Bernardo Guadagni kam ihm mit einer ebenso freundlichen Miene entgegen. Der Gonfaloniere war ein knapp vierzigjähriger Mann von stämmiger Statur. Er hatte eine dunkle Gesichtsfarbe und krauses schwarzes Haar, das einen starken Kontrast zu seinen wässrigen hellblauen Augen bildete.

»Ich danke Euch, dass Ihr nicht gezögert habt, die Unannehmlichkeit auf Euch zu nehmen, vorzeitig von Eurem Landsitz nach Florenz zurückzukehren, Ser Cosimo«, begrüßte er ihn mit betonter Höflichkeit.

Cosimo wertete den Respekt, den der Gonfaloniere ihm zollte, als gutes Zeichen. »Eine Unannehmlichkeit, die keiner Rede wert ist, wenn sie dem Wohl der Kommune dient«, erwiderte er, ganz der verantwortungsvolle Bürger, der weiß, was er der Republik schuldet. »Wie ich Eurem Schreiben entnehmen konnte, gibt es dringliche Staatsgeschäfte zu erörtern, bei denen Ihr glaubt, mein Rat könne von Nutzen sein.«

»Das wird er ganz gewiss sein«, versicherte Bernardo Guadagni.

»Ich nehme an, Ihr habt auch Rinaldo degli Albizzi zu dieser Sitzung eingeladen.«

Der Gonfaloniere nickte und Cosimo fiel auf, dass sein rechtes Augenlid nervös zu zucken begann. »Ja, wir haben ihn, aber auch noch einige andere herausragende Bürger gebeten, heute hier zu erscheinen. Die Signoria möchte sich

Eure wie ihre Einschätzungen und Vorschläge zu den Problemen anhören, die einer dringlichen Lösung bedürfen«, sagte er und warf scheinbar beiläufig das Tuch seiner Kappe, das ihm vor der Brust hing, nach hinten über die Schulter.

In diesem Augenblick öffnete ein Diener die Eingangstür, und Federigo Malavolti, der Hauptmann der Palastwache, ein kräftig gebauter bärtiger Mann um die fünfzig, trat in den Saal. Ihm folgten zwei mit Kurzschwert bewaffnete Soldaten. Gleichzeitig tauchten am anderen Ende des Saales vier weitere Wachen auf, schlossen die beiden hohen Flügel der Ausgangstür und nahmen mit gekreuzten Hellebarden Aufstellung.

Cosimo erbleichte, bewahrte jedoch Haltung. »Ich hoffe, Ihr wisst, was Ihr tut?«, stieß er leise hervor.

Der Gonfaloniere lächelte gezwungen. »Seid versichert, dass Ihr nichts zu befürchten habt, Ser Cosimo. Wir werden gleich unter vier Augen miteinander reden, Ihr habt mein Wort. Und nun habt bitte die Güte, dem Hauptmann ins Nebengemach zu folgen.«

Es war so still im Saal, dass man eine Nadel hätte zu Boden fallen hören können. Die Atmosphäre war zum Zerreißen gespannt. Alle Augen waren auf den Medici gerichtet. Auf einigen Gesichtern stand Häme oder grimmige Genugtuung, andere waren genauso schreckensbleich wie das von Cosimo.

Der presste die Lippen zusammen und leistete der Aufforderung des Gonfaloniere schweigend Folge. Was hätte er auch tun sollen? Sich durch lautstarken Protest und Widerstand lächerlich machen oder gar einen sinnlosen Fluchtversuch unternehmen?

»Wo führt Ihr mich hin?«, fragte er mühsam beherrscht, als die Tür zum Sitzungssaal hinter ihm zugefallen war.

»Wo man Euch hinzuführen mir befohlen hat«, antwortete der Hauptmann ausweichend.

Als Cosimo sah, dass der Soldat nicht den Weg zu den angrenzenden Gemächern einschlug, sondern am Ende des kurzen Verbindungsganges die Treppe hinauf ins Obergeschoss des Glockenturmes ging, ahnte er schon, wohin man ihn brachte. Dort oben, auf halber Höhe, gab es einen kleinen Raum, der im Volksmund spöttisch *l'alberghettino*, die kleine Herberge, genannt wurde. Es war eine kleine Kerkerzelle, aus der es kein Entkommen gab.

Wenig später blieb der Hauptmann vor einer rundbogigen, mit zwei breiten Eisenriegeln verstärkten dicken Holztür stehen. Er schob die Riegel zurück, zog die Tür auf und bedeutete Cosimo stumm, in die Zelle zu treten.

Cosimo trat in die winzige Kammer aus dunklen, grob behauenen Steinmauern. Sogleich fiel die Bohlentür hinter ihm ins Schloss. In die Wand, die zur Piazza zeigte, war ein winziges vergittertes Fenster eingelassen, durch das ein wenig Licht in die Zelle fiel.

Ein einfacher Stuhl, eine harte Pritsche und ein kleiner Tisch bildeten die karge Einrichtung der Zelle.

Angesichts dieses Gefängnisses wankte Cosimo de' Medici das erste Mal. All seine Gelassenheit und seine äußere Ruhe fielen von ihm ab und er spürte, wie ein Zittern ihn überfiel, das er nicht mehr kontrollieren konnte.

Er konnte nicht glauben, was ihm widerfahren war. Alle hatten ihn gewarnt, dass man ihn mit dieser Einladung zur Sitzung in eine Falle locken wollte, doch er hatte es nicht wahrhaben wollen und sich für unantastbar gehalten. Nun war die Falle zugeschnappt und er war Gefangener einer Signoria, die sein Erzfeind Rinaldo in der Hand hatte!

Wie ein Lauffeuer ging die Nachricht durch die Stadt, dass die Signoria Cosimo de' Medici verhaftet hatte und in der Zelle des Glockenturms gefangen hielt. Sogleich begann die Gerüchteküche wild zu brodeln und die haarsträubendsten Geschichten in die Welt zu setzen. Je nachdem, auf welcher Seite man stand, wussten die einen davon zu berichten, dass die Regierung ein Komplott der Medici aufgedeckt und durch Cosimos Verhaftung gerade noch rechtzeitig verhindert habe. Andere dagegen, die sich zum Lager der Medici zugehörig fühlten, empörten sich über Cosimos Festnahme und werteten sie als untrügerisches Anzeichen dafür, dass Rinaldo und seine Anhänger alte Rechnungen begleichen und ihrerseits nach der Macht im Staat greifen wollten. Auch wurden sogleich Stimmen aus dem Lager der Albizzi laut, die Cosimos unverzügliche Aburteilung und Hinrichtung forderten. Wer nur auf Verbannung plädierte oder gar Freispruch verlangte, wurde niedergeschrien und bedroht.

Auf den Straßen und Plätzen kam es hier und da schon zu ersten handgreiflichen Zusammenstößen zwischen den Anhängern der rivalisierenden Parteien. Dabei tat sich Rinaldos Sohn Ormanno ganz besonders hervor. Er hatte seine bewaffneten Gefolgsleute schon zu früher Morgenstunde um sich geschart und schickte sie nun in kampfstarken Gruppen zu den strategisch wichtigen Punkten der Stadt, um dort Proteste und Versammlungen der Medici-Anhänger im Keim zu ersticken, notfalls auch mit blank gezogenem Schwert. Überall war bedrohliches Waffengeklirr zu hören und die Stadt befand sich im Handumdrehen in einem wilden Aufruhr. Wer sich von Cosimos Verwandten noch in Florenz aufhielt, sah bis auf wenige Ausnahmen zu, dass er sich umgehend in Sicherheit brachte und die Stadt verließ.

Ins Haus der Vasetti gelangte die sensationelle Nachricht durch einen Stallknecht. Er kam gerade mit Lionettos bestem Reitpferd vom Schmied zurück, der die Hufe des Rotfuchses neu beschlagen hatte.

Als der Knecht ins Haus gestürzt kam und aufgeregt rief: »Cosimo de' Medici ist verhaftet worden! Er sitzt im Glockenturm ein!«, hatte Tessa gerade das späte Frühstück für Fiametta in der Küche auf ein Tablett gestellt und wollte hinauf zu ihrer Herrin eilen. Der Schreck fuhr ihr derart in die Glieder, dass das Tablett in ihren Händen bedrohlich schwankte und ein wenig heiße Milch aus der bauchigen Tasse schwappte. Ihr Herz krampfte sich vor Sorge um Sandro zusammen. Die Verhaftung des Oberhauptes der Medici brachte jeden in Gefahr, der nicht nur zu Cosimos Familie, sondern auch zum engen Kreis seiner Vertrauten gehörte.

Und dazu gehörte Sandro ohne jeden Zweifel schon seit geraumer Zeit.

Carmela, die Köchin, die um Tessas Liebe zu Sandro wusste, kam aus der Küche und tauschte mit ihr einen besorgten Blick, während von der Treppe Lionettos Stimme ertönte. Herrisch rief er nach dem Stallknecht, wohl um weitere Einzelheiten von ihm zu erfahren. Als Parteigänger der Albizzi musste die Inhaftierung des Medici ein wahrer Triumph für ihn sein.

»Was, in Gottes heiligem Namen, ist bloß in die Signoria gefahren, Ser Cosimo zu verhaften?«, raunte die Köchin bestürzt. »Das kann die Stadt in einen Bürgerkrieg stürzen, wenn jetzt die unbesonnenen Kräfte die Oberhand gewinnen! Lass uns bloß hoffen, dass die Sache einen unblutigen Ausgang nimmt und dein Sandro nicht auch noch in Gefahr gerät!«

»Ja, das gebe Gott, Carmela!«, flüsterte Tessa beklommen. Sie wartete, bis Lionetto die Treppe heruntergekommen und mit dem Stallknecht hinaus auf den Hof getreten war, dann eilte sie mit dem Frühstück hinauf zu Fiametta.

Diese interessierte sich jedoch nicht im Geringsten für Ser Cosimos Verhaftung und welche schwerwiegenden Folgen das für Florenz haben mochte. Sie ging überhaupt nicht darauf ein, sondern wollte nur wissen, ob Tessa auch genug Honig in ihrer heißen Milch aufgelöst hatte, warum die Schicht aus gebranntem Zucker auf ihrem Pudding an diesem Morgen so kümmerlich dünn aussah und ob sie Carmela auch ausgerichtet habe, bei der Zubereitung der *berlingozzi* gefälligst nicht mit Zucker zu sparen. Die aus Mehl, Eiern und Zucker zubereiteten Fladen gehörten zu ihren Lieblingsspeisen. Und dann machte sie sich über das reichhaltige Frühstück her, als hätte sie seit Tagen nichts mehr zu essen bekommen.

Seit der Fehlgeburt fand Fiametta im Essen Trost und sie brauchte viel süßen Trost, denn Lionetto Vasetti strafte sie von dem Tag an, als sie das zu früh geborene Mädchen tot auf die Welt gebracht hatte, mit eisiger Verachtung. Sein unversöhnliches Betragen ihr gegenüber hatte auch nach den längeren Geschäftsreisen, zu denen er sogar in der heißen Sommerzeit aufgebrochen war, keine Milde erfahren. Er schnitt sie, wann immer es ging. Einen gemeinsamen Besuch der Sonntagsmesse gab es nicht mehr. Und wenn es sich doch einmal nicht vermeiden ließ, mit ihr am Tisch zu sitzen oder sich bei besonderen Festen mit ihr sehen zu lassen, richtete er nicht ein Mal das Wort an sie und tat so, als wäre sie gar nicht da.

Anfangs hatte Tessa großes Verständnis für Fiamettas Verzweiflung gehabt. Sie hatte nachfühlen können, warum sie sich in den Genuss von Süßspeisen flüchtete und aus dem Schneckenhaus ihrer Gemächer nicht mehr herauskam. Aber als sie nach Wochen tränenreichen Haderns mit dem Schicksal und jammervollen Selbstmitleids das übermäßige Essen nicht eingestellt, sondern mit zunehmender Gier in den Mittelpunkt ihres Lebens gestellt hatte, war es mit Tessas Nachsicht vorbei gewesen. Ihre besorgten Vorhaltungen und ihr gutes Zureden hatten nicht gefruchtet.

Mittlerweile sah man Fiametta an, dass sich ihr ganzes Sinnen und Trachten von morgens bis abends fast nur noch um ihre Lieblingsspeisen drehte.

»Du bist fett geworden wie eine Mastgans kurz vor dem Schlachttag!«, hatte Lionetto Vasetti seiner Frau voller Abscheu an den Kopf geworfen, als er von seiner letzten Reise zurückgekommen war.

Dass Fiametta sich so maßlos vollstopfte, hatte für Tessa jedoch auch sein Gutes. Denn nach all den Speisen fühlte Fiametta sich gewöhnlich schwer und träge, sodass sie zurück in ihre Kissen sank und oft bis zum Mittag schlief, bevor sie sich dann endlich dazu aufraffte, aus dem Bett zu steigen, um sich waschen und ankleiden zu lassen.

Für einige Stunden hatte sie Ruhe vor den Klagen und den misslichen Launen ihrer Herrin.

Heute wartete Tessa umso ungeduldiger darauf, dass Fiametta die Augen zufielen, denn an diesem Tag ging es ihr nicht nur darum, ihre Ruhe zu haben.

Sie musste unbedingt etwas über Sandro in Erfahrung bringen, sonst hätte sie keine ruhige Minute mehr.

Sobald Fiametta in ihre Kissen zurücksank und ein lautes Schnarchen von sich gab, huschte Tessa mit dem Tablett aus dem Zimmer, brachte es hinunter in die Küche und verließ das Haus unter dem Vorwand, für Fiametta eine Besorgung machen zu müssen.

In großer Sorge eilte sie die lange Via San Gallo hinunter. Dabei schnappte sie immer wieder Wortfetzen auf, die ihr Angst machten.

»... geschieht dem feinen Bankherrn recht ...«

»... wird er dafür bezahlen, dass er den Krieg gegen Lucca mit seinem verfluchten Reichtum hintertrieben hat ...«

»... hängen soll er ...«

Schließlich erreichte sie die Via Larga. Diesmal zögerte sie nicht, das Bankhaus zu betreten und nach Sandro zu fragen. Als man ihr sagte, man wisse nichts über dessen Verbleib, eilte sie zur Tavola und bat dort, Matteo Trofaldo in einer wichtigen persönlichen Angelegenheit sprechen zu dürfen.

Matteo kam aus seinem Kontor, und als er Tessa im Gang erblickte, legte er den Finger auf die Lippen und zog sie mit sich hinaus auf den Markt hinter den großen Stand eines Gemüsehändlers.

»Hast du etwas von Sandro gehört?«, presste sie atemlos hervor.

Matteo sah sich wachsam um, dann schüttelte er den Kopf. »Leider nicht.«

»Vielleicht ist er ja gar nicht mit Cosimo de' Medici zusammen in die Stadt zurückgekehrt und auf Cafaggiolo geblieben«, sagte Tessa hoffnungsvoll. Sie klammerte sich an diesen Gedanken, auch wenn das bedeuten würde, dass sie ihn für lange Zeit nicht wiedersehen würde. Aber er wäre in Sicherheit, und das war ihr viel wichtiger.

Matteo zuckte mit den Achseln. »Schwer zu sagen. Dass

er nicht wenigstens kurz bei mir und Ippolita zu Hause aufgetaucht ist, muss allerdings nicht unbedingt heißen, dass er nicht in der Stadt ist.«

»Du meinst, er könnte sich anderswo versteckt halten?«

»Gut möglich. Er wird gewarnt sein. Denn wer weiß, ob die Albizzi jetzt nicht auch Jagd auf Leute wie ihn machen, um ihnen womöglich auf der Folter irgendwelche falschen Aussagen abzupressen, die sie dann gegen Ser Cosimo verwenden können«, sagte er mit finsterer Miene.

»Um Himmels willen!«, stieß Tessa entsetzt hervor.

»Hab keine Angst«, versuchte er, sie zu beruhigen. »Sandro ist nicht auf den Kopf gefallen. Der passt schon auf sich auf. Verlass dich drauf!«

»Aber wo könnte er sich versteckt haben, falls er doch in der Stadt ist?«

»Ich weiß nicht. Aber wenn ich Sandro wäre, würde ich mich wegen eines guten Verstecks als Erstes an seinen Freund Jacopo Paco drüben im Borgo San Frediano wenden. Das ist der, dem die Schenke Lombrico gehört. Glaub mir, Jacopo weiß bestimmt, wie und wo man in Florenz am besten untertauchen kann.« Matteo schenkte Tessa ein aufmunterndes Lächeln. »Vielleicht machen wir uns ja ganz unnötig Sorgen um ihn.«

Tessa sah ihn gequält an. »Nichts hoffe ich mehr als das, Matteo.« Dann dankte sie ihm, bat ihn um Nachricht, falls Sandro sich doch noch bei ihm melden sollte, und machte sich auf den Weg hinüber nach Santo Spirito.

Doch ihre Hoffnung, von Jacopo Paco etwas über Sandros Aufenthalt zu erfahren, erfüllte sich nicht. Auch der kleinwüchsige Wirt hatte Tessas Freund nicht zu Gesicht bekommen.

»Kannst du mir eine Nachricht zukommen lassen, falls er bei dir auftaucht?«, bat sie auch ihn und teilte ihm mit, wo sie wohnte. »In der Woche wendest du dich am besten an die Köchin Carmela. Auf die ist Verlass. Und sonntags triffst du mich nach der Morgenmesse vor der Kirche Santissima Annunziata.«

Jacopo versicherte ihr, Nachricht zu geben.

Schließlich blieb Tessa nichts anderes übrig, als niedergeschlagen in die Via San Gallo zurückzukehren. Dort weihte sie Carmela ein. »Ich hoffe, dass ich dir damit keine Unannehmlichkeiten bereite. Aber außer dir weiß ich niemanden im Haus, dem ich vertrauen kann. Und ich mache mir solche Sorgen um Sandro!«

Die mütterliche Köchin strich ihr beruhigend über den Arm. »Das hast du genau richtig gemacht. Ich helfe dir gern. Und sorg dich nicht zu sehr. Du wirst bestimmt schon bald von deinem Sandro hören.«

Tessa schenkte ihr einen dankbaren Blick.

Doch aus den bangen Stunden der Ungewissheit und des Wartens wurden Tage, ohne dass sie ein Lebenszeichen von Sandro erhielt, und die Sorge um ihn wurde zur nackten Gewissheit, dass ihm etwas zugestoßen war.

Die Türme und Dächer der Stadt lagen noch im warmen Schein der tief stehenden Sonne, während in der Zelle des Glockenturms schon diffuses Dämmerlicht herrschte.

Cosimo de' Medici saß auf der harten Pritsche. Er hatte die Ellbogen auf die Knie gestützt und den Kopf in die Hände gelegt. Dumpf vor sich hin brütend, starrte er auf den rauen Steinboden.

Der zweite Tag seiner Gefangenschaft neigte sich dem Ende zu. Bis auf den Hauptmann Federigo Malavolti hatte er niemanden zu Gesicht bekommen. Weder war der bestochene Gonfaloniere von Rinaldo degli Albizzis Gnaden zu ihm heraufgestiegen, um ihn endlich darüber in Kenntnis zu setzen, was man ihm zur Last legte, noch hatte ihn irgendein anderes Mitglied der Signoria aufgesucht. Sie behandelten ihn, das Oberhaupt der Medici, wie einen Schwerverbrecher, ja sogar wie einen Aussätzigen.

Er wusste nur zu genau, dass sein Leben in höchster Gefahr war und dass Rinaldo alles in seiner Macht Stehende versuchen würde, um seinen Tod herbeizuführen.

In die Furcht um sein Leben mischte sich immer wieder Zorn auf die Prioren. Alle hatten hohe Kredite bei ihm aufgenommen, ihm für seine Großzügigkeit in Zeiten finanzieller Bedrängnis gedankt. Und nun? Wie falsche Schlangen hatten sie ihn hintergangen! Sollten sie für ihre Arglist auf ewig in der Hölle schmoren!

Plötzlich schreckte er hoch. Die beiden Eisenriegel vor der Tür wurden zurückgeschoben, ein Schlüsselbund klirrte und das Schloss klackte laut in seinem Gehäuse. Dann wurde die Bohlentür aufgeschoben.

Es war Federigo Malavolti, der zu ihm in die Zelle trat. Der Hauptmann trug eine Öllampe und einen großen, flachen Weidenkorb herein. Darin befanden sich Schüsseln und Töpfe, dazu ein Krug mit frischem Wasser.

»Ich bringe Euch das Abendessen, Ser Cosimo«, sagte Malavolti und stellte die Lampe auf den Tisch. Als er beginnen wollte, die Schüsseln und Töpfe, denen ein köstlicher Duft entströmte, aus dem Korb zu nehmen, hielt Cosimo ihn zurück.

»Spart Euch die Mühe. Bis auf das Brot und das Wasser könnt Ihr alles wieder mitnehmen.«

»Seid Ihr Euch sicher?«

»Und ob ich mir sicher bin!«, erwiderte Cosimo grimmig. »Ich werde nicht dieselben Speisen essen wie die Prioren und der Gonfaloniere.« Das Essen kam aus der Palastküche. Die Prioren und der Gonfaloniere waren gemäß der Verfassung gezwungen, während ihrer zweimonatigen Amtszeit im

Palazzo Vecchio zu wohnen. In dieser Zeit sorgte eine vielköpfige Dienerschaft dafür, dass es ihnen an nichts fehlte und dass ihnen jeder nur denkbare Luxus geboten wurde.

Der Hauptmann machte eine kummervolle Miene. »Aber Ihr könnt doch nicht auf Brot und Wasser beharren, Herr! Ihr müsst bei Kräften bleiben. Gott allein weiß, wie lange man Euch hier noch festhalten wird.«

»Gott allein?«, fragte Cosimo vieldeutig. »Wisst Ihr so genau, was in der Palastküche geschieht? Ob in diesen Schüsseln und Töpfen wirklich die Speisen sind, die auch die Prioren vorgesetzt bekommen?«

Malavolti sah ihn erstaunt an.

»Sagt mir lieber, was sich da unten im Ratssaal und in der Stadt tut. Bestimmt ist Euch das eine oder das andere zu Ohren gekommen.« Malavolti hatte ihn bisher mit großem Respekt behandelt und Cosimo hatte den Eindruck, dass er es hier mit einem Florentiner Bürger zu tun hatte, der das Tun der Signoria im Grunde genommen für schändlich hielt, obschon er seiner Pflicht gewissenhaft nachkam.

»Ihr wisst, dass es mir verboten ist, mit Euch darüber zu sprechen«, sagte der Hauptmann der Palastwache, doch Bedauern klang in seiner Stimme mit. »Ich wünschte, es wäre anders, aber ich habe der Signoria mein Wort geben müssen, dass ich über alle Vorgänge, die Euch betreffen, Stillschweigen bewahre.«

Cosimo seufzte. »Dann habt Ihr mehr Ehre im Leib als die Priorenschaft und der Gonfaloniere zusammen«, erwiderte er verbittert. »Aber dass Ihr über diese Angelegenheit nicht sprechen könnt, bedeutet nicht, dass Ihr mir nicht zuhören und wortlos eine Antwort geben dürft, nicht wahr?«

Malavolti furchte die Stirn. »Ich bin mir nicht sicher, ob ich verstehe, worauf Ihr hinauswollt, Ser Cosimo.«

»Nun, wer hindert Euch daran, zu nicken oder den Kopf zu schütteln, wenn ich Euch eine Frage stelle? Oder hat man Euch auch einen heiligen Eid darauf schwören lassen, dass Ihr Euren Kopf unter allen Umständen still halten müsst?«

Ein kaum merkliches Lächeln zuckte um die Mundwinkel des Hauptmanns. »Nein, einen solchen Eid habe ich nicht geschworen. Ich wüsste auch keinen, der seinen Kopf immer still halten kann.«

Cosimo nickte zufrieden. »Gut, dann lasst mich laut nachdenken und fragen, während Ihr mir den Wasserkrug auf den Tisch stellt und das Brot dazulegt.« Er räusperte sich. »Hat Rinaldo degli Albizzi bei den Beratungen der Signoria die Kontrolle übernommen?«

Der Hauptmann zögerte kurz und nickte dann.

»Will er meinen Kopf?«

Diesmal kam Malavoltis Nicken sofort und nachdrücklich.

»Wird er ihn bekommen?«

Unschlüssig wiegte er den Kopf hin und her.

Cosimo lachte trocken auf. »Es ist also noch nicht alles verloren. Ob ich mit dem Leben davonkomme, wird wohl davon abhängen, welche Stimmung im Volk herrscht. Ist das Volk gegen mich und das Haus Medici?«

Malavolti überlegte einen Augenblick lang, dann schüttelte er den Kopf.

Cosimo verzog das Gesicht. »Ich verstehe. Das Volk ist noch nicht gegen mich, richtig?«

Malavolti nickte.

»Wird die Hetze Wirkung zeigen?«

Zuerst zuckte der Hauptmann mit den Achseln, dann nickte er.

Die stumme Antwort auf seine nächste Frage fürchtete Cosimo mehr als all die anderen, die er bisher erhalten hatte. Kurz erwog er, die Frage gar nicht zu stellen. Nein, er würde nicht die Augen davor verschließen. Ein Medici ließ sich nicht einschüchtern!

»Wird die Signoria das Volk zu einem *parlamento* aufrufen?«

Malavolti nickte nachdrücklich.

Cosimo hatte die Reaktion erwartet und trotzdem bereitete es ihm Mühe, gelassen zu bleiben und kein Erschrecken zu zeigen. Ein Parlamento war die alte Prozedur einer öffentlichen Volksbefragung auf der Piazza della Signoria. Sie diente der Regierung vor schwerwiegenden Entscheidungen dazu, ein Komitee namens *balia* einzusetzen, in das gewöhnlich rund zweihundert Bürger berufen wurden. Eine Balia hatte Vollmachten, die weit über die verfassungsmäßigen Rechte einer Signoria hinausgingen. In der Vergangenheit hatte dieser Ausschuss, bei dessen Zusammensetzung man nichts dem Zufall überließ, fast immer ihren Fürsprechern in der Signoria dazu gedient, die Macht im Staat legal an sich zu reißen und unter dem Deckmantel der ihnen vom Volk zugestandenen Vollmachten unbarmherzig mit ihren Feinden abzurechnen.

»Wann wird die Signoria zum Parlamento rufen?«, fragte Cosimo leise. »Womöglich schon morgen?«

Der Hauptmann nickte und nun stand unverhohlenes Mitgefühl in seinen Augen. Denn in Florenz wusste jeder, worauf ein solches Parlamento hinsteuerte und welche Aufgabe die Balia mit ihren handverlesenen Mitgliedern zu erfüllen hatte. Im Fall von Cosimo de' Medici würde das nichts anderes heißen, als dass seinem Todesurteil der Anschein verfassungsgetreuer Rechtmäßigkeit gegeben wurde.

»Ich muss jetzt gehen«, sagte Malavolti und nahm den Korb hoch. »Die Öllampe lasse ich Euch hier. Sie ist gut gefüllt und wird Euch lange Licht spenden.« Er zögerte kurz. »Es ist nicht recht, wie schändlich man Euch behandelt«, murmelte er noch, dann verließ er die Zelle.

Cosimo war dankbar für die Öllampe, auch wenn sie die kalte Finsternis, die seine Gedanken umfing, mit ihrem Licht nicht zu vertreiben vermochte.

Morgen also würde Rinaldo nach der uneingeschränkten Macht im Staat greifen, indem er ihn und das Haus Medici endgültig vernichtete!

Am Morgen des 9. September 1433 begann die alte Glocke des Regierungspalastes zu läuten. Unheilvoll schallten die dunklen Töne vom Turm hinab auf die Stadt und riefen die Bürgerschaft zum Parlamento auf die Piazza della Signoria.

Noch bevor der erste Glockenton erklungen war, hatten schon mehrere Hundertschaften von bewaffneten Albizzi-Anhängern unter Führung von Rinaldos Sohn Ormanno einen dichten Ring um die Piazza gelegt und alle Gassen und Straßen, die darauf mündeten, abgeriegelt.

Die Menschen, die beim Klang der Glocke aus allen Teilen der Stadt zusammenliefen und zur Piazza strömten, stießen schon weit davor auf Ormannos waffenstarrende Männer, die ihnen den Zugang verwehrten. Jeder wütende Protest erstarb angesichts der Schwerter und Lanzen, die sich ihnen entgegenstreckten. Nur wer als Verbündeter und treuer Gefolgsmann der Albizzi bekannt war, wurde durchgelassen. Zu ihnen gesellten sich mehrere Dutzend zerlumpte Tagelöhner und Vagabunden, die eigentlich gar kein Wahlrecht besaßen, da sie keinen festen Wohnsitz in der Stadt vorweisen konnten. Aber sie waren willige Beifallklatscher, die für ihr lautes Gebrüll bezahlt wurden und denen es gleichgültig war, worüber sie an diesem Tag abstimmen sollten.

Es dauerte geraume Zeit, bis sich der große Platz endlich so weit gefüllt hatte, dass zumindest der Anschein gewahrt wurde, es hätte sich ein Gutteil der Bevölkerung von Florenz eingefunden. Aber an das vorgeschriebene Drittel reichte die Versammlung bei Weitem nicht heran.

Schließlich verstummte das Glockengeläut im Turm. Kurz darauf erschienen die Prioren und der Gonfaloniere in ihren prächtigen roten Roben und begaben sich mit würdevollem Ernst hinaus auf die *ringheria*, eine erhöhte Plattform, die sich zwischen den beiden Türen des Palazzo erstreckte. Palastdiener hatten neun rotsamtene Armstühle mit vergoldeten Lehnen unter einer Markise aufgestellt.

Während die Prioren auf den weich gepolsterten Stühlen Platz nahmen, trat Bernardo Guadagni an die Brüstung und rief, nachdem das Murmeln und Tuscheln in der Menge verstummt war, mit volltönender, feierlich theatralischer Stimme: »Volk von Florenz! Behauptet Ihr, dass sich am heutigen Tag an diesem Ort ein Drittel von Euch zum Parlamento versammelt hat?«

Sogleich antwortete ihm die Menge im Chor, wie es das alte Ritual vorschrieb: »Ja, das behaupten wir!«

»Gebt Ihr also Eure Zustimmung, dass zum Wohle der Kommune eine Balia eingesetzt wird?«

»Ja, die geben wir!«, brüllte die handverlesene Versammlung mit wilder Begeisterung.

Cosimo de' Medici, der das alles in seiner Zelle mit anhören konnte, spuckte verächtlich durch das Gitter, wandte sich mit bleicher Miene ab und sank auf seine Pritsche. »Was für eine Schmierenkomödie!«, murmelte er. Er wusste, was jetzt kam. In einer stundenlangen Zeremonie wurden zweihundert Männer ausgewählt.

Der Gonfaloniere las den Namen jedes einzelnen Bürgers

vor, der von der Signoria als Mitglied der Balia vorgeschlagen wurde. Zwar hatte die Versammlung das Recht, jeden vorgeschlagenen Bürger abzulehnen, aber die Männer auf der Piazza wussten, was von ihnen erwartet wurde – und was demjenigen drohte, der es wagte, einen der vorgelesenen Namen in aller Öffentlichkeit abzulehnen.

Zu Anfang folgte auf jeden Namen, den Bernardo Guadagni der Menge zurief, ein tosender Beifallssturm, als hätte der Gonfaloniere den Retter der Republik verkündet. Diese lautstarke Zustimmung brandete auch dann auf dem Platz auf, wenn der Name, den der Gonfaloniere ihnen nannte, fast gänzlich unbekannt war.

Klar und deutlich drangen die Namen zu Cosimo herauf, aus denen sich die Balia zusammensetzen würde. Und es überraschte ihn keineswegs, dass niemand seiner erbitterten Feinde und neidvollen Konkurrenten fehlte, die seinen Tod kaum erwarten konnten: Rinaldo degli Albizzi, Niccolò Barbadori, Palla Strozzi, Ridolfo Peruzzi und wie sie alle hießen.

Und mit jedem Namen eines Gegenspielers des Hauses Medici, der über den Platz schallte und von der Menge mit allmählich heiser werdendem Gebrüll bestätigt wurde, sank Cosimos Hoffnung auf Rettung.

Nachdem die Balia eingesetzt war und sich die zweihundert Mitglieder zu ihren Beratungen zurückgezogen hatten, fürchtete Cosimo mehr denn je, vergiftet zu werden. Es wäre wahrlich nicht die erste Balia gewesen, die sich vor einem unpopulären öffentlichen Todesurteil gedrückt und sich durch einen heimtückischen Giftanschlag ihrer unangenehmen Aufgabe entledigt hätte. Deshalb weigerte er sich weiterhin, etwas anderes als trockenes Brot und Wasser zu sich zu nehmen, ließ sich bei beidem doch durch vorsichtiges Probieren leicht herausschmecken, ob es vergiftet war oder nicht.

»So kann es nicht weitergehen, Ser Cosimo. Ich werde nicht zulassen, dass Ihr Euch langsam zu Tode hungert«, sagte Malavolti drei Tage nach dem Parlamento, als er zur Abendstunde wie üblich das Essen brachte.

Cosimo warf ihm einen bitteren Blick zu. »Wollt Ihr mich vielleicht zum Essen dieser köstlichen Palastspeisen zwingen?«

»Nein, das werde ich gewiss nicht tun«, erwiderte der Hauptmann. »Ich werde vielmehr Euer Vorkoster sein.«

Verblüfft sah Cosimo ihn an. »Euer Mut ehrt Euch. Aber ich kann Euch nur eindringlich davon abraten.«

»Mut ist dazu nicht nötig«, versicherte Malavolti und lächelte. »Denn dies ist mein Essen, das meine Frau für mich zubereitet hat. Also setzt Euch an den Tisch und greift zu. Es ist genug für uns beide da.«

»Gott segne Euch für Euren Anstand und für Eure Güte«, sagte Cosimo gerührt.

Der Hauptmann zuckte verlegen mit den Achseln. »Verliert bitte nicht so viele Worte darum. Ich gehe hier nur meiner Arbeit nach, so wie das jeder rechtschaffene und gottesfürchtige Mann tun sollte. Ich bin Soldat und ich lasse mich nicht als Handlanger von Meuchelmördern missbrauchen. Das ist alles, Ser Cosimo.«

Während der gemeinsamen Mahlzeit zeigte sich Malavolti ungewöhnlich gesprächig.

»Dringt etwas nach außen von den Beratungen der Balia?«, fragte Cosimo vorsichtig.

Malavolti ließ sich Zeit mit seiner Antwort, während er auf einem Stück Hammelfleisch herumkaute. »Es läuft wohl nicht ganz so, wie es sich manch ein Prior erhofft hat.«

Cosimo horchte auf. Sein Wärter schien sich längst nicht mehr so streng an die Vorschriften zu halten wie in den ersten Tagen.

Vorsichtig lenkte Cosimo das Gespräch auf die Macht des Goldes und auf das Vermögen, über das er noch immer verfügte und das einem einfachen Mann im Handumdrehen zu einem Leben in Wohlstand verhelfen konnte.

»Wollt Ihr mich bestechen, dass ich Euch entkommen lasse?«, fragte Malavolti geradeheraus und seine Miene hatte plötzlich jede Freundlichkeit verloren.

»Natürlich nicht! Ich weiß, dass Ihr ein Mann von Ehre seid und dass Ihr Euch diese von niemandem abkaufen lasst«, betonte Cosimo schnell. »Ich möchte Euch nur angemessen dafür entlohnen, dass Ihr ein Wort für mich bei Bernardo Guadagni einlegt, damit er mich nicht länger wie einen gewöhnlichen Verbrecher behandelt. Ich erwarte, dass er zu seinem Wort steht und dass er mich endlich hier in meiner Zelle aufsucht und mich darüber unterrichtet, was genau man mir zur Last legt. Auch soll er dafür sorgen, dass ich Besuch empfangen kann und dass ich Papier und Schreibutensilien erhalte. Ich denke, das ist man mir schuldig nach all dem, was ich für die Kommune getan habe.«

Malavolti nickte. »Das scheint auch mir nur recht und billig zu sein, Ser Cosimo. Ich werde mit dem Gonfaloniere sprechen.«

Am nächsten Morgen führte der Hauptmann Bernardo Guadagnis persönlichen Diener zu ihm in die Zelle und zog sich sogleich diskret zurück. Es wurde ein langes Gespräch unter vier Augen, dem noch am selben Abend endlich der Besuch des Gonfaloniere folgte. Er brachte Papier und Schreibutensilien mit und war die Verlegenheit in Person.

»Wir sollten zu einer Übereinkunft kommen, mit der wir beide gut leben können«, schlug Cosimo sogleich vor.

»Ich höre«, sagte Bernardo Guadagni.

Cosimo redete nicht lange um den heißen Brei herum und kam schnell zu dem einzigen Punkt, der den Gonfaloniere wirklich interessierte. »Wie viel, Bernardo?«, fragte er knapp, während er zu Papier und Feder griff.

Der Gonfaloniere blinzelte nervös und sah zu Boden. Schließlich nannte er einen Preis.

»Einverstanden.« Cosimo ließ sich seine Verachtung für den Gonfaloniere nicht anmerken, als er ihm das Schriftstück übergab. »Schickt den Hauptmann zu mir. Ich habe einen Auftrag für ihn.«

Guadagni senkte den Kopf und eilte aus der Zelle. Wenig später kehrte Malavolti zurück.

»Der Gonfaloniere hat angeordnet, dass Ihr von jetzt an Besuch empfangen dürft. Er sagt, Ihr hättet einen Auftrag für mich, den ich so ausführen soll, wie Ihr es wünscht.«

»Ich möchte, dass Ihr gleich morgen früh einen meiner Vertrauten aufsucht und ihm ausrichtet, dass ich ihn dringend zu sprechen wünsche. Sein Name ist Sandro Fontana. Ich weiß allerdings nicht, wo er sich im Augenblick aufhält. Geht zu meiner Tavola am Mercato Nuovo und fragt dort nach einem gewissen Matteo Trofaldo. Das ist ein guter Freund von Sandro Fontana. Er wird wissen, wie er Verbindung zu ihm aufnehmen kann. Es eilt.«

Als Cosimo wieder allein in seiner Zelle war, trat er an das vergitterte Fenster und blickte hinaus in die beginnende Dunkelheit. Zum ersten Mal, seit man ihn im Glockenturm eingesperrt hatte, durfte er hoffen, dass Rinaldo degli Albizzis Komplott gegen ihn vielleicht doch noch scheiterte und er mit dem Leben davonkam. Aber es war nur eine vage Hoffnung, selbst wenn Bernardo Guadagni, dieser ehrlose, käufliche Gonfaloniere, diesmal ausnahmsweise zu seinem Wort stehen würde.

Denn in der Balia mit ihren zweihundert Mitgliedern war Guadagni nicht das alles entscheidende Zünglein an der Waage. Nein, auch wenn der seidene Faden, an dem Cosimos Leben hing, jetzt ein wenig stärker geworden war, so konnte er doch noch immer reißen und den Medici in den Tod stürzen lassen!

Mit nacktem Oberkörper stand Sandro im Licht einer Kerze über eine große Waschschüssel gebeugt und kippte sich aus einem Steinkrug Wasser über den Kopf. Wie wohltuend es war, sich den Schweiß von der Haut waschen zu können! Er wünschte nur, das Wasser im Krug wäre kühl und nicht lauwarm. Obwohl es schon Abend war, lag noch immer eine brütende Hitze über der Stadt.

Endlich hatte er es zurück nach Florenz geschafft. Nachdem er Niccolò da Tolentino die Nachricht von Cosimo de' Medici überbracht hatte, hatte er sich, wie mit Cosimo vereinbart, unverzüglich auf den Rückweg nach Cafaggiolo gemacht. Die letzten Tage waren Averardo und er damit beschäftigt gewesen, auf den Ländereien der Medici unter den Bauern eine Miliz auszuheben und zu bewaffnen. Denn die wenigen Landsknechte, die bei Tolentino zurzeit im Sold standen, würden nicht ausreichen, wenn es hart auf hart kam.

Erst danach hatte er sich auf den Weg nach Florenz gemacht. Gott sei Dank hatten die Torwachen ihn ungehindert passieren lassen. Was er dann auf den Straßen mitbekommen hatte, war jedoch Anlass zu größter Besorgnis. Cosimo de' Medici war nicht nur gefangen genommen worden, wie er bereits auf Cafaggiolo erfahren hatte, es war auch eine Balia eingesetzt worden, um über sein Schicksal zu entscheiden!

Unter dem Dach von Jacopos Schenke hatte Sandro eine sichere Zuflucht gefunden. Hier würde ihn bestimmt niemand aufstöbern und er hatte die belebten Morgenstunden gleich nach seiner Ankunft genutzt, um heimlich zum Mercato Nuovo zu schleichen und Matteo über seine Ankunft zu unterrichten.

Von Jacopo wusste er bereits, dass Tessa ganz krank vor Sorge um ihn sei. Sandro hatte daraufhin eine kurze Nachricht an sie geschrieben und Jacopo hatte einen seiner Gehilfen in die Via San Gallo geschickt.

Erst dann hatte er sich einen kurzen Moment der Ruhe gegönnt.

Sandro griff gerade zu dem fadenscheinigen Handtuch, um sich abzutrocknen, als es an der Tür klopfte.

»Ich habe dir doch gesagt, dass mir der Sinn wahrlich nicht nach einem Kartenspiel steht, Jacopo!«, rief er, während er zur Tür ging und öffnete. »Ich brauche ein wenig ...«

Mitten im Satz brach er ab.

Vor der Tür stand nicht Jacopo, sondern Tessa.

»Sandro! Endlich bist du zurück! Tausend Tode habe ich um dich ausgestanden!«, stieß sie hervor und flog ihm in die Arme.

Vergessen waren alle Vorsätze, dass es zwischen ihnen nie mehr wieder zu Zärtlichkeiten kommen durfte. Die Sehnsucht, ihm nahe zu sein, ihn zu spüren und zu küssen, war stärker als jede Angst, und Sandro ging es ganz ähnlich. Angesichts seiner verzweifelten Lage wollte er sich nicht länger das kurze Glück versagen, das ihnen vergönnt war, mochte es auch nicht von Dauer sein.

»Tessa!« Sandro stieß die Tür mit dem Fuß zu, bevor ihre Lippen zu einem leidenschaftlichen Kuss verschmolzen.

Ihre Hände zerrten an der Kleidung des anderen, strichen erregt über nackte Haut. Sandro vergaß, weshalb er in die Stadt gekommen war, er schob das Schicksal seines Dienstherrn beiseite und dachte nur an das eine: daran, dass er alles auf der Welt für Tessa tun würde.

Die Minuten wurden zu Ewigkeiten. Irgendwann führte er sie sanft zum Bett und erst da hielt er einen Moment inne und zwang sich, ein Stück von ihr abzurücken.

Seine Augen suchten ihren dunklen Blick, in dem er die gleichen Gefühle las, die er für sie hegte. Auf ihren schönen Zügen lag ein so zärtlicher Ausdruck, wie er ihn noch nie an ihr gesehen hatte.

»Bist du dir sicher?«, flüsterte er, als sie ihre Hände um seinen Nacken legte und ihn zu sich hinabzog. »Bist du dir sicher, dass du das tun willst?«

»Ganz sicher«, flüsterte sie in sein Haar. »Wir gehören zusammen, Sandro. Wir sind füreinander bestimmt.«

Es war schon späte Nacht, als sie schließlich erschöpft nebeneinander auf der schmalen Pritsche lagen. Die Kerze war fast heruntergebrannt. Sandro hielt seine Geliebte in seinen Armen und hatte sein Gesicht in ihr wunderschönes dunkles Haar vergraben.

»Wo bist du die ganze Zeit über gewesen, mein Liebster?«, fragte Tessa schließlich flüsternd. »Ich dachte, ich müsste sterben vor Sorge um dich.«

Er berichtete ihr von den Geschehnissen auf dem Landgut der Medici und von seinem Auftrag, nach Pisa zu reiten. Als er geendet hatte, fragte er sie, wie sie es geschafft hatte, aus dem Palazzo der Vasetti zu kommen.

»Carmela hat mir geholfen. Gott segne diese gute Seele! Als sie mir deine Nachricht überbrachte und sah, wie verzweifelt ich war, weil ich nicht wusste, wie ich dich endlich wiedersehen könnte, hat sie mir ihren Schlüssel für eine Seitentür des Hofes überlassen. Und so habe ich mich dann aus dem Haus geschlichen. Gott sei Dank verschläft Fiametta den halben Tag und die ganze Nacht.«

»Meinst du, sie wird dir den Schlüssel noch einmal geben?« Er beugte sich vor und gab ihr einen langen Kuss. »Vielleicht schon morgen Nacht?« Er ließ seine Hand über ihren flachen Bauch gleiten.

Tessa lachte leise auf.

»Was ist?«, fragte Sandro verwirrt.

Sie strich ihm zärtlich übers Gesicht. »Ich lache über die Frauen wie Fiametta oder ihre Mutter. Immer sprechen sie voller Abscheu über die ehelichen Pflichten. Die Armen haben wahrscheinlich noch nie erlebt, was es wirklich heißt, wenn man jemanden liebt.«

»Aber wir erleben es gerade, oder?«, fragte er leise, und als er in ihre leuchtenden Augen sah, wusste er ihre Antwort.

Es war kühl und dämmrig im Glockenturm. Von der gleißenden Mittagssonne, die Mitte September noch immer mit sengender Kraft vom Himmel brannte, konnte Sandro hinter den dicken Mauern weder etwas spüren noch etwas sehen. Nur von irgendwo weit oben, wo sich der Turm zu einem doppelten Zinnenkranz weitete, drang ein schwacher Lichtschein durch den Schacht zu ihm herunter.

Am frühen Morgen hatte Matteo an die Tür zu Sandros Versteck geklopft. Er hatte noch im Bett gelegen und zwischen Tag und Traum versucht, die Erinnerung an Tessas Leidenschaft in sich wachzuhalten und dem betörenden Geschmack ihrer Haut auf seinen Lippen nachzuspüren.

»Sandro, mach auf! Ich muss dringend mit dir sprechen! Es gibt wichtige Neuigkeiten!«

Zuerst hatte er nicht glauben wollen, dass der Hauptmann der Palastwache Matteo in der Tavola aufgesucht und ihm ausgerichtet hatte, dass Cosimo umgehend einen gewissen Sandro Fontana zu sprechen wünsche. Er solle sich am Mittag bei der Palastwache melden. Sandro hatte bei Ilarione de'

Bardi nachgefragt, ob auf das Wort dieses Hauptmanns Verlass sei. Und auch als dieser ihm versichert hatte, dass Federigo Malavolti ein Mann von Ehre sei, hatte er sich nur widerstrebend auf den Weg zum Palazzo della Signoria gemacht. Die ganze Aktion konnte eine Falle sein, dessen war er sich nur zu gewiss.

Während er hinter Malavolti den Turm hochstieg, sprach er sich selbst Mut zu. Schließlich hatte er keine andere Wahl, wenn er Cosimo helfen wollte – und das stand außer Frage. Er musste einfach das Risiko eingehen, dem Hauptmann zu vertrauen.

Wenig später hatten sie die schwere Bohlentür auf dem Treppenabsatz des Glockenturms erreicht. Ohne zu zögern, schloss der Hauptmann die Tür zur Kerkerzelle auf.

»Klopft gegen die Tür, wenn Ihr Euer Gespräch mit Ser Cosimo beendet habt«, sagte er.

Sandro begnügte sich mit einem Nicken und trat durch die eisenbeschlagene Tür in die kleine Zelle. Unwillkürlich zuckte er zusammen, als sie sich mit einem dumpfen Laut hinter ihm schloss. Noch waren die Erinnerungen an seine eigene Zeit im Kerker lebendig.

Cosimo erhob sich von seiner Pritsche. »Sandro! Also hat der Lump von Gonfaloniere wenigstens diesmal Wort gehalten. Lass uns hoffen, dass es auch weiterhin so bleibt! Komm, nimm den Hocker und setz dich zu mir! Wir haben eine Menge zu bereden.«

Sandro gehorchte und bemühte sich um ein Lächeln, damit Cosimo ihm sein Erschrecken nicht ansah. Wie hatte dieser mächtige Mann sich verändert! Grau und eingefallen sah sein Gesicht aus! Und seine Bewegungen waren die eines alten Mannes!

»Steht Tolentino verlässlich auf unserer Seite? Hat er getan, wozu ich ihn aufgefordert habe?«, erkundigte sich Cosimo.

Sandro nickte. »Der Condottiere hat nicht einen Augenblick lang gezögert. Er lagert mit seinen Söldnern weniger als einen halben Tagesmarsch von Florenz entfernt und wartet auf Eure Befehle. Und dasselbe gilt für die Bauernmiliz, die Euer Cousin und ich in den vergangenen Tagen im Mugello ausgehoben haben. Es ist zwar kein überwältigend großes Heer, das Ihr zur Unterstützung herbeirufen könnt, aber es sollte ausreichen, wenn zusätzlich noch Eure Getreuen in der Stadt zu den Waffen greifen.«

»Gut zu wissen«, sagte Cosimo erleichtert. »Aber ich hoffe, dass wir nicht zu einem Umsturz gezwungen sein werden. Es gibt gewisse Anzeichen, dass die Balia der Forderung von Rinaldo degli Albizzi, mich zum Tode zu verurteilen, nicht so unterwürfig folgt, wie er es wohl erwartet hat. Er war eben noch nie ein meisterlicher Stratege, ja nicht einmal ein mittelmäßiger!« Er lachte, aber es klang freudlos. »Jedenfalls hat Bernardo Guadagni klammheimlich das Lager gewechselt und sich von mir kaufen lassen. Darum musste ich so dringend mit dir sprechen. Er will zuerst sein Gold sehen, bevor er sich an seinen Teil unserer Abmachung hält. Du musst es aus San Marco holen und ihm bringen, aber auf keinen Fall in den Palazzo della Signoria, sondern in seinen Privatpalast. Seine Frau wird das Geld in Empfang nehmen.«

Jetzt verstand Sandro auch, warum Cosimo ausdrücklich ihn und nicht etwa Ilarione de' Bardi oder seinen alten Freund Poggio Bracciolini hatte sprechen wollen. Außer Averardo und Lorenzo wusste nur noch er von den mit Tausenden Goldflorin gefüllten Säcken, die sich in der Obhut der verschwiegenen Mönche von San Marco und San Miniato al Monte befanden. Aber Lorenzo beschützte Cosimos Familie im fernen Venedig und sicherte, sollte es zum Schlimmsten kommen, den Fortbestand des Hauses Medici. Und Averardo durfte sich in Florenz nicht blicken lassen, war sein Gesicht doch in der Stadt allzu bekannt.

»Für wie viele Florin hat Bernardo denn diesmal seine Ehre verkauft?«, fragte Sandro.

»Für tausend Goldstücke.«

»Tausend?« Sandro machte große Augen. »Heilige Muttergottes, da hat er Euch aber mächtig zur Ader gelassen!«

Cosimo winkte verächtlich ab. »Ganz und gar nicht. Dieser Trottel von Speichellecker hätte glatt das Zehnfache verlangen können. Ich hätte ihm jede Summe gezahlt, ohne mit der Wimper zu zucken. Im Krieg gegen Lucca habe ich der Kommune mehr als hundertfünfzigtausend Florin geliehen und dieser Esel hat geglaubt, mein Leben wäre mit tausend Goldstücken gut bezahlt! Kein Wunder, dass Rinaldo es nicht schafft, seine handverlesene Balia für seine Machenschaften einzuspannen, wenn er sich dabei auf solche Versager wie Bernardo Guadagni verlässt!«

Sandro atmete erleichtert auf.

»Gibt es sonst noch wichtige Nachrichten?«, fragte Cosimo weiter. Sein Gesicht hatte inzwischen an Farbe gewonnen.

»Venedig ist über Eure Inhaftierung empört und hat gleich drei Botschafter nach Florenz geschickt, um Druck auf die Signoria auszuüben«, erklärte Sandro. »Und der Marquis von Ferrara droht sogar damit, militärische Maßnahmen zu Eurer Befreiung zu ergreifen. Er will seinen Condottiere unverzüglich in Marsch setzen, sollte man Euch hinrichten wollen.«

»Das höre ich gern«, sagte Cosimo mit einer Mischung aus Erleichterung und Schadenfreude. Jetzt machte es sich im wahrsten Sinne des Wortes bezahlt, dass der Marquis von Ferrara ein ebenso guter Kunde der Medici-Bank ist wie die führenden Familien von Venedig. »Die Balia wird es sich reiflich überlegen, ob sie es wagt, unsere alten Verbündeten gegen Mailand vor den Kopf zu stoßen.«

»Auch Papst Eugenius setzt sich energisch für Euch ein, wie ich von Ilarione de' Bardi erfahren habe«, fuhr Sandro fort. »Er hat der Signoria eine harsche Protestnote zustellen lassen und droht Sanktionen an, sollte man Euch aufs Schafott führen! Es ist sogar die Rede davon, dass er jeden exkommunizieren wird, der in der Balia für Euren Tod stimmt.«

Ein spöttisches Lächeln zeigte sich aufs Cosimos Gesicht. »Das ist auch das Mindeste, was ich von ihm erwarte. Immerhin habe ich nicht nur seine sündhaft teure Amtseinsetzung finanziert, sondern auch die nicht weniger kostspielige Beisetzung seines Vorgängers! Zudem entstammt Eugenius einer reichen venezianischen Kaufmannsfamilie und er weiß nur zu gut, welche Bedeutung das Haus Medici für ihre Geschäfte hat.«

Das Gespräch zwischen Cosimo de' Medici und seinem Vertrauten Sandro Fontana war damit noch lange nicht beendet. Cosimo gewann allmählich seine Selbstsicherheit und seine Tatkraft zurück. Nun, da er nicht länger isoliert und hilflos war und durch Sandro Zugriff auf sein Vermögen hatte, war er in der Lage, einen genauen Plan zu entwickeln, wie er doch noch seinen Kopf retten konnte.

Und er wusste die neuen Möglichkeiten zu nutzen. Geduldig und behutsam knüpfte er von der Kerkerzelle im Glockenturm aus mit Sandros Hilfe ein feines Netz, in dem Rinaldo degli Albizzi sich unweigerlich verfangen musste.

Sandro wurde in den folgenden zwei Wochen zu Cosimos Sprachrohr und verlängertem Arm, der verlockende Versprechungen und viel Gold in das Räderwerk der Medici-Feinde streute. Und was er sich in diesen Wochen an Verdiensten erwarb, sollte eines gar nicht so fernen Tages dazu führen, dass man von ihm als »die dritte Hand des Cosimo de' Medici« sprach.

Die Verantwortung, die Cosimo ihm in dieser Zeit der Krise übertrug, nahm in einem atemberaubenden Maß zu. Ständig war er für ihn als Überbringer von geheimen Botschaften und üppigen Bestechungsgeldern unterwegs. Dabei schwebte er unablässig in der Gefahr, dass Rinaldos Anhänger seinem Tun auf die Spur kamen und ein gedungener Mörder ihm irgendwo in einer dunklen Gasse auflauerte, um ihm einen Dolch in den Leib zu stoßen. Denn noch war nicht entschieden, welche Seite in diesem riskanten Ränkespiel die Oberhand gewann. Die Balia vertagte sich von einer Sitzung zur nächsten, ohne dass sich die geforderte Mehrheit für einen der verschiedenen Strafvorschläge fand, die bei den Versammlungen zur Debatte gestellt wurden.

Mehrmals verließ Sandro heimlich die Stadt, getarnt als zerlumpter Bauer oder als Bettelmönch, und suchte Averardo und Niccolò da Tolentino in ihrem provisorischen Heerlager auf, um sie über die Entwicklung in der Stadt und über Cosimos Wünsche auf dem Laufenden zu halten.

Stets war er sich der Gefahren bewusst, die er damit auf sich nahm. Und manchmal fragte er sich, ob er stolz oder erschrocken darüber sein sollte, dass Cosimo ein solch großes Vertrauen in ihn setzte.

Wenn Sandro später an diese Septemberwochen zurückdachte, dann wurden nicht nur die gefahrvollen Unternehmungen in Cosimos Auftrag wieder in ihm lebendig, sondern auch die Stunden nächtlicher Leidenschaft, die er mit Tessa in der kleinen Dachkammer von Jacopos Schenke teilte.

Denn Carmela ließ sich noch vier Mal von Tessa dazu überreden, ihr den Schlüssel für die Hintertür zu überlassen und damit eine schwere Bestrafung zu riskieren, sollten Tessas heimliche Nachtausflüge hinüber nach Santo Spirito durch einen unglücklichen Zufall auffliegen.

Je mehr sich der September seinem Ende zuneigte, desto schwächer wurde die Position von Rinaldo degli Albizzi und seinen Anhängern in der Balia, die noch immer ein Todesurteil für Cosimo de' Medici forderten. Schon seit der Bestechung von Bernardo Guadagni wendete sich das Blatt allmählich. Nachdem der Gonfaloniere seine tausend Florin erhalten hatte, nahm er unter dem Vorwand einer plötzlichen Erkrankung nicht mehr an den Beratungen der Balia teil. Er übertrug seine Befugnisse einem der Prioren, der sich ebenfalls als überaus empfänglich für Bestechung erwies. In den sich zäh dahinziehenden Beratungen sprachen sich nach und nach immer mehr Mitglieder, die in Cosimos Schuld standen oder die schlau genug waren zu erkennen, wie sich die Gewichtungen allmählich verlagerten, gegen die Todesstrafe aus. Rinaldo degli Albizzi und seine Gefolgsleute mussten sich schließlich geschlagen geben. Zähneknirschend stimmten sie einem Kompromissvorschlag der Versammlung zu.

Am 29. September 1433 fiel endlich eine Entscheidung und das Urteil wurde öffentlich verkündet. Die Balia schickte Cosimo de' Medici für zehn Jahre in die Verbannung nach Padua. Sie begründete die Strafe damit, dass er zum unseligen Krieg gegen Lucca gedrängt und der Kommune während des Feldzuges großen Schaden zugefügt habe.

Cosimo ließ sich nicht anmerken, wie lächerlich diese Begründung in seinen Augen klang, und nahm das Urteil mit fast heiterer Gelassenheit entgegen. »Ich gehe, wohin mich die Signoria schickt, und ich hoffe, dass ich unserer stolzen Republik auch dort von Nutzen sein kann«, sagte er abschließend.

Lorenzo de' Medici wurde nach Venedig verbannt, Averardo de' Medici nach Neapel. Der Bannstrahl fiel auch auf andere Familienmitglieder. Sie wurden in verschiedene Städte Italiens geschickt. Wer seinen Verbannungsort verlasse und aufgegriffen werde, so lautete das Urteil, sei unverzüglich hinzurichten. Auf diese Weise hoffte man, die Familie auseinanderzureißen und damit ihre Macht zu brechen. Eine lange Liste führte die Namen derjenigen einflussreichen Anhänger der Medici auf, die in Florenz wohnen bleiben durften, denen jedoch die Bürgerrechte aberkannt wurden, sodass sie fortan von allen öffentlichen Ämtern ausgeschlossen waren.

Aber es wurde noch ein Name verlesen, der keinem Medici gehörte: Sandro Fontana. Der ihm zugedachte Ort für zehn Jahre Verbannung war Padua.

Sandro war bei der Urteilsverkündung im Ratssaal des Regierungspalastes nebst einigen Medici-Familienmitgliedern zugegen. Er wurde blass, als er seinen Namen hörte, aber er war nicht wirklich überrascht.

Seit er wusste, dass Lionetto Vasetti in die Balia berufen worden war, hatte er geahnt, dass so etwas passieren könnte. Vasetti hatte keinesfalls die Schmach vergessen, die er und Averardo ihm zugefügt hatten, und seine Macht in der Versammlung genutzt, um auf diese Weise zu einer späten Rache zu kommen.

»Ich muss schon sagen, für einen jungen Mann von dreiundzwanzig Jahren hast du es weit gebracht, Sandro Fontana«, sagte Cosimo spöttisch, als sich die Versammlung wenig später auflöste. »Du bist gerade mal sechs Jahre in Florenz und schon hält man dich für wichtig genug, um dich in die Verbannung zu schicken. Das kommt einem Ritterschlag gleich, den du dir allerdings redlich verdient hast, wie ich betonen möchte.«

»Dieser elende Schweinehund Vasetti!«, stieß Sandro zornig hervor.

»Es war unklug von dir, sich in eine Sklavin zu verlieben«, sagte Cosimo nachdenklich. »Lass die Finger von ihr, Sandro. Das hat keine Zukunft. Dir stehen jetzt ganz andere Familien offen, vermögende und angesehene, in die du einheiraten kannst.«

»Auch zehn Jahre in Padua werden nichts daran ändern, dass ich Tessa Brunetti liebe. Niemals werde ich eine andere lieben können«, erwiderte Sandro bitter.

Cosimo zuckte mit den Achseln. »Nun, das ist deine Angelegenheit. Aber vielleicht ist es dir ein Trost, dass du bestimmt keine zehn Jahre in Padua ausharren musst. Es wird nicht lange dauern und wir sind wieder in Florenz«, sagte er leise, während sie langsam zu Bernardo Guadagni hinübergingen, der bei Hauptmann Malavolti stand.

»Glaubt Ihr das wirklich?« Nur zu gern wollte Sandro sich an diese Hoffnung klammern. Denn zehn Jahre von Tessa getrennt zu sein – nein, das würde er nicht aushalten!

Cosimo nickte. »Rinaldo degli Albizzi und seine aristokratischen Freunde glauben sich an der Macht, dabei ist sie ihnen schon heute wieder entglitten. Sie wissen es nur noch nicht. Übrigens kannst du froh sein, dass du nach Padua und nicht nach Ravenna verbannt worden bist, wie es eigentlich geplant war. Aber ich habe Guadagni dazu bringen können, dass sie dich mit mir und meinem Gefolge nach Padua schicken.«

Sandro dankte ihm und wollte schon den Palast verlassen, um eine Nachricht für Tessa aufzusetzen und sie von Jacopo überbringen zu lassen. Er musste seine Geliebte unbedingt noch einmal sehen, bevor er in die Verbannung ging. Vielleicht konnte er sie doch noch dazu bringen, die Flucht zu wagen und ihm nach Padua zu folgen! Cosimo würde sie dort bestimmt unter seinen Schutz nehmen. Diesen Wunsch würde der Medici ihm kaum verweigern können – nach allem, was Sandro für ihn getan hatte.

Aber Cosimo hielt ihn zurück. »Du willst in die Stadt? Das ist unmöglich, Sandro! Du kannst den Palazzo jetzt nicht verlassen. Unter gar keinen Umständen!«

»Aber warum denn nicht?«

»Der Gonfaloniere hat mich gewarnt. Er hat aus sicherer Quelle erfahren, dass Rinaldo noch einen letzten Versuch unternehmen will, mich zu töten«, sagte Cosimo mit gedämpfter Stimme. »Sein Sohn hat einige Dutzend Männer, auf die er sich blind verlassen kann, rund um den Palazzo postiert. Sie planen einen Überfall, wenn ich den Regierungspalast verlasse und die Reise in die Verbannung antrete.«

»Aber, Ser Cosimo, ich bin doch nur . . .«, wollte Sandro einwenden.

»Auch dir droht jetzt der Tod!«, fiel Cosimo ihm ins Wort. »Begreifst du denn nicht? Die Albizzi sind außer sich vor Wut, dass die Balia ihnen das so sicher geglaubte Todesurteil verweigert hat. Sie wollen Blut fließen sehen und sie werden niemanden verschonen. Nein, du bleibst hier! Der Gonfaloniere hat nicht von ungefähr darauf bestanden, dass wir uns in seine Privatgemächer zurückziehen und den Palazzo nur unter starker Bewachung verlassen, wenn meine Dienerschaft alle Vorbereitungen für die Reise getroffen hat.«

Sandro nickte nur. Er musste sich zwingen, Cosimo zu gehorchen, doch er sah ein, dass die Gefahr zu groß war. Also würde er seine geliebte Tessa nicht mehr wiedersehen, ehe sie nach Padua aufbrachen. Aber er musste auch an ihre Sicherheit denken.

Schließlich setzte er schweren Herzens einen Brief an Tessa auf und ließ ihn durch einen Boten des Gonfaloniere zu Jacopo bringen, damit dieser ihn möglichst rasch an die Köchin Carmela weitergab.

In der Nacht zum 3. Oktober 1433 trat Cosimo de' Medici zusammen mit Sandro Fontana und einer kleinen Schar getreuer Diener die Reise in die Verbannung an. Alles sollte im Schutz der Dunkelheit und unbemerkt von der Bevölkerung ablaufen, aber kaum hatten Cosimo und sein kleines Gefolge, begleitet von Hauptmann Malavolti und einer kampfstarken Truppe der Palastwache, den Palazzo verlassen und den Weg zur Porta San Gallo eingeschlagen, als auch schon die Gegner unter Führung von Ormanno degli Albizzi aus den umliegenden Gassen hervorstürmten und angriffen.

»Zieht blank und schlagt diese Bande in die Flucht, Männer!«, befahl Federigo Malavolti und riss sein Schwert aus der Scheide. »Hier steht nicht nur das Leben von Cosimo de' Medici auf dem Spiel, sondern auch unsere Ehre und die unserer stolzen Republik!«

Auch Sandro, der sich noch im Palast vom Hauptmann vorsorglich ein Schwertgehänge erbeten hatte, griff zur Waffe und reihte sich in den schützenden Kreis ein, den die Palastwachen um Cosimo zogen. Mit kalter Wut hieb er auf die dunklen Gestalten ein, die den Ring zu durchbrechen versuchten.

Der Kampf war heftig, doch eine Entscheidung war schnell herbeigeführt.

Hauptmann Malavoltis Truppe war in der Überzahl und verstand sich besser auf das Waffenhandwerk als die Angreifer. Ormannos Männer mussten viele Treffer einstecken. Wenn die Wunden an Armen und Beinen auch nicht lebensbedrohlich waren, so kühlten sie doch rasch den Mut der Angreifer. Flüche und Schmerzschreie drangen über den Platz und hallten von den umliegenden Häusern wider. Fast genauso plötzlich, wie der Angriff begonnen hatte, brach er in sich zusammen. Ormanno degli Albizzi war einer der Ersten, denen die Lust am blutigen Kampf verging und der sich aus dem Staub machte.

Unbehelligt und sicher bewegte sich der Zug daraufhin mit seiner bewaffneten Eskorte durch das Tor im Norden aus Florenz hinaus in das Contado, wo er schon bald auf Niccolò da Tolentino und die Bauernmiliz traf, die von nun an Cosimos Schutz übernahmen.

Als sich der Himmel über dem Horizont glutrot färbte und ein neuer Tag heraufzog, legte der Heerzug auf einer Anhöhe bei Pistoia eine kurze Rast ein. Gedankenversunken blickte Cosimo zurück, in die Richtung, wo Florenz lag. Irgendwann sagte er zu Sandro: »Rinaldo hat einen verhängnisvollen Fehler gemacht. Dafür wird er bitter bezahlen.«

Sandro sah ihn fragend an.

»Einen Mann wie mich rührt man nicht an, Sandro. Und wenn man es doch wagt, dann muss man damit rechnen, dass man vernichtet wird. Für immer.« Er machte eine kurze Pause, und als er weitersprach, lag ein kaltes Funkeln in seinen Augen und seine Stimme klang hart wie Stahl: »Er hat es ein Mal versucht. Ein zweites Mal wird es nicht geben. Dafür werde ich sorgen.«

Sandros Abreise in die Verbannung lastete wochenlang qualvoll auf Tessas Seele. Nicht einmal ein Abschied war ihnen vergönnt gewesen. Ihr war, als wäre ihre kleine Welt in einen schwarzen Abgrund gestürzt. Zwar musste sie nicht mehr um sein Leben fürchten, aber das konnte ihr kein Trost sein. Zehn Jahre! Zehn Jahre, in denen sie ihn nicht sehen würde, in denen sie seine Hände und seine Lippen nicht spüren würde. Wie konnte sie diese Qual ertragen, nachdem sie in seinen Armen eine Glückseligkeit erfahren hatte, von der sie vorher nicht einmal zu träumen gewagt hatte?

Jede Nacht weinte sie sich in den Schlaf. Und jeder Tag kostete sie unendliche Kraft und Überwindung, sich den Schmerz nicht anmerken zu lassen, der in ihr tobte, und wie gewohnt ihrer Arbeit nachzugehen. Es war eine zermürbende Mühsal, auf Fiamettas Wünsche und Launen einzugehen und dabei so zu tun, als sei alles wie immer.

Lionetto Vasetti ließ weiterhin keine Gelegenheit aus, Fiametta wegen ihrer Körperfülle zu demütigen und sie spüren zu lassen, dass sie in seinen Augen eine Schande für seine Familie war. Seit geraumer Zeit hielt er sich eine Geliebte und diesen Umstand verbarg er erst gar nicht vor Fiametta. Als diese Ende Oktober einen Sohn zur Welt brachte, machte er sich sogar ein Vergnügen daraus, Fiametta noch am selben Tag das freudige Ereignis mitzuteilen und ihr anzukündigen, dass er sein uneheliches Kind schon bald ins Haus holen und unter seinem Dach aufziehen werde.

Erst in der letzten Oktoberwoche hellte sich das Dunkel in Tessas Seele ein wenig auf und sie fasste wieder Mut.

»Ich habe etwas für dich«, raunte Carmela ihr eines Mittags verschwörerisch zu, als sie in die Küche trat, um Fiamettas Frühstück abzuholen. Dabei klopfte Carmela mehrmals auf die Tasche ihrer Schürze. »Ein Brief von deinem Geliebten! Jacopo hat ihn gerade gebracht. Ich lese ihn dir später vor, wenn wir in der Stadt sind.«

Tessas Gesicht leuchtete auf. »Nein, das musst du jetzt gleich tun!«, erwiderte sie aufgeregt. Leider verstand sie sich nicht besonders gut aufs Lesen. Sie kannte zwar die einzelnen Buchstaben, aber um Sandros Brief langsam Wort für Wort zu entziffern, fehlte ihr die Geduld. »Lass uns in die Speisekammer gehen. Da sind wir ungestört.«

Carmela schüttelte den Kopf. »Nein, das wäre nicht klug. Willst du etwa, dass eines der Hausmädchen uns dabei überrascht? Dann gibt es Getuschel und Gerede und das dringt womöglich sogar noch ans Ohr unserer Herrschaft. Und was das bedeutet, brauche ich dir ja wohl nicht zu sagen.«

Tessa seufzte. »Du hast ja recht.«

»Wir gehen nachher in die Stadt und suchen uns einen Ort, wo wir ungestört sind. Ich muss sowieso noch einige Einkäufe machen und da fällt es nicht auf, wenn du mich begleitest.« Sie drückte Tessa das vorbereitete Tablett in die Hände und zwinkerte ihr zu. »Jetzt hast du etwas, worauf du dich freuen kannst.«

An diesem Tag hätte Tessa ihrer Herrin das reichhaltige Essen am liebsten gleich in den Mund gestopft, damit sie schneller fertig wurde. Es fiel ihr schwer, ihre Ungeduld zu bezähmen und Interesse für den Klatsch zu heucheln, den Fiametta von ihren wenigen Freundinnen aus der Nachbarschaft erfahren hatte.

Für den Gang in die Stadt brauchte sie noch nicht einmal einen Vorwand, denn Fiametta wollte unbedingt ein neues Mittel zum Bleichen der Haare ausprobieren.

Nach dem Angelusläuten gingen Tessa und Carmela in die düstere Klosterkirche von San Marco. Sie setzten sich in eine Bank, auf die ein wenig Licht durch eines der Kirchenfenster fiel, und Carmela erbrach das Siegel des Briefes. Aufmerksam folgte Tessa dem Finger ihrer Vertrauten, der den Zeilen folgte, während sie langsam vorlas.

»Mein geliebter Augenstern!

Wenn Du diesen Brief erhältst, was hoffentlich durch die Hilfe und Güte unserer verschwiegenen Freunde ohne Verzögerung geschehen ist, werden wir uns in Padua schon ein wenig eingelebt haben. Ser Cosimo ist mit großen Ehren empfangen und willkommen geheißen worden und es fehlt uns hier an nichts, was unser körperliches Wohlbefinden angeht. Aber was bedeutet das schon, wenn man sich so entsetzlich fern von dem geliebten Menschen weiß, nach dem man sich bei Tag und bei Nacht sehnt! Nie habe ich es für möglich gehalten, dass Liebe so schmerzhaft sein kann. Jede Freude am Leben ist mir geraubt. Was gäbe ich dafür, Dich wenigstens in meiner Nähe zu wissen! Wie oft habe ich in Florenz mit dem Schicksal gehadert, dass ich Dich nur so selten und dann auch nur für so kurze Zeit sehen konnte. Nun aber würde ich alles dafür geben, dass es wieder so wäre wie früher! Aber ich will Dir das Herz mit meinen Klagen nicht noch schwerer machen, als es auch so schon ist, weiß ich doch, dass es Dir nicht anders ergeht als mir und Du ein noch viel härteres Los zu tragen hast. Was Du mir bedeutest, kann ich ohnehin nicht in Worte fassen.

Daher will ich Dir kurz das Wichtigste berichten, das sich nach unserer Abreise ereignet hat. Für Ser Cosimo wurde der lange Weg nach Norden zu einem wahren Triumphzug, was seinen Feinden sicherlich zu Ohren gekommen ist und ihnen vor Augen geführt haben muss, dass sie sich mit der Verbannung der Medici vor aller Welt ins Unrecht gesetzt haben. Cosimo wurde mit Ehrungen geradezu überhäuft. Als wir durch die Toskana zogen, stand vielerorts das Bauernvolk an der Landstraße Spalier, und als wir den Berg von Pistoia erstiegen, überreichte ihm eine Abordnung der Stadt gar ein kostbares Gefäß mit Honig, wie man es sonst nur bei hochgestellten Botschaftern auf der Durchreise tut. Dieser Ehrenbezeugung folgten noch zahllose andere, so in Bologna und insbesondere in Ferrara, wo der Marquis uns sogar eine Eskorte an die Grenze zur Emilia entgegengeschickt und darauf bestanden hat, dass seine Ehrengarde Ser Cosimo auf dem Rest der Reise begleitet. Aus Venedig ist eine Abordnung des Dogen und mächtiger Kaufmannsfamilien eingetroffen. Die Regierung von Venedig will sich in Florenz dafür einsetzen, dass Ser Cosimo die Zeit seiner Verbannung in ihrer Stadt verbringen darf, da es dort eine Niederlassung der Medici-Bank gibt. Ser Cosimo ist guten Mutes, dass die Signoria diesen Wunsch ihres wichtigsten Verbündeten erfüllen wird. Auch ist er überzeugt davon, dass die Macht seiner Feinde in Florenz schon bald wie ein Kartenhaus in sich zusammenfallen wird und man lange vor Ablauf der zehn Jahre die Verbannung seiner Familie und seiner Getreuen aufheben wird. Du wirst verstehen, dass ich Dir darüber nicht mehr schreiben darf. Aber ich habe die große und wohl auch begründete Hoffnung, dass unsere Trennung, so bitter sie im Augenblick auch ist, bei Weitem nicht so lange währen wird, wie wir befürchten mussten. Und mit dieser Nachricht, die bestimmt auch Deinen Schmerz lindern wird und Dir Kraft und Hoffnung geben mag, will ich meinen Brief beenden. Ser Cosimos Bote, der auch mein Schreiben nach Florenz bringen soll, ist schon zur Abreise bereit. Gott halte allzeit seine schützende und segende Hand über Dich, meine geliebte Tessa!

Es umarmt und küsst Dich in Gedanken, die stets bei Dir sind, Dein Sandro.«

Tränen standen in Tessas Augen, als Carmela den Brief sinken ließ.

Die Köchin strich ihr liebevoll über den Arm. »Ich weiß, wie schwer es ist, so innig zu lieben und gleichzeitig vom Schicksal so unbarmherzig voneinander getrennt worden zu sein«, sagte sie mitfühlend. »Denk daran, was dein Sandro dir geschrieben hat! Ihr dürft hoffen, dass die Verbannung viel kürzer sein wird, als man ursprünglich festgelegt hat.«

Tessa wischte sich die Tränen aus den Augen. »Meinst du wirklich, dass er das nicht nur geschrieben hat, damit ich nicht verzweifle?«, fragte sie schniefend.

»Nach allem, was du mir von deinem Sandro erzählt hast, ist er ein Mann, auf dessen Wort und Tat Verlass ist, nicht wahr?«

»Ja, das ist er ganz bestimmt!«, versicherte Tessa und sie konnte schon wieder ein wenig lächeln.

Tessas Hoffnung auf ein vorzeitiges Wiedersehen erhielt neue Nahrung, als Ende November abermals ein Brief von Sandro eintraf. Darin teilte er ihr mit, dass die neu gewählte Signoria Cosimo und ihm die Erlaubnis erteilt habe, die Zeit der Verbannung in Venedig verbringen zu dürfen. Er schrieb, dass man sie in der Lagunenstadt schon erwarte und dass sie sich dort der Gastfreundschaft der Mönche von San Giorgio Maggiore erfreuen würden.

Venedig! Tessa versank in Erinnerungen. Sie war nie auf der kleinen Insel in der Lagune gewesen, auf der das Benediktinerkloster lag, aber oft hatte sie über den breiten Kanal geschaut und sich gewünscht, einmal hinüberzufahren, um dann zurückzuschauen auf die sich im Wasser spiegelende Stadt mit dem stolzen Campanile und den vielen Palazzi. Und jetzt war Sandro dort, wo sie viele Jahre ihres Lebens verbracht hatte. Wie grausam das Schicksal doch war!

Dennoch – Tessa zog viel Kraft und Hoffnung aus Sandros Briefen. Jeden Abend, wenn sie in ihrer Kammer war, holte sie sie aus dem strohgefüllten Sack ihres Bettes hervor und las sie im Schein eines Öllichtes. Bald kannte sie die Briefe auswendig. Seine Zeilen mit ihren innigen Liebesbekundungen vor Augen zu haben war für sie wie ein unsichtbares Band, das ihr Herz und ihre Seele über die weite Ferne hinweg mit ihrem geliebten Sandro vereinte.

Doch dann, an einem regnerischen Nachmittag Mitte Dezember, zerstoben all ihre Hoffnungen, Sandro in absehbarer Zukunft wieder in Florenz zu wissen und ihn in ihre Arme schließen zu können. Es war der Tag, an dem Fiametta einen grauenvollen Tod sterben sollte.

Eine klamme Kälte zog durch die dicken Mauern des Palazzo und Fiametta hatte es sich in ihrem gepolsterten Sessel mit Fußschemel nahe am dreibeinigen Kohlenbecken bequem gemacht.

Heute reichte ihr die Wärme, die unter dem reich verzierten Abdeckgitter der dicken Glutschicht entströmte, jedoch nicht aus und so musste Tessa einen mit glühenden Kohlen gefüllten Eimer aus der Küche nach oben in ihr Gemach schleppen und ihr zwei heiße und mit Tüchern umwickelte Backsteine im Rücken unter die Kissen schieben.

»Bring mir meinen Likör!«, rief sie ungeduldig und zog die warme Wolldecke höher, die Tessa ihr über die Beine gelegt hatte.

Tessa seufzte leise, während sie an die Kommode trat, wo die Karaffe mit Fiamettas Lieblingslikör stand. Sie füllte ein Kristallglas mit der abscheulich süßen Flüssigkeit und reichte es ihrer Herrin.

»Setz dich zu mir!«, befahl Fiametta.

Tessa holte einen einfachen Schemel heran. Sie wusste, was jetzt folgte. Fiametta würde an ihrem Likör nippen und endlos darüber lamentieren, wie schlecht sie es hatte und wie sehr sie es bereute, Lionetto Vasetti geheiratet zu haben. »Warum habe ich nicht länger gewartet? Bestimmt wäre bald der Richtige gekommen, der mir alle Wünsche von den Augen abliest?«

Tessa unterdrückte ein Gähnen. Gelangweilt sah sie zum Fenster hinaus. Es hatte angefangen zu regnen. Dicke Tropfen prasselten gegen die Scheiben. Plötzlich stutzte sie. Warum redete Fiametta nicht weiter?

Sie blickte ihre Herrin an und erschrak.

»Was ist mit Euch?«

Fiametta starrte ihre Zofe an. Ihr Mund stand halb offen und sie stieß erstickte Laute hervor. Das Glas entglitt ihrer Hand und der Rest des Likörs ergoss sich über die Decke.

»Herrin!«, schrie Tessa entsetzt. Sie sprang auf und trat einen Schritt zurück. »Habt Ihr Euch verschluckt?«

Fiamettas Gesicht lief blau an und verzerrte sich wie unter entsetzlichen Schmerzen. Röchelnd bäumte sie sich auf. Mit einer Hand griff sie sich an die Kehle. Sie versuchte aufzustehen, aber es gelang ihr nicht.

Noch während Tessa verzweifelt überlegte, was zu tun sei, sackte Fiamettas schwerer Körper zur Seite und der Sessel kippte um. Am Boden liegend, krümmte sie sich und wand sich in Zuckungen, als hätte sie einen Anfall von Fallsucht. Unsägliche Qual und Todesangst standen in ihren weit aufgerissenen Augen. Und dann quoll ein weißlicher Schaum aus ihrem Mund.

Tessa riss sich zusammen. »Hilfe!«, schrie sie aus Leibeskräften. Sie eilte zur Tür und riss sie auf. »Hilfe! Die Herrin! Sie hat einen Anfall! Hilfe!« Ihre Rufe gellten durch den Palazzo. Dass Lionetto schon im nächsten Moment vor ihr auf dem Gang auftauchte, daran erinnerte sie sich erst viel später, als ihr Schicksal schon längst besiegelt war. Aber auch wenn es ihr sofort verdächtig gewesen wäre, hätte es nichts daran geändert. Denn sie war nur eine Sklavin und er war Anwärter auf eines der Priorenämter bei der nächsten Wahl.

»Was redest du da?«, herrschte er sie an. »Wovon soll die Herrin einen Anfall bekommen haben?«

»Ich weiß es nicht, Herr! Aber Ihr müsst sofort einen Medicus rufen!«

Während die Dienerschaft verstört zusammenlief und herauf ins Obergeschoss hastete, stieß Vasetti Tessa zur Seite, stürzte in das Gemach seiner Frau und kniete sich zu ihr auf den Boden.

»Barmherziger, sie ist tot! Der Herr sei ihrer armen Seele gnädig!«, stieß er hervor. Dann fuhr er herum. »Sie ist vergiftet worden! Der Schaum vor dem Mund und das blau verfärbte Gesicht lassen gar keinen Zweifel zu!« Langsam erhob er sich und baute sich vor Tessa auf. »Du verdorbenes Ding! Du hast meine arme Frau vergiftet!«

Tessa erbleichte. »Das ist nicht wahr! Warum sollte ich so

etwas Entsetzliches tun? Ich bin Eurer Frau immer treu zu Diensten . . .«

»Schweig, du verfluchte Giftmischerin!«, brüllte Vasetti.

Der alte Diener Rutino und der Stallknecht Maffeo drängten sich ins Zimmer und bekreuzigten sich, als sie den leblosen Körper ihrer Herrin neben dem Sessel liegen sahen.

»Ich weiß sehr wohl, was dich zu deiner schändlichen Tat verleitet hat!«, fuhr Vasetti fort. Ein bösartiger, höhnischer Ausdruck trat auf sein Gesicht. »Bestimmt hast du geglaubt, ich würde dich auf dem Sklavenmarkt verkaufen, weil ich für dich nun keine Verwendung mehr habe, und dann könnte dieser nichtswürdige Bursche, der mit den Medici paktiert, dich freikaufen! Aber daraus wird nichts! Du hast dein gottloses Verbrechen nicht schlau genug geplant. Damit kannst du weder mich noch die Obrigkeit in die Irre führen!«

»Nichts davon ist wahr!«, beteuerte Tessa. »Nie im Leben würde ich . . .«

Vasetti holte aus und versetzte ihr einen heftigen Schlag ins Gesicht, sodass sie gegen den Türrahmen taumelte.

»Halt deinen dreckigen Mund, aus dem nichts als Lügen kommen, du verfluchte Verbrecherin!«, schrie er sie an. »Ich habe deinen teuflischen Plan durchschaut! Und ich bin sicher, dass wir Beweise für deine ruchlose Tat finden werden!« Er wandte sich an seinen alten Diener. »Rutino, geh in ihre Kammer und durchsuch sie gründlich, ob sie dort etwas versteckt hat, was als Beweis taugt!«, befahl er. »Lass keinen Winkel aus. Klopf auch die Bodenbretter ab. Vielleicht gibt es darunter einen Hohlraum, wo sie das Gift versteckt haben könnte. Und sieh auch in ihrem Strohsack nach.«

»Sehr wohl, Herr«, murmelte Rutino und hastete aus dem Gemach.

»Und du, Maffeo, holst einen Strick und bindest der Giftmischerin die Hände auf den Rücken! Einer von euch soll die Büttel benachrichtigen, damit sie die Verbrecherin abholen.«

»Sehr wohl, Herr!« Die Diener eilten aus den Gemächern.

Tessa rieb sich die schmerzende Wange und kauerte sich zusammen. Tränen liefen über ihre Wangen. Vasetti musterte sie schweigend und in seinem Blick lagen nicht etwa Trauer und Entsetzen, sondern Hohn und Spott.

Es dauerte nicht lange, bis Rutino zurückkehrte. Sein Gesicht war weiß wie eine frisch gekalkte Wand. In der einen Hand hielt er ein Bündel Briefe und in der anderen ein mit einem Korken verschlossenes kleines Fläschchen aus grünem Glas. Um den Hals war ein Band gebunden, auf das ein Totenkopf gemalt war.

»Das hier habe ich in ihrem Strohsack gefunden, Herr«, sagte er erschüttert.

»Gift! Ich habe von Anfang an gewusst, dass sie den Mord begangen hat!«, stieß Vasetti triumphierend hervor. Seine Augen funkelten bösartig. »Dafür wird sie am Strick baumeln!«

Als wenig später die Büttel im Palazzo Vasetti erschienen,

gab es auch für sie keinen Zweifel, dass Tessa den Mord verübt hatte. Die Beweise waren erdrückend.

»Werft sie in den Kerker!«, forderte Lionetto die Büttel nach kurzem Wortwechsel auf. »Ich ertrage es nicht länger, die Mörderin meiner Frau vor Augen zu haben! Doch wenn sie draußen vor der Stadt am Strick hängt, werde ich ganz vorn in der ersten Reihe stehen!«

Raue Hände packten sie und zerrten sie aus dem Palazzo der Vasetti, der für lange Jahre ihr Zuhause gewesen war.

Tessa leistete keinen Widerstand, wusste sie doch, dass sie verloren war. Es nutzte ihr nichts, dass sie den wahren Täter kannte, der ihr die Tat mit teuflischer Heimtücke angehängt hatte. Denn was galt schon ihr Wort, das Wort einer Sklavin, gegen das Wort eines mächtigen Mannes wie Lionetto Vasetti?

Das, was sie durchlitt, war ein Albtraum, aus dem es kein gnädiges Erwachen geben würde.

So blieb ihr nichts anderes, als zur heiligen Mutter Maria um Beistand zu beten, während die Büttel sie über die Straßen und Gassen in Richtung Gefängnis zerrten. Denn auch wenn sie am Galgen endete – das Kind, das sie unter ihrem Herzen trug, musste leben!

Zitternd saß Tessa in der kalten Dunkelheit ihrer Kerkerzelle. Der Atem des Todes wartete unsichtbar vor der Gittertür darauf, dass man sie holte, mit dem Schinderkarren vor die Stadt brachte und ihr die Galgenschlinge um den Hals legte. Manchmal hörte sie in ihren Albträumen schon die Verwünschungen und höhnischen Zurufe der schaulustigen Menge, die sich bei jeder Hinrichtung auf dem Richtplatz einfand und Flaschen mit Wein und Fusel in ihren Reihen kreisen ließ, als gäbe es ein Fest zu feiern. Aber wenn ihr der Tod auch sicher war, so würde doch zumindest ihr Kind leben, das in ihr heranwuchs!

Denn Tessas Gebete und ihr Flehen waren erhört worden. Noch auf dem Weg ins Gefängnis hatte sie sich daran erinnert, dass selbst eine überführte Verbrecherin während ihrer Schwangerschaft nicht gefoltert und nicht hingerichtet werden durfte.

Zweimal hatten sie die Hebamme, die im Dienst des Gefängnisses stand, zu ihr geschickt, eine nach Alkohol riechende, mürrisch dreinblickende Alte. Sie hatte Tessa mit groben Fingern untersucht und schließlich bestätigt, was das Sklavenmädchen gesagt hatte.

Und so war Tessa ohne Prozess in diesem finsteren Loch gelandet und hatte eine Gnadenfrist erhalten, die mit der Geburt ihres Kindes erlöschen würde.

Längst hatte sie das Gefühl für die Zeit verloren, die seit ihrer Einlieferung verstrichen war. Tageslicht gab es nicht in dieser Welt, von der sie verschlungen worden war. Das finstere, modrige Loch, in das man sie geworfen hatte, lag irgendwo tief in den Eingeweiden des Gefängnisses. Am Anfang hatte sie dennoch versucht, die Tage zu zählen. Mit einem fingerlangen Steinsplitter, auf den sie im verfaulten Stroh gestoßen war, hatte sie jedes Mal einen Strich in die Mauer am Gitter geritzt, nachdem der Kerkermeister Vicenzo Moravi oder einer seiner Wärter ihr Wasser, angeschimmeltes Brot und manchmal zusätzlich noch eine Blechschüssel mit irgendeiner widerlich ranzigen, wässrigen Suppe gebracht hatte.

Schon mehrmals hatten Durst und Hunger sie dermaßen gequält, dass sie geglaubt hatte, man hätte sie vergessen. Dann hatte sie mit ihren Fäusten gegen die Gitterstäbe gehämmert und geschrien, bis endlich jemand gekommen war – und sie für ihr Geschrei erst einmal mit Stockschlägen bestraft. Erst danach hatte man ihr Wasser und Brot gebracht.

Auch war es zumeist zu dunkel um sie herum, sodass sie ihre Striche weder erkennen noch nachzählen konnte. Nur gelegentlich und ohne erkennbare Regelmäßigkeit verirrte sich ein schwacher Lichtschein über die steil abwärts führende Treppe zu ihr, wenn ein Wärter oben im Gang eine Pechfackel in eine der eisernen Wandhalterungen steckte.

Irgendwann hatte sie aufgehört zu zählen. Es war ja auch nicht wichtig, ob sie nun schon seit zwei, drei oder vier Wochen oder gar schon länger rettungslos in der Finsternis verloren war. Wichtig war nur, dass sie ihren Lebenswillen nicht verlor und dass sie ihr Kind austrug.

In manch einer dunklen Stunde quälte sie die Frage, ob es nicht gnädiger für das Kind wäre, ihrer beider Leben ein Ende zu setzen. Denn so könnte sie wenigstens ihm das Schicksal der Sklaverei ersparen.

Doch immer dann, wenn sie die Regungen in ihrem bereits gewölbten Leib spürte, die zunehmend kräftiger wurden, wusste sie, dass sie sich niemals auf diese Art würde versündigen können.

Die meiste Zeit kauerte Tessa auf einer alten Pferdedecke, die man ihr wegen ihrer Schwangerschaft zugestanden hatte, und sprach mit dem Wesen, das in ihr wuchs. Sie erzählte ihm von seinem Vater, der sie einst so tapfer gerettet hatte und der nun in der Verbannung an der Seite des mächtigen Cosimo de' Medici gegen einflussreiche Feinde kämpfte. Das half ihr, wenigstens für eine Weile der qualvollen Wirklichkeit zu entfliehen und in eine Traumwelt einzutauchen, in der sie mit Sandro vereint war.

Einmal, es schien ihr Stunden, ja Tage her zu sein, seit sie das letzte Mal etwas zu essen bekommen hatte, hörte sie, wie schwere Stiefel die Treppe herunterpolterten und sich der kurze Gang zu ihrem Kerkerloch von einem Laternenlicht erhellte. »Fünfzehn Minuten, mehr kann ich dir nicht zugestehen«, hörte sie plötzlich den Kerkermeister sagen. »Ich riskiere sowieso schon meinen Kopf, dass ich überhaupt jemanden zu der Giftmischerin lasse. Lionetto Vasetti hat mir den strikten Befehl erteilt, niemandem eine Besuchserlaubnis zu erteilen!«

Tessa hob den Kopf. Sie spürte, wie ihr Herz anfing, schneller zu schlagen.

»Ich werde mich an unsere Vereinbarung halten, auch wenn sie nicht gerade billig zu haben war, Meister Vicenzo«, entgegnete eine Frauenstimme.

Das war doch – Carmela! Tessa richtete sich mühsam von ihrem Lager auf und versuchte, im trüben Licht der Fackel etwas zu erkennen. Ihre Augen waren von der ständigen Dunkelheit überreizt und sehr empfindlich. »Carmela? Bist du es?«, brachte sie über die trockenen Lippen und erschrak selbst, wie kläglich ihre Stimme klang.

»Ja, ich bin es, mein Kind.«

Der Kerkermeister schloss die Tür auf, gab Carmela eine zweite Laterne und ließ sie eintreten. Dann verriegelte er hinter ihr die Tür und entfernte sich.

Tessa kämpfte mit den Tränen, als Carmela sich zu ihr hinunterkniete und sie in ihre kräftigen Arme nahm. »Mein armes Kind, was hat man dir angetan! Pest und Krätze über

Lionetto Vasetti, der dich für sein Verbrechen büßen lässt!«

»Dann weißt du, dass nicht ich Fiametta vergiftet habe, sondern dass er den Mord begangen hat?« Jetzt rannen die Tränen haltlos über Tessas Wangen.

»Natürlich weiß ich das! Nie im Leben würdest du so etwas Abscheuliches tun. Und bestimmt bin ich nicht die Einzige bei uns im Haus, die den wahren Mörder kennt«, versicherte ihre Freundin und gab sie aus ihrer Umarmung frei. »Dieser Lionetto Vasetti! Wie geschickt er alles eingefädelt hat! Und wie perfekt er den trauernden Witwer spielt! Widerlich! Aber selbst wenn man uns danach fragen würde, was Lionetto natürlich leicht zu verhindern wüsste, könnte unser aller Leumundszeugnis vor Gericht nichts daran ändern, dass die Beweise dich schuldig sprechen. Dieser Teufel ist einfach zu geschickt vorgegangen, um ihm die Tat nachweisen zu können!« Sie sah Tessa traurig an.

»Ach, Carmela«, sagte Tessa mutlos. »Mein Schicksal ist besiegelt und ich tue gut daran, mich nicht in Wunschträume zu verlieren, die nie Wirklichkeit werden können.«

Carmela strich ihr über die Wange. »Du bist so tapfer, mein Mädchen.«

Tessa lächelte schwach. »Und es ist mir ein solcher Trost, dass du gekommen bist, Carmela. Sag, wie hast du es nur geschafft, den Kerkermeister dazu zu bringen, dich vorzulassen?«

»Zum Glück kennt Jacopo jemanden, der sich gut mit Vicenzo Moravi versteht. Natürlich hat ein Bestechungsgeld aus Jacopos Börse eine gewichtige Rolle gespielt. Man mag über Jacopo denken, was man will, aber wenn es um deinen Sandro geht, dann ist Verlass auf ihn.«

Carmela setzte sich neben Tessa auf die Decke und nahm sie fest in den Arm. Dann deutete sie auf ihren vorgewölbten Leib. »So, und nun sag mir, warum du es mir verschwiegen hast, dass du ein Kind von Sandro unter dem Herzen trägst!«

»Sei mir nicht böse, liebe Carmela. Ich hätte es dir bestimmt gesagt«, beteuerte Tessa. »Ich weiß es erst mit Sicherheit, seit ich hier im Kerker bin. Sie haben eine Hebamme geschickt, die mich untersucht hat.«

Carmela nickte. »Gott sei gelobt, dass du wirklich schwanger bist, denn andernfalls würdest du jetzt nicht mehr am Leben sein«, sagte sie bedrückt. Aber dann hellte sich ihr Gesicht auf. »Wenigstens verschafft uns das Zeit«, sagte sie. »Deine Schwangerschaft gibt Jacopo Zeit, irgendeinen Plan auszuarbeiten, wie man dich und nun auch dein Kind retten kann.«

Tessa griff sofort nach diesem dünnen Faden der Hoffnung. »Hat er das wirklich vor?«

»Ja, aber im Augenblick ist er noch ratlos, wie er das anstellen soll. Wärst du nur eine gewöhnliche Diebin oder Betrügerin, wäre es wohl kein allzu großes Problem, dich hier durch Bestechung herauszuholen. Derlei geschieht doch alle Tage. Aber man beschuldigt dich, die Mörderin von Fiametta Vasetti zu sein, deren Mann gerade als Prior gewählt wurde.

Der Kerkermeister wird sich hüten, sich bestechen und dich laufen zu lassen.«

Tessa ließ den Kopf sinken. Carmelas nüchterne Einschätzung zerstörte ihre Hoffnung auf einen Schlag.

»Du darfst den Kopf nicht hängen lassen!«, beschwor die Köchin sie. »Jacopo wird bestimmt eine Lösung finden. Halte nur ein bisschen durch, uns wird schon etwas einfallen.« Sie griff unter ihren Rock. »Und schau mal, was ich noch für dich mitgebracht habe. Das sind die Briefe, die Sandro in der Zwischenzeit geschrieben hat! Ich werde sie dir gleich vorlesen. Aber viel wichtiger ist, dass wir ihm gleich eine Botschaft schicken, damit er weiß, dass du ...«

»Nein, Carmela!«, fiel Tessa ihr erschrocken ins Wort. »Sandro darf nichts davon erfahren!«

»Aber du kannst ihn doch nicht ...«

»Doch, ich kann!« Alle Schwäche wich von Tessa, als sie sich energisch aufrichtete. »Du darfst ihm nichts von meiner Einkerkerung schreiben! Hast du denn vergessen, dass ihm der Tod sicher ist, wenn er den Ort seiner Verbannung verlässt und hier in Florenz erkannt wird? Soll er denn auch noch sterben?« Sie sah Carmela beschwörend an. »Und Sandro wird sich sofort auf den Weg machen, sobald er von meiner Einkerkerung erfährt! Nein, das darf nicht geschehen!« Sie griff nach der Hand ihrer Vertrauten. »Du musst mir bei Gott und allen Heiligen schwören, dass Sandro nichts davon erfährt. Schwöre es, Carmela! Bitte! Und Jacopo musst du dieses Versprechen auch abnehmen!«

Carmela zögerte, doch dann gab sie nach, als sie die Angst in Tessas Augen sah.

»Also gut, ich schwöre es«, sagte sie seufzend. »Und ich werde auch Jacopo schwören lassen.«

Damit griff sie nach den Briefen, die sie in den Kerker geschmuggelt hatte. Tessas Augen wurden immer größer und bald traten wieder die Tränen in ihre Augen, als sie Sandros sehnsuchtsvolle Zeilen hörte. Wie nah und gleichzeitig unendlich fern war ihr Geliebter ihr doch! Sie meinte, seine Stimme zu hören, seine Hände zu spüren, während Carmela leise vorlas, was er ihr schrieb.

Viel zu schnell war die Köchin am Ende angelangt, und ehe Tessa sie bitten konnte, noch einmal mit dem ersten Brief zu beginnen, kam der Kerkermeister zurück. »Deine Zeit ist um! Nun komm schon!«, drängte er. »Gleich ist Schichtwechsel, dann musst du verschwunden sein.«

»Ich komme so bald wie möglich wieder«, raunte Carmela. »Sei tapfer, mein Kind! Ich werde für dich und dein Kleines beten.«

Gleich darauf schlug die Tür und Tessa war wieder allein. Doch Carmela hatte es geschafft, einen Funken Hoffnung in der kalten Dunkelheit zu entzünden.

Dieser Funken, so schwach er auch in ihr glomm, reichte, um ihren Lebenswillen auch in den dunkelsten Stunden der Verzweiflung zu nähren. Denn Woche um Woche verging, ohne dass Carmela zurückkehrte. Vicenzo Moravi schien nicht gewillt zu sein, sie ein weiteres Mal zu Tessa zu lassen.

So erschien es ihr fast wie ein Wunder, als der Kerkermeister ihre mütterliche Freundin eines Tages doch wieder zu ihr führte. Es war mittlerweile Anfang April geworden, wie sie von Carmela erfuhr.

»Ich kann mir kaum vorstellen, wie lang dir die Zeit geworden sein muss«, sagte die Köchin mitfühlend, als sie die Freundin stürmisch umarmt hatte. Tessa war inzwischen sehr geschwächt von ihrem Kerkeraufenthalt. Aber wenigstens hatten sich die Wächter erweichen lassen, ihr regelmäßig etwas zu essen zu bringen.

»Jacopo und ich haben es für klüger gehalten, die Bestechlichkeit von Vicenzo Moravi nicht über Gebühr zu strapazieren und erst einmal abzuwarten, ob Lionetto Vasetti noch einmal zu einem der Prioren gewählt wird«, erklärte Carmela, warum sie Tessa erst jetzt besuchte. »Zum Glück für uns ist seine Wiederwahl gescheitert. Offenbar hat er sich während seiner Amtszeit nicht sehr viele Freunde gemacht.«

Tessa rieb sich die Augen. Das ungewohnt helle Licht der Fackel schmerzte sie. »Hast du wieder Briefe von Sandro mitgebracht?«, fragte sie hoffnungsvoll.

Carmela nickte. »Wie hätte ich die auch vergessen können. Ich werde sie dir gleich vorlesen.« Sie zwinkerte Tessa zu. »Es wird dich auch interessieren, dass die Florentiner immer unzufriedener sind mit der Art und Weise, wie die Partei der Albizzi die Staatsgeschäfte führt. Ihr Ansehen schmilzt dahin wie Butter in der Sonne. Noch klammern sie sich an die Macht, aber man sagt, dass sie ihnen allmählich aus den Händen gleitet. Es sollen sogar schon erste mutige Stimmen laut geworden sein, die die Verbannung der Medici als einen Fehler, ja als ein Unrecht bezeichnet haben.«

»Das ist ja eine wunderbare Nachricht!«, sagte Tessa frohgemut. »Dann wird die Verbannung schon bald aufgehoben, nicht wahr?«

Carmela strich ihr über die Haare. »Ich wünschte, ich könnte dir berechtigte Hoffnungen machen, dass es bald dazu kommt. Aber das wäre nicht richtig.« Sie schüttelte den Kopf. »Gott allein weiß, wie dieser Machtkampf ausgeht. Dieses Tauziehen kann noch lange dauern. Und wozu die Albizzi fähig sind, wenn es wirklich dazu kommt, dass die Signoria die Verbannung der Medici aufhebt, das ahnt niemand. Ein gewaltsamer Umsturz ist ihnen jedenfalls allemal zuzutrauen, zumal sie ja die Rache des Medici fürchten müssen, wenn sie ihn ungehindert nach Florenz zurückkehren lassen.«

Tessa sank in sich zusammen. Wie dumm sie gewesen war. Aber für einen Moment hatte sie wirklich geglaubt, dass ein Wunder geschehen würde und Sandro doch noch einen Weg zu ihr zurückfinden würde.

»Möglich ist es ja noch immer«, versuchte Carmela ihr Mut zu machen. Offenbar ahnte sie, was in Tessas Kopf vor sich ging. »Zumal ich gute Neuigkeiten von Jacopo bringe.«

Tessa horchte auf.

»Er lässt dir ausrichten, dass er an einem Plan arbeitet, in dem die Hebamme, die bei Geburten im Gefängnis stets gerufen wird, wohl eine wichtige Rolle spielen soll.«

»Diese schreckliche glupschäugige Person Piera Tossa, die nicht nur Haare auf der Oberlippe, sondern auch auf den Zähnen hat?«, fragte Tessa ungläubig.

Carmela zuckte mit den Achseln. »Sie mag nicht die Freundlichkeit und Feinfühligkeit in Person sein, aber Jacopo wird schon seine Gründe haben, warum ihr in seinem Plan große Bedeutung zukommt.«

Tessa nickte. Sie vertraute ihren Freunden und doch hatte sie Mühe, sich ihre Enttäuschung nicht anmerken zu lassen. Bis zu ihrer Niederkunft standen ihr noch fast drei Monate in diesem entsetzlichen Kerkerloch bevor! Aber schon im nächsten Moment schämte sie sich. Denn durfte sie jetzt nicht zum ersten Mal seit ihrer Verhaftung wirklich berechtigte Hoffnung haben, dass wenigstens ihr Kind gerettet wurde? Jacopo verfolgte endlich einen Plan, und wenn diese verbiesterte Hebamme Piera Tossa dabei eine wichtige Rolle spielte, dann hatte sie allen Grund, auch ihr dankbar zu sein!

Carmela hatte inzwischen Sandros Briefe aus ihrem Rock hervorgezogen. Diesmal blieb ihr sogar so viel Zeit, dass sie sie auf Tessas Bitte hin ein zweites Mal vorlesen konnte, und wieder spendeten die Zeilen Tessa unendlichen Trost, auch wenn sie gleichzeitig eine quälende Sehnsucht in ihr wach riefen, die sie mitten ins Herz traf.

Die Freundin spürte, was in ihr vorging, und ließ die Briefe sinken. »Habe ich dir eigentlich schon erzählt, dass Lionetto Vasetti schon bald wieder heiraten wird, und zwar die blutjunge Tochter eines reichen Wollhändlers?«, fragte sie, um Tessa abzulenken. Draußen näherten sich bereits die Schritte des Kerkermeisters im Gang. »Und einen neuen Palazzo will er sich auch bauen lassen. In der Via dei Cresci soll er stehen. Er hat dort mehrere alte Häuser aufgekauft, die bald abgerissen werden, damit Platz geschaffen wird für seinen Palazzo.«

»Möge er an seinem Geld ersticken!«, stieß Tessa grimmig hervor, dann war der Kerkermeister da und setzte der kostbaren Zeit, die sie gemeinsam verbracht hatten, ein harsches Ende.

Während Tessa sich auf ihr Lager kauerte und versuchte, Sandros Worte in ihrem Herzen zu bewahren, eilte die Köchin aus den stinkenden Eingeweiden des Gefängnisses hinaus in das helle Licht des warmen Apriltages.

Tief atmete sie durch und sog all das Leben ein, das dort unten in dem finsteren Kerker ausgesperrt war.

Entschlossen gab sich Carmela einen Ruck und traf eine Entscheidung, mit der sie lange gerungen hatte.

Schließlich wandte sie sich um und machte sich eiligst auf den Weg nach Santo Spirito. Sie musste unbedingt noch einmal mit Jacopo sprechen.

12

Gedankenversunken stand Sandro am offenen Fenster des prächtig ausgestatteten Raums, der Cosimo als Arbeitszimmer diente, und wartete auf die Rückkehr seines Dienstherrn, der inzwischen fast ein Freund geworden war.

Der Raum, den man schon fast einen Saal nennen konnte, befand sich in einem fürstlichen Palazzo, der zu dem weitläufigen Gebäudegeviert von San Giorgio Maggiore gehörte.

Sandros Blick ging über die breite Wasserfläche des Canale della Grazia, die im mittäglichen Sonnenlicht glitzerte, als wäre sie mit Silber bestreut. Boote jeder Art und Größe zogen unter den Riemenschlägen kräftiger Männer oder mit windgefüllten Segeln ihre Bahn.

Das aus rötlichen Ziegeln errichtete Kloster der Benediktiner lag in der Lagune von Venedig auf einer kleinen Insel gleichen Namens, in Sichtweite des Stadtzentrums um San Marco. Die Unterkunft, die der Konvent Ser Cosimo und seinen Getreuen zur Verfügung gestellt hatte, entsprach der eines Fürsten und so behandelte man Cosimo auch. Die Stadt überhäufte ihn mit vielfältigen Ehren und man tat alles, damit seine weit verzweigten Geschäfte während der Verbannung keinen Schaden litten. Selbst konkurrierende Bankiers sprachen bei ihm vor und lobten ihn wegen seines geschäftlichen Scharfsinns und seiner Großherzigkeit. Dass Cosimo den Benediktinern schon in den ersten Tagen angeboten hatte, ihnen den Bau einer dringend benötigten Bibliothek zu finanzieren und von seinem Geld gleich auch noch eine Sammlung kostbarer Bücher anzuschaffen, war mit großer Bewunderung und Dankbarkeit aufgenommen worden. Mehr noch als all dies schätzte man an ihm, dass er über jene, die ihn in Florenz auf dem Richtplatz hatten sterben sehen wollen und sich dann mit Verbannung begnügt hatten, nie auch nur ein schlechtes Wort verlor, auch nicht über die Albizzi.

Sandro wusste jedoch, dass dieses so freundlich gelassene und friedfertige Gesicht, das Cosimo in der Öffentlichkeit und im Gespräch mit Besuchern zeigte, unvermittelt ganz andere Züge annahm, wenn er sich im Kreis seiner engsten Vertrauten wusste. Dann sah er aus wie ein Mann, der nicht daran dachte, seinen Feinden großmütig zu verzeihen, sondern der mit Entschlossenheit und kühler Berechnung auf den Tag hinarbeitete, an dem er Vergeltung üben würde für das Unrecht, das man ihm und seinen Anhängern angetan hatte.

Es hatte ihn schwer getroffen, dass sein Cousin Averardo während der Verbannung in Neapel erkrankt und schließlich gestorben war. Auch das war eine offene Rechnung, die es noch zu begleichen galt.

Die Geduld und die Umsicht, mit der Cosimo dabei vorging, bewunderte Sandro immer wieder aufs Neue, doch sie gab ihm auch ein ums andere Mal Anlass zur Beunruhigung. Cosimo unterhielt nicht nur eine lebhafte Geheimkorrespondenz mit seinen Getreuen in Florenz, die ihn über alle Vorgänge in der Stadt auf dem Laufenden hielten, er schreckte auch nicht davor zurück, Menschen rücksichtslos für seine Zwecke einzusetzen.

Als ein entfernter Verwandter Kontakt mit ihm aufnahm und ihm seinen Plan unterbreitete, mit einem starken Heer ausländischer Truppen in Florenz einzumarschieren und die Albizzi zu entmachten, schickte Cosimo unverzüglich einen Boten in die Stadt und legte der Signoria den Umsturzplan offen. Das machte großen Eindruck und förderte Cosimos Ansehen, den Verwandten kostete es jedoch den Kopf.

»Das ist bedauerlich, aber wer mit scharfen Klingen spielt, der sollte sich nicht wundern, wenn es der eigene Kopf ist, der fällt«, lautete Cosimos kühler Kommentar, als die Nachricht von der Hinrichtung bei ihm eintraf. Damit war die Angelegenheit für ihn erledigt.

Das Verhältnis zwischen Sandro und Cosimo de' Medici war in den Monaten der Verbannung noch enger und persönlicher geworden. Mittlerweile schenkten ihm auch Lorenzo de' Medici und Cosimos Söhne Piero und Giovanni ihr Vertrauen. Er hätte allen Grund gehabt, sich seines Lebens zu freuen und hoffnungsvoll in die Zukunft zu blicken – wäre da nicht die Sehnsucht nach Tessa gewesen, die ihn jeden Tag ihrer Trennung aufs Neue quälte. Und als wäre das nicht schon schlimm genug, setzte ihm seit einiger Zeit noch etwas anderes zu und steigerte seine Besorgnis um Tessa mit jeder Woche.

Bis Anfang des Jahres hatte Sandro auf jeden Brief etwa drei Wochen später eine Antwort von ihr erhalten, die Tessa, wie sie schrieb, der Köchin Carmela diktiert hatte.

In Tessas Antwortschreiben hatten neben den Schilderungen einiger kleiner Begebenheiten aus ihrem Alltag stets zu Anfang und am Ende wunderschöne, wenn auch viel zu kurze Passagen darüber gestanden, wie sehr sie ihn liebte, vermisste und hoffte, dass eine gütige Wendung des Schicksals ihn bald wieder zu ihr nach Florenz zurückbrachte. Dergleichen fand sich zwar noch immer in ihren Briefen, aber in den letzten Monaten beschlich ihn immer stärker das verstörende Gefühl, dass diese ihm so kostbaren Zeilen einen anderen Klang besaßen. Schon oft hatte er, so wie jetzt am Fenster, darüber nachgegrübelt, woran es liegen mochte, dass ihre Briefe so verändert erschienen, hatte es aber nicht benennen können. Er hatte an Jacopo geschrieben, ihm seine Sorge mitgeteilt und ihn gebeten, der Sache nachzugehen. Doch in dessen Briefen, die er einem Schreiber auf dem Markt in die Feder diktierte, fand Sandro keine Erklärung. Jacopo hatte ihm immer wieder versichert, dass es nichts Beunruhigendes über Tessa und ihr Leben im Haus ihrer Herrschaft zu berichten gäbe. Dennoch wurde Sandro das Gefühl nicht los, dass irgendetwas nicht stimmte.

Sandro schreckte aus seinen sorgenvollen Gedanken hoch, als hinter ihm ein Flügel der hohen Kassettentür aufgestoßen wurde und Cosimo de' Medici in sein Arbeitszimmer zurückkehrte. »Michelozzo hat seinen ersten Entwurf fertiggestellt«, rief er und trat an den mächtigen Schreibtisch, den kostbare Intarsien schmückten. Er breitete eine große Papierrolle auf der Arbeitsplatte aus und beschwerte die vier Ecken mit Halbkugeln aus grünem Muranoglas.

Sandro gesellte sich zu Cosimo, um mit ihm den Bauplan zu begutachten, den Michelozzo di Bartolommeo nach Cosimos Angaben gezeichnet hatte. Der Bildhauer Michelozzo gehörte zu jener kleinen Schar von Freunden, die Cosimo freiwillig in die Verbannung gefolgt waren. Er war Schüler von Lorenzo Ghiberti gewesen und hatte mit dem Meister zusammen an der Erschaffung der Bronzetüren für das Baptisterium von San Giovanni gearbeitet. Inzwischen hatte er sich jedoch der Architektur zugewandt und Cosimo hatte ihn dazu auserkoren, die Baupläne für seinen neuen Palazzo zu entwerfen, der nach seiner Rückkehr aus der Verbannung den immensen Reichtum und die machtvolle Stellung des Hauses Medici repräsentieren sollte.

»Ihr scheint ja sehr zuversichtlich zu sein, dass wir schon bald nach Florenz zurückkehren können«, sagte Sandro. Wieder einmal wunderte er sich, mit welch unerschütterlichem Glauben an sich selbst Cosimo seine Zukunft plante. Die noch immer ungewisse politische Lage in Florenz schien ihn nicht weiter zu beunruhigen.

Cosimo lächelte. »Das bin ich auch, Sandro. Ich sage dir, noch vor Ende dieses Jahres sind wir wieder in Florenz. Rinaldo degli Albizzi hat nicht nur einen verhängnisvollen Fehler gemacht. Abgesehen davon, dass er mich hätte töten sollen, als er noch die Gelegenheit dazu gehabt hatte«, er lachte spöttisch auf, »er hat es danach unterlassen, die Namen in den Wahlbeuteln durch die solcher Männer austauschen zu lassen, auf deren Gefolgschaft er sich verlassen kann.«

»Aber er hat angeblich zehn Bürger aus dem Kreis seiner Anhänger ernannt, die überwachen sollen, dass die richtigen Namen aus den Wahlbeuteln gezogen werden«, wandte Sandro ein.

Cosimo machte eine wegwerfende Handbewegung. »Was aber nicht genügt. Mit halben Sachen kommt man nun mal nicht ans Ziel. Rinaldo fehlt einfach der richtige Wille zur Macht. Er will nach außen den Schein wahren, dass er sich trotz aller Ränke an die Verfassung hält. Wer aber keinen Rückhalt im Volk hat, der ist mit diesem halbherzigen Taktieren zum Scheitern verurteilt.«

»Hoffentlich habt Ihr recht«, murmelte Sandro und seufzte, denn in Gedanken war er schon wieder bei Tessa.

Cosimo warf ihm einen wissenden Seitenblick zu. »Dein Seufzer erinnert mich daran, dass ich etwas für dich habe, was dich mehr interessieren dürfte als meine Baupläne«, sagte er und zog einen Brief hervor. »Hier, den hat ein Bote eben gerade unten an der Pforte abgegeben. Ich nehme an, er ist wieder von dieser hübschen Tscherkessensklavin, von der du offenbar nicht lassen kannst.« Inzwischen waren die beiden Männer so vertraut miteinander, dass Sandro Cosimo den leisen Spott nicht übel nehmen konnte.

Wie auch – bei einer solchen Nachricht! Er strahlte übers ganze Gesicht, als er den Brief entgegennahm. Er ging zurück ans Fenster, öffnete den Brief und begann zu lesen. Doch schon nach wenigen Zeilen begriff er, dass der Brief nicht von Tessa, sondern von Jacopo kam. Allerdings war es die Schrift von Carmela, wie er sofort erkannte.

»Oh mein Gott! Nein!«, rief er entsetzt aus, während er weiterlas.

»Schlechte Nachrichten?«, fragte Cosimo.

Sandro ließ den Brief sinken und wandte sich um.

»Du bist ja bleich wie der Tod«, sagte Cosimo besorgt. »Was ist geschehen?«

»Der Brief ist von einem Freund. Tessa sitzt im Kerker!«, stieß Sandro mit zitternder Stimme hervor. »Lionetto Vasetti hat seine Frau ermordet und mit einer perfiden List Tessa das Verbrechen angehängt. Sie wäre schon längst hingerichtet worden, wenn sie nicht in anderen Umständen wäre. Sie trägt mein Kind unter dem Herzen! Und wenn sie es im Gefängnis zur Welt gebracht hat, wird man sie zum Galgen führen!«

Cosimo war im nächsten Moment bei ihm, nahm ihm den Brief aus der Hand und las ihn mit erst ungläubiger, dann mit bestürzter Miene. Schließlich legte er ihn beiseite und rieb sich die Stirn. »Von Vasetti war ja nichts anderes zu erwarten«, murmelte er. »Doch für dich, mein Freund, tut es mir sehr leid.«

»Ich muss sofort nach Florenz!«

»Das wirst du besser bleiben lassen!«, widersprach Cosimo. »Du bringst dich damit in Lebensgefahr! Muss ich dir erst in Erinnerung rufen, dass auf Verlassen des Verbannungsortes die Todesstrafe steht? Damit ist weder dir noch deiner Tessa geholfen. Zudem hat dein Freund in seinem Schreiben angedeutet, dass er eine Möglichkeit sieht, euer Kind zu retten.«

»Aber es steht nichts davon darin, dass er eine Möglichkeit sieht, Tessa vor der Hinrichtung zu bewahren!«, stieß Sandro hervor. »Bis zu ihrer Niederkunft sind es nur noch wenige Monate. Ich kann unmöglich hier in Venedig untätig herumsitzen und auf die Aufhebung der Verbannung hoffen!«

Er warf Cosimo einen verzweifelten Blick zu. Die Miene des Älteren zeigte nicht, was er dachte, und Sandro fühlte, wie ihm das Herz sank, während zugleich Trotz in ihm erwachte. Er wandte sich ab. Wenn Cosimo vorhatte, ihn jetzt vor die Wahl zu stellen, sich zwischen den Medici und Tessa zu entscheiden, er wüsste, wie sein Urteil ausfallen würde. Schon so oft hatte er sein Leben dem Dienst der Medici untergeordnet, aber diesmal, diesmal würde er die Liebe wählen! Ja, Sandro Fontana würde alles aufgeben, das er jemals erreicht hatte, wenn er nur Tessa und das Kind retten könnte!

Grimmig wandte er sich zu Cosimo um, doch der stand nicht mehr neben dem Schreibtisch. Er hatte die Tür geöffnet und sprach mit einem Diener. »Hol mir den Mönch, der im Kloster für seine Mitbrüder das Amt des Barbiers ausübt!«, trug er ihm auf. Dann drehte er sich zu Sandro um und nickte ihm zu. »Ich verstehe, was dich treibt, Sandro. Und ich wünsche dir Glück auf deiner Reise«, sagte er schlicht, bevor sich seine undurchdringliche Miene zu einem leichten Lächeln verzog. »Aber da ich, wie du ja sehr wohl weißt, mich niemals allein auf das Glück verlasse, gebe ich dir eine starke Eskorte bis zu einem meiner Landgüter in der Nähe von Florenz mit. Und eine gute Verkleidung kann auch nicht schaden, was meinst du?«

Sandro atmete tief durch und wollte gerade seinem Dienstherrn von ganzem Herzen danken, als Cosimo schon aus dem Zimmer eilte, um das Nötigste zu veranlassen. Sandro blieb mit offenem Mund zurück und fragte sich, wann wohl der Tag kommen würde, an dem Cosimo de' Medici ihn einmal nicht überraschen würde.

Jacopo fluchte leise vor sich hin, während er mit einem Reisigbesen Schmutz und Abfälle aus dem Schankraum zur Tür hinausfegte. Sein Gehilfe Tribaldo, der eigentlich diese Arbeiten zu erledigen hatte, hatte ihm am Morgen unerwartet den zugegebenermaßen schlecht bezahlten Dienst aufgekündigt und sich einer Gruppe von Fahrenden angeschlossen. Und die beiden Frauen, die ihm die Küche im Lombrico führten und die Gäste bedienten, hatten Wichtigeres zu tun, als zum Besen zu greifen. Bald würde die Sonne untergehen und dann würden die Arbeiter von den zahllosen Bauplätzen und aus den Läden, Werkstätten und Tuchmanufakturen in die Schenke strömen, um möglichst schnell den ersten Becher Wein durch ihre durstigen Kehlen fließen zu lassen.

Jacopo wollte gerade wieder zurück in den Gastraum gehen, als sich ihm ein Mönch in einer schmutzstarrenden, abgewetzten braunen Kutte näherte. Er hielt eine Bettelschale in der Hand. Trotz des warmen Wetters hatte er die Kapuze tief über das Gesicht gezogen.

»Bleib erst gar nicht stehen und spar dir deinen frommen

Spruch, Kuttenträger!«, rief Jacopo dem Bettelmönch zu. Er war nicht in der Stimmung, Almosen zu verteilen. »Versuch es zur Abwechslung mal mit ehrlicher Arbeit!«

Der Mönch blieb dennoch vor ihm stehen. »Nichts anderes habe ich mein Lebtag lang getan, Jacopo«, sagte der Mann mit leiser Stimme und hob den Kopf.

»Himmel und Hölle!«, entfuhr es Jacopo, als er das rußverschmierte Gesicht unter der Kapuze erkannte. »Du hast es wirklich gewagt!«

»Hast du nach deinem Brief etwas anderes erwartet?«

Jacopo sah sich hastig um. »Los, geh durch die Seitengasse zur Hintertür. Ich warte dort auf dich. Der Allmächtige stehe dir bei, wenn einer dich in der Stadt erkennt!«

Wenig später huschte der Mönch durch die Hintertür ins Haus und folgte Jacopo über die Treppe hinauf ins obere Stockwerk. Erst dann schlug er die Kapuze zurück.

Jacopo grinste breit. »Du hast dir ja eine richtige Tonsur verpassen lassen!«

Sandro fuhr sich mit der Hand über seinen kahl geschorenen Schädel, den nur noch ein schmaler Haarkranz umgab. »Das wächst wieder nach. Um als Mönch durchzugehen, blieb mir gar nichts anderes übrig, als mich unter das Messer eines Barbiers zu begeben«, sagte er. »Aber genug von mir. Sag mir lieber, wie es Tessa geht. Was können wir tun?«

»Nun mal langsam.« Jacopo drückte Sandro auf einen Stuhl. »Hol erst mal Atem und lass mich für einen Krug von meinem Besten sorgen! Dann erzähle ich dir alles.«

»Beeil dich!«, drängte Sandro. »Ich bin schon ganz krank vor Sorge und Angst um Tessa und unser Kind. Schon fast ein halbes Jahr lang ist sie eingekerkert und hat den Tod vor Augen und ich bin im fernen Venedig, ohne zu ahnen, welche Qualen sie erleiden muss. Wie konntet ihr mich nur so lange im Ungewissen lassen?«

»Wir hatten gute Gründe, dir nichts zu verraten. Carmela hat Tessa hoch und heilig schwören müssen, dass du nichts davon erfahren sollst. Und ich musste es Carmela versprechen«, verteidigte Jacopo sich. »Tessa wollte auf keinen Fall, dass du ihretwegen Venedig verlässt und dich damit in tödliche Gefahr begibst. Außerdem: Was hättest du schon ausrichten können?«

Sandro zuckte hilflos mit den Achseln. Auf dem tagelangen Ritt nach Cafaggiolo, als er den Männern seiner Eskorte kaum genug Zeit zum Schlafen gelassen hatte, war ihm dieselbe Frage immer wieder durch den Kopf gegangen. Aber was er in Gedanken an möglichen Schritten zu Tessas Rettung durchgespielt hatte, hatte er stets als undurchführbar verwerfen müssen. »Was ist geschehen, dass sich Tessa nun anders besonnen hat?«

Jacopo schüttelte den Kopf. »Tessa weiß nichts von dem Brief. Carmela und ich haben beschlossen, unseren Schwur zu brechen und damit unsere makellose Ehre zu beschmutzen«, sagte er mit einem spöttischen Grinsen. »Aber das erzähle ich dir gleich. Jetzt hole ich uns erst mal einen Krug Wein. Ich schätze, wir haben eine lange Nacht vor uns.«

Unruhig ging Sandro in dem kleinen Zimmer auf und ab und wartete auf die Rückkehr des Freundes. Allmählich brach der Abend herein. Laute Stimmen drangen aus den Gassen zu ihm herauf. Die Menschen dort unten lachten und scherzten und freuten sich auf die geruhsamen Nachtstunden. Wie er sie um dieses unschuldige Glück beneidete! Gleichzeitig ballte er seine Fäuste, wenn er sich vorstellte, dass Tessa ganz in der Nähe in einem finsteren Kerker saß und vielleicht gar nicht wusste, dass es Abend war.

Wo Jacopo nur blieb? Ungeduldig sah Sandro zur Tür und endlich öffnete sie sich.

Wenig später saßen sie vor gefüllten Bechern beisammen.

»Als Erstes müssen wir alle Möglichkeiten durchgehen, wie wir Tessa aus dem Kerker herausholen können«, schlug Sandro vor. »Egal, wie abwegig sie uns erscheinen.«

Jacopo verzog das Gesicht. »Abwegig ist gut! Wenn du Wunder erwartest, bist du besser damit beraten, in die Kirche zu gehen und alle Heiligen um Beistand anzuflehen, deine Tessa kraft göttlichen Eingreifens aus dem Gefängnis zu holen«, antwortete er verdrossen. »Das Kind ist das eine – aber Tessa . . .« Er brach ab und drehte verlegen den Becher in der Hand.

»Was meinst du damit?«, fragte Sandro lauernd.

»Nun, Lionetto Vasetti gehört zwar nicht länger zu den Prioren, aber er ist immer noch ein verteufelt mächtiger Mann in der Stadt. Deshalb wird es uns nicht gelingen, den Kerkermeister Vicenzo Moravi oder irgendeinen seiner Wärter zu bestechen, damit wir Tessa heimlich an ihnen vorbei aus dem Kerker bringen können.«

»Auch nicht, wenn ihnen das ein hübsches Vermögen einbringt? Ser Cosimo hat mir reichlich Goldstücke mit auf die Reise gegeben«, sagte Sandro, griff unter die Kutte und brachte drei zum Bersten gefüllte Geldbörsen zum Vorschein. Er ließ sie auf die Tischplatte fallen. »Das sind dreihundert Goldflorin, Jacopo!«

Jacopo schüttelte den Kopf. »Keiner von denen wird seinen Kopf dafür riskieren, auch nicht für das Doppelte, glaub mir. Ich habe Zeit genug gehabt, Erkundigungen über Vicenzo Moravi einzuziehen. Der Kerl ist ein Spieler und ein lausiger dazu, der sich immer wieder in Geldnöte bringt, aber ob uns das was nützt? Ich fürchte, der hat viel zu viel Angst, sich auf so einen Handel einzulassen. Wenn das Ganze schiefgeht, kostet es ihn den Kopf und dann hat er nichts mehr von seinem vielen Geld.«

Sandro schlug mit der Faust auf den Tisch. »Aber wir müssen etwas unternehmen!«, rief er aus.

Jacopo blieb ruhig. »Auch wenn wir Tessa nicht helfen können, so gibt es doch eine Möglichkeit, euer Kind herauszuholen und es davor zu bewahren, dass dieser Vasetti es irgendwo auf einem Sklavenmarkt verschwinden lassen kann.«

»Und wie soll das geschehen, wenn doch Kerkermeister und Wärter angeblich gegen Bestechung gefeit sind?«, wollte Sandro wissen, im Wechselbad von bitterem Schmerz,

Tessa nicht befreien zu können, und süßer Hoffnung, zumindest ihr Kind zu retten.

»Carmela hat mir von der Hebamme berichtet, die im Dienst des Gefängnisses steht und die stets gerufen wird, wenn bei einer Gefangenen die Zeit der Niederkunft gekommen ist«, erklärte Jacopo. »Ihr Name ist Piera Tossa. Sie ist ein schon recht altes und kauziges Weib, das wahrlich nicht den besten Ruf als Hebamme hat und das ich, wenn ich eine Frau hätte, bei der Geburt meines Kindes nicht einmal in die Nähe lassen würde. Außerdem säuft sie und hat nie genug Geld. Deshalb haust sie auch in einem beinahe genauso schäbigen Loch wie Tessa. Aber in diesem Fall kommt uns das zugute, denn für zwanzig Florin ist sie bereit, das Neugeborene aus dem Kerker zu schmuggeln.«

»Aber das Kind wird womöglich schreien. Wie zum Teufel soll sie es unbemerkt aus dem Kerker schmuggeln?«, wandte Sandro ein. »Außerdem wird sofort herauskommen, dass das Kind verschwunden ist. Und wenn die Hebamme nicht sofort damit herausrückt, wo das Kind geblieben ist, wird man sie auf die Folterbank binden und es aus ihr herauspressen. Dann rollt nicht nur ihr Kopf, sondern auch der von uns allen!«

Die Hasenscharte über der Oberlippe zog sich weit auseinander, als sich ein breites Grinsen auf Jacopos Gesicht legte. »Du hast recht. Nur ein hirnloser Trottel würde sich auf so einen tödlichen Schwachsinn einlassen!«, pflichtete er Sandro vergnügt bei. »Aber zu dieser Sorte Trottel gehöre ich nicht, wie du eigentlich nur zu gut wissen solltest. Niemand wird uns auf die Spur kommen, denn das Kind wird erst gar nicht aus dem Gefängnis verschwinden – jedenfalls werden alle das glauben.«

In den Wochen bis zu Tessas Niederkunft führte Sandro das Leben eines Gefangenen und wie ein Gefangener fühlte er sich auch. Das Warten auf den Tag, an dem sie ihren Plan ausführen würden, und die quälende Ungewissheit, ob er auch gelingen würde, zerrten an seinen Nerven.

Nur bei Nacht, wenn die Schenke schon längst geschlossen hatte, verließ er heimlich das Haus und streifte in seiner Verkleidung als Bettelmönch stundenlang ziellos durch die Gassen. Stets war er darauf bedacht, dass niemand ihn sah, wenn er aus dem Haus ging oder wenn er zurückkehrte. Weder bei den Bediensteten noch bei den Zechkumpanen aus dem Viertel durfte auch nur der leiseste Verdacht aufkommen, Jacopo würde einen Fremden versteckt halten, denn dann war nicht nur ihr Plan, sondern das Leben aller in Gefahr, die daran beteiligt waren.

Hinzu kam, dass die politische Lage inzwischen überaus brisant geworden war. Florenz lag wieder einmal im Krieg mit Mailand. Es war ein Krieg, den sich die bankrotte Stadt absolut nicht leisten konnte. Gerade erst hatte eine viel zu schwache Florentiner Söldnertruppe bei Imola eine vernichtende Niederlage erlitten. Die Steuerlast, die dem Volk abgepresst wurde, damit dieser unselige Feldzug weitergeführt werden konnte, war erdrückend und schon riefen viele unverhohlen nach Cosimo de' Medici. Er solle zurückkehren und die Stadt aus ihrer misslichen Lage befreien. Nur ihm traute die Bevölkerung noch zu, dank seines diplomatischen Geschicks und seinen mit Gold gefüllten Truhen einen Frieden mit Mailand zu erzwingen.

All das erfuhr Sandro von Jacopo und so hörte er auch von dem Gerücht, dass Rinaldo degli Albizzi im Gegenzug bei einem geheimen Treffen mit einflussreichen Adeligen angeblich vorgeschlagen hatte, ein Bündnis mit all denen einzugehen, denen man die Bürgerrechte entzogen hatte. Er wollte mit aller Gewalt seine Macht verteidigen und verhindern, dass die Medici und ihre Gefolgsleute wieder die Oberhand in der Stadt gewannen. Aber wie es hieß, war die Mehrheit vor diesem Schritt zurückgeschreckt. Rinaldo habe ihnen daraufhin vorgeworfen, sie würden ihm in den Rücken fallen, weil sie sich von Cosimo de' Medici hätten kaufen lassen, womit er nicht ganz falsch lag, wie Sandro mit einem bitteren Grinsen vermutete.

Was dem verzweifelten Ringen der Albizzi mit den immer stärker werdenden Gegnern einen weiteren Schlag versetzte, nahm seinen Anfang im fernen Rom. Dort entbrannte zwischen Papst Eugenius IV. und den Verbündeten seines Vorgängers ein Krieg, in dessen Verlauf Eugenius eine Kirchenprovinz nach der anderen verlor. Schließlich brach in Rom ein Aufstand gegen den Papst aus und er sah sich zur Flucht gezwungen. Über Ostia gelangte er nach Florenz, wo der Pontifex maximus Aufnahme im Kloster Santa Maria Novella fand und seine Kurie dorthin verlegte. Das schwächte die auch so schon wankende Stellung der Albizzi. Denn obwohl Eugenius sich hütete, offen Partei zu ergreifen, war doch jedem bekannt, dass er und seine reiche Kaufmannsfamilie zu den wichtigen Kunden der Medici gehörten.

Die Zeit der Albizzi näherte sich ihrem Ende, so unaufhaltsam, wie die feinen Körnchen durch eine Sanduhr rannen, und ähnlich unaufhaltsam näherte sich auch die Stunde von Tessas Niederkunft.

15

Kopfschüttelnd warf Sandro die Karten auf den Tisch und kratzte sich durch den Vollbart, den er sich in den vergangenen Wochen hatte wachsen lassen. »Das geht nicht mit rechten Dingen zu!«, grollte er, während Jacopo die Silbermünzen einstrich, die er soeben gewonnen hatte. Von unten aus dem Schankraum drangen Gelächter und Stimmengewirr der nächtlichen Zecher zu ihnen herauf. »Bist du sicher, dass du nicht mit gezinkten Karten spielst?«

Jacopo grinste. »Bei meiner Gaunerehre, das Kartenspiel ist sauber! Du bist nur nicht richtig bei der Sache. Du musst dir die Karten merken, die schon gefallen sind.«

»Wie soll ich mich gegen einen so gewieften Spieler wie dich behaupten können, wenn ich immer nur an Tessa denken muss?«, brummte Sandro. »Jeden Augenblick kann die Nachricht von der Hebamme kommen, dass die Wehen einsetzen.« Mittlerweile war es Juni geworden, der Monat, in dem das Kind zur Welt kommen musste.

Jacopo zuckte mit den Achseln. »Es bringt nichts, sich den Kopf zu zermartern, wann es endlich losgeht und was alles schiefgehen könnte. Wir haben unseren Plan immer und immer wieder durchgesprochen und alles vorbereitet. Wobei ich immer noch dagegen bin, dass du dich mit ins Gefängnis wagen willst.«

Energisch schüttelte Sandro den Kopf. »Nein, ich komme mit, Jacopo. Ich muss sie wiedersehen. Wer weiß, ob es nicht . . .« Er brach ab, denn er vermochte den entsetzlichen Gedanken nicht auszusprechen.

». . . das letzte Mal ist. Nun ja, das mag sein«, gab Jacopo zu. »Ich will dir auch gar keine falschen Hoffnungen machen. Wie man es dreht und wendet, wir haben bislang keinen Ausweg gefunden. Aber das Leben hat mich gelehrt, dass . . .«

Er kam nicht dazu, ihm zu sagen, was ihn sein Leben gelehrt hatte. Denn in dem Moment hörten sie das Knarren von Dielenbrettern.

Sofort sprang Sandro auf und zog sich in die angrenzende Kammer zurück, wo Jacopos Bett stand.

Während Jacopo noch Karten und Münzen auf dem Tisch zusammenraffte und in seiner Tasche verschwinden ließ, klopfte es auch schon an der Tür.

»Wer ist da?«

Eine Mädchenstimme antwortete. »Die Hebamme Piera Tossa schickt mich. Ich soll Euch ausrichten, dass man sie ins Gefängnis gerufen hat und dass Ihr Euch beeilen müsst!«

»Warte!«, rief Jacopo zurück, ging zur Tür, öffnete sie und drückte dem abgerissen aussehenden Mädchen ein paar Piccioli in die Hand. »Sag der Hebamme, dass ich gleich komme und dass sie am vereinbarten Ort auf mich warten soll. Und die Münzen behältst du für dich, verstanden? Und nun lauf!«

»Ich danke Euch!« Das Mädchen strahlte ihn überglücklich an, ballte die kleine Faust um die Piccioli und lief flink die Treppe hinunter.

Jacopo schloss die Tür und zog eine armlange und beinahe kniehohe Holzkiste mit gebogenem Deckel unter dem Waschtisch hervor. »Beeil dich, Sandro! Wir haben keine Zeit zu verlieren!«, rief er.

»Ich bin gleich bereit!«, kam es zurück. Wenige Augenblicke später öffnete sich die Tür. Sandro hatte Hose und Hemd, die er während seiner freiwilligen Gefangenschaft in Jacopos Räumen getragen hatte, gegen die schwarze Kutte eines Benediktinermönches eingetauscht. Er knotete sich den doppelten weißen Strick um die Hüften, befestigte einen Rosenkranz mit einem vergoldeten Kruzifix daran und setzte sich eine falsche Brille auf, deren runde Gläser von Eisenringen gehalten und auf der Nasenwurzel durch ein Lederband verbunden waren. Zuletzt schob er sich noch zwei flache Kieselsteine rechts und links in den Mund.

Jacopo bedachte Sandro mit einem breiten Grinsen. »Verdammt, ich bin fast versucht, vor Euch auf die Knie zu fallen und Euch zu bitten, mir die Beichte abzunehmen, Hochwürden!«, spottete er. »Du siehst wirklich wie ein gelehrter Pater aus. Und der dichte Bart bildet einen prächtigen Kontrast zu deiner aufgefrischten Tonsur.«

Sandro verzog das Gesicht. »Du hast mir den Schädel

ganz schön malträtiert! Und dabei dachte ich, du wüsstest mit einem scharfen Messer umzugehen.« Seine Stimme klang genauso undeutlich wie damals, als er zusammen mit Averardo diesem Scalessi eine blutige Lehre erteilt hatte.

Jacopo winkte ab. »Aber nicht, wenn ich darauf achten muss, niemanden zu verletzen. Dafür ist ein scharfes Messer schließlich nicht da, oder? Und nun los, Pater Ambrosius!«

Sie packten die Holzkiste an den beiden ledernen Trageschlaufen und schlichen die Treppe hinunter und durch die Hintertür aus dem Haus. In der Gasse wuchtete Jacopo sich die Kiste auf die Schulter und humpelte voran. Sandro hielt zwei Schritte Abstand und griff zum Rosenkranz. Er gab sich jedoch nicht nur den Anschein eines frommen Mönches, der jede Gelegenheit zum Beten nutzte, sondern er betete tatsächlich, während ihm die glatten Perlen durch die Finger glitten, und zwar mit einer Inbrunst, wie er es noch nie zuvor getan hatte.

Hinter der Piazza della Signoria, nur wenige Straßenzüge vom Gefängnis entfernt, trafen sie in einer stillen Seitengasse auf die Hebamme. Sandro bekam sie heute zum ersten Mal zu Gesicht.

Piera Tossa war klein und rundlich wie ein Fass. Strohiges, zerzaustes Haar hing ihr bis auf die krummen Schultern herab und ihr aufgedunsenes Gesicht wies deutliche Spuren eines trinkfreudigen Lebens auf. Ein dünner schwarzer Bart bedeckte ihre Oberlippe und auch aus der Nase wucherten Haare.

»Wo ist das Geld?«, fragte sie barsch.

Jacopo holte einen Beutel hervor. »Den Rest bekommst du, wie wir abgemacht haben, wenn wir mit dem Kind aus dem Gefängnis heraus sind.«

»Versucht bloß nicht, mich zu bescheißen!«, zischte die Alte warnend und grapschte nach dem Beutel. Sie wog ihn in der Hand und befingerte die Münzen durch den Stoff hindurch, ob es sich dabei auch wirklich um Goldflorin handelte.

»Hexe!«, murmelte Sandro.

Die Hebamme warf ihm einen grimmigen Blick zu und ließ den Geldbeutel in den Falten ihres geflickten Kleides verschwinden. »Hast du alles, was ich brauche?«

Jacopo nickte. »Ich habe besorgt, was du mir aufgetragen hast.« Er klopfte an die Kiste.

Piera Tossa gab ein Grunzen von sich. »Hört zu, das Quatschen mit den Wärtern überlasst ihr gefälligst mir, verstanden? Ich kenne die Burschen und die kennen mich. Wenn ihr das Maul haltet und mir nicht dazwischenpfuscht, wird nichts schiefgehen. Auf Piera Tossa ist Verlass! Ist das klar?«

Jacopo grinste. »Klar wie der helle Sonnenschein.«

Sandro begnügte sich mit einem Nicken.

Mit pochendem Herzen und einem elend flauen Gefühl im Magen folgte Sandro seinem Freund und der Hebamme. Als das Gefängnis wie ein schwarzer Riese vor ihnen in den nächtlichen Himmel wuchs, spürte er, wie sich ein eiserner Ring um seine Brust legte und ihm das Atmen schwer machte. Gleich würde sich entscheiden, ob seine Tarnung hielt und die Wachen und Wärter ihn wirklich für einen Pater hielten!

Als sie den Tordurchgang zum Innenhof des Gefängnisses erreichten, traten ihnen sogleich zwei Soldaten entgegen. Der eine verlangte nach einem Passierschein.

»Tod und Teufel! Du Dummkopf bist wohl neu hier, wenn du nicht weißt, wer ich bin und dass ich keinen verfluchten Passierschein brauche!«, herrschte Piera Tossa ihn an. Dann richtete sie das Wort an die andere Wache. »Maffeo, sag deinem Kameraden, dass er mich nicht länger mit diesem Blödsinn aufhalten soll. Ich darf jederzeit rein mit meinem Gehilfen und dem Pfaffen. Dass das Weibsstück aber auch ausgerechnet mitten in der Nacht niederkommen muss! Kann man denn nicht ein Mal seine verdiente Ruhe haben?«

»Nun reg dich nicht gleich so auf, Alte!«, sagte die andere Wache grinsend und nickte seinem Kameraden zu. »Das hat alles seine Richtigkeit. Das ist Piera Tossa, unsere Hebamme. Die hat immer freien Zugang zu den Kerkergewölben.«

Der andere brummte eine mürrische Erwiderung.

Maffeo wandte sich an die Hebamme. »Seit wann hast du denn einen Gehilfen? Den hab ich ja noch nie hier gesehen.«

»Bestimmt nicht, weil ich von euch Halsabschneidern so gut bezahlt werde!«, blaffte Piera Tossa. »Aber allmählich werde ich zu alt für dieses mies bezahlte Geschäft. Meine Knochen tun weh und ich kann meine Gerätschaften nicht mehr allein tragen.«

»Und der da?« Maffeo deutete mit dem Kopf auf Sandro.

Die Hebamme spuckte aus. »Was kann so einer denn schon im Gefängnis wollen? Das elende Weibsstück, das da zu guter Letzt noch einen Balg zur Welt bringt, scheint das Höllenfeuer mehr zu fürchten als den Strick und will die Beichte ablegen.« Sie neigte sich den Wachen zu. »Ob das noch was hilft bei der, darauf würde ich nicht einen lausigen Furz wetten.«

Die Wachen lachten und ließen sie passieren.

Sandro tat sein Bestes, um den Wachen würdevoll zuzunicken, als er an ihnen vorüberging. Dann atmete er tief durch. Die erste Hürde hatten sie erfolgreich genommen. Aber noch lag die zweite vor ihnen und die würde vielleicht nicht so leicht zu bewältigen sein.

Vor der Wachstube trafen sie auf zwei ältere Wärter namens Nofrio und Giacomo, mit denen die Hebamme jedoch glücklicherweise auf gutem Fuß stand. Auch sie zeigten sich verwundert, dass Piera Tossa diesmal in Begleitung eines Gehilfen und eines Paters erschien. Aber genauso wenig wie ihre Kameraden schöpften sie Verdacht, als die Hebamme ihnen auf ihre ruppige Art erklärte, was es mit Jacopo und dem Mönch auf sich hatte. Doch ohne einen Blick in die Holzkiste wollten die Wärter sie nicht durchlassen.

»Verdammt, was soll ich denn darin versteckt haben, Giacomo? Vielleicht den Heiligen Geist?«, maulte die Hebamme. »Da sind nur die Gerätschaften drin, die ich für eine Geburt brauche, falls der Balg nicht von selbst herausflutscht.«

»Eine Flasche hast du ganz sicher auch da drin!«, spottete

Giacomo. »Los, mach endlich die Kiste auf! Vorschrift ist Vorschrift, da gibt es keine Ausnahme, auch nicht bei dir, Piera.«

»Mir soll's egal sein, wenn eure Giftmischerin in der Zwischenzeit ihr Kind kriegt und dabei verblutet. Wär vielleicht gar nicht so schlecht, dann könnte ich nämlich gleich wieder zurück in mein warmes Bett«, knurrte die Hebamme verdrossen und stieß Jacopo an. »Worauf wartest du denn noch, du Schlafmütze? Hast du nicht gehört, dass du die Kiste aufmachen sollst?«

Wortlos setzte Jacopo die Kiste ab und hob den Deckel.

Giacomo beugte sich vor und wühlte in dem Durcheinander aus gebogenen Eisenstäben, unterarmlangen Zangen mit löffelartigen Enden, nierenförmigen Schalen, hölzernen Tiegeln und Dosen und alten, aber sauberen Tüchern herum. Auf der einen Schmalseite der Kiste ragten die Hälse von zwei verkorkten Weinflaschen hervor.

Sandro hielt den Atem an. Jetzt durfte nichts schiefgehen.

»Ha! Wusste ich es doch!«, sagte Giacomo vergnügt, nahm eine der Flaschen an sich und sagte spöttisch zu Nofrio: »Ich denke, die halten wir besser hier unter Verschluss, damit Piera nicht im Suff die Geburt verschläft!«

»Gute Idee«, pflichtete Nofrio ihm grinsend bei.

Die Hebamme schlug fluchend den Deckel zu. »Ihr verdammten Blutsauger! Ihr könnt froh sein, dass ich ein so weiches Herz habe und eure gemeine Schurkerei nicht dem Kerkermeister melde! Denn ich weiß jetzt schon, dass ich die Flasche nachher leer zurückkriege!«

»Du und ein weiches Herz! Dass ich nicht lache! So dumm wirst du nicht sein, uns bei Vicenzo zu verpfeifen. Wenn du das tust, hast du hier im Gefängnis zum letzten Mal eine Geburt verpfuscht!«, sagte Giacomo warnend und rief dann über die Schulter: »He, Bartolo! Komm und schnapp dir den Schlüsselbund! Du hast die Ehre, die feine Gesellschaft nach unten zur Giftmörderin zu bringen!«

Ein hagerer, einfältig dreinblickender junger Mann kam mit einem dicken Schlüsselbund und zwei Laternen aus der Wachstube. »Aber lasst mir was übrig«, sagte er und leckte sich über die Lippen, als er die Weinflaschen entdeckte.

»Wirst schon deinen Anteil kriegen«, sagte Giacomo und ging mit Nofrio zurück in die Wachstube.

Auf dem Weg hinunter in die tiefen Gewölbe musste Bartolo mehr als ein halbes Dutzend Gittertüren aufschließen und hinter ihnen wieder verriegeln. Ein stechender Gestank drang ihnen entgegen, während sie dem Wärter durch lange Gänge und über mehrere Treppen folgten. Sie kamen an schier endlosen Reihen von Zellen vorbei und der flüchtige Schein der beiden Laternen, die Bartolo bei sich trug, glitt über ausgemergelte, vom Tod gezeichnete Gesichter. Ein schauerlicher Chor aus leisem Beten, schmerzerfülltem Stöhnen und Fluchen und herzzerreißendem Weinen drang aus den Verliesen.

Sandro kämpfte gegen Übelkeit an, die unweigerlich in ihm hochstieg, genauso wie die Erinnerung an die kurze Zeit, in der er selbst eingekerkert war. Er hatte die Schrecken des

Kerkers nicht einmal einen Tag lang ertragen müssen und mochte sich nicht vorstellen, was Tessa in den langen Monaten durchlitten haben musste.

Schließlich erreichten sie das Ende eines schmalen Ganges. Nur noch eine Zelle lag vor ihnen. Ein leises Stöhnen, unterbrochen von einem stoßartigen Atmen, drang zu ihnen.

Sandros Herz krampfte sich zusammen.

Bartolo gab Piera eine der Laternen und schloss die Tür der Zelle auf. »Hier ist die Hebamme mit ihrem Gehilfen«, verkündete er. »Und der Geistliche, der dir die Beichte abnehmen will, ist auch da.«

»Bring mir einen Eimer mit heißem Wasser«, trug die Hebamme ihm auf. »Aber lass dir Zeit. Es wird noch dauern. Dann kannst du auch gleich den Pfaffen wieder nach oben bringen.«

»Sonst noch was?«, fragte der Wärter verdrossen.

Sandro schluckte. Warum ging der Mann nicht endlich! Wie lange musste er denn noch warten, bis er Tessa in die Arme schließen konnte?

»Lass uns allein, damit wir mit unserer Arbeit beginnen können!«, blaffte Piera Tossa und endlich schlurfte Bartolo von dannen.

Während Piera und Jacopo in die Zelle eilten, verharrte Sandro im Gang und wartete angespannt darauf, dass der Wärter verschwand. Vorsichtig nahm er die beiden Kieselsteine aus dem Mund und steckte sie in die Tasche seiner

Kutte. Erst als er hörte, wie auch die übernächste Gittertür zuschlug und abgeschlossen wurde, wagte er, in die Zelle und in das Licht der Laterne zu treten.

Erschrocken blieb er stehen, als sein Blick auf Tessa fiel. Sie lag auf der Seite, die Hände gegen den aufgeblähten Leib gepresst. Ihr Gesicht war abgemagert, die Haut ganz blass und die dunklen Augen, die er so liebte, stumpf vor Schmerz.

Fragend musterte ihn ihr Blick, doch trotz seiner Verkleidung und dem Bart brauchte sie nicht mehr als einen Atemzug, um zu begreifen, wer da zu ihr gekommen war.

»Sandro!«

»Tessa!«

Rasch kniete er sich neben sie und zog sie vorsichtig in seine Arme.

»Tessa . . . meine arme Tessa!«, murmelte er immer wieder unter Tränen. »Was haben sie dir angetan?« Behutsam wiegte er sie hin und her.

Sie strich über seinen kahlen Kopf. »Mein Sandro«, murmelte sie leise, ohne auf seine Fragen einzugehen. »Wo sind deine schönen Locken geblieben?«, fragte sie. Doch ihr leichtes Lächeln gefror zur Maske, als eine neue Wehe die beiden mit Macht in die schreckliche Wirklichkeit des Kerkers zurückdrängte. Tessa schrie auf und presste die Hände auf den Bauch.

»Geh zur Seite!«, sagte die Hebamme und stieß Sandro grob weg. »Ich muss sehen, wie weit sie schon ist.«

Während sie sich über Tessa beugte, hielt Sandro die

Hand seiner Geliebten und weihte sie flüsternd in den Plan ein, wie sie ihrer beider Kind aus dem Gefängnis schmuggeln wollten.

»Das ist mehr, als ich erhoffen durfte«, stieß Tessa unter Tränen hervor. Ihre Hand klammerte sich in Sandros, der ihr versuchte, Halt und Trost zu sein. »Jetzt kann ich Frieden mit meinem Schicksal schließen, weil ich weiß, dass unser Kind bei dir sein wird und Lionetto Vasetti es nicht an irgendeinen Fremden verkaufen kann.« Mit einem Schluchzen drehte sie den Kopf zur Seite. »Jacopo«, flüsterte sie. »Danke für alles. Danke, dass ich meinen geliebten Sandro noch einmal sehen darf.«

Sandro schnürte es die Kehle ein. »So darfst du nicht reden, Tessa!«, beschwor er sie. »Noch ist nicht alle Hoffnung verloren, dass wir auch dich hier herausholen können!«

»Wenn es ein Junge wird, soll er Jacopo heißen«, flüsterte Tessa unter Schmerzen.

Jacopo, der hinter der Kiste hockte, schluckte hörbar. »Ein wahrhaft wohlklingender und ehrenhafter Name.«

»Und wenn es ein Mädchen wird, wollen wir sie auf den Namen Carmela taufen lassen«, sagte Sandro.

Tessa lächelte. »Ich hatte keinen anderen im Sinn.«

Sandro beugte sich vor und tupfte ihr die Schweißperlen von ihrem blassen Gesicht.

»Habt ihr denn auch eine gute, verlässliche Amme gefunden?«, hauchte sie.

Jacopo nickte. »Eines von meinen ehemaligen Mädchen

hat geheiratet und vor zwei Wochen selbst ein Kind bekommen. Sie hat genug Milch für zwei«, beeilte er sich zu sagen.

»Und wenn ich unser Kind aus der Stadt in Sicherheit gebracht habe, wartet dort schon eine andere Amme«, fügte Sandro hinzu.

Tessa seufzte erleichtert, doch dann wurde ihr Körper von einer heftigen Wehe geschüttelt und ihre Finger gruben sich schmerzhaft in Sandros Arm.

Die kostbare Stunde, die sie sich von dem Wärter erkauft hatten, verstrich entsetzlich schnell. Viel zu früh, so kam es Sandro vor, zischte Jacopo ihm zu, dass Bartolo jeden Augenblick wieder auftauchen werde. Er könne schon den Schein der Laterne erkennen.

Es zerriss Sandro das Herz, als er von Tessa Abschied nehmen musste.

Statt dass er ihr Trost spendete, war nun sie es, die ihn tröstete und ihn aufforderte, dankbar und tapfer zu sein. Alles in ihm sträubte sich mit Macht dagegen, sie aus seinen Armen freizugeben und sie mit dem fürchterlichen Gedanken in dem finsteren Kerkerloch zurückzulassen, dass dieser letzte Kuss und diese letzte zärtliche Berührung ein Abschied für immer waren.

»Ich . . .«, begann er, doch dann brach er ab. Tränen rannen über seine Wangen und er schämte sich nicht dafür.

»Du musst jetzt stark sein, mein lieber Sandro«, sagte sie und strich ihm über das Haar. »Immer denke ich an unsere gemeinsamen Stunden. Das musst auch du tun. Niemand kann uns diese Erinnerung nehmen, nicht einmal, wenn es . . .«, sie stockte, ». . . zum Ende kommen sollte.« Sie wandte ihr Gesicht ab und flüsterte in die Dunkelheit. »Und wenn das naht, dann werde ich dein Gesicht sehen und du wirst bei mir sein in dieser bitteren Stunde.«

Sandro konnte nicht antworten. Er verschloss ihren Mund mit einem Kuss und hoffte, dass all sein Gefühle, all das, was er ihr noch hatte sagen sollen, in dieser letzten Berührung liegen würden.

Wie betäubt stieg Sandro wenig später mit Bartolo die Treppen hinauf. Er konnte keinen klaren Gedanken fassen und musste an sich halten, dass er nicht wieder anfing zu weinen.

»Die Mörderin scheint Euch ja was Entsetzliches gebeichtet zu haben, so mitgenommen, wie Ihr ausseht, Pater«, sagte der Wärter.

»Noch entsetzlicher, als du dir vorzustellen vermagst«, murmelte Sandro und griff mit zitternder Hand zum Kruzifix seines Rosenkranzes.

Das Kind kam am frühen Morgen zur Welt, als sich die Stadttore von Florenz öffneten. Nicht nur zu Tessas, sondern auch zu Jacopos großer Freude war es ein Junge. Er schrie laut und kräftig und ballte seine kleinen Fäuste, als wollte er dagegen protestieren, aus der wohligen Wärme und Sicherheit des Mutterleibes vertrieben zu werden.

Jacopo ließ es sich nicht nehmen, das kleine blutverschmierte Bündel Leben abzutrocknen und in ein frisches Tuch zu wickeln.

»Beeil dich!«, schnauzte die Hebamme ihn an. »Jetzt muss es schnell gehen, sonst ist alles umsonst gewesen. Her mit dem Laudanum, damit das Geschrei aufhört! Und mach die Kiste auf!«

Jacopo legte das Neugeborene behutsam in Tessas Arme, gab der Hebamme ein kleines Fläschchen und räumte hastig die Kiste leer. Dann machte er sich an der Bodenplatte zu schaffen und hob sie schließlich hoch. Darunter kam ein Versteck zum Vorschein. Darin lag, ganz in Tücher eingewickelt, ein kleines Bündel. Jacopo holte es heraus und legte es ins Stroh.

Tessa sah ihn fragend an. Noch war der Schmerz der Geburt in ihr schönes Gesicht gezeichnet, doch gleichzeitig lag ein tiefer Friede darin. Der Herrgott hatte ihr das gegeben, um das sie in all den finsteren Stunden hier im Kerker gebetet hatte: einen gesunden Sohn, der bei seinem Vater in Freiheit aufwachsen würde.

Sie wusste, dass ein Stück von ihr in dem kleinen Jacopo weiterleben würde, und das erfüllte sie mit unendlichem Glück.

Jacopo deutete auf das kleine Bündel. »Es ist auch ein Neugeborenes«, sagte er leise. »Aber es ist schon tot.«

Tessa bekreuzigte sich. Sie brachte es nicht übers Herz zu fragen, woher sie den leblosen Körper hatten. Sie wusste nur zu genau, wie viele Kinder tot auf die Welt kamen.

Die Hebamme hatte dem Säugling in der Zwischenzeit mithilfe eines Tuchzipfels einige Tropfen Laudanum eingeflößt, woraufhin das kräftige Gebrüll rasch verstummte.

»Du hast ihm doch hoffentlich nicht zu viel gegeben!« Tessa, die den kleinen Jacopo in ihren Armen hielt, spürte entsetzt, wie die winzigen Arme und Beine ihres Kindes immer schlaffer wurden.

Piera warf ihr einen giftigen Blick zu. »Ich weiß, wie man damit umgehen muss!«, erwiderte sie grob. »Und nun gib endlich das Kind her! Es muss in die Kiste, bevor einer der Wärter kommt. Hoffentlich haben die da oben das Geschrei nicht gehört. Denn dann werden sie uns das mit der Totgeburt nicht glauben.«

Tessa drückte ihren kleinen Sohn noch einmal an sich, zeichnete mit dem Daumen das Kreuz auf seine Stirn und reichte ihn endlich an Jacopo. Während die Hebamme das tote Kind aus den Tüchern wickelte und es mit Tessas Blut beschmierte, damit auch ja kein Verdacht aufkam, bettete er den kleinen Jacopo vorsichtig in den Hohlraum, legte den zweiten Boden darüber und räumte alle Gerätschaften wieder zurück in die Kiste. Dann verließ er die Zelle und rief nach dem Wärter, während Tessa sich zur Seite drehte und sich ihren Tränen hingab.

Sandro saß im Hof des Gefängnisses auf einer kalten Steinbank und ließ die Perlen des Rosenkranzes immer wieder durch seine Finger gleiten. Aber er betete nicht. Er fand keine Worte für seine innigsten Wünsche. Du musst jetzt stark sein, mein lieber Sandro. Tessas letzter Satz klang in ihm nach. Er wollte ja stark sein, er wollte es für sie tun, aber er konnte doch nicht einfach mit ansehen, dass das Schicksal seinen Lauf nahm. Aus diesem Holz war er nicht geschnitzt, noch nie hatte er aufgegeben, selbst wenn die Situation noch so ausweglos erschien.

»Wollt Ihr nicht ins Kloster zurückkehren?«, fragte ihn ein Wärter verwundert. »Schließlich ist Eure Arbeit getan.«

Sandro schüttelte den Kopf. Sicherheitshalber hatte er die Kieselsteine wieder in den Mund gesteckt. »Die Hebamme hat gesagt, dass es eine schwere Geburt wird, weil das Kind quer im Mutterleib liegt. Es kann gut sein, dass die Frau die Geburt nicht überlebt und der Herrgott ihre sündige Seele schon in dieser Nacht vor seinen Richterstuhl ruft«, sagte er mit ernster Miene. »Man will mich sofort rufen, damit sie nicht ohne die Sterbesakramente vor unseren Schöpfer treten muss, und auch ihr Kind soll noch den priesterlichen Segen bekommen, sollte auch ihm ein schneller Tod beschieden sein.«

»Ihr seid ein wahrhaft frommer Mann, der wohl auch das bösartigste seiner Schäfchen nicht verloren gibt, Pater«, erwiderte der Wärter. »Wollt Ihr nicht mit uns in die Wachstube kommen?«

Sandro schlug das Angebot freundlich aus. »Es betet sich besser in der Stille und unter freiem Himmel, mein Sohn«, sagte er so salbungsvoll, wie er vermochte.

Der andere Wärter lachte trocken auf. »Und hier draußen riecht es auch um einiges besser als bei uns. Also dann, lasst Euch nicht weiter stören. Und wenn es nicht zu viel verlangt ist, betet vielleicht auch einen Rosenkranz für uns.«

Sandro nickte, dann hatte er den Innenhof wieder für sich allein.

Als bei Tagesanbruch der Kerkermeister und die neue Wache ihren Dienst antraten, wandte sich Sandro ein wenig ab, um sein Gesicht vor ihnen zu verbergen. Doch keiner schenkte ihm Beachtung, die Männer verschwanden geradewegs im Gefängnis.

Schon bald begann ein geschäftiges Treiben im Innenhof. Ein Wagen mit hohen Seitenwänden, gezogen von einem kräftigen Pferd mit struppiger Mähne, rumpelte in den Hof. Kurz darauf tauchten Wärter auf und führten acht Gefangene, deren gefesselte Hände durch ein Seil miteinander verbunden waren, mit sich. Mit groben Stockschlägen trieben sie die Männer und Frauen vor sich her auf den Wagen. In der Tordurchfahrt warteten vier Wachen, die den Transport der Gefangenen offenbar begleiten sollten.

»Na los, beeilt euch!«, trieb Vicenzo Moravi die Gefangenen an. »Oder wollt ihr vielleicht die Richter warten lassen? Meint ihr, die haben heute nur über euch Diebes- und Betrügerpack zu Gericht zu sitzen?«

Sandro spähte verstohlen zu den Gefangenen hinüber und sein Inneres verkrampfte sich, als er sich vorstellte, wie man Tessa in wenigen Tagen auf den Wagen stieß und zum Gericht brachte, wo die Richter unweigerlich das Todesurteil über sie fällen würden.

Der Wagen mit den Gefangenen und Wachleuten hatte den Hof längst verlassen, da hörte Sandro plötzlich das wütende Gebrüll von Vicenzo Moravi.

»Ihr hirnlosen Rindviecher!«, schrie der Kerkermeister. »Wie könnt ihr tumben Kerle bloß übersehen, dass auch Nozzo Cannetti, dieser miese kleine Einbrecher, auf der Liste der Gefangenen steht, die das Gericht für heute vorgeladen hat! Luigi, Obizo! Holt euch den Kerl und seht zu, dass ihr ihn schleunigst zum Gericht bringt!«

Wenige Augenblicke später kamen zwei Wärter aus dem Gefängnis gestürmt. Sie zerrten einen schlaksigen, kaum zwanzig Jahre alten Mann zwischen sich her und zu dritt verschwanden sie durch das Tor.

Sandro, der das Ganze mit wenig Interesse beobachtet

hatte, spürte plötzlich, wie ein Blitz ihn durchzuckte. Was wäre, wenn er . . .?

Er musste sich zwingen, nicht aus der Rolle zu fallen und aufzuspringen, so erregt war er über seinen Einfall.

Der Rosenkranz glitt achtlos aus seinen Händen, als er auf den Eingang starrte, als könne er Jacopo zwingen, dort aufzutauchen. Und tatsächlich – wenig später kamen die Hebamme und Jacopo ins Freie. Jacopo trug die Holzkiste auf den Schultern, die Kapuze seines Umhangs hatte er weit nach vorn über das Gesicht gezogen.

Während Piera Tossa beim Kerkermeister stehen blieb und ein paar Worte mit ihm wechselte, huschte Jacopo schnell und mit abgewandtem Gesicht an ihm vorbei. Dann gab er Sandro das verabredete Zeichen, dass Tessa die Geburt gut überstanden hatte und dass das Kind gesund und sicher im Hohlraum der Kiste lag.

»Ihr könnt nun gehen, Pater!«, rief Jacopo ihm so laut zu, dass der Kerkermeister es hören konnte. »Für Euch gibt es nichts mehr zu tun. Das Kind ist schon tot auf die Welt gekommen. Aber die Mutters hat's überlebt.«

Sandro nickte nur und verließ gemessenen Schrittes den Hof. Hinter der nächsten Straßenecke blieb er stehen, nahm die Kieselsteine wieder aus dem Mund und wartete auf Jacopo und die Hebamme. Ein letzter Geldbeutel wechselte den Besitzer, dann trennten sich ihre Wege. Piera Tossa hielt auf die erstbeste Schenke zu, die zu dieser frühen Morgenstunde schon geöffnet hatte.

»Du hast einen Sohn«, raunte Jacopo Sandro zu. »Ein stattliches rosiges Kerlchen. Zum Glück hat er gar keine Ähnlichkeit mit mir.«

Bewegt drückte Sandro den Arm seines Freundes, dann strich seine Hand über die Holzkiste, in deren Versteck sein Sohn Jacopo in tiefem Laudanumschlaf lag.

»War es schlimm für Tessa? Wie geht es ihr?«

»Eine leichte Geburt war es sicherlich nicht, obwohl ich von solchen Frauensachen nicht viel verstehe. Aber auch die alte Vettel meint, dass Tessa sich gut gehalten hat. Sie hat nicht allzu viel Blut verloren«, beruhigte Jacopo ihn. »Aber jetzt müssen wir uns beeilen, damit dein Sohn so schnell wie möglich zur Amme kommt. Ich weiß nicht, wie lange die betäubende Wirkung hält, die Piera Tossa dem kleinen Jacopo verpasst hat.«

Eiligen Schrittes machten sie sich auf den Rückweg nach Santo Spirito. Sicherheitshalber ging Sandro nicht mit in das Haus der Amme, sondern überließ es Jacopo, ihr seinen kleinen Sohn zu bringen und ihr den reichlich bemessenen Lohn für ihre Dienste auszuhändigen. Erst dann zog er Jacopo beiseite. »Als ich dort draußen auf euch gewartet habe, da ist mir eine Idee gekommen«, sagte er aufgeregt.

Jacopo musterte ihn mitleidig. »Wenn du meinst, dass wir Tessa . . .«

Sandro unterbrach ihn rüde. »Hör mich erst einmal an, bevor du dir ein Urteil erlaubst. Also, wie viel Zeit bleibt uns noch?«

Jacopo wiegte den Kopf hin und her. »Das Kind ist da, also wird es nicht mehr lange dauern, bis man Tessa vor den Richter führt. Soweit ich weiß, gesteht man Wöchnerinnen nur ein paar Tage Erholung zu. Höchstens eine Woche.«

»Umso schneller müssen wir handeln!«, drängte Sandro.

Jacopo verdrehte die Augen. »Also gut, dann schieß mal los!«

17

Die Runde der Spieler hatte sich aufgelöst. Nur Vicenzo Moravi saß im Hinterzimmer des Lombrico noch an dem Tisch, an dem er in den letzten Stunden fast einen halben Jahreslohn verloren hatte. Den Löwenanteil schuldete er einem bulligen Kerl namens Fabio. Aber auch bei diesem zwergenhaften Besitzer der Schenke stand er mit anderthalb Florin in der Kreide.

Fassungslos starrte er in seinen Becher und fragte sich, wie er es bloß hatte so weit kommen lassen. Welcher Teufel hatte ihn geritten, sich auf das Angebot dieses Fabio einzulassen, ihm großzügig Kredit einzuräumen? Warum war er nicht einfach aufgestanden, als er nicht eine einzige Münze mehr gehabt hatte, und hatte sich mit seiner Pechsträhne abgefunden? Aber nein, er hatte geglaubt, in den nächsten Runden das Glück wenden und sein verlorenes Geld wieder zurückgewinnen zu können! Jetzt saß er böse in der Klemme und er wusste nicht, wie er seine Schulden auf die Schnelle begleichen sollte. Zehn Tage hatte ihm der Kerl eingeräumt, und keinen Zweifel daran gelassen, was er, Vicenzo Moravi, zu erwarten hatte, wenn er ihm das Geld nicht zahlen konnte.

Der Kerkermeister blickte auf, als der schmuddelige Vorhang zum Schankraum zur Seite geschoben wurde und dieser Gnom Jacopo mit der Hasenscharte unter der Nase zu ihm ins Hinterzimmer trat. Er trug einen Krug Wein in der Hand.

Jacopo setzte sich und schob Moravi den Krug hin. »Geht aufs Haus, Vicenzo. Ich denke, du kannst einen kräftigen Schluck gebrauchen. Ist wirklich schlecht gelaufen für dich, wenn ich das mal so sagen darf.«

Der Kerkermeister schnaubte und griff zum Krug, um seinen Becher aufzufüllen. »Schlecht gelaufen? Verdammt, ich habe mich um Kopf und Kragen gespielt! Ich verstehe immer noch nicht, wie dieser Fabio mich ausnehmen konnte!«

Jacopo schenkte ihm einen mitfühlenden Blick. »Mit dem werde ich mich auch nicht wieder an einen Spieltisch setzen, das kannst du mir glauben. Ich hab da ganz üble Dinge über den gehört. Der hält sich erst gar nicht lange mit Drohungen auf, wenn er sein Geld nicht bekommt. Aber vielleicht kennst du ja jemanden, der dir das Geld vorstrecken kann und der wartet, bis du es bei ihm abgestottert hast.«

Vicenzo verzog das Gesicht. »Ich wünschte, es wäre so«, erwiderte er düster.

»Mhm, dann sitzt du wahrlich tief in der Scheiße! Am besten, du machst dich schleunigst aus dem Staub, bevor Fabio dir auf den Leib rückt.«

»Wie stellst du dir das vor? Ich habe Frau und Kinder!

Und so eine gute Stellung wie hier im Gefängnis kriege ich nie wieder!«

»Tja, dann sieht es böse aus für dich ...« Jacopo ließ sich Zeit, bevor er seine nächsten Worte wählte. »Es sei denn ...« Er brach ab und schüttelte den Kopf.

Moravi schnappte sofort nach dem Köder. »Es sei denn *was?*«

»Ach, ich habe nur laut gedacht ...«

»Nun sag schon!«, drängte der Kerkermeister.

»Mir ist da plötzlich so eine Idee gekommen, wie du noch mal mit einem blauen Auge aus dem Schlamassel herauskommen könntest. Vielleicht taugt sie ja nichts, aber wenn ich in deiner Haut stecken würde ...«

Der Kerkermeister unterbrach ihn rüde. »Red nicht so lange um den heißen Brei herum!«

»Nun ja«, begann Jacopo betont langsam, »du hast doch bei dir im Gefängnis bestimmt eine Menge Leute einsitzen, von denen so mancher sein letztes Hemd hergeben würde, wenn er damit einer schweren Strafe entkommt, oder? Und als Kerkermeister kennst du bestimmt Mittel und Wege, um daraus deinen Vorteil zu ziehen.«

»Klar habe ich die«, erwiderte Vicenzo grimmig. »Gegen ein nettes Handgeld kann ich für allerlei Vergünstigungen sorgen. Aber ich wüsste keinen, bei dem ich dafür mehr als ein paar Silbermünzen herausschlagen könnte, geschweige denn verfluchte fünfzehn Goldflorin!«

»Mhm«, machte Jacopo und kratzte sich hinterm Ohr, als

würde er angestrengt nachdenken. Dann grinste er plötzlich und platzte scheinbar spontan heraus: »Und was ist mit dieser Giftmörderin, dieser Tessa Brunetti?«

»Was soll mit der sein?«, fragte Vicenzo mürrisch. »Auf die wartet nächste Woche das Urteil und dann der Galgen.«

»Na also, das ist es doch!«, rief Jacopo und hieb mit der Hand auf den Tisch.

Der Kerkermeister sah ihn verständnislos an.

»Ist das so schwer zu begreifen? Für die Frau kannst du ganz sicher fünfzehn Florin herausschlagen! Ach was, bestimmt ist sogar das Doppelte drin, wenn du es so drehst, dass sie dir irgendwie entkommt«, sagte Jacopo und beugte sich verschwörerisch vor. »Mir ist nämlich zu Ohren gekommen, dass es da einen gibt, dem das Leben dieser Frau eine Menge Geld wert ist. Der ist eng mit den Medici verbandelt und die werden hier ja wohl bald wieder das Sagen haben.«

»Das kannst du gleich vergessen«, erwiderte Vicenzo schnell. »Das würde mich den Kopf kosten und ich hätte nichts mehr davon, selbst wenn die Medici wieder am Ruder sind. Denn dann läge meine Leiche schon längst irgendwo verscharrt unter der Erde.«

»Wart's doch erst mal ab, Meister Vicenzo. Ich habe ja nicht gesagt, dass du ihr die Zelle aufschließen und sie einfach so aus dem Kerker herausspazieren lassen sollst.«

»Aber wie soll es sonst gehen?«, murmelte Vicenzo ratlos.

Jacopo musste ein Grinsen unterdrücken. Genau diese Reaktion hatte Sandro vorausgesagt. Der Kerkermeister würde zuerst rundweg ablehnen, doch dann würden Neugier und Angst siegen. Schließlich saß er wirklich dick in der Tinte. Wie verabredet, machte Jacopo nun allerhand Vorschläge, von denen sie wussten, dass der Kerkermeister sie ablehnen würde. Auf diese Weise bereitete er ganz langsam und unverdächtig den Boden für den Plan, den Sandro und er ausgeheckt hatten.

»Du hast recht, gewaltsam in den Kerker einzudringen oder den bewachten Gefangenentransport zum Gericht zu überfallen, das wird nicht gelingen«, pflichtete er Vicenzo bei. »Aber warte mal! Was ist denn, wenn du sie allein zum Gericht schickst, nur von zwei deiner Wärter begleitet? Die ließen sich doch leicht außerhalb des Gefängnisses überwältigen, ohne dass Blut dabei fließt. Vor allem dann, wenn du sie durch die Seitengassen schickst, was ja auch der kürzeste Weg zum Gericht wäre. Es müssen ja nicht gerade die hellsten und kräftigsten Kerle sein, die du zu ihrer Bewachung abstellst.«

Die Miene des Kerkermeisters hellte sich auf. Aber dann verdüsterten sich seine Züge wieder und er schüttelte den Kopf. »Verdammt, das geht auch nicht!«

»Und warum nicht?«

»Weil ihr Name auf der Liste der Gefangenen steht, die mir tags zuvor vom Gericht zugestellt wird. Man wird mich zur Verantwortung ziehen, wenn ich es versäume, sie rechtzeitig aus ihrer Zelle zu holen, damit sie mit den anderen auf dem gut bewachten Wagen zum Gericht gebracht wird.«

»Verstehe«, sagte Jacopo und schwieg kurz. »Aber was

ist, wenn nicht du den Fehler machst, sondern einer deiner Leute? Vielleicht einer, der nicht gerade eine Leuchte ist? Dann bist du doch aus dem Schneider.«

Der Kerkermeister überlegte einen Moment. »Das ließe sich einrichten. Das Dumme ist nur, dass auch der Einfältigste unter meinen Wärtern sich zumindest so gut aufs Lesen versteht, dass er die Namen auf der Liste entziffern kann«, wandte Moravi ein.

»Das ist kein Problem«, sagte Jacopo sogleich. »Wenn du die Namensliste schon am Tag vor dem Transport erhältst, kann ich dafür sorgen, dass du rechtzeitig eine zweite Liste bekommst, auf der der Name dieser Tessa Brunetti nicht steht. Sogar mit Unterschrift und Siegel.«

Moravi schüttelte verständnislos den Kopf. »Und was soll mir das helfen?«

»Die vertauschst du dann mit der echten Liste. Ist doch ganz einfach!«

Der Kerkermeister bedachte ihn mit einem teils skeptischen, teils hoffnungsvollen Blick. »Das kannst du wirklich hinkriegen?«

»Und ob! Ist doch alles nur eine Frage des Geldes und der Beziehungen«, versicherte Jacopo. »Die Beziehungen habe ich und der Kerl, der für diese Tessa alles zu tun und zu zahlen bereit ist, bezahlt den Fälscher und alles andere.«

»Und du meinst, für mich können dabei wirklich dreißig Goldflorin herausspringen?«, vergewisserte sich Vicenzo noch einmal.

Jacopo nickte. »Garantiert. Aber am besten trittst du nicht in Erscheinung, sondern überlässt mir das Aushandeln. Ich mache das Geld locker und besorge dir die Fälschung.« Und mit einem Grinsen fügte er hinzu: »Und wenn du jetzt befürchtest, mir eine Scheibe von dem Kuchen abgeben zu müssen, kannst du unbesorgt sein. Ich hole mir schon meinen Anteil, aber nicht von dir, sondern von dem Medici-Freund. Was ist nun? Sollen wir es so machen oder willst du dir lieber von Fabio ein paar Knochen brechen lassen? Mann, das wird das Geschäft unseres Lebens, bei dem gar nichts schiefgehen kann.« Er streckte Moravi die Hand entgegen: »Schlag ein, mein Freund!«

Mit nackten Füßen, die Hände auf dem Rücken gefesselt, stolperte Tessa zwischen den beiden Wärtern durch das Tor des Gefängnisses. Sogleich wurde sie von den Menschen auf der Straße begafft und mit hämischen Zurufen bedacht. Eine dünne Eisenkette lief zwischen ihren Händen hindurch und verband sie rechts und links mit den Wärtern, die jeweils ein Ende der Kette in einen Eisenring an ihrem Ledergurt gehakt hatten.

In ihrer grenzenlosen Angst nahm sie die Blicke und die Zurufe kaum wahr. Das ihr inzwischen fremde Tageslicht umgab sie wie eine milchige Glocke, die alle Geräusche um sie herum dämpfte und ihre Umgebung zu einem verschleierten Bild schemenhafter Gestalten und Konturen machte. Selbst das Toben des Kerkermeisters und seine wüsten Verwünschungen, die zwei Wärtern gegolten hatten, waren kaum in ihr Bewusstsein gedrungen. Seit man sie regelrecht aus ihrer Zelle gezerrt, nach oben getrieben und ihr dabei mitgeteilt hatte, dass man heute über sie zu Gericht sitzen würde, lag ein entsetzlicher Albdruck auf ihrer Seele.

Genau eine Woche war es her, dass sie ihren Sohn zur Welt gebracht und Sandro in ihren Armen gehalten hatte. In diesen Tagen hatte sie viel Trost aus dem Wissen gezogen, dass Lionetto ihrem Kind nichts mehr anhaben konnte. In der Gewissheit, dass es bei Sandro war, hatte sie das Unabänderliche angenommen und nicht mehr aufbegehrt. Das Schicksal wollte es so und sie war bereit gewesen, sich zu fügen.

Doch nun, auf dem Weg zum Gericht, fand sie nichts mehr von dem Frieden in sich, den sie nach der Rettung ihres Kindes mit ihrem Schicksal geschlossen hatte.

Tessa fürchtete, dass man sie womöglich noch am selben Tag dem Henker übergab, damit er ihr draußen vor der Stadt die Schlinge um den Hals legte. Sie konnte ihre Unschuld beteuern, sie konnte Lionetto Vasetti beschuldigen, dass er sie zum Werkzeug seiner mörderischen Tat gemacht hätte, doch niemand würde ihr Glauben schenken. Die Richter würden solche Vorwürfe für einen weiteren Beweis ihrer verderbten Seele halten und sie auf der Stelle dem Folterknecht überantworten, damit sie endlich ihren Giftmord gestand. Und unter diesen Qualen konnte man ihr alles abpressen, was man hören wollte, das wusste sie nur zu genau.

Aber sie wollte nicht sterben! Sie war doch unschuldig! Sie wollte leben! Wollte ihren kleinen Jacopo in den Armen halten und bei Sandro sein!

»Verdammt!«, fluchte Nofrio und zog ungeduldig an der Kette. »Dass wir diese Woche schon wieder einen vergessen haben! Das kann uns unsere Stelle kosten, ist dir das klar?«

Er warf Bartolo über den Kopf der Gefangenen hinweg einen vorwurfsvollen Blick zu.

»Und ob mir das klar ist!«, knurrte dieser unwirsch, während sie von der breiten Straße abbogen und, wie befohlen, die Abkürzung durch eine der schmalen Seitengassen nahmen. »Ich könnte schwören, dass ihr Name nicht auf der Liste gestanden hat!«

»Hat er aber!«, erwiderte Nofrio voller Groll. »Ich hab's genau gesehen! Meister Vicenzo hat mir den verdammten Wisch unter die Nase gehalten. Gib doch zu, dass du nicht sorgfältig genug hingeschaut hast, als er dir die Liste in die Hand gedrückt hat!«

»Einen Dreck werde ich tun!«, blaffte Bartolo zurück. »Ich habe mir die Namen genau gemerkt. Fünf waren es. Und der von dem Weib stand nicht drauf!«

»Ich werde meinen Kopf nicht für deine Blödheit hinhalten, das lass dir gesagt sein!«, schimpfte Nofrio weiter und zerrte Tessa mit mehr Gewalt weiter, als nötig gewesen wäre. »Wenn wir nachher ... Was ist denn das?« Er stockte.

Tessa blinzelte. Noch immer fiel es ihr schwer, sich nach der monatelangen Dunkelheit im Kerker an das helle Licht zu gewöhnen. Doch dann erkannte sie, was die schmale Gasse versperrte, durch die sie gehastet waren.

Ein alter Leiterwagen, offenbar viel zu hoch mit Heuballen beladen, war hinter einem Tordurchgang umgekippt. Seine Ladung war überall verstreut. Fast hüfthoch lagen die Heubündel im Dreck der schmalen Gasse. Zwei Tagelöhner in abgerissener Kleidung versuchten vergeblich, Ordnung zu schaffen und den Wagen wieder auf die Räder zu stellen.

»He, beeilt euch gefälligst, die Gasse freizumachen!«, rief Nofrio den Männern zu. »Wir haben unsere Zeit nicht gestohlen!«

Dann ging alles blitzschnell.

Die beiden Tagelöhner fuhren herum. Die Gesichter unter ihren breiten Kappen waren rußverschmiert. Mit schnellen Schritten kamen sie näher.

Tessa spürte, wie Nofrio neben ihr unruhig wurde, und drehte sich um. Da tauchten auch schon hinter ihnen aus dem Tor drei weitere Gestalten auf. Alle trugen einen billigen Lucco mit Kapuze, die sie trotz der Wärme tief übers Gesicht gezogen hatten.

Tessa sah ein Aufblitzen. Waren das Dolche? Die Wärter griffen zu ihren Waffen, doch schon packten die Angreifer sie von hinten.

»Kein Laut oder wir stechen euch ab!«, hörte Tessa eine Stimme hinter ihnen zischen. »Aber wenn ihr keinen Ärger macht, wird euch nichts geschehen!« Mehrere Hände fuhren unter Tessas Hüftgurt und zerrten die Wärter von der Gasse weg in das Tor.

Tessa wusste nicht, wie ihr geschah. Hilflos stolperte sie zwischen den Männern her, die Augen vor lauter Angst weit aufgerissen.

Bartolo und Nofrio dachten nicht daran, sich gegen diese Übermacht zur Wehr zu setzen. Widerstandslos ließen sie sich durch den Tordurchgang zerren, hinein in eine leer stehende Werkstatt. Einer der Männer, die mit dem Leiterwagen und den Heuballen die Gasse versperrt hatten, schloss die Brettertür und schob einen Riegel vor.

»Schnell jetzt! Löst sie von der Kette!«, befahl eine Stimme. »Und dann fesselt und knebelt die Wärter!«

Tessas Kopf fuhr herum. Sandro! Das war Sandros Stimme!

Und da erkannte sie ihn im Halbdunkel hinter sich. Er hatte einen Finger warnend auf die Lippen gelegt. Noch immer war er als Mönch verkleidet.

Rasselnd fiel die Kette zu Boden, es folgte ein schneller Schnitt mit dem Messer durch das Seil ihrer Handfessel und sie war frei. Sogleich packte Sandro sie am Arm und zog sie mit sich fort zu einer Hintertür.

»Still, mein Liebling!«, raunte er ihr zu und drückte ihr einen hastigen Kuss auf den Mund. »Wir müssen aus der Stadt sein, bevor der Überfall bekannt wird und die Torwachen alarmiert sind!«

Hinter der Tür öffnete sich ein schmaler Durchlass, der zwei hohe Häuser voneinander trennte. Sandro zog Tessa hinter sich her bis zu einem großen Schuppen am anderen Ende, in dem allerlei Bauholz gestapelt war. Mittendrin stand ein Fuhrwerk mit einem Apfelschimmel davor. Auf der Ladefläche türmten sich Särge aus einfachem Pinienholz. Einer von ihnen war offen. Und daneben stand Jacopo.

»Willkommen in der Freiheit, Tessa!«, rief er ihr leise zu.

»Ich hoffe, meine Leute haben dich nicht gar zu sehr in Angst und Schrecken versetzt!«

Tessa war noch immer viel zu erschüttert, um etwas zu erwidern. Ihr Körper spürte die Freiheit, an die sie nicht mehr geglaubt hatte, aber ihr Verstand konnte noch nicht begreifen, was geschah.

Fest klammerte sie sich an Sandro, den einzigen Fels in der Brandung ihrer wogenden Gedanken.

»Tessa, wirklich frei bist du erst, wenn wir dich heil aus der Stadt gebracht haben«, sagte er mit rauer Stimme. Offenbar ahnte er, in welchem Aufruhr sich ihre Gefühle befanden, und ihm schien es ähnlich zu gehen. »Du musst jetzt eins für mich tun, meine Geliebte. Leg dich dort in den Sarg. Es wird ein bisschen eng, aber anders geht es nicht. Und dann werden wir wieder vereint sein. Ich verspreche es dir.«

Tessa nickte benommen. Dann ließ sie sich von Sandro in den Sarg helfen. Als der Deckel sich über ihr schloss und sie abermals in der vertrauten Dunkelheit versank, lächelte sie.

Sie wusste, es würde das letzte Mal sein, dass sie in einem finsteren Loch eingesperrt sein würde.

Wenig später war das Gespann unterwegs. Sandro und Jacopo hatten einen zweiten Sarg auf den gewuchtet, in dem Tessa lag, um danach die Ladung mit Stricken festzuzurren. Jacopo hatte sich auf den Kutschbock geschwungen, während Sandro ein breites Tor aufstieß. Nun rumpelte der Wagen aus dem Schuppen und hinaus auf eine kleine Piazza. Sandro schloss das Tor, eilte hinter dem Fuhrwerk her und saß Augenblicke später neben Jacopo.

»So weit, so gut«, sagte dieser mit einem breiten Grinsen. »Lief wirklich alles wie am Schnürchen. Hat aber auch eine hübsche Summe Geld gekostet. Schätze mal, du stehst bei Ser Cosimo jetzt tief in der Kreide.«

Sandro lachte. »Das macht mir wenig aus, auch wenn es noch lange dauert, bis ich meine Schulden abbezahlt habe. Für Tessa und unseren kleinen Jacopo hätte ich mich notfalls auch mit dem Teufel eingelassen.«

Zügig lenkte Jacopo das Fuhrwerk durch die belebten Straßen von Florenz. Sie nahmen den kürzesten Weg und hatten bald die Porta alla Croce erreicht. Die Wachen hielten sich nicht lange mit ihnen auf. Als Sandro ihnen sagte, dass in seinem Kloster viele seiner Mitbrüder an den Folgen einer noch unbekannten Krankheit gestorben seien und sie die Toten vorsorglich vor der Stadt beisetzen würden, sprangen sie sofort zurück.

»Verflucht sollt Ihr sein, wenn Ihr uns damit angesteckt habt!«, rief einer der Wachposten ihnen erschrocken zu und bekreuzigte sich.

Sandro hatte Mühe, ernst zu bleiben. »Der Herr wird seine Hand schützend über euch halten«, sagte er salbungsvoll und machte das Kreuzzeichen.

Jacopo ruckte am Zügel und folgsam trabte der Apfelschimmel wieder an. Das Fuhrwerk rollte durch das tiefe Torhaus – hinaus in den sonnendurchfluteten Morgen der Freiheit.

Epilog

Die Abbrucharbeiten an der Häuserzeile in der Via dei Cresci, die Lionetto Vasetti aufgekauft hatte und zu der auch ein kleiner, heruntergekommener Palazzo gehörte, waren zum Erliegen gekommen.

Am 8. Oktober 1434, kurz nach Sonnenuntergang, hatte Lionetto Vasetti eine alarmierende Nachricht von Lorenzo Strozzi erhalten, dem Sohn des reichen Bankherrn Palla Strozzi. Darin hatte dieser ihm angedeutet, dass den Parteigängern der Albizzi große Gefahr drohe, und er hatte ihn aufgefordert, sich noch in der Nacht mit ihm an dem Ort zu treffen, wo er seinen neuen Palazzo hatte errichten wollen. Sie müssten unbedingt beraten, was zu tun sei.

Doch als Vasetti zur vereinbarten Stunde in der Via dei Cresci erschien, wartete nicht Lorenzo Strozzi auf ihn, sondern Sandro Fontana in Begleitung eines zwergenhaften Mannes mit einer hässlichen Hasenscharte. Es war ein Leichtes für die beiden, Vasetti zu überwältigen, ihn zu knebeln und mit gefesselten Händen in die Ruine zu schleppen, hinauf ins oberste Geschoss, in einen großen Raum, über dem das Dach schon zu einem Gutteil abgedeckt war, sodass sich der klare Nachthimmel mit seinen funkelnden Sternen über ihnen wölbte. Vasettis Erschrecken schlug in blankes Entsetzen um, als sein Blick auf das Seil fiel, das von einem der Querbalken herabbaumelte und in einer Schlinge endete.

Schnell lag die Schlinge straff gespannt um seinen Hals, während er mit zitternden Beinen auf einem dreibeinigen Schemel stand.

»Das Gericht kann den Prozess eröffnen, da alle Beteiligten versammelt sind und die ihnen vorgeschriebenen Plätze eingenommen haben«, spottete Jacopo. Er saß auf einem der beiden ramponieren Armstühle, die sie mitgebracht und mitten in den Schutt des Zimmers gestellt hatten. Und zu Sandro gewandt sagte er: »Ich glaube, wir sollten den Angeklagten der Ordnung halber noch darüber unterrichten, dass mir die ehrenvolle Aufgabe des Richters obliegt, während du die Anklage vertrittst.«

Sandro nickte stumm.

»Was hiermit geschehen und zu Protokoll genommen ist«, fuhr Jacopo sarkastisch fort. »Was nun die Verteidigung betrifft, so geht das hohe Gericht davon aus, dass der Angeklagte Lionetto Vasetti diese selbst übernehmen wird.« Jacopo griff zu einer abgebrochenen Latte und schlug damit auf die Lehne seines wackligen Stuhls. »Das Gericht erklärt hiermit den Prozess gegen Lionetto Vasetti für eröffnet! Das Wort hat der Vertreter der Anklage, der ehrenwerte Sandro Fontana!«

Sandro verzog keine Miene. Während Jacopo diese Szene mit einer Mischung aus grimmiger Genugtuung und mitleidlosem Spott genoss, spürte er nur kalten, bitteren Ernst. Er wusste, dass sie das Recht in ihre eigenen Hände nahmen und sich zum Richter über Leben und Tod machten. Aber Recht und Gerechtigkeit waren selten ein und dasselbe. Zu allen Zeiten gab es Unschuldige, die zu Unrecht verurteilt wurden, genau wie Verbrecher, die aus Mangel an Beweisen davonkamen. Lionetto Vasetti sollte nicht zu den Schuldigen gehören, die die Anklagebank als freier Mann verließen!

»Hört gut zu, was ich Euch zu sagen habe«, begann Sandro mit eisiger Schärfe. »Wie lange Ihr lebt, hängt einzig und allein davon ab, ob Ihr Eure Verbrechen gesteht oder ob Ihr sie leugnet. Habt Ihr das verstanden?«

Vasetti nickte mit angstverzerrtem Gesicht.

»Gut, dann lasst uns zu Punkt eins der Anklage kommen: Euch wird zur Last gelegt, in Eurem Haus versucht zu haben, die Sklavin Tessa Brunetti zu schänden«, fuhr Sandro fort. »Wenn Ihr Euch im Sinne der Anklage für schuldig erklärt, zeigt es durch ein Nicken. Wenn Ihr etwas zu Eurer Verteidigung vorbringen wollt, schüttelt den Kopf. Das gilt auch für alle weiteren Fragen, die wir Euch stellen werden.«

»Der Angeklagte äußere sich!«, forderte Jacopo ihn auf.

Vasetti gab ein gequältes Gurgeln von sich, dann nickte er.

»Prächtig! Der Angeklagte zeigt sich geständig«, sagte Jacopo mit vor Spott triefender Stimme. »Das lässt einen schnellen Prozess erhoffen. So ist nach der richterlichen Mühsal noch genug Zeit für einen kräftigen Umtrunk.«

»Kommen wir zu Anklagepunkt zwei: Man wirft Euch vor, Eure Ehefrau vergiftet zu haben«, fuhr Sandro fort. »Bekennt Ihr Euch schuldig oder nicht schuldig?«

Vasetti nickte sofort. Kalter Angstschweiß lief ihm über das Gesicht.

»Und jetzt zu Anklagepunkt drei: Habt Ihr den Mord an Eurer Frau der Sklavin Tessa Brunetti angehängt und das dazu verwendete Gift in ihrer Kammer versteckt?«

Wieder nickte Vasetti hastig.

»Wunderbar!«, meldete sich Jacopo wieder zu Wort. »Somit haben wir alle Anklagepunkte ausführlich behandelt. Das Gericht nimmt zu Protokoll, dass Lionetto Vasetti sich in allen Punkten für schuldig erklärt und nichts vorgebracht hat, das seine schändlichen Verbrechen mildern könnte. Das Gericht zieht sich nun zur Beratung zurück.«

Jacopo schloss einen Augenblick lang die Augen. Dann schlug er sie wieder auf und verkündete: »Das hohe Gericht ist einstimmig zu dem Urteil gekommen, dass Lionetto Vasetti schuldig ist in allen drei Punkten der Anklage. Es verurteilt ihn zum Tode durch den Strang! Das Urteil ist sofort zu vollstrecken.«

Er stand auf und trat zu Vasetti, in dessen Augen sich nackte Todesangst spiegelte.

»Nein, nicht du!«, sagte Sandro. Auch er stand auf. »Ich wünschte, du könntest es mir abnehmen. Aber das darf ich nicht zulassen. Das muss ich auf mein Gewissen laden. Du hast schon mehr als genug für Tessa und mich getan.«

Jacopo nickte und trat zurück. Jeglicher Spott, mit der er die Rolle des Richters gespielt hatte, war aus seinem Gesicht gewichen. Er wusste, wie schwer es Sandro gefallen war, Vasetti auf diese Weise zur Rechenschaft zu ziehen.

Sandro ging zu Vasetti hinüber und sah lange in dessen Gesicht. Sein Blick war kalt, genauso wie sein Herz.

»Gott sei deiner Verbrecherseele gnädig. Er mag dir vergeben, ich kann es nicht«, sagte er leise. Dann stieß er den Hocker weg.

Das Ende für die Albizzi und ihre arg geschrumpfte Gefolgschaft kam im Herbst 1434. Rinaldo degli Albizzi beging den folgenschweren Fehler, im August tatenlos der Wahl einer Priorenschaft und eines Gonfaloniere zuzusehen, die mehrheitlich die Medici unterstützten. Als die neue Signoria am 1. September ihre Amtsgeschäfte aufnahm, ließ sie den bisherigen Gonfaloniere unverzüglich verhaften und wegen Unterschlagung von öffentlichen Geldern unter Anklage stellen. Dann lud sie Rinaldo degli Albizzi und dessen engste Getreue Ridolfo Peruzzi und Niccolò Barbadori in den Regierungspalast vor. Dort teilte man ihnen mit, dass sie sich vor der Signoria wegen des Verrats an der Republik zu rechtfertigen hätten.

Die drei Männer dachten jedoch nicht daran, sich widerstandslos dem Schicksal zu fügen, das ihnen drohte. Vielmehr sammelte Rinaldo achthundert Bewaffnete um sich und ließ sie auf der Piazza vor dem Palazzo aufmarschieren. Die Männer drohten mit dessen Erstürmung und Plünderung.

Die Drohung verfehlte ihre Wirkung nicht. Die Prioren, die nun selbst um ihr Leben fürchteten, nahmen Verhandlungen mit Rinaldo auf. Sie boten ihm an, auf seine Forderungen einzugehen, sofern sie recht und billig und mit der Verfassung vereinbar seien. Im Gegenzug müsse er seine Truppen abziehen lassen.

Rinaldo lehnte hochmütig ab und für kurze Zeit sah es so aus, als würde es nun doch zu einem gewaltsamen Umsturz in Florenz kommen.

In dieser kritischen Situation griff Papst Eugenius ein, der im Kloster Santa Maria Novella weilte. Er schickte eine Botschaft zu Rinaldo degli Albizzi und befahl ihn zu sich. Diesem Befehl beugte er sich.

Niemand erfuhr, was die beiden Männer während ihrer langen Unterredung im Kloster besprachen. Als Rinaldo degli Albizzi den Papst wieder verließ, erteilte er seinen Leuten den Befehl, sich zurückzuziehen.

»Gut, dass du kommst!«, begrüßte Lorenzo de' Medici Sandro fröhlich, als dieser im Palazzo in der Via Larga erschien. »Mein Bruder hat schon nach dir gefragt.« Mit gutmütigem Spott fuhr er fort: »Du siehst ja heute ziemlich mitgenommen aus! Mir scheint, du hast letzte Nacht wenig Schlaf bekommen.« Er zwinkerte Sandro zu. »Ich habe gehört, du und deine Tessa, ihr werdet schon bald heiraten.«

Sandro nickte und endlich konnte er auch wieder lächeln. Dann begab er sich zu Cosimo in dessen Arbeitszimmer. Das Oberhaupt der mächtigen Familie saß wie immer an seinem großen Faktoreitisch, wo er allerlei Papiere sichtete.

Erst vor wenigen Tagen, am 5. Oktober 1434, war er nach Florenz zurückgekehrt, auf den Tag genau ein Jahr, nachdem er sein Exil angetreten hatte. Eine Balia, die Ende September eingesetzt worden war und die mit dreihundertneunundfünfzig Mitgliedern die größte in der Stadtgeschichte bildete, hatte mit überwältigender Mehrheit die Verbannung der Medici und ihrer Anhänger mit sofortiger Wirkung aufgehoben und einen Boten nach Venedig geschickt. Das Volk von Florenz brach bei seinem Einzug in unbeschreiblichen Jubel aus und begrüßte ihn wie einen strahlenden Helden, der aus einem siegreichen Krieg zurückkehrt.

»Ich habe schon auf dich gewartet.«

»Bei mir ist es letzte Nacht sehr spät geworden«, entschuldigte sich Sandro und trat zu ihm.

Unwillkürlich fiel sein Blick auf all die Papiere, die Cosimo vor sich ausgebreitet hatte. Viele trugen die Siegel der Signoria und der Balia. Zwei dieser Blätter enthielten Namenslisten. Über der einen Spalte stand Verbannung, über der anderen Hinrichtung/lebenslanger Kerker. Die erste Liste war offenbar mehrere Spalten lang, die andere war verhältnismäßig kurz. Und darauf las er den Namen Lionetto Vasetti.

Cosimo war Sandros Blick nicht entgangen. »Die Balia und die Signoria scheinen entschlossen zu sein, Florenz mit dem eisernen Besen zu kehren und mir die unschöne Arbeit abzunehmen«, sagte er und wies auf die lange Liste. »Obwohl ich sagen muss, dass selbst mir es reichlich übertrieben erscheint, gleich Hunderte von Bürgern ins Exil zu schicken. Ich fürchte, da muss ich mehr Augenmaß anmahnen. Andernfalls werden wir Medici schnell in den verhängnisvollen Ruf kommen, wir würden wie Diktatoren vorgehen. Und damit kann uns wahrlich nicht geholfen sein. Niemals darf der Eindruck entstehen, dass wir wie allmächtige Fürsten über Florenz herrschen. Unsere Verfassung muss gewahrt bleiben. Wir halten uns im Hintergrund.« Er lächelte feinsinnig, als er fortfuhr: »Was natürlich nicht ausschließt, dass wir die Verfassung vorsichtig ändern, damit wir uns stets einer uns wohlgesinnten Signoria sicher sein können.«

Sandro verstand sehr gut, was Cosimo zu tun beabsichtigte, hatten sie in Venedig doch oft darüber gesprochen. Er würde dafür sorgen, dass aus den Wahlbeuteln alle Namen entfernt wurden, auf deren Unterstützung das Haus Medici nicht zählen konnte, und sie durch getreue Anhänger ersetzen.

»Eines verstehe ich nicht, Cosimo.«

»Und das wäre?«

»Ich erinnere mich noch gut daran, was Ihr zu mir gesagt habt, als wir ins Exil gegangen sind und bei Pistoia auf dem Berg Rast gemacht haben. Ihr habt gesagt, dass man einen mächtigen Mann nicht anrühren darf, und wenn man es doch tut, muss man ihn unbedingt vernichten. Ein für alle Mal.«

Cosimo nickte. »Wenn man nach der Macht greift, darf man sich nicht scheuen, grausam zu sein.«

»Aber dennoch habt Ihr zugelassen, dass man Euren ärgsten Feind, Rinaldo degli Albizzi, nur in die Verbannung schickt«, wandte Sandro ein. »Befürchtet Ihr nicht, dass er und seine Anhänger aus dem Exil heraus Intrigen gegen Euch spinnen und noch einmal versuchen werden, Euch nach dem Leben zu trachten?«

Cosimo schmunzelte. »Sicherlich wird er das versuchen, es wird ihm aber nicht gelingen. Mit seiner Verbannung kann ich sehr gut leben. Rinaldo degli Albizzi ist nie ein mächtiger Mann gewesen, den man ein für alle Mal vernichten muss. Er hat sich zwar dafür gehalten, aber er hat die Zeichen der Zeit nicht erkannt«, erklärte er. »Auf einen aristokratischen Namen und einen großen Grundbesitz lässt sich heute nichts bauen, was Bestand haben kann. Die wahre Macht ruht auf kräftigen Säulen aus Gold und auf einem Kreditwesen, das über alle Ländergrenzen hinweg Verbündete schafft. Für Gold kann man Söldnerheere, Städte und Stimmen kaufen. Und das hat Rinaldo degli Albizzi nicht begriffen.« Cosimo stand auf. »Aber nun Schluss damit. Ich habe dir etwas viel Wichtigeres mitzuteilen und zu geben.«

»Wartet bitte einen Augenblick«, bat Sandro ihn. Er zog die Feder aus dem Tintenfass und machte auf der Liste Hinrichtung/lebenslanger Kerker einen Strich durch den Namen Lionetto Vasetti.

»Woher auf einmal diese unangebrachte Milde?«, fragte Cosimo verwundert. »Dieser Mann hat den Tod verdient.«

»Dieser Federstrich ist kein Zeichen von Milde. Der Name Lionetto Vasetti gehört nicht mehr auf diese Liste. Seine Hinrichtung ist schon letzte Nacht erfolgt«, erwiderte Sandro.

Cosimo sah ihn forschend an. Dann hoben sich seine Mundwinkel und er lächelte kaum merklich. »Du hast viel gelernt in den sieben Jahren, die du nun in meinen Diensten stehst. Und ich muss sagen, dass du meine Erwartung nicht nur erfüllt, sondern weit übertroffen hast.«

»Ich hatte ja auch einen exzellenten Lehrmeister.«

»Und der wird dir erhalten bleiben«, versicherte Cosimo. Er griff zu einer Pergamentrolle mit mehreren Siegelbändern und reichte sie Sandro. »Nimm das bitte als vorgezogenes Geschenk zu deiner Hochzeit.«

»Was ist es?«

Cosimo schmunzelte. »Nur ein kleines Zeichen meiner außerordentlichen Wertschätzung.«

Sandro entrollte das Pergament. »Ihr habt mir ...?« Ungläubig starrte er auf das beurkundete Dokument. »Ihr habt mir die Wollbottega in Santa Croce überschrieben?«, stieß er fassungslos hervor.

Cosimo nickte. »Ich habe dich auch schon in die Gilde eintragen lassen. Möge die Bottega dir und deinen Nachkommen allzeit gute Profite bringen!«

Sandro fand keine Worte. »Ja, aber . . .«

»Dein Rang in Florenz wird nun ein ganz anderer sein. Und dazu gehört auch, dass deine Familie von jetzt an ein Wappen führt. Ich habe mir erlaubt, es selbst zu entwerfen und schon in Venedig in Auftrag zu geben.« Mit diesen Worten holte er ein kleines Holzkästchen aus der Tasche seines Lucco und klappte es auf. Darin lag ein schwerer goldener Siegelring. »Und das ist dein Wappen: zwei gekreuzte Schwerter über sechs roten Kugeln auf goldenem Grund. Die Kugeln sind angeordnet wie die Umrisse einer Pyramide. Siehst du es?«

Sandro konnte nur nicken.

Cosimo nahm den Ring aus seinem rotsamtenen Bett und steckte ihn Sandro an den Finger. »Du magst noch jung an Jahren sein, aber der Wert eines Mannes bemisst sich nicht an seinem Alter, sondern an seinen Handlungen und an seinem Charakter«, sagte er mit großem Ernst. »Und ich weiß, dass du mir, meinem Bruder Lorenzo und meinen Söhnen stets ein ebenso aufrichtiger wie loyaler Gefährte sein wirst, Sandro Fontana. Hiermit ernenne ich dich zum *consigliere* des Hauses Medici!«

Erst viel später, als Sandro längst zu Tessa und dem kleinen Jacopo zurückgekehrt war und seine Familie in die Arme geschlossen hatte, konnte er erst richtig begreifen, was Cosimo de' Medici ihm wirklich geschenkt hatte.

Er vergrub sein Gesicht in Tessas Haar.

»Ich bin so stolz auf dich«, flüsterte sie und umarmte ihn fest.

Er nahm ihr Gesicht in beide Hände und verschloss ihren Mund mit einem langen Kuss. »Und ich liebe dich«, flüsterte er zurück.

Doch tief in ihm, unter all der Freunde, dem Stolz und seinem unendlichen Glück kam ihm in den Sinn, welch große Verantwortung nun auf seinen Schultern lastete. Und irgendwo in einem Winkel seines Hirns fragte er sich, ob er womöglich eines fernen Tages bereuen könnte, in der Familie Medici gar zu hoch aufgestiegen zu sein.

Doch dann riss ihn das fröhliche Krähen des kleinen Jacopo aus seinen bangen Gedanken und gemeinsam mit Tessa wandte er sich ihrem Sohn zu, der offenbar entrüstet war, dass seine Eltern sich nur miteinander beschäftigten.

So lachten und scherzten sie miteinander und weder Sandro noch Tessa ahnten, dass einst der Tag kommen sollte, an denen ihnen bewusst werden würde, was der Name Medici wirklich bedeutete.

NACHWORT

Cosimo de' Medici und seine nicht weniger berühmten männlichen Nachfolger als Oberhaupt der Familie gehören zweifellos zu den faszinierendsten Persönlichkeiten der italienischen Geschichte.

Mein Bemühen war es, dem Leser einen ebenso unterhaltsamen wie informativen Einblick in das Florentiner Leben zur Zeit der Renaissance zu geben und die Medici, insbesondere Cosimo, als lebendige und glaubhafte Gestalten in ihrer eigenen Geschichte agieren zu lassen. Ein Roman, sofern er nicht tausend oder mehr Seiten umfassen soll, macht es dabei zwingend notwendig, dass sich der Autor auf eine von vielen möglichen Lesarten der Historie einlässt (dazu weiter unten mehr).

Beim Verfassen eines solchen Romans ist es zudem auch unvermeidlich, dass man so gut wie alle Dialoge erfinden muss und dass man nicht alle historischen Ereignisse und Entwicklungen in ihrer ganzen Komplexität darlegen kann, weil die Handlung unweigerlich in Fakten ersticken und das Ganze zu einem Sachbuch missraten würde. Es geht daher nicht ohne die üblichen schriftstellerischen Freiheiten wie Vereinfachungen und Verdichtungen. Zwei Beispiele dafür sind in diesem Zusammenhang der desaströse Lucca-Feldzug und die Beziehung zwischen Cosimo de' Medici und den Albizzi. Man könnte einen eigenen Roman schreiben über die Jahre vor und während dieses Krieges sowie über die beiden Familien zu jener Zeit. Denn nicht immer waren die Medici mit den Albizzi so zerstritten wie in den Jahren 1429 bis 1434, auf die sich der vorliegende Roman konzentriert. (Wer sich diesbezüglich tiefer in die faszinierende Geschichte von Florenz im 15. Jahrhundert versenken möchte, findet am Ende des Buches bei meinen Quellenangaben zahlreiche Titel, die sich zu lesen lohnen.)

Was meine Darstellung von Cosimo de' Medici angeht, so habe ich mich für das Wesensbild dieses Mannes entschieden, das mir nach eingehender Recherche und intensivem Studium der zahlreichen und in Teilen oft widersprüchlichen Fachliteratur als das glaubhafteste erschien, was letztlich natürlich eine subjektive Entscheidung ist. Aber vor dieser Entscheidung steht jeder Autor, der über historische Personen und Ereignisse aus längst vergangenen Jahrhunderten schreibt.

Trotz aller intensiven Forschung zahlloser Historiker über Cosimos Leben ist es noch nicht gelungen, zu einer eindeutigen Einschätzung seiner Person zu kommen. Während die finanziellen Aspekte von Cosimos Tätigkeit als Bankier in geradezu erdrückender Fülle dokumentiert sind und sich mit viel

Geduld nachvollziehen lassen (Hier sei auf das geradezu monumentale Werk des Wirtschaftshistorikers Raymond de Roover »The Rise And Decline Of the Medici Bank 1397–1494« hingewiesen, in dem auf gut fünfhundert Seiten die Wechselgeschäfte, Bilanzen und Methoden der Buchführung im Detail erörtert werden. Das politische Leben spart Raymond de Roover jedoch fast gänzlich aus.), entzieht er sich als Politiker einer eindeutigen Beurteilung. Man braucht nur einige der einschlägigen Biografien von renommierten Historikern über ihn zu lesen, um schnell zu der Erkenntnis zu gelangen, dass bei aller Faktenlage fast jeder zu einer individuellen Einschätzung kommt. Der eine wirft ein bewundernd schmeichelhaftes Licht auf Cosimo, der andere nimmt ihm gegenüber eine sehr kritische, beinahe ablehnende Haltung ein.

Die Gründe dafür, dass sich selbst die Experten auf dem Feld der historischen Forschung über Cosimo nicht recht einig sind, weil er sein wahres Wesen und seine politischen Ambitionen hinter der Maske des bescheidenen Biedermannes verbarg und sich in der Öffentlichkeit ungezwungen und leutselig gab, liegen auf der Hand.

Alle uns zur Verfügung stehenden Dokumente, wie Briefe von ihm und seinen Gegenspielern, vermitteln keinerlei objektiven Einblick in ihre Absichten und wahren Beweggründe. Da die Beteiligten sich in dem ständigen politischen Ränkespiel mit oftmals wechselnden Allianzen nie sicher sein konnten, in wessen Hände diese Dokumente gelangen konnten, bedienten sie sich diplomatisch geschickter Wendungen, um sich nicht in die Karten schauen zu lassen und nicht zu viel von ihren politischen Plänen preiszugeben. Auch die von Niccolò Machiavelli verfasste »Geschichte von Florenz«, die um 1520 entstand und bei der es sich in großen Teilen um eine Biografie der Medici handelt, ist mit großer Vorsicht zu genießen, denn Machiavelli schrieb sie in deren Auftrag und er hatte gute Gründe, sie in seinem Buch in einem möglichst vorteilhaften Licht zu präsentieren.

Meine persönliche Einschätzung des Medici-Oberhauptes pendelt irgendwo zwischen Bewunderung und Ablehnung. Ich hoffe, dass es Cosimo gerecht wird, auch wenn an ihm, der ein ebenso leidenschaftlicher Bankier wie Verehrer der Künste und der antiken Philosophen war, viel Rätselhaftes bleibt.

Was ganz und gar nicht rätselhaft ist, betrifft die Art und Weise, wie Cosimo nach seiner Rückkehr aus der Verbannung sich und seinen Nachkommen die Macht in Florenz gesichert hat, und zwar mit einer Mischung aus Härte, politischer Klugheit und genialer Täuschung der Bevölkerung durch Propaganda. Natürlich setzte er auch die Überzeugungskraft seines immensen Reichtums ein. Seine Herrschaft dauerte länger als drei Jahrzehnte.

Zur Überraschung der Florentiner, die ganz andere Säuberungen kannten, verzichtete Cosimo bis auf wenige Ausnahmen auf Hinrichtungen. Sie betrafen zumeist jene, die unerlaubt den Ort ihrer Verbannung verlassen hatten und aufgegriffen worden waren oder die versucht hatten, ein

Komplott gegen ihn zu schmieden. Cosimos Milde hatte vermutlich handfeste wirtschaftliche Gründe. Denn wer auf dem Richtplatz sein Leben verlor, hinterließ in der Regel Erben, die einen legalen Anspruch auf Besitz und Vermögen des Toten hatten. Das galt jedoch nicht für Verbannte. Deren Vermögen konnte der Staat beschlagnahmen. Und Cosimo benutzte die scharfe Waffe der Verbannung so oft wie kein anderer vor ihm. Hunderte schickte er, zum Teil auch auf Drängen seiner Anhänger, die ihrerseits private Rechnungen zu begleichen hatten, ins Exil.

Cosimo wusste nur zu gut, dass die Bevölkerung von Florenz Despoten hasste. Die republikanische Verfassung erwies sich als ein findiges Instrument, um solche Auswüchse zu verhindern. Das zeigt sich auch in den vielen Ausschüssen, die der Signoria zugeordnet waren und die bei fast jeder Gesetzesvorlage angehört werden mussten. Dadurch zogen sich politische Entscheidungsprozesse zwar oft in die Länge, aber der Florentiner ließ sich davon nicht stören, war er in der Regel doch ein Mann des Maßes und des Konsenses – Frauen hatten ja (nicht nur) bei Staatsgeschäften nichts zu sagen. *»Per ragione!«*, hieß seine Devise – nach der Vernunft handeln. Und die vorherrschende Kaufmannschaft war sehr daran interessiert, dass die Kommune mit Augenmaß regierte und dass ihr profitabler Handel nicht gestört wurde. Der Ausspruch eines Zeitgenossen von Cosimo de' Medici, »Der Goldflorin regiert in Florenz!«, bringt es auf den Punkt. Nichts rangierte höher als gute Geschäfte.

Deshalb hielt Cosimo sich in politischen Dingen im Hintergrund, gab vor, ein Bürger wie jeder andere zu sein, ausschließlich interessiert an seinen Geschäften als Bankier, und er vermied es tunlichst, hohe Staatsämter zu bekleiden. In den Jahrzehnten seiner Herrschaft über Florenz ließ er sich nur drei Mal zu einer kurzen Amtszeit als Gonfaloniere drängen. Die Macht behielt er trotzdem fest in Händen. Immer wieder verlängerte er die Verbannung seiner gefährlichsten Widersacher, insbesondere die der Albizzi. Und über einen Ausschuss von zehn *accopiatori,* die für die Überwachung der Wahlen zuständig waren und die für fünf Jahre aus den Reihen seiner Getreuen ernannt wurden, kontrollierte er, wer Prior und wer Gonfaloniere wurde. Von nun an gelangten die Wahlzettel nicht mehr per Los in die ledernen Beutel, sondern wurden vorher *a mano,* per Hand, von jenen Accopiatori kontrolliert, bevor sie in die Endauswahl kamen. Dass diese Wahlleiter nach Ablauf der fünf Jahre immer wieder in ihrem Amt bestätigt wurden, versteht sich von selbst. So blieb gewährleistet, dass jede neue Signoria die Interessen der Medici vertrat. Ähnlich handhabte Cosimo auch die Besetzung anderer wichtiger Positionen. Einen weiteren wichtigen, seine Macht stabilisierenden Faktor stellt auch seine Umsicht dar, fähige Bürger aus den sozial tiefer stehenden Schichten zu protegieren und damit seine Anhängerschaft auszuweiten. Innerhalb weniger Jahre waren die Medici in der Florentiner Machtpolitik so fest verwurzelt, dass ihre Interessen fast gleichbedeutend mit denen der Stadt Florenz waren.

Raffinierte Manipulation der Verfassung, ebenso geschickte wie beständige Demagogie und eine allzeit großzügige Hand bei der Vergabe von Krediten an die Kommune und wohltätige Werke sorgten dafür, dass sich im Volk kein Protest gegen die Allmacht des Hauses Medici regte. Zudem erfreute sich Cosimo beim einfachen Volk einer großen Beliebtheit, galt er doch als uneitel und umgänglich, offen für jedes Problem, das die kleinen Leute ihm vortrugen. Auch galt er als ein Meister der schlagkräftigen Aphorismen, die bald in aller Munde waren und noch Generationen später im Volk kurisierten. Darüber hinaus rechnete man ihm hoch an, dass er durch seine Außenpolitik Florenz in gefährlichen Zeiten, an denen es nie mangelte, vor großem Schaden bewahrte. (Dieser Aspekt ist unter Historikern allerdings umstritten.)

Aber nicht alle gesellschaftlichen Kreise waren auf Dauer bereit, die Vorherrschaft der Medici unwidersprochen und tatenlos hinzunehmen. Und da sie keine Möglichkeit sahen, durch öffentlichen Protest und per Wahl an Einfluss zu gewinnen, sannen sie auf andere Mittel und Wege, um die Macht der Medici zu brechen.

Davon und von der Familie Fontana wird in den anderen Romanen zu erzählen sein.

Rainer M. Schröder
Atlanta im März 2009

Glossar

Albizzi (auch Albizi) adelige Florentiner Familie, die erstmals Ende des 12. Jahrhunderts urkundlich belegt ist. Im 13. und 14. Jahrhundert hatte die Familie hohe politische Ämter in der Republik Florenz inne. Im Kampf um die Macht mussten die Albizzi im 15. Jahrhundert jedoch den Medici weichen. Entscheidenden Anteil am Niedergang der Albizzi und am Aufstieg der Medici hatte Cosimo de' Medici.

Bravo gedungener Meuchelmörder

Brunelleschi Filippo Brunelleschi (1377–1446) war einer der bedeutendsten Bildhauer und Architekten der italienischen Frührenaissance. Sein Hauptwerk ist die berühmte Kuppel des Doms Santa Maria del Fiore in Florenz (1436 vollendet), die größte gemauerte Kuppel in der abendländischen Kunst. Brunelleschi wirkte bahnbrechend für die gesamte neuere Baukunst durch die Wiederbelebung antiker Formen.

Cafaggiolo Der mittelalterliche Bau, der nicht von Beginn an im Besitz der Familie Medici war, wirkte ausgesprochen wehrhaft mit zwei Türmen, Zugbrücke und Burggraben. Der festungsartige Charakter blieb zunächst auch unter den Medici erhalten, bis schließlich Cosimo de' Medici 1451 den Architekten Michelozzo beauftragte, Cafaggiolo zu einem Sommersitz umzubauen. Cafaggiolo blieb bis 1737 im Besitz der Familie Medici. Seitlich angelegte Wirtschaftsgebäude unterstreichen die landwirtschaftliche Nutzung des Gutes. Berühmt war der Renaissancegarten, von dem jedoch nichts erhalten ist.

Cellerar (lat. cellerarius) In Klostergemeinschaften, die nach der Regel des hl. Benedikt leben, verwaltet der Cellerar das materielle Klostergut, er ist also auch zuständig für das leibliche Wohl der Gemeinschaft. In Kunst und Literatur wird der Cellerar oft als rundliche, dem Essen und Trinken zugeneigte Person dargestellt.

Condottiere Söldnerführer in Diensten italienischer Stadtstaaten. Da die reich gewordenen Stadtstaaten wie Florenz, Venedig oder Genua zum Angriffsziel fremder Mächte und neidischer Nachbarstaaten wurden, militärisch aber nur schwach ausgerüstet waren, heuerten sie, um sich zu schützen, aber auch um fremdes Terrain zu erobern, Söldnertruppen an, die von einem Condottiere angeführt wurden. Dabei konnte es durchaus vorkommen, dass die Söldnertruppen ins Lager des jeweiligen Gegners wechselten, wenn eine bessere Bezahlung lockte. Einige Condottieri gewannen großen politischen Einfluss, z. B. Francesco Sforza in Diensten Mailands oder Federico da Montefeltro, der spätere Herzog von Urbino.

Dante Alighieri italienischer Dichter und Philosoph (1265–1321). Er gilt als einer der bedeutendsten Dichter des europäischen Mittelalters. Mit seinen Werken, u. a. der »Göttlichen Komödie« (La Commedia), einer visionären Wanderung durch Hölle, Fegefeuer und Paradies, gilt er als Schöpfer der italienischen Literatursprache (bis dahin herrschte das Lateinische vor).

Französische Krankheit Syphilis

Ghiberti Lorenzo Ghiberti (um 1378–1455), italienischer Goldschmied, Erzgießer, Bildhauer und Kunsttheoretiker. Sein berühmtestes Werk ist die sogenannte »Paradiespforte« am Baptisterium des Doms Santa Maria del Fiore in Florenz.

Kalender Schon der Julianische Kalender, der 1582 durch den heute noch geltenden Gregorianischen Kalender ersetzt wurde, legte den Jahresbeginn auf den 1. Januar fest, die katholische Kirche erlaubte jedoch in Abgrenzung von den heidnischen Feiern zum Jahreswechsel verschiedene Varianten. In Florenz begann das neue Jahr immer am Tag Mariä Verkündigung (25. März). Diese Regelung wurde erst 1749 abgeschafft.

Komplet Die Komplet gehört zu den sogenannten Stundengebeten und ist damit Teil der Tageszeitenliturgie in der katholischen Kirche. Die Komplet ist das Nachtgebet, mit dem der Tag beendet wird. In klösterlichen Gemeinschaften gilt danach ein Schweigegebot.

Medici-Bank Die Anfänge der Kreditgeschäfte der Familie Medici reichen bis ins 13. Jahrhundert zurück. Entscheidenden Einfluss auf den Aufstieg der Medici zu einem weit verzweigten Bankhaus mit Filialen in den wichtigsten europäischen Städten hatte Vieri di Cambio de' Medici (1323–1395). Dessen Neffe Giovanni di Bicci de' Medici verlegte die Zentrale der Finanzgeschäfte von Rom nach Florenz und gründete die Banco Medici, die von seinem Sohn Cosimo de' Medici zu größter Blüte geführt wurde.

Michelozzo Michelozzo di Bartolommeo (1396–1472), italienischer Bildhauer und Architekt. Zu seinen wichtigsten Werken gehört der Umbau von Cafaggiolo, dem Landgut der Familie Medici nördlich von Florenz.

Palio historischer Reiterwettkampf, dessen Ursprünge in die Zeit des Spätmittelalters und der Frührenaissance zurückreichen. Dieser Wettkampf wurde zumeist zwischen Stadtvierteln ausgetragen. Auch heute noch wird der Palio in verschiedenen italienischen Städten veranstaltet; der berühmteste findet in Siena statt.

Signoria Stadtregierung in den Kommunen Ober- und Mittelitaliens des Mittelalters und der frühen Neuzeit. In Florenz war der Gonfaloniere (ital. gonfalone = Banner) das höchste Mitglied der Signoria. Diese bestand aus neun Mitgliedern, den sogenannten Prioren. Sie wurden nicht auf demokratische Weise gewählt, sondern mittels eines komplizierten Verfahrens ausgelost.

Silvestriner ein 1231 gegründeter Mönchsorden, der nach der Regel des hl. Benedikt lebt, aber eigenständig ist

Vendetta Blutrache, in der Regel aus der Absicht heraus, die vermeintlich verlorene Familienehre wiederherzustellen

Zünfte im Mittelalter entstandene Zusammenschlüsse von Handwerkern und Kaufleuten zur Wahrung gemeinsamer Interessen. Es gab einen Zunftzwang; Meister und Gesellen waren zum Beitritt zur jeweiligen Zunft gezwungen. In den Zünften wurden Regeln für die jeweiligen Berufe aufgestellt und überwacht, z. B. die Arbeitszeiten oder die Qualität der Produkte. Außerhalb der Zünfte durfte kein Zunftberuf ausgeübt werden. Die Zünfte nahmen auch religiöse, soziale und kulturelle Aufgaben wahr.

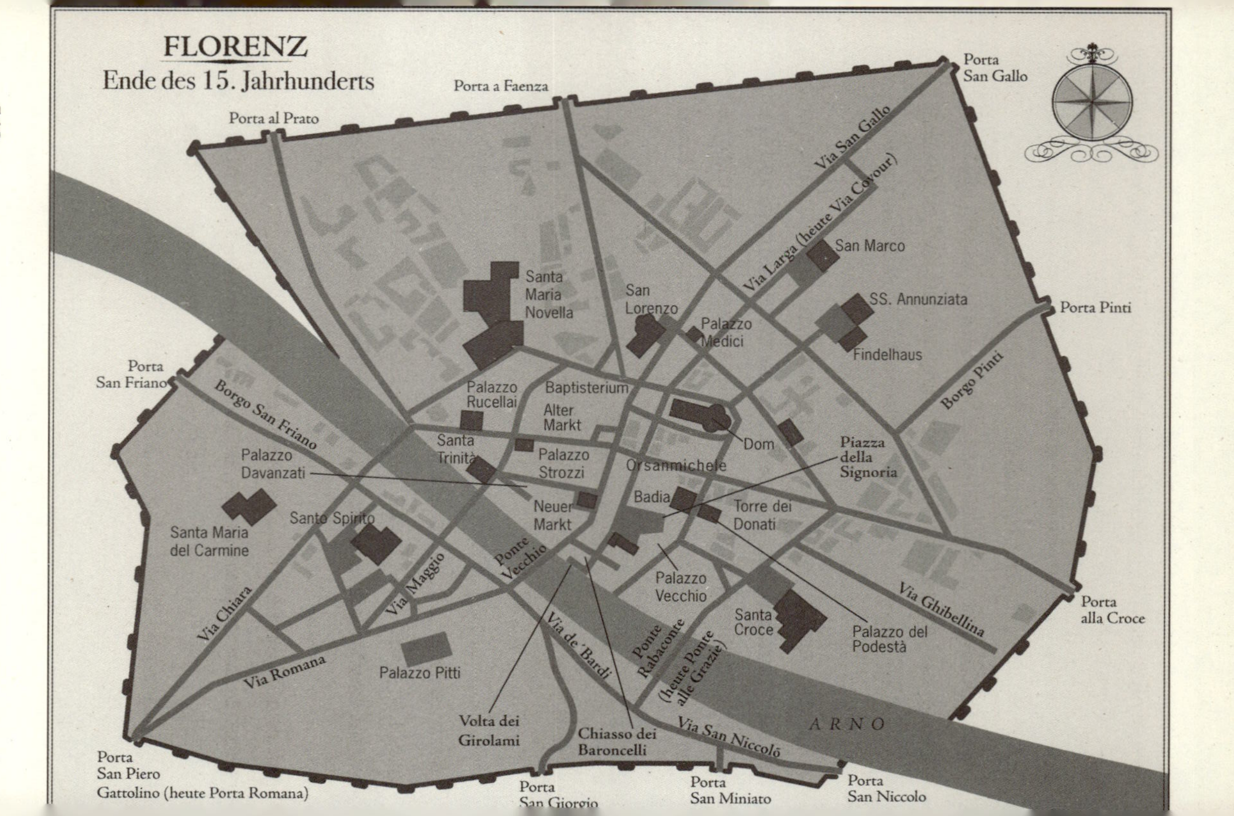
FLORENZ
Ende des 15. Jahrhunderts
Porta al Prato
Porta a Faenza
Porta San Gallo
Via San Gallo
Via Larga (heute Via Cavour)
San Marco
SS. Annunziata
Findelhaus
Porta Pinti
Borgo Pinti
Santa Maria Novella
San Lorenzo
Palazzo Medici
Porta San Friano
Borgo San Friano
Palazzo Rucellai
Baptisterium
Alter Markt
Dom
Piazza della Signoria
Santa Trinità
Palazzo Strozzi
Orsanmichele
Palazzo Davanzati
Badia
Torre dei Donati
Neuer Markt
Santo Spirito
Santa Maria del Carmine
Ponte Vecchio
Palazzo Vecchio
Via Maggio
Via Chiara
Santa Croce
Palazzo del Podestà
Via Ghibellina
Porta alla Croce
Via Romana
Palazzo Pitti
Via de' Bardi
Ponte Rabaconte (heute Ponte alle Grazie)
Volta dei Girolami
Chiasso dei Baroncelli
Via San Niccolò
ARNO
Porta San Piero Gattolino (heute Porta Romana)
Porta San Giorgio
Porta San Miniato
Porta San Niccolo

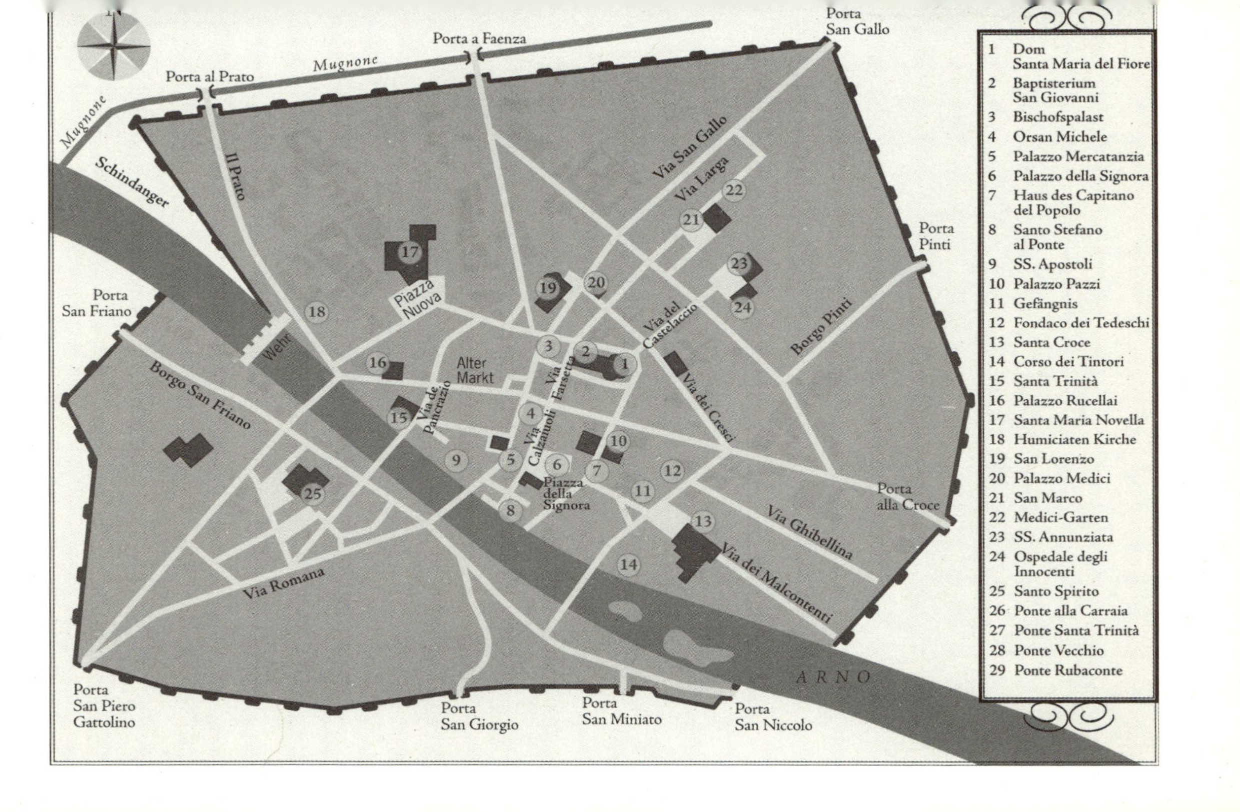

Porta San Gallo
Porta a Faenza
Mugnone
Porta al Prato
Mugnone
Schindanger
Il Prato
Via San Gallo
Via Larga
Porta Pinti
Porta San Friano
Piazza Nuova
Wehr
Alter Markt
Via Farsetta
Via del Castelaccio
Borgo Pinti
Borgo San Friano
Via de Pancrazio
Via Calzaiuoli
Via dei Cresci
Piazza della Signora
Porta alla Croce
Via Ghibellina
Via dei Malcontenti
Via Romana
ARNO
Porta San Piero Gattolino
Porta San Giorgio
Porta San Miniato
Porta San Niccolo
1 Dom Santa Maria del Fiore
2 Baptisterium San Giovanni
3 Bischofspalast
4 Orsan Michele
5 Palazzo Mercatanzia
6 Palazzo della Signora
7 Haus des Capitano del Popolo
8 Santo Stefano al Ponte
9 SS. Apostoli
10 Palazzo Pazzi
11 Gefängnis
12 Fondaco dei Tedeschi
13 Santa Croce
14 Corso dei Tintori
15 Santa Trinità
16 Palazzo Rucellai
17 Santa Maria Novella
18 Humiciaten Kirche
19 San Lorenzo
20 Palazzo Medici
21 San Marco
22 Medici-Garten
23 SS. Annunziata
24 Ospedale degli Innocenti
25 Santo Spirito
26 Ponte alla Carraia
27 Ponte Santa Trinità
28 Ponte Vecchio
29 Ponte Rubaconte

FLORENZ
1 Baptisterium San Giovanni
2 Dom Santa Maria del Fiore
3 Santa Maria Novella
4 San Marco
5 San Lorenzo
6 Santa Croce
7 Santa Trinità
8 Ognissanti
9 Santa Maria del Carmine
10 Santo Spirito
11 Orsanmichele
12 Santissima Annunziata
13 Palazzo Medici
14 Palazzo Rucellai
15 Palazzo Strozzi
16 Palazzo Vecchio (Pal. dei Priori)
17 Bargello (Pal. del Popolo)
18 Piazza della Signoria
19 Ponte Vecchio
20 Ponte alla Carraia
21 Ponte alle Grazie (a Rubaconte)
22 Ponte S. Trinità
23 Hospital Santa Maria Nuova
Porta al Prato
Stadtmauer gebaut um 1300
Fortezza da Bazzo
Porta S. Gallo
Porta a Pinti
Porta alla Croce
Porta S. Frediano
Porta S. Miniato
Fortezza di Belvedere
ARNO
N

ITALIEN
im späten 15. Jahrhundert
Herzogtum Savoyen
Turin
Herzogtum Mailand
Mailand
MGFT Montserrat
Prinzipat Trient
Republik
Venedig
MGFT Mantua
Parma
Ferrara
Rep. Genua
Genua
HZM. Modena und Ferrara
Bologna
Imola
Forlì
Rep. Lucca
Florenz
Pisa
Rep. Florenz
Urbino
Volterra
Arezzo
Siena
Piombino
Rep. Siena
Kirchen-staat
Perugia
Rom
Korsika (zu Genua)
Sardinien (zu Aragonien)
Adriatisches Meer
Venedig
Ragusa
Königreich Neapel
Neapel
Otranto
Tyrrhenisches Meer
Mittelmeer
Palermo
Königreich Sizilien (zu Aragonien)
N

ITALIEN
im späten 15. Jahrhundert
Herzogtum Savoyen
Turin
Herzogtum Mailand
Mailand
MGFT Montserrat
Parma
MGFT Mantua
Prinzipat Trient
Republik
Venedig
Ferrara
HZM. Modena und Ferrara
Rep. Genua
Genua
Bologna
Imola
Forli
Rep. Lucca
Florenz
Pisa
Rep. Florenz
Urbino
Volterra
Siena
Arezzo
Piombino
Rep. Siena
Kirchen-staat
Perugia
Rom
Korsika (zu Genua)
Sardinien (zu Aragonien)
Adriatisches Meer
Venedig
Ragusa
Königreich Neapel
Neapel
Otranto
Tyrrhenisches Meer
Mittelmeer
Palermo
Königreich Sizilien (zu Aragonien)
N